SALLY JOHN

Sage nicht Lebwohl

SCM Hänssler

SCM

Stiftung Christliche Medien

MIX
Papier aus verantwortungsvollen Quellen
FSC® C006701
FSC www.fsc.org

Übersetzung: Denzel/Naumann
Umschlaggestaltung: OHA Werbeagentur GmbH, Grabs, Schweiz;
www.oha-werbeagentur.ch
Titelbild: shutterstock.com
Satz: Satz & Medien Wieser, Stolberg
Druck und Bindung: CPI – Ebner & Spiegel, Ulm
Gedruckt in Deutschland
ISBN 978-3-7751-5408-6
Bestell-Nr. 395.408

Für Troy und Elizabeth,

jetzt Mr und Mrs

Haltet die Ehe in Ehren und bleibt einander treu!

Hebräer 13,4

Danksagung

Wie immer hat mich ein ganzes Team beim Schreiben unterstützt. Mein besonderer Dank gilt:

Meinen Lesern für ihre wertvollen Anmerkungen, mit denen sie mich bestätigen und mir immer wieder Mut machen.

Der verstorbenen Myrna Strasser und den Mitarbeitern von WDLM-FM, East Moline, Illinois, die mich in die Welt des Rundfunks eingeführt haben.

Jane Hull und Peggy Hadacek für viele höchst aufschlussreiche Gespräche über die Ehe.

Carla und Chester Genack für ihre Informationen über Autoreparaturen.

Patti John für das Ticket nach Hollywood.

Gary und Millie Heniser, Leanne Payne und Bill und Harriet Mouer für ihre Ratschläge.

Christopher John für die ausgezeichnete Beschreibung der Stille, die in der Wüste herrscht.

Elizabeth und Troy Johnson und Tracy John für ihre Recherchen.

Tim, weil er seit siebenunddreißig Jahren Tim ist.

Meiner Agentin Lee Hough von *Alive Communications* und meinen Lektorinnen Karen Watson, Stephanie Broene und Kathy Olson, die mich bei der Stange gehalten haben.

Sämtlichen Mitarbeitern von Tyndale House, die die Arbeit all dieser vielen Menschen koordiniert haben.

Gott segne euch alle.

Prolog

Chicago

Um genau zwölf Minuten und fünfunddreißig Sekunden nach zehn Uhr morgens, Central Standard Time, hörte Jillian Galloways Welt auf zu existieren.

Sie registrierte den Zeitpunkt so präzise, weil sie ihr Leben nach der Uhr lebte, eine Angewohnheit, die von ihrer Tätigkeit beim Rundfunk herrührte, wo es tatsächlich auf Sekunden ankam. Wenn ihr Mikro eingeschaltet war, der kleine Zeiger der Uhr sich der Zwölf näherte und die Zuhörer gebannt darauf warteten, die Mittagsnachrichten zu hören, war sie für nichts und niemand sonst ansprechbar.

Doch in diesem Moment stand Jackson, ihr Mann, an der Haustür und brachte, während er seinen schwarzen Wollmantel zuknöpfte, ein völlig neues Thema aufs Tapet. Zu seinen Füßen stand ein Sortiment von Gepäckstücken, fertig zum Einladen. Draußen, am Straßenrand vor dem Haus, wartete ein Taxi. Irgendwo am Himmel dröhnte ein Düsenflugzeug auf dem Weg zum *O'Hare* Airport, wo Jill und ihr Mann in kürzester Zeit an Bord vielleicht sogar ebendieses Flugzeugs gehen würden.

Sie löste ihren Blick von der großen Wanduhr über seiner Schulter und sah ihm in die Augen. »Was hast du gesagt?«

»Ich sagte, ich komme nicht mit.« Er wiederholte die Worte, die einfach nicht in den Zeitrahmen dieses Morgens passten und zudem in jeglicher Hinsicht völlig außerhalb ihres Begriffsvermögens lagen.

»Jack, wovon redest du?«

Mit einem Seufzen – dem exaltierten Seufzen, das sie von ihm eigentlich nur in der Küche kannte, wenn eines seiner Gourmetrezepte nicht ganz so geraten war, wie er sich das vorgestellt hatte – stellte er seine Umhängetasche auf den Boden.

»Ich kann so nicht mehr weitermachen. Ich kann einfach nicht mehr.« In den Fältchen um seine Augen wurde ein leichtes Zucken sichtbar. »Es tut mir leid.«

»Schatz, das ist doch Unsinn. Wir sind mitten im Aufbruch. Was um alles in der Welt …? Womit kannst du nicht weitermachen?«

»Mit uns, Jill. Mit uns. Ich kann mit uns so nicht mehr weitermachen.«

Unter ihren winterlichen Textilschichten, bestehend aus Bluse, Pullover, Seidenschal und Wollblazer, rann ihr der Schweiß über den Rücken. Ihre behandschuhten Finger, die sich um den Griff der Laptoptasche krampften, schmerzten. Ihre Ohren brannten von dem Schlag, den seine Worte ihr versetzt hatten, und zwangen sie, Jacks Worte in ihren Kopf hineinzulassen.

Jack zog seine Gesichtsmuskeln zusammen, bis seine haselnussbraunen Augen fast geschlossen schienen. »Es tut mir ehrlich leid.« Er sprach in seinem professionellen Arzt-Tonfall: So leise und freundlich, wie er einem arglosen Patienten eine unangenehme Diagnose mitteilte. »Ich kann es nicht erklären. Es ist einfach so.«

Sie schluckte und würgte an dem Kloß, der plötzlich in ihrer Kehle steckte. »Du bist müde. Du hattest seit einer Ewigkeit keinen richtigen Urlaub mehr. Wir haben beide diese kleine Reise nötig. Eine kleine Auszeit in der Sonne. Ein bisschen Ruhe. Und dann reden wir. Wir finden heraus, was mit uns los ist.«

»Wir *werden* reden, aber nicht jetzt. Jetzt brauche ich erst einmal ein bisschen Raum, Freiraum.« Er schüttelte den Kopf. »Aber ich kann es dir auch gleich sagen: Ich möchte mich scheiden lassen.«

Das Pendel der Uhr tickte, hin und her, hin und her, und trug unwiederbringliche Momente mit sich fort. Es unterteilte die Zeit in ein Davor und ein Danach.

Jill blinzelte. Sie räusperte sich, doch der Kloß in ihrem Hals wollte nicht weichen. Sie blinzelte wieder. »Das verstehe ich nicht.«

»Ich auch nicht.«

»Versuch es mir zu erklären.«

»Das versuche ich schon, seit ich heute Morgen aufgewacht bin.«

»Seit du heute Morgen aufgewacht bist? Es kommt also völlig aus dem Nichts … dieses … dieses … dieses Bedürfnis nach Raum. Das ist doch nicht möglich. Menschen wachen nicht auf und sagen, sie möchten … möchten …« Er hatte es nicht gesagt, oder? Nicht dieses S-Wort. Nicht wirklich. Er hatte es nicht so gemeint.

»Bitte, Jill, lass das. Fang nicht an zu analysieren. Steck es nicht in eine deiner Schubladen. Es ist eben so.« Sein Gesicht wurde weich, die Fältchen glätteten sich, als sei es nicht länger an ihm, die schwere Last der Prognose zu tragen. Er öffnete die Haustür und nahm ihre beiden Reisetaschen. »Ich bringe dich zum Taxi.«

»Jack! Das ist doch verrückt! Ich kann doch jetzt nicht einfach gehen!«

»Doch, doch, das kannst du. So viele Fans zählen auf dich. Schieb das erst einmal beiseite und konzentrier dich auf deine Arbeit. Du willst sie doch nicht enttäuschen.«

»Aber wir müssen reden!«

»Das werden wir auch. Wenn du nach Hause kommst.« Er ging hinaus, die Verandatreppe hinunter zum Gehweg, den er schon vor dem Frühstück vom Schnee befreit hatte, während er die ganze Zeit, bei jeder Schaufel Schnee, die er beiseiteräumte, gewusst hatte, dass er sie nicht begleiten würde.

Sie würden reden, wenn sie nach Hause kam. Wenn sie nach Hause kam.

Sie würde jetzt erst einmal fünf Wochen von zu Hause fort sein.

Jill stand da, ohne sich zu rühren. Der Mann, mit dem sie seit fünfundzwanzig Jahren verheiratet war, hatte ihr soeben gesagt, dass er sich scheiden lassen wollte.

Hinter ihr schlug die Uhr Viertel nach zehn.

Teil Eins

1

An Bord eines Flugzeugs von Chicago nach Los Angeles

Als Jill noch ein kleines Mädchen war, hatte ihr Vater sie Jillie Jaws (Kinn-Jillie) gerufen. Es geht gar nicht anders, hatte er gemeint. Nicht nur, weil ihre Initialen JAW lauteten, sie war ohne Frage auch schon als Quasselstrippe zur Welt gekommen. Schon bei ihrem ersten Atemzug hatte sie nicht etwa geschrien, sie hatte vor sich hingejammert. Jawohl, Jillian Autumn Wagner hatte vom ersten Augenblick an etwas zu sagen gehabt.

Bis heute.

Jetzt war es vier Stunden her, und sie hatte immer noch nichts dazu zu sagen.

Nicht, dass irgendjemand ihr zugehört hätte. Die Flugbegleiterinnen waren wegen starker Turbulenzen fast die ganze Zeit angeschnallt.

Die mürrisch wirkende etwa dreißigjährige Frau, die auf dem Fensterplatz neben ihr saß, trug ein Headset und verschanzte sich hinter einem Roman, auf dessen Titelseite ein unwahrscheinlich gut aussehender südländischer Typ prangte. Der Sitz am Gang war leer.

Natürlich war er leer. Es war Jacks Sitz.

Ihr Kinn zitterte, doch anders, als wenn sie jammerte.

Was würde bloß ihr Vater denken? Skip Wagner hielt große Stücke auf seinen Schwiegersohn.

Ihr Vater? Sie machte sich Gedanken wegen ihres Vaters? Was war erst mit ihren Hörern?

Stopp, Jill, hör auf. Fang gar nicht erst damit an.

Aber sie musste sich damit befassen; schließlich hatte Jack das Thema aufgebracht. Er hatte gesagt, ihre Fans zählten auf sie.

Jack war ein freundlicher Mann, ein Arzt vom alten Schlag, ein Gentleman, dem in erster Linie das Wohl seiner Patienten am Herzen lag. Dass er gesagt hatte, er wolle sich scheiden lassen, war völlig unfassbar. Und als sei das noch nicht genug, hatte er diesem Unrecht noch einen Schlag zusätzlich verpasst, indem er ihre Fans erwähnt hatte. Und kurz darauf, am Straßenrand, hatte er es noch einmal gesagt. Als sie jetzt das Echo seiner Stimme in ihrem Kopf hörte, bekam sie kaum noch Luft.

»Du wirst dich schon wieder fassen«, hatte er gesagt. »Schließlich unternimmst du diese Reise, um dein Publikum zu treffen.« Er nahm sie rasch in den Arm und drückte sie, etwas steif, so wie er seine zerbrechliche, betagte Mutter umarmte. Dann legte er die eine Hand unter ihren Ellbogen, die andere an die offene Autotür und schob sie energisch auf den Rücksitz des Taxis, als würde er eine weitere Schaufel Schnee beiseitewerfen.

»Jack, ich fliege später. Ich buche den Flug um …«

»Nein!« Er schüttelte heftig den Kopf. »Nein. Ich muss da auf meine Weise durch. Tut mir leid.« Er warf die Autotür zu.

Bevor der Taxifahrer losfuhr, war er schon davongeeilt und fast wieder am Haus, ohne sich noch einmal umzudrehen oder ihr zu winken.

Das war's.

Mit atemberaubender Geschwindigkeit hatte er drei Bomben platzen lassen: Er wollte sich scheiden lassen. Er wollte in den nächsten Wochen nicht mit ihr darüber sprechen. Sie sollte an ihre Fans denken.

Peng. Peng. Peng.

Ihre Fans waren die Frauen, die ihre Radiosendung hörten und ihr neues Buch lesen würden. Es waren Frauen aus dem ganzen Land, die ihr vertrauten – ihren Ratschlägen, wie man verhinderte, dass der eigene Ehemann genau das tat, was ihr Mann gerade zuwege gebracht hatte.

Genauer gesagt, es waren Frauen in Los Angeles, die bereits dafür bezahlt hatten, mit Jill Galloway zusammen Mittag zu essen. Sie hatten dafür bezahlt, sich einen Vortrag über Kommunikation in der Ehe von ihr anzuhören. Sie hatten den Termin dafür in ihre Blackberrys eingetragen: *für morgen*.

Noch bevor das Taxi das Ende des Häuserblocks erreicht hatte, hörte ihr Kinn auf zu arbeiten.

Aber nicht auf zu zittern.

Sie war angeblich eine Expertin für Ehefragen. Wie hatte es passieren können, dass ihr eigener Mann ihre ganze Welt mit zehn oder sogar noch weniger Worten, ohne jede Vorwarnung, mit dem einfachen Satz *»Ich möchte mich scheiden lassen«* aus den Angeln gehoben und sie dann zum Flughafen geschickt hatte?

Das Ganze passte so wenig zu ihm, dass es völlig ihren Verstand vernebelte.

Die Galloways waren ein Vorzeigeehepaar, ihre Beziehung der Inbegriff einer glücklichen Ehe. Sie hatten über zwanzig Jahre lang viel Arbeit in diese Beziehung investiert. Jill hielt seit einem Dutzend Jahren Vorträge und Seminare zu diesem Thema. Sie hatte ein solides Wissen um die verschiedenen Mittel und Wege …

Ein scharfer Stoß gegen ihren Arm ließ sie zusammenschrecken.

Ihre Sitznachbarin nahm ihren Ellbogen von der Armlehne. »Sorry.«

Jill nickte und schüttelte den Kopf in der Hoffnung, dies sei ein universaler Ausdruck von »keine Ursache«.

»Entschuldigen Sie.« Die Frau schob das Headset aus ihrer dunklen Haarmähne. »Auf dem Platz am Gang sitzt keiner. Sie könnten sich da hinsetzen.«

Jill blickte auf den leeren Sitz.

»Äh – geht es Ihnen gut?«

Sie nickte, schüttelte den Kopf, nickte wieder. *Das wollen Sie lieber nicht wissen.*

»Brauchen Sie die Flugbegleiterin?«

Jill brauchte dringend frische Luft. Sie hatte das Gefühl, ihre Brust stünde in Flammen. Vielleicht hatten sich zu viele Wörter darin angestaut. Statt sich wie gewöhnlich leicht von ihrer Zunge zu lösen, hatten sie sich zusammengeballt, und jetzt kam es zu einer spontanen inneren Verpuffung.

Vielleicht hatte sie auch einen Herzanfall!

Miss Mürrisch hob die Hand und drückte auf den Knopf, der die Stewardess herbeirief.

Jill platzte heraus: »Das ist der Platz meines Mannes.«

»Ach jaaaaah.« Ihre Stimme stieg bei der letzten Silbe leicht an.

»Er ist in Chicago.«

Die Augenbrauen der Frau zuckten.

»Ich glaube, er hat mich gerade verlassen.« Jill löste ihren Gurt, drückte den Rufknopf wieder aus und rutschte auf Jacks Platz hinüber, womit sie sich selbst bestätigte, dass er wirklich nicht mehr kommen würde.

Das brennende Gefühl ließ ein wenig nach; vielleicht hatte das laute Reden den Druck etwas gemildert. Vielleicht half es, die Wahrheit auszusprechen, die unbarmherzige Wahrheit, dass sie in einem Flugzeug irgendwo über den Rocky Mountains saß und ihr Mann aus irgendeinem unerklärlichen Grund nicht mitgekommen war.

Sie schloss die Augen.

Sie konnte noch nicht einmal mehr beten. Wo war überhaupt Gott in dieser Situation? Die Antwort lautete wahrscheinlich, dass er ebendiese Situation aus einem bestimmten Grund zugelassen hatte. Aus einem Grund, den sie vielleicht eines Tages für ihre Lehrtätigkeit würde gebrauchen können, der ihr eine neue Einsicht bescheren würde, die sie dann an die anderen Frauen weitergeben oder als Material für ein Seminar verwenden konnte.

Ihre Brust fing wieder an zu brennen. Die einfache Antwort funktionierte nicht, überhaupt nicht.

Sie presste die Hände an die Brust. War es vielleicht Sodbrennen? Nicht die Art Sodbrennen, das sie gequält hatte, als sie schwanger war, sondern ein Sodbrennen, das von einem so heftigen emotionalen Schmerz herrührte, dass es sich anfühlte, als würde ihr Herz von Feuer verzehrt.

»Vielleicht hat er Sie ja gar nicht verlassen«, sagte ihre Sitznachbarin.

Jill schlug die Augen auf.

Miss Mürrisch zuckte die Achseln. »Sie haben gesagt, Sie ›glauben‹, er habe Sie verlassen. Wenn Sie nicht sicher sind, hat er es vielleicht gar nicht getan.«

»Vielleicht hat er es nicht getan.« Jill seufzte. »Er hat völlig aus heiterem Himmel gesagt, dass er sich scheiden lassen will.«

»Aus heiterem Himmel?«

»Ja. Ich habe nicht die leiseste Ahnung, warum er das will. Natürlich bin ich sofort meine offensichtlichsten, krassesten Fehler durchgegangen. Ich rede zu viel. Ich schleppe ihn mit zu Unternehmungen, an denen ihm kein Deut liegt. Er wollte vier Kinder, für mich war nach einem Schluss. Ich kümmere mich nicht um seine Eltern. Ich koche nicht. Ich mag seine Sekretärin nicht. Ich habe seine Baseballkarten in den Mülleimer geschmissen. Es war ein Versehen – ich wollte es nicht, aber ich habe es getan. Und ich gebe alle drei Wochen eine wahre Unsumme hierfür aus.« Sie griff sich in das gesträhnte blonde Haar. Der makellose Schnitt – es endete exakt zwei Zentimeter unterhalb ihrer Ohrläppchen – sorgte dafür, dass es sofort wieder in Form fiel.

Miss Mürrischs Brauen hoben sich.

Jill fuhr fort: »Aber das ist doch normal, oder? So hat er mich geheiratet. Wenn er all diese Dinge vierundzwanzig Jahre lang ohne ernsthafte Beschwerde ertragen hat, warum sollten sie dann jetzt auf einmal zählen? Ich glaube nicht, dass es daran liegt. Aber was ist mit den wirklich wichtigen Dingen? Das, worauf es wirklich ankommt?«

Die Augen der Frau waren jetzt weit offen.

Jill befand sich jetzt auf vertrautem Terrain, sie sprach voller Selbstvertrauen. »Was die wirklich wichtigen Sachen betrifft, sind wir eindeutig im Plus-Bereich. Jack und ich sprechen offen über alles und damit meine ich wirklich alles. Das haben wir schon immer getan. Wir mögen einander. Wir schlafen gern miteinander. Wir gehen zusammen in die Kirche. Wir gehen regelmäßig zusammen aus. Wir verbringen Zeit mit gemeinsamen Freunden. Er liebt seine Arbeit; ich liebe meine. Unser Sohn ist ein gut geratener junger Mann. Soweit ich weiß, ist damit alles erfüllt. Und glauben Sie mir, ich weiß eine Menge über die Ehe.«

Die Brauen verschwanden hinter Miss Mürrischs Ponyfransen. »Das scheint mir auch so.«

»Na ja, ich beschäftige mich seit Jahren damit. Ich spreche auf Frauenkonferenzen darüber und halte auch in der Kirchengemeinde Kurse zu dem Thema. Schon seit Jahren.« Plötzlich schloss sie den Mund ganz fest. Ihre Wangen wurden rot. Der Anfall von Unerschrockenheit verebbte wie Wasser, das in einem Abflussrohr verschwand. Sie hörte es förmlich gluckern.

»Sie sind also eine Expertin«, sagte die Frau.

»Äh, ja, sozusagen.« Die Zweifel türmten sich schneller auf als der Schnee letzte Nacht. Auf keinen Fall würde sie jetzt sagen, dass sie nicht nur Vorträge über dieses Thema hielt, sondern auch regelmäßig dazu im Rundfunk sprach. Und mehr noch – sie hatte sogar ein Buch darüber geschrieben.

»Dann wissen Sie ja genau, worum es eigentlich geht.«

Jill begegnete dem Blick der jungen Frau. Ihre dunklen Augen waren eher ernst als mürrisch, weiser, als man es von einer Frau über Dreißig erwarten konnte. Ihr schwarzer Kaschmirpullover reichte nicht ganz bis zum Bund der tief sitzenden Jeans. Ihre hohen Stiefel waren aus weichem Leder. An ihren Handgelenken klimperten Silberarmreifen; an ihrer linken Hand funkelte ein großer Diamant.

Jill sagte: »Und woher wissen Sie es?«

»Mein Mann ist fünfzehn Jahre älter als ich. Wir haben uns zu Anfang seiner Krise kennengelernt.«

Krise.

Wie in Midlife-Crisis.

An jedem anderen Tag – bis heute – hätte Jill der Frau sofort eine Unmenge Fragen gestellt und sich Notizen gemacht. Sie musste eine wahre Goldmine an Informationen sein. Sie war der Prototyp der jüngeren Frau, die dem älteren Mann begegnet, während dieser sich in dem typischen verwirrenden Zustand eines sinkenden Hormonspiegels, einer im Niedergang begriffenen Karriere oder irgendeiner anderen sich verschlimmernden Lage befand.

Doch diesmal zückte Jill weder Stift noch Notizblock. Sie stellte sich vielmehr vor, wie Jack eine Schönheit anlächelte, die halb so alt war wie er.

»Aber wie gesagt ...«, die Frau streifte sich das Headset wieder über den Kopf, »vielleicht kriegt er ja nur eine Grippe.« Sie nahm ihr Buch und fing wieder an zu lesen.

Jill ließ den Kopf zurücksinken und schloss die Augen. »Midlife-Crisis und Scheidung.«

Sie flüsterte die gefürchteten Worte, als probiere sie vorsichtig eine Kumquat-Frucht. Der fremdartige säuerliche Geschmack breitete sich auf ihrer Zunge aus.

Musste sie sich wirklich daran gewöhnen?

Die Tränen brannten in ihren Augen.

Ich ziehe die Grippe vor.

Quälend lange Stunden später am Flughafen von Los Angeles begrüßte Jill Gretchen MacKelvie an der Bordsteinkante mit einer kurzen Umarmung. »Hi.«

»Wo ist Jack?«

»Zu Hause. Grippe.«

Gretchen hielt sie auf Armlänge von sich. Sie war mehrere Zentimeter größer als Jill mit ihren ein Meter achtundfünfzig, eine große, langgliedrige Frau mit langen braunen Locken und vollen Lippen. »Grippe.«

»Ja.«

Gretchens linkes Auge wurde schmal; das andere leuchtete neongrün. Ihre markante Nase zuckte. Sie hatte den matronenhaften Blick schon lange vor ihrem zweiundvierzigsten Geburtstag perfektioniert. »Was sollen die unvollendeten Sätze, Miss Jaws?«

Jill erwiderte ihren Blick. »Es ist entweder die Grippe oder die Midlife-Crisis. Grippe ist mir lieber.«

»Jill! Was ist passiert?«

»Nichts. Absolut gar nichts. Ihm war nur nicht danach, mich zu begleiten.« Sie schüttelte Gretchens Hände ab. »Ist das dein Mietwagen? Der Typ vom Sicherheitsdienst geht gerade auf ihn zu.«

»Als ob mir das was ausmacht! Bleib stehen und rede mit mir.«

Jill ignorierte ihre Freundin. Hastig rollte sie ihr Gepäck zum Wagen und rief dabei dem Wachmann zu: »Wir sind hier! Wir kommen schon!«

»Sie können hier nicht parken, Ma'am.«

»Verstanden!«

Er nickte und ging weiter.

Gretchen richtete den Autoschlüssel auf den Wagen und murmelte dabei: »Nicht mal fünf Minuten kann man sich hier hinstellen! Zum Henker mit den Terroristen.« Der Kofferraumdeckel sprang auf. Zusammen luden sie das Gepäck ein. »Was meinst du damit, dass ihm nicht danach war, dich zu begleiten? Ich habe ihn doch Sonntag noch gesehen. Er hat sich auf seinen Urlaub gefreut.«

»Ja, na ja, anscheinend hat er damit nicht diesen Urlaub gemeint.«

»Liegt es an seinem Autounfall Dienstagabend?«

»Nein, das war keine große Sache. Nur ein paar Stiche am Kopf. Am nächsten Morgen hat er seine Baseballmütze von den Cubs aufgesetzt und ist zur Arbeit gegangen. Die Sache ist, er hat gesagt, er ...« Die Kiefersperre setzte wieder ein. Jill zwang die Worte durch die zusammengebissenen Zähne. »Er hat gesagt, er will sich scheiden lassen.«

Gretchen schnappte nach Luft.

Jill rammte den Kofferraumdeckel zu. »Er ist krank. Hormone, neue Lebensphase, Grippe – was auch immer. Er wird wieder gesund.«

»Nein. Warte. Das redest du dir doch ein, oder? Du versuchst, es dir angenehm zurechtzulegen. Als Nächstes wirst du sagen, Gott lässt alle Dinge zum Guten wirken.«

»Das wird er auch. Und bis dahin haben du und ich zu arbeiten.«

»Jillian Galloway, das ist unfassbar. Eine Scheidung? Großer Gott! Warum brüllst du dir nicht die Seele aus dem Leib?«

»Das habe ich schon, irgendwo über Colorado.«

»Quatsch. Deine Mascara ist überhaupt nicht verschmiert, nicht ein winziges bisschen.«

»Das habe ich über Nevada wieder in Ordnung gebracht.«

»O Jillie.«

»Meine Damen!« Der Wachmann kam wieder auf sie zu und schlug dabei demonstrativ seinen Strafzettelblock auf.

Sie liefen ums Auto herum zu den Türen und stiegen hastig ein.

Gretchen fädelte den Wagen in kürzester Zeit elegant in den fließenden Verkehr ein. Sie seufzte schwer. »Wirst du denn nie müde, den letzten Saft aus der Zitrone auszudrücken? Wir brauchen keine Limonade, Liebling. Nicht heute.«

Jill war anderer Ansicht. Sie hätte es auch gesagt, doch ihr Kinn war zu sehr damit beschäftigt, einen Klagelaut zu unterdrücken.

2

Chicago

Jack wachte langsam auf, wie ein Bär aus einem langen Winterschlaf, der den ersten Hauch des Frühlings in der Nase hat.

Oder bildeten sich da gerade Eiszapfen?

Stöhnend rollte er sich auf den Rücken. Das Schlafzimmer lag im Halbdunkel, ein sicheres Zeichen, dass dieser Nachmittag noch zum tiefsten Winter gehörte. Seine kalte Nase erinnerte ihn daran, dass er die Heizung nicht angestellt hatte, bevor er sich heute Morgen die Jogginghose übergestreift hatte und unter die Bettdecke gekrochen war.

Heute Morgen? War es wirklich erst ein paar Stunden her, dass die Erschöpfung ihn wie mit einem Holzhammer niedergestreckt hatte?

Er blickte auf den Wecker auf dem Nachttisch an Jills Bettseite. Die Digitalzahlen leuchteten nicht.

»Mein Gott, was habe ich nur gemacht?«

Er rieb sich mit den Händen übers Gesicht. Die getrockneten Tränenspuren waren fast deutlicher spürbar als die Bartstoppeln.

Dr. Jackson Galloway war kein Mensch, der schnell aufgab. Zu viele Menschen verließen sich auf seine Stärke, seinen klaren Kopf. Als Einzelkind war er sein Leben lang für seine Eltern da gewesen, zumal jetzt, da sie alt waren. Und außerdem für seinen Sohn, seine Patienten, ihre Familien, seine Angestellten.

Seine Frau.

Sie musste jetzt eigentlich in L.A. sein, hatte die Situation ganz bestimmt bis zum Erbrechen analysiert und war – worauf er seine Praxis verwetten würde – zu dem Schluss gekommen, dass er in einer schlimmen Midlife-Crisis steckte. Bald würde er aus dem Schrank seines Sohnes coole Klamotten stibitzen, sich ein rotes Cabrio kaufen und in Singlebars nach heißen Bräuten Ausschau halten.

Lieber würde er Staub fressen.

Trotzdem: Irgendetwas in ihm hatte klick gemacht. Er sagte Dinge, die er nicht geplant hatte, ja, die er sich nie hätte träumen lassen.

Sie sprudelten einfach aus ihm heraus, wie die furchtbare Eröffnung, die er Jill gemacht hatte, nach der er sie dann einfach in das Taxi verfrachtet hatte. Danach waren ihm die Tränen über die Wangen geströmt, noch bevor er die Tür erreicht hatte. Sie rannen weiter, während er bei jeder einzelnen Uhr im Haus den Stecker aus der Steckdose zog oder die Batterien herausnahm und zum Schluss noch das Pendel der Wohnzimmeruhr anhielt.

Er hatte sein Leben lang nichts getan, als Diagnosen zu stellen, und dieses eine Mal wollte er zur Abwechslung mal *nicht* Ursachenforschung treiben. Er wollte einfach aufhören zu denken. Er war heute Morgen irgendwie mit seinem Latein ans Ende gekommen. Jetzt würde er sich erst einmal das uralte Rezept verordnen: viel Ruhe.

Aber zuerst würde er noch den Anruf erledigen.

Mit einem weiteren Stöhnen schlug Jack die Bettdecke zurück und stellte die Füße auf den Bettvorleger. Er knipste eine Lampe an, nahm sein Handy, tippte, ohne nach der Zeit oder irgendwelchen SMS zu sehen, die Zwei und auf Wählen.

»Jack!«

»Hi …« Fast hätte er hinzugefügt: »Engelchen.« *Engelchen*? Das war sein alter Kosename für Jill. Vor Jahren, als er sie zum ersten Mal auf der anderen Seite eines überfüllten Bürgersteigs gesehen hatte, war das sein erster Eindruck gewesen: ein *engelhaftes* Wesen. Mit ihren blonden Locken, runden Wangen und einem Lächeln, als würde sie im nächsten Moment vor Lebensfreude platzen, glich sie einem Cherub von Raffael. Kein Wunder, dass er sie unbedingt ansprechen musste, obwohl er sie gar nicht kannte. Und sie hatte ihm geantwortet. Ihre Augen waren blauer als der Himmel über Kalifornien. Beim Klang ihrer leisen, melodischen Stimme war er restlos bezaubert gewesen. Ihre aufgeweckte Art hatte ihm Mut gemacht, sie zum Abendessen einzuladen.

»Jack! Rede mit mir!« Die Locken waren längst fort, nicht aber ihr quirliges Wesen.

Er zupfte an seinem Ohrläppchen. »Hi. Bist du gut angekommen? Ist Gretchen bei dir?«

»Ja und ja. Hör zu, Liebling, ich verstehe dich – jedenfalls soweit eine Frau das verstehen kann. Du wirst diese Krise meistern, ja, du wirst dich danach sogar besser fühlen als vorher. Wir stehen das zusammen durch und überwinden es. Ich habe mit Gretchen darüber gesprochen. Ich sage meine Verpflichtungen hier ab und komme Montagabend zurück. Dann können wir …«

»Jill! Hör auf. Bitte.« Sein Körper fühlte sich an wie ein zum Zerreißen gespanntes Gummiband. Seine Finger und Zehen zitterten vor Aufregung, seine Stimmbänder schmerzten. Er hatte dieses Gefühl nicht zum ersten Mal. »Es hat sich nichts an dem geändert, was ich heute Morgen gesagt habe.«

»Du kannst nicht einfach so etwas sagen, ohne mit mir darüber zu sprechen.«

»Ich habe nur angerufen, um zu hören, ob alles in Ordnung ist. Und jetzt verabschiede ich mich von dir.«

»Jackson Galloway!« Ihre Stimme kletterte weit über ihren gewohnt angenehmen Klang in die Höhe. »Rede mit mir!«

»Ich habe dir im Moment nichts zu sagen.«

»Aber ich habe dir etwas zu sagen!«

»Das hast du immer, Jill. Das hast du immer. Aber ich kann es mir im Moment nicht anhören. Tut mir leid.«

»Und was bedeutet das?«

Er seufzte. »Lebwohl.«

Sie antwortete nicht.

»Jill, wir sind immer zivilisiert miteinander umgegangen. Das ist ganz wichtig, wenn man unterschiedlicher Ansicht ist.« Zitierte er jetzt einen ihrer Ratschläge für Eheleute? Er rieb sich die Stirn. »Bitte, ich möchte nicht einfach so auflegen.«

Schweigen.

»Jill?«

Nichts.

Er wartete eine Weile, bis er merkte, dass sie aufgelegt hatte.

Seine Frau hatte immer das letzte Wort. *Immer.* Ganz gleich, bei welchem Thema oder in welcher Situation. Sie führte persönliche Gespräche, als befände sie sich in einer Radiosendung, und beendete ein Interview oder eine Sequenz. Er hatte sich an diese Eigenart gewöhnt. Doch da sie diesmal nicht hier war, wurde ihm bewusst, wie aufgebracht sie sein musste.

»O Gott, was habe ich getan?«

Er klappte sein Handy zu.

Was er heute Morgen getan hatte – ohne nachzudenken getan hatte, war ganz einfach: Er hatte aufgehört zu leugnen.

In den letzten Wochen war das Gummibandgefühl immer stärker geworden und hatte seine sonst so ruhigen Nerven bis zum Zerreißen gespannt. Er fing an aufzuschreiben, in welchen Situationen es auftrat, und allmählich zeichnete sich ein Muster ab.

Danach fing er an zu leugnen.

Der Stress vorzugeben, dass das alles nicht wahr sei, verstärkte den Schmerz und zerrte von Kopf bis Fuß an seinen Nerven – bis sie heute Morgen, als er mit einer Reisetasche über der Schulter an der Tür stand, plötzlich gerissen waren und ihn wie gelähmt zurückgelassen hatten.

Er hatte keine Erklärung dafür, ja, er begriff es selbst nicht. Er wusste nur, dass Jill diese Schmerzen auslöste. Und jetzt, wo sie fort war, empfand er keinen Schmerz.

Jack seufzte wieder. »Es tut mir leid, Engelchen. Es tut mir so leid.«

Er legte das Handy auf den Nachttisch und trottete in die Küche, ein hungriger Bär, der plötzlich voller Energie war, erfüllt von einer unerklärlichen, frühlingshaften Wärme.

3

Los Angeles

Das Atmen war für Jill zum Problem geworden.

Du hast keine Wahl, beschwor sie sich, *du hast keine Wahl*. In fünf, vier, drei, zwei, eins würde das Liveinterview beginnen und zum allerersten Mal würde nicht sie die Fragen stellen.

Die lebhafte Lobpreismusik wurde leiser und die hübsche junge Brünette auf der anderen Seite des Tisches sprach in ihr Mikrofon. »Es ist sechs Uhr fünfundvierzig. Hier bei mir im Studio befindet sich die bekannte Sprecherin Jill Galloway.«

Als Kleinkind hatte Jill oft die Luft angehalten. Manchmal, wenn sie über irgendetwas enttäuscht war, war sie sogar ohnmächtig dabei geworden. Das erklärte auch, warum ihr Vater, als sie mit sieben so tat, als sei sie eine Meerjungfrau am Grund des Swimmingpools, ins Wasser gesprungen war und sie an die Oberfläche gezerrt hatte. Irgendwann hatte er sich jedoch wieder beruhigt und ihr von Esther Williams, einer berühmten Schauspielerin und Schwimmerin, erzählt.

Die Ansagerin redete. »Sie kennen Jill sicher aus ihrer Reihe *Rezepte für die Ehe*, die Sie Montag-, Mittwoch- und Freitagmorgen um neun Uhr dreißig auf unserem Sender hören können. Willkommen an der Westküste, Jill.«

Esther Williams hatte das Luftanhalten zu einer Kunst gemacht. Das konnte Jill auch. Sie war keine Ertrinkende, die nach Sauerstoff gierte. Sie schwamm, sie war eine Meerjungfrau, die …

»Jill. Wir freuen uns, dass Sie hier sind.«

Sie nickte.

»Den weiten Weg von Chicago.« Die Sprecherin lächelte.

»Äh, danke.« Wie hieß die Frau noch mal? »Kelly! Danke. Ich freue mich auch.«

»Meine lieben Hörerinnen, meine lieben Hörer, dies ist ein großer Tag für Jill. Vor Kurzem ist ihr erstes Buch erschienen. Es hat den

Titel *Sie redete, er hörte zu: ein Leitfaden für das eheliche Streitgespräch.* Und wie in ihrer Interviewsendung geht es auch in ihrem Buch um gesunde Kommunikation in der Ehe.« Kelly war ein Naturtalent am Mikro. Sie trug bequeme Bluejeans und ein T-Shirt und besaß eine geradezu anbetungswürdige Radiostimme. »Stimmt das, Jill?«

»Stimmt.« Sie lächelte. Sie würde das schaffen. Trotz der frühen Morgenstunde nach einer schlaflosen Nacht auf einer unebenen Matratze in einem eher Zwei- als Dreisternehotel, *trotz Jack* würde sie es schaffen.

»Sie sind seit vierundzwanzig Jahren verheiratet?«

»Ja.«

»Meinen Glückwunsch. Dann haben Sie ja einige Erfahrung, was das eheliche Streitgespräch betrifft. Wir sind neugierig, Jill. Erzählen Sie, wie sieht ein typischer Tag bei den Galloways aus?«

Ein typischer Tag? Jacks Ankündigung gestern hatte alles *Typische* ausgelöscht.

Wenn sie es genau bedachte, würde sie das hier *doch nicht* schaffen.

Gretchen, die am Ende des Tisches saß, wedelte panisch mit den Armen.

Als Jill sie ansah, fasste sie sich an ihren Adamsapfel und starrte sie beschwörend an. *Rede!*

Jill starrte zurück.

Gretchen bewegte die Lippen. *Bring es hinter dich.*

Genau das hatte ihre Freundin schon gestern Abend gesagt. Nachdem Jill bei dem Gespräch mit Jack einfach aufgelegt und dann einen furchtbaren Weinanfall bekommen hatte, hatte Gretchen ihr ein Ultimatum gestellt. »Du weißt, dass ich dich liebe. Ich will nicht nur streng und geschäftsmäßig mit dir sein. Aber ich muss es dir sagen: Du hast die Wahl. Du kannst alles, was du erreicht hast, für null und nichtig erklären und deine Träume aufgeben oder du kannst es in den Griff bekommen. Du kannst nichts weiter tun, bis Jack bereit ist zu reden. Also reiß dich zusammen – nicht für immer, aber für den Augenblick. Für das Interview, das Mittagessen, das Signieren des Buchs.«

Es schien ein guter Rat zu sein. Doch das war vor Kellys Frage nach den typischen Tagen.

Kelly redete noch immer, füllte aus, was tote Luft gewesen wäre, wenn sie gewartet hätte, bis Jill antwortete. »Sie sprechen und interviewen Ihre Teilnehmerinnen zum Thema Kommunikation in der Ehe, aber wie sieht das im wirklichen Leben aus?«

Jill blickte sich in dem kleinen Raum um. Er enthielt sämtliche Elemente, die ihr ein Gefühl von Sicherheit vermittelten. Von den hängenden Mikrofonen bis zu den computergestützten Kontrollpaneelen, die aussahen, als gehörten sie in die Hände eines Düsenjetpiloten. Vom Drehstuhl bis zu den großen Kopfhörern, die die Außenwelt dämpften und die Stimmen der anderen auf ein Minimum reduzierten.

Hier konnte ihr nichts passieren.

Sie hörte sich sagen: »Wie das im wirklichen Leben aussieht? Na ja, an manchen Tagen möchte ich meinem Mann am liebsten eins hinter die Ohren geben.« Sie grinste, als Kelly zusammenzuckte. »Bildlich gesprochen, natürlich. Ich sehe, Sie tragen einen Ehering, Kelly. Wie lange sind Sie verheiratet?«

»Vier Jahre.«

»Gott segne Sie. Sie fangen gerade erst an. Nun, ein typischer Tag im Hause Galloway ist typisch einundzwanzigstes Jahrhundert. Jack und ich stehen um sechs Uhr morgens auf. Um sieben Uhr dreißig sitzt jeder von uns in seinem Auto und geht seiner Wege – eines der ganz großen Dilemmas der modernen Ehe. Wenn wir nicht ein bisschen Zeit für uns herausschinden, verlieren wir die Verbindung, verlieren die Nähe unserer Herzen, die höchstwahrscheinlich der Grund war, warum wir geheiratet haben. Kurz gesagt, wir verlieren den Grund, um weiter verheiratet zu bleiben.«

»Und wie schlagen Jack und Sie Zeit füreinander heraus?«

»In meinem Buch führe ich die Standardmöglichkeiten auf, wie zum Beispiel die abendliche Verabredung. Doch das Entscheidende ist: Wie kommuniziert ein Paar bei einer solchen Verabredung? Denn eine Verabredung funktioniert nur, wenn man richtig miteinander redet.« Jill schaltete auf Redemodus. Sie sprach über ihr Buch, darüber, was es von anderen Eheratgebern unterschied.

Sie sprach über das, worüber sie sprechen wollte, und hielt durch bis zu Kellys Schlussgeschwafel, mit dem sie die Sendung beendete.

Sie schaffte es sogar aus dem Studio heraus, schaffte es, sich lächelnd von allen zu verabschieden, und auf dem Weg zum Auto munter mit Gretchen zu plaudern. Ihre Mascara blieb untadelig.

Sie stiegen ein und schwiegen.

Schließlich fing Gretchen an zu reden. »Das lief … okay. Ziemlich gut sogar. Kelly sah am Schluss ein bisschen benommen aus, aber egal. Du warst da, um dein Buch zu promoten, nicht deine Ehe, in der es, wie in den Ehen aller Menschen, gute und weniger gute Zeiten gibt.«

»Ab und zu fällt jeder mal in Ungnade.«

»Ganz recht. Das bringt das Leben so mit sich.«

»Gretchen, wann hattet du und Douglas zum letzten Mal ein Date miteinander?«

Ihre Freundin blinzelte. »Keine Ahnung. Irgendwann, als wir beide zufällig zur gleichen Zeit in Chicago waren.«

»Am 22. Dezember.«

»Wieso weißt du das?«

»Weil ich Ehen studiere.«

Sogar solche untypischen wie die der MacKelvies, die beide bei der Hochzeit schon über fünfunddreißig gewesen waren, keine Kinder hatten und den größten Teil des Monats aufgrund ihrer Karriere in verschiedene Richtungen unterwegs waren. »Du warst zu Hause und er kam aus London, kurz vor Weihnachten.«

Gretchen zuckte die Achseln. »Wenn du es sagst.«

»Und ich weiß auch, wann Nan, Kristy, Cathy und Phyllis abendliche Verabredungen mit ihren Männern hatten, weil sie sehr regelmäßig stattfinden.«

»Habe ich dir schon mal gesagt, dass du wirklich komisch bist?« Sie ließ das Auto an. »Komm, wir gehen frühstücken.«

Jill rieb sich das Brustbein. Das Atmen tat wieder weh. »Die Sache ist die: Ich kann mich nicht erinnern, wann Jack und ich das letzte Date miteinander hatten.«

»Vielleicht solltest du diese Information lieber für dich behalten. Wie wäre es mit einer belgischen Waffel mit Sahne? Stopf dich mit Kohlehydraten voll und mach ein Schläfchen vor dem Mittagsrummel. Du kannst ein bisschen Ruhe gebrauchen.«

Sie blendete Gretchen aus und überlegte, ab wann genau Jack wohl keinen Grund mehr gesehen hatte, mit ihr verheiratet zu sein.

Die wenigen Bissen von der Waffel, die Jill zum Frühstück aß, verursachten ihr Magenschmerzen. Die Zeit bis zum Mittagessen verbrachte sie allein auf ihrem Zimmer, wie ein Embryo im Sessel zusammengerollt, während sie aus dem schmutzigen Fenster auf die Flugzeuge starrte, die zum Anflug auf die nahe gelegene Landebahn ansetzten.

Wenn Jack jetzt hier wäre, würden sie über Gretchens großartige Hotelunterbringung mit der »Skyline-Aussicht« und der »klassischen Ausstattung« lachen. Hatten sie nicht erst vorgestern Abend noch darüber gesprochen, wie stolz ihre Publicity-Managerin auf ihre niedrigen Spesenkosten war? Und dass sie beide höchstwahrscheinlich in einer Absteige wie dieser landen würden?

Ja, es war vorgestern gewesen, Mittwoch. Sie und Jack hatten zusammen im Schlafzimmer gepackt. Sie hatte den Schnitt auf seiner Stirn betrachtet, den er sich am Abend zuvor bei einem Autounfall zugezogen hatte. Zum Glück war er mit dem Schnitt, der lediglich ein paar Stiche erfordert hatte, davongekommen.

Sie hatte gesagt: »Du brauchst wahrscheinlich einen Hut, um die Wunde vor der Sonne zu schützen.«

»Habe ich. Brauche ich einen zweiten Pullover?«

»Ja. Und vergiss nicht die Flipflops.«

»Meinst du, die Duschen werden so schlimm sein?«

Sie lachte. »So schlimm nun auch wieder nicht. Ich denke bereits an die elf Tage danach, wenn wir am Strand entlangspazieren werden.«

»Bist du auch ganz sicher, dass Tante Gretch nicht mitkommt?«

»Ganz sicher.«

Jack und Gretchen erfreuten sich einer seltsamen Beziehung. *Erfreuen* war vielleicht nicht ganz das richtige Wort. Gretchens engagierte Art grenzte hart an Aufdringlichkeit, was in Jack regelmäßig den Wunsch weckte, es ihr mit gleicher Münze heimzuzahlen. Doch Gretchen liebte den Schlagabtausch, der daraus zu entstehen pflegte. Sie meinte, sie seien wie Eisen, das mit Eisen geschärft wird. Er war anderer Ansicht. Sie war in seinen Augen eine Wichtigtuerin, die nicht wusste, wann es Zeit war, sich zurückzuziehen. Nein, *erfreuen* war wirklich nicht das richtige Wort. Aber zumindest gingen sie offen miteinander um.

Er nahm seine typische Zweiflerpose ein: schräg geneigter Kopf, zusammengekniffene Augen.

»Jack, sie wird in Phoenix sein, wenn unser Urlaub anfängt.«

Ging es vielleicht nur darum? Um Gretchen?

Nein. Er hatte das Wort, das mit S begann, gesagt. Das hatte nichts mit ihrer Freundin zu tun, ganz gleich, wie lästig sie manchmal sein konnte.

An jenem Tag hatte er noch volles Programm in der Praxis gehabt. Als sie endlich zum Packen kamen, war er todmüde gewesen und mehr als bereit, in den längst überfälligen Urlaub aufzubrechen. Sie waren noch nie für ganze fünf Wochen weggefahren. Theoretisch hätten sie das auch diesmal nicht getan, aber Jills Verpflichtungen würden sie nicht rund um die Uhr in Anspruch nehmen; sie würden zwischendurch mehr als genug Zeit zum Ausruhen haben.

Wie zum Beispiel jetzt, heute Morgen. Das wäre einer dieser Momente gewesen, in dem sie einfach ihr Zusammensein genossen hätten, ohne dass sie jemand störte.

Gretchen war völlig unabhängig und außerdem ein Workaholic. Sie würde diese Zeiten am Telefon verbringen und wahrscheinlich weitere schäbige Hotels für andere Kunden buchen und sich nicht wichtigtuerisch in ihre Ruhezeiten drängen. Sie hatte schließlich keinen Urlaub wie die Galloways. Und das verstand sie, denn sie war Jills beste Freundin.

Beste Freundin. Und Jack war ihr bester Freund.

Richtig?

Aber wie konnte es dann passieren, dass sie die Warnzeichen übersehen hatte? Es hatte doch ganz bestimmt Warnzeichen gegeben! Eine Midlife-Crisis kam nicht aus dem Nichts.

Nein, es hatte keine Warnzeichen gegeben. Jack hatte einen arglosen Charakter, und er war nicht gut darin, jemandem etwas vorzumachen. Seine haselnussbraunen Augen hatten immer noch gefunkelt, und die Lachfältchen um seinen Mund hatten sich wie jedes Mal vertieft, wenn er sie anlächelte. Er war so freundlich wie immer gewesen.

Wenn, dann war sie diejenige, die in den letzten Monaten so getan hatte, als sei alles in bester Ordnung, während sie sich mehr denn je auf ihre Arbeit konzentriert hatte.

»Jack.« Sie hatte sich aufs Bett gesetzt und seine Socken zusammengerollt, während sie sich unterhielten. »Ich habe dir noch nicht gesagt, wie viel mir diese Reise bedeutet.«

»Es ist deine Glanzzeit, Jillie. Dein erstes Buch. Bewundernde Hörer, die dich unbedingt kennenlernen und zu bewundernden Lesern werden wollen. Eine Vortragsreise in deinem Heimatstaat. Meiner Ansicht nach hast du's geschafft.«

»Darauf wollte ich nicht hinaus. Ich bin dankbarer dafür, als ich sagen kann, aber …«

»Als du sagen kannst?« Er zwinkerte ihr zu. »Wirklich?«

Ja, er hatte sie geneckt. Erst vorgestern Abend noch.

Sie lächelte. »Nein, was ich sagen wollte, ist, dass ich viel zu beschäftigt mit dieser Buchsache war. Ich habe hier zu Hause alles schleifen lassen. Und bei Connor auch. Ich habe ihm seit zwei Wochen nicht mehr gemailt. Aber am wenigsten habe ich mich um dich gekümmert. Um uns.«

»Durchaus verständlich. Es war ein großes Projekt.«

»Ja, aber es tut mir leid. Und ich kann nicht in Worte fassen, wie glücklich ich darüber bin, dass wir zusammen Urlaub machen.«

»Schon wieder kannst du es nicht in Worte fassen?« Er setzte sich aufs Bett und nahm sie in die Arme.

Jill erinnerte sich an diese Umarmung. Die raue Wolle seines alten Lieblingspullovers an ihrer Wange. Der leichte Duft nach Seife, der stets den Arzt umgab, der es mit Sauberkeit peinlich genau nahm. Das leichte Schaudern, als sei ihm kalt. Das plötzliche Losgelassenwerden, als er aufstand.

»Ich gehe runter und mache Kaffee.« Und weg war er.

Um Kaffee zu kochen, wie er es jeden Abend tat. Und wie er es schon vor einer Stunde getan hatte.

Dieses Schaudern hatte sie sich nicht eingebildet. Und wie er das, was sie sagte, ins Witzige gezogen hatte. Sie hörte es jetzt wie mit neuen Ohren, wie er ablenkte, das Thema von ihrer Beziehung abbrachte. Und sie hatte es geschehen lassen, dass er von ihrer Arbeit und von Kaffee sprach.

Hatte er da schon gewusst, dass er sie nicht begleiten würde? Hatte er nur zum Schein gepackt, um sie dann am Morgen mit den Tatsachen zu konfrontieren?

Nein. Ein so aufrichtiger Mann wie er entwickelte nicht plötzlich die Kunst der Täuschung.

Sie musste nach Hause fahren. Ihre sogenannte Glanzzeit stürzte gerade in ein riesiges schwarzes Loch.

4

Chicago

Am Samstagmorgen zog Jack sein klingelndes Handy aus der Manteltasche und sah nach, wer der Anrufer war.

Gretchen. Vierundzwanzig Stunden später, als er vorhergesagt hatte.

Er ließ das Telefon klingeln, während er weiter den Kaffee in den Thermobecher für unterwegs füllte und überlegte, ob er den Anruf ignorieren sollte. Sein Herz war ohnehin schon schwer genug, wegen Connor. Er musste unbedingt mit seinem Sohn reden, hatte jedoch keine Ahnung, wie er ihm am Telefon eine Entscheidung erklären sollte, die er selbst nicht verstand.

Er blickte wieder auf das Handy. Gretchen war bei seiner Frau. Aber trotzdem …

Diese Frau war die typische altjüngferliche Tante, fest überzeugt, dass sie befugt war, sich jederzeit in das Leben ihrer weitverzweigten Familie einzumischen. Gretchen MacKelvie war zwar weder alt noch eine alte Jungfer, ja, noch nicht einmal mit den Galloways verwandt, aber sie passte trotzdem genau in dieses Raster und wartete ständig mit Ratschlägen auf, um die sie keiner gebeten hatte. Dabei mochte er die beste Freundin seiner Frau eigentlich ganz gern. Sie drei hatten eine langjährige gemeinsame Geschichte mit vielen schönen Erinnerungen, darunter Urlaube und Gretchens Hochzeit mit einem wirklich netten Mann.

Widerwillig nahm er den Anruf an. »Hallo, Tante Gretch.«

»Ich bin heute Morgen absolut nicht in Stimmung für deine Kosenamen, Jackson Galloway. Was um alles in der Welt hast du dir dabei gedacht?«

Er klemmte sich das Handy zwischen Kinn und Schulter und schraubte den Deckel auf den Trinkbecher. »Geht's Jill gut?«

»Was glaubst du denn, he? Natürlich geht's ihr nicht gut!«

»Gretchen, es tut mir leid. Ich weiß, mein Timing ist unverzeihlich, aber es ist nun einmal passiert, und ich kann es nicht ungeschehen machen.«

»Ich würde dich am liebsten teeren und federn.«

»Isst und schläft sie denn?«

»So leidlich.«

»Sie ist eine starke Frau. Das war sie schon immer. Sie wird die Sache genauestens analysieren und dann überwinden. Wir reden darüber, wenn sie nach Hause kommt.«

»Die Sache? *Die Sache?* Jack, du hast ihre Welt auf den Kopf gestellt, das Innerste nach außen gekehrt.«

»Ich habe meine eigene Welt auf den Kopf gestellt und …«

»Sag mir nur eins: Was geht da vor? Steckst du in der Midlife-Crisis?

Jack lächelte traurig und schüttelte den Kopf. »Nein. In meinem Leben ist alles in bester Ordnung, bis auf …« Bis auf die Tatsache, dass er allergisch auf seine Frau reagierte. »Bis auf die Tatsache, dass ich im Moment nicht mit Jill zusammen sein kann.«

»Na, dann ist ja alles klar.« Gretchens Stimme triefte vor Sarkasmus. »Gibt es eine andere?«

»Nein, Gretchen, es gibt keine andere. Mehr ist dazu nicht zu sagen.«

»Oh, ich habe schon noch ein oder zwei Dinge dazu zu sagen, Galloway. Ist dir klar, dass du damit alles, was sie in den letzten zwölf Jahren vertreten hat, für Humbug erklärst? Du könntest genauso gut im Fernsehen auftreten und ihr Buch zerreißen und für Unsinn erklären.« Ihre Stimme klang nach Tränen. Sie sagte nichts mehr.

Jack schwieg ebenfalls. Irgendwo in seinem Innern machte er völlig dicht.

Er hörte einen Moment zu, wie Gretchen schniefte. Dann sagte er ruhig: »Bitte, achte darauf, dass sie isst, und lass sie nicht den ganzen Tag High Heels tragen. Auf Wiedersehen.«

Schweigen.

Noch mehr Schweigen.

Sie hatte aufgelegt. Das waren dann zwei aufgelegte Anrufe in vierundzwanzig Stunden. Wenn er Glück hatte, würde jetzt die Welt untergehen, und er bräuchte nie mehr mit einer anderen Frau über das zu reden, was er getan hatte.

Guter Versuch.

Jack betrat den Ostflügel der Klinik, ging einen Erdgeschosskorridor zu einer gläsernen Doppeltür mit der Aufschrift *The Huffman Medical Group* entlang und war in seinem zweiten Zuhause.

Fast immer hatte er beim Eintreten das Gefühl, dass der Warteraum ihn mit einem freundlichen Willkommen begrüßte. Das lag zum Teil an der Leidenschaft, die er für seine Arbeit empfand, zum Teil aber auch an diesem Ort selbst. Ein Innenarchitekt hatte mit größter Sorgfalt alles vermieden, was auch nur im Entferntesten an eine Arztpraxis erinnerte. Überall standen Grünpflanzen, auf dem Boden lag ein dicker Teppich, es gab ein Aquarium mit bunten Fischen und in Gruppen arrangierte Polsterstühle, die zum Plaudern einluden. Im Hintergrund spielte leise klassische Musik. Zwei Fernseher liefen, der Ton war jedoch leise gestellt; Seifenopern oder Zeichentrickfilme waren nicht erlaubt. Sogar die Empfangstheke hätte in einem privaten Wohnzimmer stehen können. Sie war lang, hatte eine Eichenholzplatte, und der Geschäftsbereich dahinter war nicht durch eine Glasscheibe abgetrennt.

Doch heute wollte sich das vertraute Gefühl nicht einstellen. Aber heute war eben auch nicht *fast immer.*

Er hastete an der Theke vorbei, doch es gelang ihm nicht, den Augenkontakt mit Sophie Somerville, ihrer gemeinsamen Sekretärin, zu vermeiden. Jack und sein Kollege, der Fußorthopäde Gordon Baxter, hatten sie vor zehn Jahren eingestellt, als sie der orthopädischen Gemeinschaftspraxis beitraten. Sophie war ein echtes Organisationstalent und hatte bald alles im Griff. Jacks Partner konnten im Zweifel gut ohne ihn zurechtkommen, doch ohne Sophie würde hier alles zusammenbrechen.

Der Fünfunddreißigjährigen entging buchstäblich nichts; man hätte meinen können, sie habe sich ein paar Antennen in ihr dunkles Haar geflochten und mit zu dem Knoten aufgesteckt, den sie immer trug.

Unermüdlich in ihren Bemühungen, alles für einen reibungslosen Ablauf in der Praxis zu tun, war sie eine Kraft, mit der man an allen Fronten rechnen musste. Sie hätte eine zweite Tante Gretchen abgeben können, wenn ihre ruhige Art nicht gewesen wäre.

Sie war aufgestanden und musterte ihn mit hochgezogenen Brauen. »Dr. G.!«

Jack hob eine Hand und ging durch die Tür, die zu den Untersuchungszimmern und Büros führte.

Nun lehnte sich Sophie auf der anderen Seite über die Empfangstheke. »Was …?«

»Ich bin nicht da.« Er durchmaß das Labyrinth von Räumen in scharfem Tempo, eine Ratte, die ihren Weg zur Belohnung kannte.

Die Belohnung war sein Büro, das Heiligtum in seinem zweiten Zuhause. Es war ein kleines Zimmer mit beigefarbenen Wänden, jagdgrünen Akzenten und zwei Sesseln. Das einzige Fenster ging auf einen Parkplatz hinaus. An der einen Wand hing ein notwendiges Dokument – das Stück Papier, das, wie er hoffte, seinen Patienten die Gewissheit gab, dass er approbierter Arzt war. Wenn ihnen das nicht gefiel, konnten sie das Weitwinkelfoto der Skyline von Chicago betrachten, das er an einem frühen Morgen von Baxters Jacht aus geschossen hatte. In den Fenstern der Wolkenkratzer glitzerte das Sonnenlicht.

Jack zog seinen Mantel aus, nahm die Cubs-Mütze ab, legte beides auf einen Sessel und setzte sich hinter seinen Eichenschreibtisch. Dieser befand sich im Urlaubsmodus und war völlig leer bis auf die Schreibtischlampe und zwei gerahmten Fotos, eines von seinem Sohn Connor, das andere von Jill. Er ballte seine Hände zu Fäusten, unsicher, was er als Erstes tun sollte: Jill in eine Schublade legen oder ihr Buch, aus dem Regal hinter sich, in den Papierkorb werfen?

Warum hatte er überhaupt solche Gedanken?

Es klopfte an der Tür, dann ging sie auf. Sophie erschien in der Öffnung. »Sie sind also hier, Dr. G.«

Er versuchte, seine Finger zu lockern. Normalerweise lächelte er über ihre Art, das Offensichtliche zu konstatieren und so sanft die Aufmerksamkeit auf etwas zu lenken, das jeder andere sonst ignorierte. Sophie pflegte mürrischen Patienten Versicherungsprobleme so liebenswürdig zu erklären, dass sie am Schluss oft lachten. Jeder Ärger über Terminüberschneidungen löste sich in Wohlgefallen auf, wenn sie sich dessen annahm. Normalerweise blieb Jack kurz im Empfangsbereich stehen, um ihr zuzuhören, damit er einen Grund zum Lächeln hatte.

Doch im Moment wollte er nicht mit ihr reden.

Er sagte: »Nein, ich bin nicht hier.«

Sie trat in sein Arbeitszimmer. »Ihr Schnitt blutet wieder.«

»Deshalb bin ich hier.« Er zog ein Taschentuch aus der Tasche und presste es gegen seinen Kopf. »Ich habe schon Baxter angerufen. Er kommt gleich und sieht es sich an.«

»Es dürfte eigentlich nicht bluten. Der Unfall ist schon mehrere Tage her.« Sie sprach von dem Bagatellautounfall am Dienstagabend. Er hatte an einem Stoppschild gebremst, war auf der eisglatten Straße ins Rutschen gekommen und gegen ein parkendes Auto geprallt. »Was haben Sie damit gemacht?«

Er zuckte die Achseln und ließ die Hand sinken. »Vielleicht ein bisschen zu ungestüm die Haare gewaschen.«

Sophie stöhnte und ließ sich auf den Stuhl gegenüber vom Schreibtisch fallen. »Wie konnten Sie acht Stiche wegshampoonieren?

»Keine Ahnung.«

Sie war größer als die meisten Frauen und sehr schlank, ja knochig. Geheiratet hatte sie nie, stattdessen lebte sie mit ihrer verwitweten Mutter und zwei Katzen zusammen.

Obwohl sie Jack und Baxter gelegentlich zum Abendessen begleitete, wahrte sie stets Distanz zu ihnen – absolut altmodisch, was ihre Arbeitsmoral betraf. Er hatte es aufgegeben, sie dazu zu bringen, ihn Jack zu nennen.

Ihre eng beieinanderstehenden Augen über der schmalen Nase fokussierten ihn. »Dr. Baxter hat Patienten.«

»Ich kann warten.«

»Haben Sie gesehen, wie viele da draußen sind?«

Er kramte in seinem Gedächtnis, aber er sah nur Jills schmollendes Gesicht vor sich. »*Männer pflegen nie etwas zu bemerken*«, hatte sie ihm oft genug gesagt, sodass er sich jetzt mühelos daran erinnerte. »*Aber man kann es trainieren, Details genauer wahrzunehmen.*« Offensichtlich waren seine Fortschritte nicht besonders groß.

»Nein, ich habe nicht gesehen, wie viele draußen sind.«

»Das Wartezimmer ist halb voll, drei Viertel der Patienten wollen zu Dr. Baxter.«

Zu ihrem Stab gehörten sechs Ärzte, zwei Assistenten und mehrere Schwestern. An den Wochenenden wechselten sie sich ab, doch es gab genügend Mitarbeiter, um Engpässe abzudecken. Er und Baxter sprangen eher selten für die anderen Ärzte ein, weil sie sich in erster Linie auf ihr Spezialgebiet – Füße – konzentrierten. »Drei Viertel wollen zu ihm? Wie kommt das?«

»Es ist Samstag und die Temperaturen liegen zum ersten Mal seit drei Wochen wieder über dem Gefrierpunkt. Februar-Frühlingsfieber.« Sie legte den Kopf schief. »Und es ist Valentinstag. Die meisten unserer Mitarbeiter haben etwas anderes vor.«

Valentinstag? Er krümmte sich innerlich. Heute war eine Lücke in Jills Terminkalender gewesen. Er hatte geplant, sie mit einem Überraschungsbesuch im Getty Museum zu füllen.

»Dr. G., warum sind Sie hier? In Chicago? Sie sollten in Kalifornien sein.«

»Äh.« Da er nicht damit gerechnet hatte, Sophie zu begegnen, hatte er sich noch keine Erklärung zurechtgelegt.

Sie arbeiteten zusammen, seit er und Baxter sie als Vollzeitkraft eingestellt hatten, als sie frisch vom College kam. Sie hatte mit zweiundzwanzig schon völlig erwachsen gewirkt, ja, sogar fast ein wenig sonderlich. Sie konnte ausgezeichnet mit Menschen umgehen, gab jedoch so gut wie keine Informationen über ihr Privatleben preis.

Laut Jill musste das so sein. Sie behauptete, so eine Offenheit, was persönliche Dinge betraf, sei unprofessionell. Obwohl er Sophie nun schon so viele Jahre kannte, ging Jill immer noch deutlich auf Distanz zu ihr. Sie war zwar nett zu ihr, doch er vermutete, dass sie sich von der jüngeren Frau, die sehr viel reifer war, als ihre Jahre vermuten ließen, bedroht fühlte. Warum sonst war sie dagegen, sie zu den seltenen Gelegenheiten mitzubitten, bei denen er und Jill seine Partner und deren Frauen zu sich nach Hause einluden? Warum sonst weigerte sie sich, Sophie und ihre Mutter an Feiertagen zum Essen einzuladen?

Er führte es auf das Offensichtliche zurück: dass er Tag für Tag sehr viel mehr Stunden in enger Zusammenarbeit mit Sophie verbrachte als mit seiner Frau.

Außerdem war Sophie ein Juwel darin, sein Leben in Ordnung zu halten, was nach Jills Ansicht seine eigene Aufgabe gewesen wäre. Sie selbst durfte ihre Agentin und einen persönlichen Assistenten beim Rundfunk haben, um sicher zu sein, dass sie nichts übersah, doch wenn es um sein …

»Dr. G.?«

»Äh«, sagte er wieder. »Äh, warum ich hier bin? Die Pläne wurden geändert. Jill ist allein vorausgefahren. Sie muss erst das ganze Geschäftliche erledigen, bevor sie sich der Familie widmen kann. Und dabei braucht sie mich nicht, ich wäre da nur im Weg.«

»Mm-hmm.«

»Und was machen Sie am Samstag hier?«

»Einspringen.«

»Sophie, es wäre mir lieber, Sie täten das nicht. Samstag ist Ihr freier Tag.«

»Aber das ist kein Problem für mich. Außerdem hatte ich dafür gestern frei.« Sie stand da und zupfte an ihrem rosafarbenen Rollkragenpullover, zu dem sie eine schwarze Hose trug. Wenigstens war sie leger gekleidet und trug nicht wie sonst ein Kostüm. »Ich werde nachschauen, ob ich Sie einschieben kann.«

»Wenn es geht, bitte, bevor ich verblutet bin.«

Sie lächelte, ein leichtes Anheben der meistens fest geschlossenen Lippen. »So schlimm ist es auch wieder nicht.«

»Ich sag Ihnen was. Lassen Sie mich als Nächsten zu Baxter, dann bleibe ich hier.«

»Aber Sie haben Urlaub.«

Er zuckte die Achseln. »Anscheinend noch nicht.«

»Gut. Wenn Sie es sagen, Dr. G.« Sie ging hinaus und schloss die Tür hinter sich.

»*Wenn Sie es sagen, Dr. G.*« Diese Antwort war wahrscheinlich das, was er am meisten an Sophie liebte.

»Du hättest es noch nicht nass machen dürfen, du Sturkopf.« Gordon Baxter beugte sich über Jack, der lang ausgestreckt auf dem Untersuchungstisch lag. Er nahm Schere und Pinzette und wedelte damit vor Jacks Gesicht herum. »Ich hole jetzt raus, was von den acht Stichen noch da ist, und dann lege ich die Naht neu an.«

»Verstanden.«

»Bist du ganz sicher, dass du nicht lieber wieder in die Notaufnahme willst? Du weißt doch, ich bin in so was gar nicht gut. In der Zeit, die ich brauche, könnte man doppelt so viele Stiche machen. Außerdem wirst du eine Riesennarbe behalten. Basefallfeld-Größe. Und da wird auch kein Haar mehr wachsen.«

»Mach's einfach, Baxter.«

»Wir warten noch kurz, damit die Betäubung auch wirklich wirkt.« Er setzte sich auf einen Stuhl, sodass das Licht hinter ihm die Umrisse seiner grau gesprenkelten, kurz geschnitten Locken nachzeichnete. Für einen Mann seiner Größe, mit einem so barschen Bariton, war er im Umgang mit Patienten erstaunlich sanft. »Also, was ist passiert? Und ich meine jetzt nicht deine übereifrige Haarwäsche.«

Jack sah seinen Freund an. Sie hatten sich vor über zwanzig Jahren im Studium kennengelernt und waren sich dann immer mal wieder über den Weg gelaufen, bis sie irgendwann eine Gemeinschaftspraxis eröffnet hatten. Mit Baxter konnte er über alles reden. Er glaubte nicht, dass es einen Gott gab; er sprach respektlos von seiner Exfrau; er hatte keinen Platz im Leben seiner beiden Zwillingsmädchen, die inzwischen an der Universität von Illinois studierten. Aber er hatte Jack immer bedingungslos akzeptiert und war ohne Zweifel der beste Arzt, dem Jack je begegnet war.

Er holte tief Luft. »Ich habe Jill gesagt, dass ich mich scheiden lassen will. Zwei Minuten später habe ich sie in ein Taxi zum Flughafen gesetzt. Wir haben seither ein einziges Mal miteinander gesprochen.«

Baxter verzog seinen Mund erst auf die eine, dann auf die andere Seite. »Das Betäubungsmittel scheint in dein Hirn eingedrungen zu sein. Du redest irre.«

»Das bedeutet dann wohl, dass du loslegen kannst, Doc.«

»Richtig.« Baxter stand auf. »Was hältst du von Abendessen?«

Jack hörte die dahinterliegende Frage: »*Willst du darüber reden?*« Eigentlich nicht, aber es war wohl das Klügste. Und auf der Liste der Menschen, denen er vertraute, stand Baxter ohnehin ganz oben. »Gerne.«

5

Los Angeles

Am Sonntagmorgen saß Jill schweigend neben Gretchen im Auto. Nach beinahe fünfundzwanzigjähriger Freundschaft mit dieser Frau sollte ihr eigentlich klar sein, wie man einen Streit mit ihr gewinnen konnte.

Letztlich lief es immer auf ihre beiden Persönlichkeiten hinaus. Es gab den Typ A und es gab den Typ A plus. Jills energisches Wesen welkte förmlich dahin, wenn Gretchen erst einmal voll aufdrehte und rücksichtslos durchsetzte, was in ihren Augen das Beste für ihre Freundin war.

»Jill.« Gretchen warf ihr vom Fahrersitz her einen Blick zu. »Weißt du eigentlich, wie deine Lippen manchmal, wenn du dich konzentrierst, ganz runzelig werden? Jetzt ist das nicht der Fall.«

Jill klappte den Spiegel an der Sonnenblende herunter und sah tiefe Furchen in ihrem Gesicht. Wahre Spalten verliefen von ihren Mundwinkeln bis zu ihrem Kinn hinunter.

Gretchen sagte: »Du bist wütend. Gesteh es dir ruhig ein. Aber vielleicht möchtest du dir den verkniffenen, verkrampften Gesichtsausdruck ja noch mal überlegen. Setz ihn später auf, wenn du allein in deinem Hotelzimmer bist.«

Jill zog ihre Wangen zu ihren Ohren hoch. Ihr Mund wurde glatt. »Ich bin nervös.«

»Auch, aber noch mehr bist du wütend. Gib es zu, Jill. Lass es raus, bevor ich anfange, die Bibel oder dein eigenes Buch zu zitieren, die Stelle, wo es heißt, dass man auf keinen Fall die Sonne über seinem Zorn untergehen lassen soll.«

Jill klappte den Spiegel wieder hoch. »Ach, sei doch still.«

»Ich vermisse meine liebevolle Freundin.«

»Wie wäre es damit?« Jill zeigte ihr die Zähne. »Ich lächle.«

»Vertrau mir. Ich will nur dein Bestes.«

»Hör auf damit. Ich sollte eigentlich in einem Flugzeug sitzen und nicht vor der nächsten Gruppe sprechen. Nicht noch ein Buch signieren. Nicht noch ein Interview geben.«

»Du machst das toll. Die Frauen lieben dich.«

Jill starrte sie an. »Glaubst du, dass mir das im Moment auch nur das Geringste bedeutet? Dass Fremde glauben, mich zu lieben? Mein Mann ruft mich nicht zurück. Er hat vergessen, dass gestern Valentinstag war, was für manche Frauen sicher keine große Sache ist, aber Jack hatte an diesem Tag jedes Jahr, jedes einzelne Jahr eine Überraschung für mich. Aber wenn ich's recht überlege, hat er sich dieses Jahr eigentlich selbst übertroffen, oder? Er hat sie mir sogar schon früher gegeben.« Ihre Stimme wurde höher. »Gretchen, er steckt mitten in einer schlimmen Krise, Tausende von Meilen von mir entfernt. Er braucht mich. Ich kann es nicht fassen, dass ich immer noch hier in L.A. bin und hinter dir hertrotte.«

»Das tust du doch gar nicht. Ich zerre dich hinter mir her.«

Sie seufzte. »Stell dir Jacks Krise als ein Schlagloch auf seiner Lebensreise als Mann vor. Er ist darüber gestolpert und auf die Schnauze gefallen. Jetzt ist er benommen und verwirrt. Und weil er ein Mann ist, ist das von großer Wichtigkeit für ihn. Er kann seine Frau nicht um Hilfe bitten. Das ist gegen die Regeln. Männerregeln.«

»Jack hält immer an und fragt nach dem Weg. Er geht zum Arzt, wenn er krank ist. Er sieht einen Korb mit Wäsche und trägt ihn nach oben.«

Gretchen winkte abfällig mit der Hand. »Zugegeben, Jack ist ein Querkopf, wenn es um Männerregeln geht. Aber diesmal ist es eben anders.«

»Ich sollte eigentlich im Flugzeug sitzen.«

»Wie ich schon hundertmal gesagt habe, wir nehmen uns den Terminplan morgen vor, wenn alle wieder an ihren Schreibtischen sitzen. Aber erst einmal ...« Sie deutete auf Jills Fenster. »Sieh dir das an.«

Vor ihnen zeichnete sich ein Kirchturm im Morgennebel ab. Er trug ein weißes Kreuz auf der Spitze.

»Jill, das ist der Grund – deshalb habe ich dich nicht nach Hause fahren lassen. Begreifst du? Genau deshalb. Du hast es *geschafft*, Liebling. Du hast es auf den Gipfel deines Traumbergs geschafft. Du stehst ganz oben.«

Jill blickte auf die Symbole, die ihr so lange Kraft für ihre Arbeit gegeben hatten. Das Kreuz stand für ihren Glauben, der Kirchturm für eine wohlbekannte Gemeinde. Sie konnte es kaum glauben, dass man sie tatsächlich eingeladen hatte, hier über ihren Glauben zu sprechen. Sie war wirklich auf dem Gipfel ihres Traumbergs angekommen – jenes Berges, den Jack und Jill eigentlich zusammen hätten erklimmen sollen.

Dankbarkeit und Enttäuschung schlugen über ihr zusammen, ein todsicheres Rezept für ein Desaster.

Gretchen stellte das Auto ab und grinste. »Willkommen bei *Hope on the Coast*, dem Gipfelpunkt der Christenheit im Amerika des einundzwanzigsten Jahrhunderts.« Sie lachte. »Höhere Berge gibt es nicht, oder?«

Jill drückte die Stelle unten an ihrem Kehlkopf, wo ihr Atem festzustecken schien.

Die Gemeinde hatte Tausende Mitglieder. Im Rahmen ihrer Hilfsprogramme speiste, kleidete, beherbergte und transportierte sie Woche für Woche unzählige Arme, Alte, Obdachlose und Kranke. Es gab einen Kindergarten und eine Schule bis zum College-Abschluss. Der leitende Pfarrer der Gemeinde und einer seiner Kollegen galten weltweit als zwei der klügsten zeitgenössischen Bibelausleger. Die bedeutendsten Namen in der christlichen Musikszene waren entweder aus dieser Gemeinde hervorgegangen oder performten zusammen mit ihrem Chor.

Gretchen packte Jills Arm. »Es wird Zeit, sich den wirklich wichtigen Dingen zuzuwenden. Steck Jack in ein Hinterzimmer und schließ die Tür ab. Einverstanden?«

Sie nickte.

»Atme. Lächle. Atme, habe ich gesagt.«

Jill schloss die Augen. *Gott, hilf mir, hilf mir, hilf mir.*

Sie gingen nebeneinander über den riesigen Parkplatz. In die kühle Morgenluft mischte sich der Geruch von Eukalyptus und Meersalz. Menschen schlenderten vorbei und plauderten miteinander. In der Ferne erstreckte sich der Ozean. Von den Fotos, die sie gesehen hatte, wusste sie, dass man das Meer sehen konnte, sobald der Nebel sich gelichtet hatte.

Jill fühlte sich wie betäubt. Sie stand auf einem Berg, den sie nie hatte erklimmen wollen. Doch dann hatte sich ihre Arbeit weiterentwickelt, eins hatte zum anderen geführt und die Was-wäre-wenn-Träume begannen.

Hope on the Coast? Vielleicht. Irgendwann. Warum nicht? Gretchen, der Inbegriff des Persönlichkeitstyps A, stellte den Kontakt her. Und nun stand sie hier.

Jill trat durch die Reihe von Glastüren in ein Foyer, das weiter war, als ihr Blick reichte. Auf einer Staffelei, die nicht zu übersehen war, stand eine riesige Schautafel, übersät mit Fotos von Jill und Informationen über ihren Vortrag, den sie heute Morgen vor einer Frauengruppe halten würde.

Hier, in dieser Kirche, deren Foyer so groß war, dass man sich vorkam wie im Freien.

Gretchen drückte ihren Arm. »Du träumst nicht, du bist wirklich wach.«

Auf Jills Gesicht legte sich ein weiches Lächeln, und sie wusste, dass die Furchen wieder glatt geworden waren. »Danke, dass du mich hierhergebracht hast.«

»Das war nicht mein Werk. Das war Gott.«

Ja, es war das Werk Gottes.

Ihres treuen, liebenden, allmächtigen Gottes. »Warum hat er mir das geschenkt?«

»Vielleicht, weil er dich liebt?«

»Aber ich rede doch nur mit den Menschen und schreibe auf, was ich von ihnen lerne.«

Gretchen beugte sich ganz nah zu Jill hinüber, ihr linkes Auge zusammengekniffen, das rechte neongrün leuchtend. »Ich hätte da eine ganz bescheidene Anmerkung.«

»Nur eine?«

»Ha, ha. Hör zu. Du und ich sind beeindruckt, weil diese Einladung eine große Sache für uns ist. Der Glamourfaktor ist riesig. Aber vergiss nicht, Jill: Gott wirkt durch ganz gewöhnliche Menschen, und jeder hier ist ein ganz gewöhnlicher Mensch, wie du und ich. Verstanden?«

»Verstanden.«

»Aber du passt trotzdem gut hierher in diesem Wahnsinnskostüm.«

Jill strich über das kurze Seidenjäckchen, froh, dass sie das orchideenfarbene gewählt hatte, die Farbe, die ihr am besten stand. »Danke.«

»Also kein ekstatisches Gequietsche, ja? Schließlich triffst du nicht George Clooney.«

»Ja, verstanden.« Sie blinzelte. »Was machen wir, wenn die Menschen wegen mir ekstatisch quietschen?«

Gretchen hob den Kopf und lachte. »Danach wird man mit dir kein vernünftiges Wort mehr wechseln können.«

Jills Augen brannten plötzlich; sie wandte sich ab und blinzelte mehrmals rasch hintereinander. Dann lächelte sie einen Fremden an und spürte wieder das schwere Gewicht der Enttäuschung. Jack hätte bei ihr sein sollen, hier oben auf dem Gipfel des Berges. Er hätte hier sein sollen.

Jill schaffte es tatsächlich, nicht zu juchzen, als sie schließlich vor den Mitgliedern von *Hope on the Coast* stand. Sie schüttelte Hände mit Autoren von Büchern, die sie mehrmals gelesen hatte; zwei von ihnen hatte sie sogar einmal am Telefon interviewt. Sie erwiderte leichthin das fröhliche Hallo eines bekannten Sängers. Sie fiel nicht in Ohnmacht, als sie während des Hauptgottesdienstes auf das Podium geladen wurde, um vorgestellt zu werden.

Ihr Kopf wusste, dass ihre Reaktion auf den Glamourfaktor dumm war, doch der Rest von ihr fühlte sich geschmeichelt. Sie hätte sich am liebsten in ihrer Umgebung gesonnt und den ganzen Morgen über kein Wort gesagt.

Aber man hatte sie gebeten, vor einer Frauengruppe zu sprechen.

Irgendwann in diesem Programm, zwischen Kaffee, Musik, Gebet und Vorstellung, hatte der Modus vom Vortrag in die Beantwortung von Fragen gewechselt.

Persönliche Fragen.

Sie waren auf Karteikarten geschrieben. Danielle, die Diskussionsleiterin, hielt einen dicken Stapel dieser Karten in den Händen. Sie und Jill standen auf einer leicht erhöhten Plattform auf separaten Podien, als führten sie ein Streitgespräch. Mindestens hundert Frauen saßen an runden Tischen, die Gesichter im Sonnenlicht, das durch die großen Fenster auf der einen Seite des Raumes fiel.

Danielle blickte auf eine Karte. »Okay, hier ist eine Frage, auf deren Beantwortung wir alle neugierig sind.« Sie war eine typische Kalifornierin, mit langem blondem Haar, der goldbraunen Hautfarbe einer Surferin und einem Lächeln, das strahlend weiße Zähne entblößte. Was ihr Alter betraf, konnte sie alles zwischen fünfundzwanzig und fünfundvierzig sein. »Wie sieht Jackson Galloway aus?«

Jill blinzelte. Was hatte das mit irgendwas zu tun? »Wie *sieht* er *aus*?«

»Ja. Sie sprechen so oft von ihm und Sie haben in Ihrem Buch so viel über ihn geschrieben. Wie heißt es so schön? Ein Bild sagt mehr als tausend Worte.« Sie hielt ein Exemplar von *Sie redete, er hörte zu* hoch, von dem aus Jills Foto auf dem rückwärtigen Einband sie anlächelte. »Wir hatten gehofft, ihn kennenzulernen, aber da er nicht hier ist« – sie zuckte die Achseln – »kurz, wenn wir uns vorstellen können, wie er aussieht, hilft das vielleicht, Ihre Gespräche mit ihm für uns lebendig zu machen.«

»Diese Gespräche sind nur Beispiele, jedes beliebige Paar könnte sie führen. Jack sieht aus wie ein Durchschnittsmann aus dem Mittleren Westen.«

»Definieren Sie ›Durchschnittsmann aus dem Mittleren Westen‹.«

Aus den Augenwinkeln sah Jill, wie Gretchen aufstand. Sie saß ganz hinten, in der Nähe der Fenster.

Ihre Freundin formte ihre Hand um ihren Mund und rief: »Er ist einfach süß.«

Die Frauen lachten und Jills Wangen wurden heiß.

Danielle grinste. »So weit jemand, der ihn kennt. Also, Jill, ›süß‹ wie ein Traumtyp oder ›süß‹ wie ein Bauernjunge?«

Die Hitze breitete sich über Jills Hals aus. »Süß wie gut aussehend mit hellbraunem Haar und haselnussbraunen Augen. Lachfältchen. Einsachtzig groß. Schlank.« Bis auf die fünf Zentimeter mehr Bauchumfang, die er zugelegt hatte, seit er sein Hobby, Gourmet-Kochen, ums Backen erweitert hatte. Doch das ging die anderen nichts an.

»Also irgendwo dazwischen. Gut. Erzählen Sie, wie haben Sie sich kennengelernt? Er stammt aus dem Mittleren Westen, Sie aus Kalifornien, richtig?«

»Ja. Ich bin in Sweetwater Springs aufgewachsen.« Sie nannte ihre Heimatstadt, einen kleinen Ort draußen in der Wüste, den die Städter aus Los Angeles gern im Winter aufsuchten. »Wir sind uns in Hollywood begegnet, im *Grauman's Theatre*. Äh, ich meine *Mann's Theatre*.

»Wirklich?« Danielles Augen blitzten. »Also Liebe auf den ersten Blick. Und dann sind sie mit ihm nach Chicago gezogen?«

»So ungefähr.« Jill brauchte ihren letzten Rest Selbstbeherrschung, um ihre Mundwinkel hochzuziehen. »Danielle, ich wollte eigentlich über das Buch sprechen, über verschiedene Möglichkeiten, unsere Kommunikationsfähigkeit mit unseren Ehemännern und anderen wichtigen Menschen in unserem Leben zu verbessern. Ich …«

»Aber das andere macht viel mehr Spaß!« Danielle blickte ins Publikum. »Oder, meine Damen?«

Die Gruppe applaudierte begeistert.

Zu begeistert. Zu ekstatisch.

Danielle sagte: »Die praktischen Informationen können wir uns ja schließlich aus Ihrem Buch holen. Ich habe mein Vorabexemplar gelesen und kann es wirklich nur empfehlen. Und ich bin sicher, dass viele der Anwesenden es lesen werden. Sie werden von Ihren Erkenntnissen profitieren und sie ganz bestimmt anwenden. Aber im Moment wünschen wir uns natürlich brennend mehr persönliche Informationen, von denen wir für mein Gefühl noch längst nicht genug haben. Denn wissen Sie, was das Schönste ist?«

Jill schüttelte den Kopf. *Keine Ahnung.*

»Dass wir Sie, Jillian Galloway, heute leibhaftig bei uns haben.« Und sie fuhr fort, mit strahlenden Augen und hocherfreuter Stimme Jills Loblied zu singen.

Jills Loblied.

Jill, eine ganz gewöhnliche Frau.

Als sei sie eine Glamourkönigin.

Währenddessen saß ihr Mann zu Hause und dachte über die Scheidung nach.

Das bizarre Interview wurde fortgesetzt, während der kleine Zeiger der Wanduhr quälend langsam vorrückte. Das Beantworten der Fragen, die Danielle von den Karteikarten ablas oder improvisierte, gab Jill das Gefühl, auf einem Schwebebalken zu balancieren. Um sich besser konzentrieren zu können, hielt sie die Luft an. Sie trank Wasser. Sie sah Gretchen an. Sie spielte mit einem Knopf an ihrer Jacke und widerstand dabei dem Bedürfnis, ihren Brustkorb zu reiben, der wieder genauso brannte wie kürzlich im Flugzeug, als hätten sich Wörter in ihr angestaut, die herauswollten.

Diese Wörter hatten nichts mit ihrer Hochzeit vor vierundzwanzigeinhalb Jahren zu tun, nichts mit ihrem Sohn Connor, mit Jacks Arbeit in der Fußorthopädie oder mit irgendetwas, das sie irgendwann einmal im Fernsehen gesehen hatte.

Danielle blätterte wieder einmal die Karteikarten durch. »Die Zeit läuft uns davon. Es war wunderbar, Sie hier zu haben, Jill …« Sie blickte auf eine Karte, die auf Vorder- und Rückseite eng beschrieben war. »Vielleicht noch die folgende Frage: In Ihrer Radiosendung hat ein Experte einmal gesagt, dass wir in einer Beziehung manchmal sozusagen betriebsblind sind. Sie entgegneten, das sei unmöglich, wenn wir offen blieben. Mein Mann und ich sind sechzehn Jahre lang immer offen miteinander umgegangen, durch dick und dünn.« Danielle drehte die Karte um. »Letzte Woche ist er ausgezogen. Ohne jede Vorwarnung. Ohne eine Erklärung. Warum können Sie nicht einfach …« Danielle räusperte sich und blickte auf. »Der Schmerz dieser Frau ist offenbar sehr groß. Meine Liebe, wer auch immer Sie sind, ich hoffe, dass Sie sich an einen unserer Seelsorger wenden. Sie …«

»Warum kann ich nicht was?« Die Wörter, die in Jills Brust brannten, fügten sich zu Sätzen und purzelten heraus. »Warum kann ich nicht einfach meinen Mund halten? Ein sehr guter Rat. Ich bin ganz Ihrer Ansicht.« Sie blickte zu den Frauen hinunter, versuchte, Gretchen auszumachen, doch sie sah nur Wellenlinien, als sei die Luft selbst ebenso aufgewühlt wie sie. »Vor vier Tagen hätte ich noch gesagt, wir können nicht verhindern, dass die Vögel über unsere Köpfe hinwegfliegen, aber wir können sie daran hindern, Nester in unseren Haaren zu bauen.«

»Jill …«

»Ich hätte gesagt, meine Liebe, wenn Sie Ihre Augen und Ohren offen gehalten hätten, wenn Sie alle ordentlich Ihre Hausaufgaben gemacht hätten, wären Sie jetzt nicht in dieser Lage.« Ihre Stimme begann gefährlich zu zittern. »Wenn Sie Verantwortung für Ihre Beziehung übernommen hätten, hätte er Sie nicht verlassen, hätte es gar nicht gekonnt. Er hätte nämlich keinen Grund gehabt. Aber heute?« Sie hielt inne, atmete tief ein und fuhr mit leiserer Stimme fort: »Heute sage ich, das alles ist nur ein Haufen Mist. Entschuldigen Sie meine unverblümte Ausdrucksweise. Aber es tut mir unendlich leid, dass ich Ihnen so viele falsche Hoffnungen gemacht habe.«

Die Gesichter der Frauen schwammen noch immer vor ihren Augen. Ein lastendes Schweigen breitete sich aus.

Sie drehte sich um und versuchte, sich wieder auf Danielle zu konzentrieren.

»Jill, Sie sind doch sicher mit mir einig, dass es immer Hoffnung gibt, wenn wir Gott in eine Situation hineinholen. Ich muss mich entschuldigen, dass ich diese Karte nicht zensiert habe. In dieser Gruppe versuchen wir, immer ehrlich zu sein, und diese Teilnehmerin ist …«

»Ehrlich zu sein? Wie wäre es mit folgendem ehrlichen Eingeständnis, Danielle? Der ach so süße Typ aus dem Mittleren Westen will sich scheiden lassen.« Sie stieß die Luft aus. Wie kam es, dass sie etwas, das sie bis jetzt nur Gretchen gesagt hatte, die ihr von allen Menschen am nächsten stand, auf einmal der ganzen Welt verkündete?

Eine sprachlose Danielle starrte sie mit halb geöffnetem Mund an.

»Es stimmt. Nach allem, was ich getan habe, haben die Vögel ein Nest in meinem Haar gebaut. Vielleicht möchten Sie sich noch einmal überlegen, ob Sie mein Buch wirklich weiterempfehlen können.« Ein rasender Zorn packte sie, eine maßlose Wut, die ihr Übelkeit verursachte. Sie musste hier raus.

Gretchen berührte sie am Ellbogen.

Jill nahm die Hand ihrer Freundin und stolperte neben ihr her, von der Plattform herunter, vom Gipfel des Berges herunter.

6

Chicago

Am Sonntagmorgen saß Jack in seinem privaten Reich im Keller, einem kleinen Arbeitszimmer, das Jill für ihn eingerichtet hatte, ein Zimmer zwischen der Waschküche und dem Hobbyraum. Er arbeitete nur selten hier – das brauchte er in der Regel auch nicht, aber er hatte das Zimmerchen trotzdem schätzen gelernt.

Mit ihrer unerschütterlichen Entschlossenheit, alles richtig zu machen – »*Ein Arzt braucht ein eigenes richtiges Arbeitszimmer im Haus, nicht nur eine Ecke im Esszimmer!*« – hatte sie einen Rückzugsort für ihn geschaffen, an dem er allein sein konnte. In den letzten Monaten war ihm diese Möglichkeit sehr wichtig geworden, und er hatte viel Zeit in diesem Zimmer verbracht. Da Connor selten zu Hause war, rumpelte der Trockner nur hin und wieder, und am Billardtisch oder bei den Videospielen hörte man kaum noch männliche Teenagerstimmen.

Jack starrte auf die E-Mail auf seinem Laptop und las sie zum x-ten Mal, seit er sie am Donnerstag, dem Tag, an dem Jill abreiste, bekommen hatte. Sie war von ihrem Sohn und an ihrer beider, Jills und seine E-Mail-Adressen gerichtet.

Hey, Mom und Dad. Wahrscheinlich seid ihr jetzt im sonnigen Kalifornien. Ich wollte euch nur sagen, dass Professorin Isola mit uns nach Prag fliegt. Ich habe euch ja schon erzählt, dass sie fantastisch ist. Freizeit? E-Mails? Anrufe? Nicht vorgesehen! Ich bin dann mal für zehn Tage AR. Bis bald!

AR war Connors Abkürzung für »außer Reichweite«, eine Wendung, die er häufig gebrauchte. Jack dachte sich, dass es wahrscheinlich sein Code war für »Leute, ich liebe euch und alles, aber ich bin dreiundzwanzig und in Europa und habe Besseres zu tun, als mit euch zu plaudern«.

Jack lächelte. Connor war der Sohn, den er sich immer erträumt hatte. Er war ein wunderbares Kind, ein guter Mensch und hatte ihnen nie Kummer gemacht. Er hatte an der Universität von Illinois studiert und machte jetzt in Italien seinen Master in Kunstgeschichte. Was spielte es schon für eine Rolle, wenn er später – etwa mit einer Arbeitsstelle in einem Museum – kaum etwas verdienen würde, wenn er dafür seine Studienzeit damit zubrachte, sich Europa anzusehen und in sämtlichen Cafés zwischen Paris und Prag über Kunst zu diskutieren?

Sein Lächeln verschwand. Wie Jack war auch Connor ein Einzelkind und stand seinen Eltern sehr nah. Und wie bei Jack bedeutete das Wort *nah* auch für Connor, dass er viel zu viel Verantwortung für ihr Wohlergehen übernahm. Die Scheidung würde ihm schwer zu schaffen machen.

Jack bewegte den Cursor zum Antwortfeld und zögerte. Sollte er es ihm wirklich in einer E-Mail sagen?

Oder so tun, als ob alles in Ordnung sei? Nur ein schnelles Hab-dich-lieb?

Er schüttelte den Kopf. Connors Reise hatte ihm eine Schonfrist verschafft.

Jack war nicht danach zumute, in der Öffentlichkeit schmutzige Wäsche zu waschen, deshalb hatte er keine Skrupel, heute nicht zur Kirche zu gehen. Allein seine Anwesenheit hätte schon zu einem Haufen Fragen geführt. Jills Frauengruppe hätte Antworten von ihm gefordert, die er nicht hatte.

Stattdessen machte er einen Ausflug. Seine Eltern lebten in einer Einrichtung für betreutes Wohnen in einer nahgelegenen Vorstadt; dorthin war es nur eine kurze Fahrt.

»Jackson, Liebling.« Katherine Galloway, die auf dem Sofa lag, legte ihm eine zittrige Hand auf den Kopf. »Du kannst das Haar drüberkämmen, dann werden die Leute die schreckliche Verletzung kaum sehen.«

Jack lächelte über ihren Versuch, sein Haar mit den Fingern zu kämmen. »Es ist zu kurz.«

»O nein, es ist lang genug. Was ist das denn? Silber?« Sie riss eine Strähne aus.

»Autsch!«

»Gute Güte, Kate!« Charles, der auf dem Schaukelstuhl saß, mischte sich ein. »Unser Sohn ist ja wohl alt genug für graue Haare.«

»Ist er nicht. Er ist erst fünfundvierzig. Nein, stimmt nicht. Sechsundvierzig.«

»Und wie alt war ich, als ich völlig kahl wurde? Hm? Zweiundvierzig.«

»Nein, das warst du nicht.«

Jack blendete seine Eltern aus. Er hatte es aufgegeben, den Schiedsrichter zu spielen, seit sie in diese kleine Wohnung gezogen waren. Durch die erzwungene Nähe hatte sich ihre Pingeligkeit um Kleinigkeiten vom Hobby in eine Ganztagsbeschäftigung verwandelt.

Wollte er sich vielleicht deshalb scheiden lassen? Weil er nicht so enden und sich mit Jill nur noch tagein, tagaus zanken wollte?

Aber weder Jill noch er stritten wegen Kleinigkeiten. Und außerdem mochten sie einander.

Oder?

»Jack.« Sein kahler Vater setzte den Schaukelstuhl in Bewegung. »Hattest du nicht irgendwo hinfahren wollen?«

Die gute Nachricht war zugleich eine schlechte Nachricht. Immerhin erinnerte sich einer der beiden an den Plan, von dem er ihnen letzte Woche erzählt hatte. »Ja. Ich wollte Jill auf ihrer Lesereise durch Kalifornien begleiten. Aber jetzt bin ich hier und denke stattdessen über die Scheidung nach.«

Sie starrten ihn an, zwei Paar verständnislose, wässrige Augen.

»Ich dachte, ihr solltet das wissen.«

Auch wenn sie sich nicht an sein Vorhaben erinnert hätten, hätte Jack es ihnen gesagt. Trotz ihrer zunehmenden Gebrechlichkeit waren Charles und Katherine nach wie vor die Menschen, die ihm am nächsten standen. Sie hatten ihm ein stabiles, privilegiertes Leben geboten. Seine Eltern und er hatten die Jahre seines Heranwachsens in vollen Zügen genossen. Seine Mutter zeigte zwar hin und wieder ein wenig snobistische Tendenzen, doch sie und sein Vater waren immer offen und ehrlich mit ihm gewesen. Ihre Liste absoluter Tabus war kurz: Zieh nicht vor der Ehe mit einem Mädchen zusammen und verleihe kein Geld.

Natürlich hatte er während seiner College-Zeit beide Verbrechen begangen, selbstverständlich ohne es ihnen zu sagen. Das mit dem Mädchen hatte nur ein Semester gedauert; es war ziemlich am Anfang seines Studiums gewesen. Bei dem Geld, das er verliehen hatte, hatte es sich um eine große Summe für einen Freund während des Medizinstudiums gehandelt, die dieser nie zurückgezahlt hatte. Jack hatte sich von beidem erholt; es hatte ihm nicht wirklich geschadet. Warum sollte er seine Eltern aufregen? Vorbei war vorbei. Und außerdem verlangte seine selbst auferlegte Verantwortung, sie glücklich zu machen, dass er es ihnen verschwieg.

Eine Wahl, die er diesmal nicht hatte. Irgendwann würden sie merken, dass Jill nicht mehr da war.

Katherine schürzte die Lippen. »Jackson, Liebling, ein Galloway lässt sich nicht scheiden. Was sie auch getan hat, bring es wieder in Ordnung.«

Jack hatte das erwartet. Seine Mutter war nie wirklich mit Jill einverstanden gewesen. »Mutter, sie hat nichts getan. Darum geht es nicht.«

Sein Vater stützte die Ellbogen auf die Knie. »Und was hast *du* getan?«

»Auch nichts.«

»Jackson.« Katherine drückte seinen Arm. Die Morgensonne fiel auf ihr sorgfältig in Locken gelegtes, steif gespraytes Haar und warf bläuliche Schatten. »Es gibt keine Midlife-Crisis.«

Er musste unwillkürlich lächeln, als er sah, dass seine Mutter zum gleichen Schluss kam wie Jill. »Das würde ich so nicht sagen, aber mir geht es gut. Ich habe keine Krise. Ich brauche nichts und will nichts – bis auf die Tatsache, dass ich nicht mehr mit Jill leben möchte. Ich wünsche ihr nur das Beste, allen Erfolg der Welt. Aber ich möchte nicht mit ihr zusammen sein.«

Sein Vater nickte. »Mir ging es auch manchmal so. Nicht mit Jill. Mit …«

»O Charles. Das stimmt doch gar nicht.«

»Doch, Kate. Es war so.«

Jetzt starrten er und seine Mutter seinen Vater an.

»Wenn es kam, habe ich mir einen Drink genehmigt, und dann ging es wieder vorbei.« Charles lachte. »Du kommst drüber weg, Sohn. Solche Gefühle und Tagträume gehören zum Leben. Du wirst dich doch nicht mit Testamenten und Treuhandfonds und dem Aufteilen von Vermögen und Bankkonten befassen wollen.« Hier sprach sein Vater, der ehemalige Bankdirektor.

Seine Mutter sagte: »Vielleicht hilft euch ja die Zeit, die ihr jetzt beide für euch habt. Und nun erzähl mir von meinem Enkel, bevor wir zum Gottesdienst hinuntergehen. Er hat uns letzte Woche eine Postkarte geschickt.«

»Kate, es war diese Woche.«

»Nein, ich weiß es noch ganz genau. Was haben wir heute?«

»Sonntag. Deshalb gehen wir ja zur Kirche.«

Jack wurde wieder taub. *Du meine Güte.* War ihre gesamte Beziehung denn nur auf diesen Meinungsverschiedenheiten gegründet? Natürlich ging es stets sehr zivilisiert zu, kein Herumbrüllen oder Werfen mit Gegenständen, kein Fluchen und Weinen. Aber er erinnerte sich, als Kind oft Magenschmerzen gehabt zu haben. Jill hatte ihm schließlich geholfen zu erkennen, dass es nicht seine Aufgabe war, den Frieden zwischen seinen Eltern zu wahren.

Und dennoch … er hatte in seiner eigenen Ehe immer den Frieden gewahrt, oder? Das hatte er geschafft, indem er sich an ein Versprechen hielt, das er sich als Teenager selbst gegeben hatte: Er würde mit seiner Ehefrau nie so umgehen, wie Charles und Katherine miteinander.

Was bedeutete, dass er vor drei Tagen zum ersten Mal in seiner Ehe bewusst einen Konflikt vom Zaun gebrochen hatte.

Jack begleitete seine Eltern zum Gottesdienst, der im Gemeinschaftsraum stattfand. Anschließend aß er noch mit ihnen zusammen im Speisesaal zu Mittag und verabschiedete sich dann, damit sie ihr gewohntes Mittagsschläfchen halten konnten.

Jetzt saß er im Auto, ließ sich von den Sonnenstrahlen wärmen, die durch die Scheiben fielen und auf dem um den Parkplatz angehäuften Schnee glitzerten, während er über den Vormittag mit seinen Eltern nachdachte.

Seine Situation mit Jill war nicht mehr zu Sprache gekommen, bis er aufgebrochen war, und auch dann nur beiläufig.

Seine Mutter hatte sein Kinn in die Hand genommen, ihm in die Augen gesehen und gesagt: »Bring es wieder in Ordnung.« Dann hatte sie ihn auf die Wange geküsst.

Sein Vater hatte ihn umarmt und ihm die Marke eines guten Scotchs genannt.

Aber Jack hatte auch nichts anderes von ihnen erwartet oder erhofft. Er wollte sie einfach nur auf dem Laufenden halten; das war er ihnen schuldig.

Was ihn überraschte, war seine heftige Reaktion auf ihre ständigen Sticheleien.

Es hatte ihm doch all die Jahre nichts ausgemacht. Er hatte es zwar gehört, aber nicht mehr an sich herangelassen.

Er fasste sich an den Magen. Der Schinken und die überbackenen Kartoffeln bekamen ihm nicht. Er hätte es besser wissen müssen und nicht zwei Portionen Kantinenessen nehmen dürfen.

Seine Gedanken wanderten wieder zu Connor. Bei der Vorstellung, wie es ihm selbst ginge, wenn er am Telefon erführe, dass seine Eltern sich scheiden ließen, krümmte er sich zusammen. Wie konnte er seinem Sohn das antun?

Konnte es nicht warten bis Mai, bis er wieder zu Hause war?

Wo würde er, Jack, im Mai sein? War er dann vielleicht schon Single?

Nein, sie konnten es Connor auf keinen Fall erst im Nachhinein erzählen.

Jack sah auf seine Uhr. Wenn er Jills Reiseroute richtig im Kopf hatte, sprach sie in diesem Augenblick vor einer Frauengruppe in einer dieser christlichen Megagemeinden. Sie würde also nicht ans Telefon gehen.

Perfektes Timing für einen Feigling.

Er holte sein Handy heraus und drückte die Kurzwahltaste. »Hi. Äh, ich nehme an, du hast Connors Mail auch bekommen? Dass er außer Reichweite ist? Ich überlege nur, wie ich ihm, äh, von uns, äh, erzählen soll.« Er holte tief Luft. »Wie ich ihm sagen soll, was ich getan habe. Ich glaube nicht, dass wir es ihm am Telefon sagen sollten. Bist du einverstanden, wenn wir noch damit warten? Er hat sowieso zu tun und geht davon aus, dass wir auch beschäftigt sind. Andererseits gefällt es mir gar nicht, seine Anrufe und E-Mails nicht zu beantworten – auch wenn er natürlich kaum anruft.«

Jack hörte sein zusammenhangloses Gestammel und hielt inne, um Ordnung in seine Gedanken zu bringen. »Lass mich noch eine Woche darüber nachdenken, okay? Oder sag mir, wenn du eine bessere Idee hast.«

Als ob sie das nicht ohnehin tun würde. »Ich hoffe, es läuft alles gut. Die Frauen in dieser großen Kirche dort halten dich sicher für absolut großartig.« Er verdrehte die Augen. *Wenig überzeugend.* »Pass auf dich auf. Und zieh die hohen Schuhe aus.«

Jack beendete den Anruf und seufzte. Den Insider-Scherz hätte er weglassen sollen.

Aber wie konnte man bei einem guten Freund, den man seit fünfundzwanzig Jahren kannte, auf einmal die Insider-Scherze weglassen?

Vielleicht genauso einfach, wie er die vergangenen zweiundsiebzig Stunden unerwähnt gelassen hatte. Einkaufen, ein neues Lachsrezept ausprobieren, sich so aufregen, dass er unabsichtlich die Wunde an seinem Kopf durch Schrubben wieder aufgerissen hatte, am Samstag mit Baxter arbeiten, seine Eltern besuchen …

Er hatte ihr immer alles bis ins kleinste Detail erzählt.

Bis auf … bis auf den Unfall, bei dem er sein Auto zu Schrott gefahren hatte. Da gab es ein paar Einzelheiten, die zu der Zeit irrelevant zu sein schienen. Oder so.

Er schüttelte den Kopf, startete Jills Auto, öffnete das Fenster, um den Duft ihres Parfums rauszulassen, und machte sich eine gedankliche Notiz: Auto kaufen.

Später, am Abend, blickte Jack auf sein klingelndes Handy, sah Gretchens Nummer und rührte den Risotto im Kochtopf um.

Er hatte fast sein ganzes Leben damit verbracht, Anrufe anzunehmen und auf seinen Taschenpiepser zu reagieren, auch wenn es ihm gerade absolut nicht passte. Seine Praxis rief an, wenn er freihatte, weil irgendwelche Patienten mit ganz und gar nicht dringenden Problemen seine Aufmerksamkeit brauchten. Er stand jederzeit bereit für seine älter werdenden Eltern. Und natürlich für Connor. Und Jill rief ihn sowieso mehrmals täglich an.

Bisher hatte er nie etwas dagegen gehabt. Erreichbar zu sein, gehörte zum Arztberuf einfach dazu. Aber Gretchen, zwei Tage nacheinander? Das war der Overkill.

Das Handy klingelte weiter.

Er seufzte, legte den Holzlöffel hin und setzte den Deckel auf den Topf. Sie rief an, weil Jill nicht anrief. Hatte Jill seine Nachricht auf dem Anrufbeantworter bekommen? »Hallo.«

»Wir haben hier eine Krise.«

»Das ist meine Schuld. Schieb es mir in die Schuhe.«

»Das steht außer Frage.« Gretchen atmete hörbar aus. »Jack, heute hat sie Mist gebaut. Völligen, nicht wiedergutzumachenden Mist.«

Er schaltete den Herd aus. Heute war Jills großer Tag, der wichtigste auf dieser Reise, der Tag, auf den sie Monate lang hingefiebert hatte. Diese riesige Gemeinde, *Coast* irgendwas, war eine Feder in ihrem Kopfschmuck. »Ich hab doch gesagt, es ist meine Schuld. Was willst du denn noch von mir?«

»Deine Hilfe.«

»Gretchen, ihr beide schafft das bestens ohne mich. Ihr habt es doch immer geschafft. Bitte. Ich möchte nichts damit zu tun haben.«

»Sie hat vor diesem richtig dicken Fisch von Gemeinde vor ein paar Hundert Frauen gesprochen und ihnen mitgeteilt, dass du dich scheiden lassen willst.«

Er schloss die Augen. *Lieber Gott, es tut mir leid.*

»Sag mir, Jack, wie soll ich das wieder in Ordnung bringen? Wie stellst du dir das vor? Mit einem einzigen kleinen Satz hat sie ihre ganze Glaubwürdigkeit in Stücke gehauen.«

»Wie geht es ihr?«

»Galloway, mach mal halblang. Es ist das reinste Chaos. Ich habe sie noch nie so wütend gesehen. Sie …«

»Was macht sie im Moment?«

»Was denkst du denn?«

»Sie verausgabt sich im Fitnesscenter des Hotels.« Zumindest hoffte er das.

»Ja.«

»Dann ist sie so weit okay. Sie kommt damit zurecht. Wenn sie im Koma in einer Ecke läge und nichts mehr zu sich nähme, müssten wir überlegen …«

»Hör ein einziges Mal auf, den Arzt zu spielen, und sei ihr Ehemann!«

Ihre schrille Stimme ließ ihn den Hörer ein Stück vom Ohr weghalten.

»Ihr ist noch nicht klar, dass ihre Zukunft vorbei ist! Sie hat ihr heute den Todesstoß versetzt.«

»Das ist doch lächerlich. Sie weiß, wie man Interviews führt. Sie weiß alles über Kommunikationstechniken. All das hat absolut nichts mit mir – oder mit uns – zu tun.«

»Wo warst du die letzten zwanzig Jahre, Jack? Das ist die Lebensgrundlage ihrer Arbeit! Ihr beiden kommuniziert miteinander, ihr sorgt dafür, dass eure Ehe funktioniert. Ihr kennt das Geheimnis, wie ihr einander glücklich macht.«

»Und das ist ja wohl noch lächerlicher. Kein Mensch macht einen anderen glücklich oder traurig.«

»Und warum hast du sie dann verlassen? Sag mir das bitte mal! Weil du nicht glücklich bist mit dem Status quo, das heißt, mit eurer Ehe. Mit eurem Zusammenleben. Mit euren Gesprächen.«

»Du kannst meine Entscheidung nicht einfach darauf reduzieren.«

»Ist ja auch egal. Kurz und gut, ich weiß nicht, wie lange sie diese Scharade noch aufrechthalten kann. Aber vielleicht muss sie es ja nicht einmal. Wenn die Gerüchteküche in Gang kommt, werden die Leute ihre Termine entweder absagen oder sie anstarren wie einen Zirkusakrobaten und ihr Fragen stellen wie: ›Was können Sie mit diesem dritten Arm alles tun?‹«

»Gretchen, du wirst absurd.«

»Ich versuche nur, mit dir mitzuhalten. Ach, übrigens, das alles wird immer mit dir zu tun haben. Sie ist deine Frau und an dieser Tatsache werden keine Papiere je etwas ändern. Tschüss.«

Die Verbindung war beendet.

Er ließ sich auf einen Stuhl fallen, legte das Handy auf den Tisch und verschränkte die Arme.

»Ihr beiden kommuniziert miteinander, ihr sorgt dafür, dass eure Ehe funktioniert.«

Es stimmte, er und Jill lebten regelrecht auf, wenn sie über alles Mögliche miteinander sprachen. Aber war das gleichbedeutend mit kommunizieren?

Die Leute hatten sie immer bewundert, weil sie so gut miteinander auskamen. In ihren Augen war ihre lange Ehe schon fast unnormal. Aber war das gleichbedeutend mit einer funktionierenden Ehe?

Angesichts der gegenwärtigen Umstände würde er beide Fragen mit Nein beantworten.

7

Los Angeles

Angesichts der Geschwindigkeit des Laufbands und der Zeit, die sie darauf verbracht hatte, müsste sie inzwischen eigentlich bis nach Omaha gejoggt sein, überlegte Jill. Wenn sie so weitermachte, wäre sie um Mitternacht in Chicago. Wer brauchte überhaupt noch ein Flugzeug?

Im Fitnesscenter des Hotels herrschte gähnende Leere – was sie nicht überraschte. Es war klein, müffelte und entsprach etwa dem Standard von 1982. Auch sie wäre bestimmt nicht hier, wenn sie noch eine andere Wahl gehabt hätte, als den Verstand zu verlieren oder auf ein Laufband zu gehen.

Sie fuhr sich mit ihrem feuchten Handtuch über die Stirn und lief weiter, mit pumpenden Ellbogen. Der Raum verschwamm vor ihren Augen, stattdessen sah sie ihr Spiegelbild in den großen dunklen Fenstern. Nein, nicht ganz: Das Spiegelbild ihrer selbst als übergewichtige Zwölfjährige.

Techno dröhnte in ihren Ohren, eines der ausgefallenen Musikgeschenke von Connor, der es liebte, ihr Überraschungen auf ihrem iPod zu hinterlassen.

Connor.

Wie würde er das alles wohl aufnehmen? Es tat zu weh, auch nur daran zu denken. Musste er es überhaupt erfahren? Schließlich waren sie und Jack ja noch bei keinem Anwalt gewesen. Bis jetzt war noch nicht mehr passiert, als dass Jack gesagt hatte: »*Ich möchte mich scheiden lassen.*« Was man auch einfach als Eröffnungssatz für ein neues Gespräch sehen konnte. Warum sollten sie Connor in ein unbeendetes Gespräch hineinziehen? Es ging ihn nichts an, es sei denn … es sei denn …

Nein, *dieses* Ergebnis wollte sie sich jetzt nicht vorstellen.

Trotzdem, Jacks Vorschlag, Connor die nächsten Wochen einfach außen vor zu lassen, war empörend. Sie würde ihren Sohn nicht übergehen. Und wenn sie miteinander sprachen, würde er erfahren, dass Jack nicht bei ihr war. Das ließe sich nicht vermeiden. Eins würde zum anderen führen und dann …

»Mrs Galloway!«

Bei dem Ruf und dem Anblick der Frau, die plötzlich vor ihr stand, zuckte Jill zusammen und hätte beinahe das Gleichgewicht verloren. »Oh!« Sie griff Halt suchend nach dem Geländer und streckte die andere Hand nach dem Schalter aus, um das Band abzustellen. Ihre Hand und ihre Beine zuckten, wie bei einer außer Kontrolle geratenen Marionette. »Oh!«

»Tut mir leid!«

»Oh?« Jill war es endlich gelungen, den richtigen Knopf zu finden; nun klammerte sie sich fest, bis ihre Beine wieder festen Stand hatten und das Band langsam zum Stehen kam.

»Geht es Ihnen gut?«

Sie trocknete sich noch einmal das Gesicht und nahm den Kopfhörer ab; dabei schnappte sie keuchend nach Luft. Dann erkannte sie die Frau. »Danielle?«

Die Moderatorin von *Hope of the Coast* stand vor ihr, das blonde Haar zum Pferdeschwanz zurückgebunden. Sie lächelte scheu. »Es tut mir leid, dass ich Sie erschreckt habe.«

Jill nickte, sie rang noch immer nach Luft. Ihr Verstand raste schneller als ihr Herz. Die Qual und die Schande des Vormittags trafen sie mit der Wucht eines Lastwagens.

Danielle sagte: »Ich habe Gretchen angerufen. Sie hat gesagt, ich könne ins Hotel kommen. Möchten Sie etwas Wasser?«

Noch immer stumm, nickte Jill ein zweites Mal und stolperte zu der Bank, auf der ihre Sachen lagen. Sie ließ sich schwer auf den Sitz fallen und öffnete ihre Wasserflasche.

»Mrs Gall …«

»Jill.«

»Jill.« Die Frau setzte sich neben sie.

Jetzt, da sie nahe bei der Moderatorin saß, ohne dass sie diesmal Hunderte von Zuschauerinnen beobachteten, studierte Jill das sportliche, gesunde Gesicht aus der Nähe. Es wies mehr Krähenfüße auf, als sie bei der Fragestunde gesehen hatte. Die Frau war wohl doch eher vierzig als fünfundzwanzig.

»Jill, ich möchte mich entschuldigen. Ich ...«

»Ich bin es, die sich entschuldigen sollte.«

»Das haben Sie schon. Heute Morgen.«

»Wirklich?«

»Ja.«

»War das nicht Gretchen?«

»Sie hat sich entschuldigt, aber Sie auch.«

»Ich erinnere mich an nichts, nur dass ich die Beherrschung verloren und ein paar ganz entsetzliche Sachen gesagt habe.«

»Ich habe Sie provoziert.«

»Glauben Sie mir, ich stand schon am Abgrund, bereit, mich hinunterzustürzen, bevor ich Ihre Kirche betrat. Die Erde hatte sich bereits vor mir aufgetan, bevor wir uns trafen. Es ist nicht passiert, weil Sie mich dazu antrieben ...«

Danielle griff nach ihrem Handgelenk. »Ich habe Sie provoziert und es tut mir ganz furchtbar, furchtbar leid.«

Jill blickte in die leuchtend grünen Augen und sah, dass es Danielle beinahe ebenso schlecht ging wie ihr. »Sie haben getan, was Sie für Ihr Publikum für das Beste hielten. Im Radio mache ich so was die ganze Zeit, nur bezeichne ich es als *ermutigen* und nicht als *provozieren*. Ich *ermutige* die Menschen, in die Tiefe zu gehen.«

»Ich hatte eine Agenda.«

»Das ist dasselbe.«

Danielle schüttelte den Kopf. »Ich habe es schon Gretchen gesagt, und jetzt sage ich es Ihnen ausdrücklich noch einmal: Meine Frauen haben versprochen, nicht über Ihren Zusammenbruch zu sprechen.«

Jills Lachen klang etwas erstickt. »Aber es ist doch eine superheiße Neuigkeit! Zugegeben, ich bin zwar nicht halb so bekannt wie einige Mitglieder Ihrer Gemeinde, aber trotzdem wäre es eine echte Schlagzeile: ›Ehe der Eheexpertin am Ende.‹ Das ist viel zu pikant, um es sich so ohne Weiteres durch die Lappen gehen zu lassen.«

»Das stimmt schon.« Danielle drückte kurz Jills Handgelenk, ließ sie aber gleich wieder los. »Ein paar der Hörerinnen werden sicherlich mit Außenstehenden reden, aber die meisten werden es nicht tun. Als Sie weg waren, haben wir überlegt, wie wir angemessen reagieren und Rücksicht auf Sie nehmen können. Eine der Frauen hat vorgeschlagen, dass wir unsere Gruppenhotline anrufen, wenn wir das unwiderstehliche Bedürfnis haben, darüber zu reden. So bleibt es wenigstens unter uns.«

»Ich weiß das zu schätzen. Aber ich bin nicht sicher, ob das nötig ist. Ich kann meine Lesereise ohnehin nicht fortsetzen. Ich kann nicht weiter so tun, als sei meine Ehe in Ordnung.«

»Das brauchen Sie gar nicht. Reden Sie über das, worin Sie sich auskennen. Geben Sie den Menschen weiterhin Ratschläge, lassen Sie einfach nur die Garantie weg.«

Zutiefst beschämt drückte Jill sich das Handtuch vors Gesicht. Das Schlimme war nicht, dass sie ihren Schmerz vor ein paar Hundert Menschen herausgeschrien hatte, das wirklich Schlimme war die lächerliche Garantie, die sie jahrelang geboten hatte, als sei sie Gott. »*Tun Sie das, dann passiert das.*« Wie hatte sie nur so grenzenlos selbstgerecht sein können zu glauben, sie könne Gott dergestalt in eine Schublade stecken?

»Jill, ich glaube an Sie, ich glaube an das, was Sie tun. Bitte, geben Sie nicht auf.«

Jill ließ das Handtuch sinken, sah sie an und zuckte die Achseln. Die Dankesworte blieben ihr in der Kehle stecken.

Danielle fuhr fort: »Noch einmal zu der Agenda, von der ich gesprochen habe.«

»Ermutigung.«

»Nicht ganz.« Ihr stiegen Tränen in die Augen. »Erinnern Sie sich noch an die letzte Karteikarte, die ich vorgelesen habe? Die, nach der Sie zusammengebrochen sind?«

Ja, sie wusste sie auswendig. Die Worte hatten sich förmlich in ihr Gedächtnis eingebrannt. »*In Ihrer Radiosendung hat ein Experte einmal gesagt, dass wir in einer Beziehung manchmal sozusagen betriebsblind sind.*

Sie entgegneten, das sei unmöglich, wenn wir offen blieben. Mein Mann und ich sind sechzehn Jahre lang immer offen miteinander umgegangen, durch dick und dünn. Letzte Woche ist er ausgezogen. Ohne jede Vorwarnung. Ohne Erklärung.«

»Was ist damit?«

»Das habe ich geschrieben.« Jetzt liefen ihr die Tränen über das Gesicht.

»Sie … Sie haben es sich ausgedacht? Um mich zu provozieren?«

Danielle schüttelte den Kopf; der Pferdeschwanz schwang heftig hin und her.

»Oh. O du meine Güte.« Jetzt dämmerte es ihr. Danielle hatte es nicht erfunden. Sie lebte im gleichen Albtraum wie sie selbst.

»Jill, bitte machen Sie weiter. Erinnern Sie die Frauen daran, dass die einzige Garantie, die wir haben, die ist, dass Gott uns niemals verlässt. Dass er uns nie, nie im Stich lässt.«

Jill nahm sie fest in die Arme. Der Schweiß schien Danielle nicht zu stören.

Jill blickte auf ihre Armbanduhr. Montag, neunzehn Uhr Pacific Standard Time. Der Tag, an dem sie sich in der Öffentlichkeit zusammenreißen musste, neigte sich dem Ende zu, und sie stand noch. Halleluja.

Danielles Ermutigung gestern Abend hatte sie bewogen, die Reise wie geplant fortzusetzen. Gretchen führte einen Freudentanz auf, doch sie hielt ihr Versprechen und rief ein paar wichtige Leute an, die im Moment allerdings weder an ihrem Arbeitsplatz noch auf dem Handy zu erreichen waren. »Cupido muss ein Memo herausgegeben haben«, berichtete sie Jill. »Der Valentinstag fällt dieses Jahr offenbar auf ein dreitägiges Wochenende.«

Jill hatte das sprichwörtliche Gefühl, als würde sie zwischen zwei Mühlsteinen zermahlen. Sie hatte Termine bis nächsten Dienstag. Danach lag eine ganze freie Woche vor ihr. Es hatte ihr und Jacks Strandurlaub sein sollen. Sie hätten in dieser Zeit den Jahrestag ihrer ersten Begegnung vor fünfundzwanzig Jahren in Hollywood feiern wollen. Sie hatten ein Hotelzimmer und einen Tisch in einem Restaurant reserviert.

Und jetzt?

Sollte sie versuchen, für morgen einen Flug nach Hause zu bekommen, ohne es ihrem Verleger und den Veranstaltern, die sie erwarteten, zu sagen? Oder sollte sie Jack sich eine Woche allein im Elend seiner Midlife-Crisis suhlen lassen?

»Hey.« Gretchen schob ihr einen Stuhl in die Kniekehlen. »Setz dich, bevor du umkippst.«

»Es geht mir gut.« Sie sank auf den Polstersitz, stützte die Ellbogen auf den Tisch und duckte sich hinter zwei Stapeln von *Sie redete, er hörte zu*. Wenn sie ein Auge schloss, brauchte sie den riesigen Buchladen nicht zu sehen.

Er war völlig überfüllt. In allen Ecken und Gängen und im Coffeeshop saßen Menschen, doch der Strom zu ihr war schließlich abgeebbt. Die Situation schien ihr fast unwirklich zu sein.

Gretchen setzte sich neben sie. »Du hältst dich großartig, Jill, wirklich.«

»Können wir gehen?«

»Der Geschäftsführer hat uns gebeten, noch ein wenig zu bleiben. Er ist begeistert. Hast du eine Vorstellung, wie viele Bücher du heute Abend verkauft hast?«

»Nein.«

»Ich auch nicht.« Sie lachte. »Aber der Geschäftsführer würde uns am liebsten umarmen. Er sagt, so etwas hat er noch nie erlebt bei einem neuen Autor.«

»Das ist allein Ihr Verdienst, Miss PR.«

»Ja, nun ja, ich bin ziemlich gut in so was.« Sie grinste. »Aber das hier war wirklich ein Spaziergang. Du warst diejenige, die den Weg frei gemacht hat. Acht Jahre beim Rundfunk, davon drei Jahre auch bei einigen Sendern in Kalifornien ausgestrahlt, dann die Interviews mit bekannten Persönlichkeiten. Die Menschen kennen dich, und jetzt brennen sie natürlich darauf, dich persönlich kennenzulernen. Und natürlich wollen sie auch, dass du ihr Buchexemplar signierst.«

»Ich bin doch nur ein neugieriges, neurotisches Großmaul, das ein paar alte Prinzipien mit ein paar neuen Gebrauchsanweisungen versehen und das Ganze dann an die große Glocke gehängt hat.«

»Und – welche Überraschung! – genau damit hast du bei uns allen eine Saite berührt. Wir haben dringend ein paar neue Gebrauchsanweisungen gebraucht.«

»Ich habe Garantien gegeben. Ich bin Gott in die Quere gekommen.«

»Du bist deiner Sache treu geblieben, Jill. Doch, das bist du. Unsere Frauengruppe hat immer darum gebetet, dass du nicht von Gottes Botschaft der Liebe und Heilung in der Ehe abweichst. Wir haben dich während deiner gesamten Karriere begleitet, mein Schatz, und Gott ist treu.«

Jill beugte sich zu ihrer Freundin hinüber und senkte ihre Stimme zu einem Zischen. »Warum will mein Mann sich dann scheiden lassen?«

»O Jillie.«

»Wir brauchen einen neuen Untertitel. *Sie möchten den Göttergatten zur Tür rausjagen? Versuchen Sie es mit dieser Gesprächstechnik.*«

Hinter ihnen ertönte ein diskretes Hüsteln. Beide drehten sich um. Auf der anderen Seite des Tisches stand eine Frau mittleren Alters, zum Glück nicht nah genug, um gehört zu haben, was Jill Gretchen ins Ohr geflüstert hatte.

Sie lächelte Jill an. »Entschuldigung, sind Sie Mrs Galloway?«

»Äh, ja.«

»Sind Sie noch beim Signieren?«

Jill nickte.

Gretchen sagte: »Ja. Ja, das ist sie.«

»Wunderbar! Ich habe nämlich ein paar Freundinnen mitgebracht.« Sie trat beiseite. Hinter ihr standen etwa sechs Frauen in einer Schlange. Sie lächelten und winkten. »Wir sind Mitglieder des Buchclubs, und da wir alle regelmäßig Ihre Radiosendung hören, wollen wir als Nächstes Ihr Buch lesen. Als wir erfahren haben, dass Sie nur eine Stunde von uns entfernt sind, waren wir ganz aufgeregt. Wir dachten, warum gönnen wir uns nicht ein signiertes Exemplar Ihres Buchs? Und da sind wir nun!«

Jill sagte: »Sie sind eine Stunde gefahren, um mich zu sehen?«

»Eher zwei. Sie wissen ja – der Verkehr.« Ihre Augen glänzten.

Jill wusste, was jetzt kam. Wie viele Frauen hatte sie heute schon gesehen, deren Augen von ungeweinten Tränen glänzten? Schon bei dem Essen, bei dem sie früher am Tag gesprochen hatte, waren es Unzählige gewesen, und seit siebzehn Uhr an diesem Tisch noch wesentlich mehr. Als Nächstes kam die Dankbarkeit.

»Danke, Mrs Galloway.«

»Jill.«

»Jill.« Die Fremde lächelte. »Danke, dass Sie mein Leben und das meines Mannes verändert haben. Wir waren dreißig Jahre verheiratet, als ich Sie zum ersten Mal hörte. Bis dahin waren wir kein bisschen auf derselben Wellenlänge.«

Jill stand auf. Trotz ihrer Müdigkeit musste sie aufstehen und stehen bleiben, denn sonst hätte sie sich nicht über den Tisch beugen und diese Frauen umarmen können, die ihr Bestätigung gaben – die Bestätigung, die im Moment der einzige Klebstoff war, der sie überhaupt noch zusammenhielt.

Sie hoffte nur, dass sie sich, wenn sie von ihrer eigenen gescheiterten Ehe erfuhren, nicht hintergangen fühlten. Aber vielleicht, ja, vielleicht würden sie ja so dankbar wie Danielle und die Frauen in ihrer Gruppe sein.

Vielleicht, ja, vielleicht war Jill ja doch nicht dafür verantwortlich, törichte Gedanken in die Ehen dieser Frauen getragen zu haben.

8

Chicago

Jack sah Baxter über eine Gabel voll Porterhouse-Steak an.

Das breite Grinsen in dem jungenhaft runden Gesicht seines Freundes hatte mit ziemlicher Sicherheit irgendetwas zu bedeuten. »Was ist denn?«

»Anscheinend hat dein Appetit nicht unter deiner Situation gelitten.«

»Nein, das hat er nicht.« Jack verspeiste den Bissen Fleisch, der zur zartrosa Perfektion gegrillt worden war. Er kaute langsam und ging nicht weiter auf das Thema ein, das sie bis jetzt noch nicht angeschnitten hatten.

Es war ein langer Tag gewesen. Die Grippe ging um und die Praxis war unterbesetzt. Baxter hatte Jack angerufen, obwohl der offiziell Urlaub hatte. Sophie hatte protestiert, doch Jack dachte, dass Beschäftigung ihm jetzt guttäte. Er hatte den Valentinstag vergessen, zum ersten Mal in seiner Ehe, und Jill hatte bei ihrem wichtigsten Vortrag auf dieser Reise die Beherrschung verloren, zweifellos seinetwegen. Er wusste noch nicht so recht, was er mit diesen Tatsachen anfangen sollte.

Baxter säbelte ein Stück von seinem eigenen Steak ab. »Es geht dir also gut? Du isst und du schläfst?«

»Besser als seit langer Zeit.«

»Das ist höchst aufschlussreich.«

»Finde ich auch.«

»Es ist erst – wie lange – fünf Tage her? Die Euphorie wird vergehen.«

»Ich bin nicht euphorisch. Ich schäme mich und habe Schuldgefühle, aber ich bin auch seltsam … ich weiß nicht. Friedvoll. Erleichtert ist vielleicht das richtige Wort.«

»Erleichtert, weil sie weg ist? Vielleicht brauchst du ja nur mal eine Pause von ihr?«

Jack zuckte die Achseln. »Ich habe es noch nicht bis in alle Einzelheiten analysiert.«

Einen Moment lang aßen sie schweigend.

Dann sagte Baxter: »Also, was hast du angestellt?«

Er rieb sich den Kopf.

»Außer dass ich die Naht wieder aufgerissen habe? Lass es doch einfach, Kumpel.«

Jack ließ die Hand sinken und griff nach dem Messer. »Wut. Ich bin wütend geworden und dabei habe ich mir zu heftig den Kopf shampooniert. Ist das nicht das Lächerlichste, was du je gehört hast?«

»Absolut nicht. Wie kam es dazu?«

Jack spürte, wie ihm heiß wurde.

Es hatte keinen Sinn mehr, drum herumzureden. »Kapitel sieben war schuld – *Erdnuss-Saté Extrascharf*. Ich dachte über letzte Woche nach und fand mich in dem großen Buchladen im Einkaufszentrum wieder und las eine Beschreibung über flackernde Kerzen in meinem eigenen Schlafzimmer.« Er schüttelte den Kopf. »Es hätte noch schlimmer kommen können. In der heutigen Zeit hätte sie noch viel mehr preisgeben können. Sie hätte mich einen verweichlichten alten Kauz nennen können, aber andererseits brauchte sie gar nicht so weit zu gehen. Das, was sie geschrieben hat, hat genügt, um etwas Heiliges zwischen uns zu zerstören.«

»Das war mal eine lange Rede.« Baxter schob sich die Gabel in den Mund.

»Ja. Du wirkst nicht überrascht.«

Er zuckte die Schulter und kaute.

»Du hast das Buch also gelesen?« Jack hatte ihm vor einigen Wochen ein Exemplar gegeben.

Baxter nickte.

»Du hast gar nichts dazu gesagt.«

Baxter schluckte, legte seine Gabel hin und holte tief Luft. »Wir beide mischen uns nicht gegenseitig in unser Leben ein, wenn es um unsere Frauen geht. Als Stacey und ich bei der Eheberatung waren, hast du mir zugehört. Du hast es mir gesagt, wenn ich mich wie ein Idiot benommen habe, aber du hast nie etwas Schlechtes über sie gesagt. Das mit dem Buch ist eine Sache zwischen dir und Jill.«

»Ganz richtig. Du meinst sicher, außer den Hunderten von Kritikern, die es schon gelesen haben, und den Tausenden von Lesern, die es wahrscheinlich im Moment gerade verschlingen?«

»Ja, außer denen.«

»Du wärst also auch wütend?«

Baxter lachte kurz auf. »Ich würde vor Wut platzen. Interaktion im Alltag. Ich muss nicht unbedingt wissen, wie du deine Unterwäsche zusammenlegst. »Das Kapitel *Erdnuss-Saté Extrascharf* ist fast ein Scheidungsgrund.« Er schwieg kurz. »Fast.«

»Ich habe ihr Blankovollmacht gegeben. Damals, als sie anfing, sich mit Kommunikation in der Ehe zu befassen. Ich habe ihr gesagt: *›Du kannst benutzen, was du willst.‹* Wenn die ungewöhnliche Art, wie ich meine Unterwäsche zusammenlege, sie und mich etwas über unsere Beziehung lehren konnte, war es mir egal, ob sie es den Frauen in ihrer Gruppe erzählte.«

»Und das Bettgeflüster?«

»Blankovollmacht bedeutet keine Einschränkungen.«

Jacks Kiefer verkrampfte sich. »Damals hörten ihr jeden Sonntag vielleicht fünfundzwanzig Frauen zu, die meisten davon über fünfundfünfzig.«

»Wie hat sich das Ganze dann von den vertraulichen Plaudereien mit ihren älteren Freundinnen auf Buchläden im ganzen Land verlagert?«

»Da ergab sich eins aus dem anderen. Auf einmal war es nicht mehr nur die Gemeinde, es wurden daraus Vorträge an verschiedenen Orten. Und dann fing sie an, alles aufzuschreiben.«

»Und wie kam das mit der Rundfunksendung?«

»Das war eigentlich gar nicht so schlimm. Es waren nur Interviews und Höreranrufe, meistens ging es um die Arbeit von jemand anders. Trotzdem, manchmal ...« Jack schüttelte den Kopf. Natürlich war Jill auch im Radio auf persönliche Dinge zu sprechen gekommen. »Ich habe es verdrängt. Ich höre die Sendung nur selten. Hin und wieder machte jemand aus der Gemeinde eine schüchterne Anspielung darauf, was Jill in ihrer Gruppe über mich gesagt hat. Es hat mir nie etwas ausgemacht.«

»Steht in der Bibel denn nicht was darüber, dass man sich gegenseitig achten soll? Aber vielleicht gilt das ja nicht mehr für Verheiratete. Vielleicht ist es in Ordnung, wenn eine Frau ihren Mann wie eine Mücke behandelt. Tut mir leid.« Er hob eine Hand. »Tut mir leid, Jack.«

»Natürlich steht das in der Bibel. Wahrscheinlich könnte man umgekehrt von mir sagen, dass ich sie nicht genügend geachtet habe, weil ich ihrer Arbeit keine Aufmerksamkeit geschenkt habe. Jills Buch zeigt, dass wir uns auseinanderentwickelt haben.«

»Warte mal. Willst du damit sagen, dass du keine Ahnung hattest, was in dem Buch steht, bevor du es in dem Buchladen gelesen hast?«

Jack wich dem Blick seines Freundes aus, dessen Augen ungläubig aufgerissen waren. »Ja.«

»Wie konnte das passieren?«

»Sie hat mir das Manuskript gegeben, aber ich habe es nicht gelesen. Ich hatte ihr bei den Kochrezepten geholfen, aber alles andere …« Er zuckte die Achseln. »Es war ihr Ding. Es war auf Frauen zugeschnitten. Ich dachte, dass ich vielleicht manches missverstehen könnte, oder dass sie sich vielleicht aufregen würde, wenn ich gar nichts sagte oder aber etwas Kritisches.«

»O Mann. Erst beachtest du sie gar nicht, und dann bist du wütend über etwas, was sie schon die ganze Zeit tut, vor deiner Nase – Sachen, die du ihr ausdrücklich erlaubt hast?«

»So einfach ist es nun auch wieder nicht. Wir haben uns auseinanderentwickelt, weil wir nicht mehr die sind, die wir waren, als wir geheiratet haben. Wir führen nicht das Leben, zu dem ich angetreten bin. Wir haben uns beide zu sehr verändert.«

»Das klingt irgendwie idiotisch. Man springt doch nicht einfach von ›wir kommen bestens miteinander aus‹ zu ›ich möchte mich scheiden lassen‹.«

Das saß. Aber wahrscheinlich hatte er es verdient. Dennoch tat es der Erleichterung, die er nach diesem Sprung von »bestens« zu »Scheidung« empfand, keinen Abbruch. Erleichterung? Es war eher ein Hochgefühl, eine freudige Erregung. Es war nicht richtig, aber es war eben so. Er konnte nicht zum Status quo zurück.

Er hatte einen Termin mit seinem Anwalt ausgemacht. Und er hatte einen Termin, um sich eine Mietwohnung anzusehen. Und er würde beide Termine wahrnehmen.

Der Autokauf konnte noch warten, die Wohnung nicht. Was das Auto betraf, konnte er sich immer noch mit einem Taxi behelfen, doch die günstigste Zeit für den Auszug war vermutlich bald vorbei.

Er hatte damit gerechnet, dass Jill irgendwann im Laufe der Pause in ihrer Lesereise nach Hause kommen würde, doch nach Gretchens Anruf fragte er sich, ob sie überhaupt so lange warten würde, und auf gar keinen Fall wollte er unter ihren Augen packen und das Haus verlassen; das schien ihm noch grausamer zu sein als das, was er bereits getan hatte.

Am Dienstagnachmittag unterschrieb er einen Dreimonatsvertrag für eine möblierte Zweizimmerwohnung im ersten Stock und lud Baxter ein, sie sich anzusehen.

»Möbliert?« Baxter rümpfte die Nase und drehte sich auf dem schlammbraunen Teppich in dem spärlich möblierten Zimmer mit den schlichten schlammbraunen Möbeln langsam um sich selbst. »Warum nimmst du dir nicht die Zeit, etwas Neues zu kaufen?«

Jack stand im Durchgang zwischen Wohnzimmer und Küche und packte einen Karton aus. Gerade zog er sein kirschrotes Le-Creuset-Kochgeschirr hervor. »Ich habe meine Töpfe und Pfannen mitgebracht.«

Baxter duckte sich im Türrahmen. »Hast du auch deine Klamotten?«

»Die hole ich nachher gleich.«

Sein Freund hockte sich vorsichtig auf die Sofakante. »Noch mal: Warum lässt du dir nicht mehr Zeit?«

»Jill könnte früher als erwartet zurückkommen.«

Baxters Brauen hoben sich fragend.

»Gretchen hat angerufen. Es läuft anscheinend nicht so gut.« Jack packte behutsam auch das letzte seiner Lieblings-Küchenutensilien aus, lauter Sachen, die Jill nicht brauchte und auch nicht vermissen würde. Dann stellte er den leeren Karton neben die Tür, die ins Treppenhaus führte.

»Jill ist wohl sehr aufgebracht?«

»Ja.« Er stemmte die Hände in die Hüften. »Wenn ich Gretchen recht verstehe, will ich aus der Ehe raus, weil ich nicht glücklich bin, was bedeutet, dass Jill nichts hat, worüber sie reden kann.«

Baxter schüttelte den Kopf. »Davon redet sie also? Ob du glücklich bist? Den Teil des Buchs muss ich überblättert haben.«

»Es ist ein bisschen komplizierter. Im Grunde will ich einfach nicht, dass sie zusieht, wie ich ausziehe.«

»Du bist eben ein netter Typ.«

»Ja. Und glücklich.«

»Du weißt, dass du zu mir hättest kommen können.« Er lachte. »Jedenfalls vorübergehend. Der lockere Junggeselle und der Kirchgänger, der hin und wieder von Gott redet. Aber ein paar Tage wäre es schon gut gegangen.«

Jack lächelte. »Danke für das Angebot. Ich weiß nicht, was als Nächstes kommt, Bax. Ich brauche etwas Zeit, um mir über alles klar zu werden.«

»Und mit deinem Anwalt zu sprechen?«

Er nickte.

»Du hast ein ganz schönes Tempo drauf, mein Junge. Ich kann dir die Nummer meines Eheberaters geben.«

»Für einen lockeren Junggesellen bist du aber ganz schön entschlossen, mir die Scheidung auszureden.«

»Hier geht es ja auch um *dich*. Dir hätte das nicht passieren dürfen.« Er zuckte die Achseln. »Bei euch war es anders.«

Das sagten sie alle.

9

San Diego

Vivian Kovich klappte entschlossen ihren Laptop zu. »Date Night heißt Verabredungsnacht. Verschon mich, Jill.«

»Date Night?«

Beim Klang der Stimme blickte sie auf und sah ihren Neffen Dustin in der Tür stehen. »Du hast schon richtig gehört. Date Night. Das ist von meiner Schwester und sie ist alberner denn je.«

Der junge Mann lachte. »War sie das im Radio, die echte Jill Galloway?«

»Solltest du nicht ganz woanders sein?«

»Nicht in der nächsten halben Stunde.«

Viv schüttelte den Kopf. »Ja, das war sie. Kürzlich wurde sie in Los Angeles interviewt. Ich habe es in ihrem Archiv gefunden.«

Dustin setzte sich auf einen Stuhl vor ihrem Schreibtisch. »Sie ist eine berühmte Sowieso, oder?«

»Ja.« Eine berühmte Sowieso. Vor allem ein berühmtes Großmaul. Viv liebte ihre Schwester sehr, aber sie machte sich keine Illusionen über sie.

Dustin wies auf das Buch auf ihrem Schreibtisch, auf dessen Einband-Rückseite Jills Foto prangte. »Sie sieht dir überhaupt nicht ähnlich.«

Wie immer hatte die Kamera es auch auf diesem Foto gut mit Jill gemeint. Ihr umwerfendes Lächeln ließ ihr Gesicht strahlen wie die Lichter an einem glitzernden Aluminium-Weihnachtsbaum. Ihre modische Frisur stand ihr blendend. Sie sah aus wie das Abbild ihrer kleinen blonden Mutter. Viv kam nach ihrem Vater; er war langgliedrig und hatte mittelbraunes Haar, braune Augen und ein paar Sommersprossen. Das Gleiche galt für ihre Persönlichkeiten: Ihre Mutter war kapriziös, ihr Vater bodenständig.

»Ich finde, sie sieht viel älter aus als du, Tante Viv.«

»Mein Junge, mit dieser Bemerkung kannst du bei mir nicht punkten. Du hast noch eine zwanzigminütige Fahrt vor dir. Alte Leute sind immer überpünktlich. Und warum muss ich dir das eigentlich zum x-ten Mal sagen?«

Er grinste. Seine schokoladenbraunen Augen strahlten unter den gebogenen Wimpern. Dieser Junge hatte einfach zu viel Charme.

»Ich schwöre dir, Dust, wenn du nicht mit mir verwandt wärst …«

»Würdest du mich trotzdem einstellen. Das weißt du doch.«

Ja, sie würde ihn vom Fleck weg engagieren. Er war ein echter Gewinn für ihre Firma, ein kleines Reisebüro, das Ausflüge für Senioren anbot. Durch nichts aus der Fassung zu bringen, immer ein Lächeln auf den Lippen, Grübchen in den Wangen und breite Schultern, war Dustin der Traumenkel eines jeden älteren Menschen.

»Ich war zwölf, als ich deine Schwester das letzte Mal gesehen habe.« Und er war eine richtige Plaudertasche.

»Sie hat mich kaum jemals besucht und wenn, dann nur kurz. Diesmal wird es nicht anders sein. Sie und Jack werden kommen und gleich wieder weg sein.«

Er legte den Kopf schief. »Höre ich da ein wenig Bitterkeit in deiner Stimme? Böses Blut zwischen euch?«

»Dustin Kovich, du bist ein vorwitziger Lümmel. Los jetzt, an die Arbeit.«

»Gern.« Er lächelte, stand auf, winkte ihr zu und ging hinaus; wahrscheinlich war ihm klar, dass er es nicht übertreiben durfte, kürzte sie ihm doch unerbittlich das Gehalt, wenn er zu spät dran war.

Viv seufzte. Junge Menschen waren wahrlich eine Herausforderung. Da sie keine eigenen Kinder hatte, hatte sie nie Geduld gelernt. Stattdessen nahm sie vorlieb mit den vielen Nichten und Neffen aus der Familie ihres Mannes. Aus sicherer Entfernung schwärmte sie sogar für Jills Sohn Connor. Er war ein gutes Kind, doch sie hatte gleich, als er noch ganz klein war, einen Handel mit Gott geschlossen. Sie würde lieb und nett sein, solange er auf Connors Eltern aufpasste, doch falls Jacks und Jills Testament irgendwann mal in Kraft träte und sie Connors Vormund werden würde, könnte sie für nichts garantieren …

Sie ging nach vorn in den Ladenraum ihres kleinen Reisebüros und spähte durch das Schaufenster nach draußen, wo Dustin gerade mit ihrem sonnengelben Van losfuhr. Die limonengrüne Beschriftung an der Seite verursachte ihr das gewohnte Flattern im Magen. Umgeben von Palmen, Sonnenstrahlen und schaumgekrönten Meereswellen stand da: »Vivvies Touren – Abenteuer für Menschen, die im Herzen jung geblieben sind«, und dazu noch ihre Telefonnummer, 1-800-Vivvies.

Sie hatte viel erreicht. Sie hatte einen wunderbaren Mann und ihre eigene Firma, die finanziell recht erfolgreich war, sodass sie sich inzwischen sogar einen eigenen kleinen Bus leisten konnte, der nächste Woche geliefert werden würde. Das Leben war gut zu ihr, was scherte es sie da, dass ihre Schwester mit dem tollsten aller Männer verheiratet war, einen liebevollen Sohn und ein großes Haus hatte, in Oprahs Talkshow zu Gast gewesen war und jetzt sogar berühmt für ihr »Kanaanäisch« wurde? Was scherte es sie, dass Jill im Moment nur zwei Stunden entfernt war, aber noch nicht einmal angerufen hatte und höchstwahrscheinlich auch keine Zeit finden würde, bei ihr vorbeizuschauen? Das alles konnte sie doch völlig kaltlassen.

Aber es ließ sie nicht kalt. Es hatte sie noch nie kaltgelassen.

Marty saß in seinem bequemen Sessel, die Füße hochgelegt, und blickte vom Fernsehgerät auf die danebenstehende Viv. Er sagte: »Und, spielt das eine Rolle?«

»Ja, das tut es.« Sie hatte gerade bei ihrem Mann die ganzen Sorgen wegen ihrer Schwester abgeladen, die sich seit heute Morgen in ihr aufgestaut hatten.

»Wenn du meinst.« Seine Augen wanderten wieder zum Fernsehbildschirm. Das Spiel der Lakers war auf stumm gestellt, weil er sich Vivs weinerliche Rede anhören musste, aber Marty brauchte keinen Ton, um ein sportliches Ereignis mitzuverfolgen. »Blocken. Ja! Was! Was?? Ein Foul? Seid ihr irre? Foul? Blöder Schiri! Idiotisch!« Er wandte sich wieder ihr zu. »Viv, du weißt doch, Jill liebt dich. Sie ist eben anders.«

»Dann ist es für dich also in Ordnung, dass sie und Jack bei uns wohnen, statt in einem Hotel?«

»Klar.«

»Für vier Nächte?«

Er begriff erst jetzt und sie musste lächeln.

Er sagte: »Sie bleiben doch sonst nie so lange?«

»Nein. Aber diese Reise ist eine große Sache für sie. Es geht nicht nur um die Lesereise, sie feiern auch den Jahrestag ihres Kennenlernens vor fünfundzwanzig Jahren in Hollywood.«

»Wer feiert, dass sie sich *kennenlernten*?«

»Meine Schwester. Ich glaube, es ist hauptsächlich ein Vorwand, um Jack dazu zu bringen, dass er sie begleitet. Es ist über zwei Jahre her, dass wir ihn gesehen haben. Und ich weiß nicht, wann sie das letzte Mal überhaupt Urlaub gemacht haben.«

»Jack ist in Ordnung.« Marty kratzte sich am Kinn und grunzte ein kurzes *Hm* – seine Art zu zeigen, dass er zu einem Entschluss gekommen war. »Also für mich sind vier Tage in Ordnung.«

»Du bist ein Schatz.«

Sein Nicken verwandelte sich in ein heftiges Kopfschütteln, während er wieder auf den Bildschirm blickte. »O nein, nicht doch!« Er drehte den Ton wieder an.

Marty liebte seinen Sport fast genauso wie seine Arbeit. Er baute Schiffe, wirklich große Schiffe, die von der Marine gekauft wurden. Er war Schweißer – einer von vielen natürlich, doch er redete mit solcher Begeisterung davon, dass sie immer das Gefühl hatte, er sei für das ganze gigantische Schiff verantwortlich. Und mit seinen breiten kräftigen Schultern – er war ihr Fels in der Brandung, seit sie ihn zum ersten Mal gesehen hatte – kam er ihr immer so vor, als sei er tatsächlich dazu fähig.

Sie liebte ihre Arbeit genauso sehr wie er seine. Und irgendwo zwischen diesen Leidenschaften liebten sie noch einander. Ihrer Schwester war Vivs Eheleben immer ein Dorn im Auge gewesen.

Ohne Jills Buch gelesen zu haben, wusste Viv, dass ihre und Martys Beziehung kaum als vorbildlich bezeichnet werden konnte.

»Mist, Mist, Mist«, murmelte sie. Tauchte ihre Ehe womöglich als warnendes Beispiel in dem Buch auf, als Beispiel dafür, wie man es nicht machen sollte? Sie musste das Ding wirklich noch schnell lesen, bevor Jill kam.

»Vivian.« Marty drehte den Ton wieder ab. »Wollen wir heute Abend essen gehen?«

Sie starrte ihn an und überlegte, ob sie sich verhört hatte.

Mit unergründlichem Gesicht sah er sie an. Er hatte nicht die Wimpern seines Neffen Dustin, aber die gleichen schokoladenbraunen Augen. Sie waren sozusagen ein Familienerbe. Marty hatte allerdings die dunkelsten von allen, etwa achtzig Prozent kakaofarben, genauso wie sein Haar mit dem militärisch kurzen Schnitt.

Er sagte: »Aber nicht *Mickey D.* Vielleicht das *Blue Crab* unten am Hafen.«

»Wirklich?«

»Wirklich.« Von Zeit zu Zeit überraschte er sie, so wie jetzt. »Du könntest dieses schwarze Kleid anziehen.«

Sie lächelte. »Wir werden heute auch eine Late Date Night haben.«

»Eine was Nacht?«

Sie lachte und drehte sich auf dem Absatz um. »Gib mir zwanzig Minuten.«

10

Los Angeles

Jill lag auf der unebenen Hotelmatratze in Embryohaltung zusammengerollt und umklammerte ihr Handy. In dieser Stellung hatte sie die letzte Stunde verbracht, abwechselnd hoffend, dass Jack anrufen würde, und bangend, dass er es nicht täte, und sich selbst versichernd, dass sie ihn ganz bestimmt nicht zuerst anrufen würde. Dann hatte sie ihn zweimal angerufen und Nachrichten hinterlassen, wobei sie verzweifelt versuchte, nicht hysterisch zu klingen, wohl wissend, dass ihr das nicht einmal annähernd gelang.

Sie probierte noch einmal die Nummer ihrer Schwester.

»Hey!«, begrüßte Viv sie. Der Klang des vertrauten, kräftigen Alts ihrer Schwester vermochte sie auf der Stelle ein wenig zu trösten.

»Selbst hey. Du bist endlich mal rangegangen.«

»Ich habe die entgangenen Anrufe auf dem Display gesehen. Tut mir leid, ich hatte mir eine Auszeit vom Telefon genommen.«

»Wann hast du das zum letzten Mal gemacht?«

»Keine Ahnung. Marty und ich waren aus. Wir hatten ein Da… wir sind ausgegangen. Stimmt was nicht?«

Jill nahm das Telefon vom Mund und seufzte. Genau aus diesem Grund hatte sie diesen Anruf so lange aufgeschoben. Viv las in ihr wie in einem offenen Buch. Im Alter nur zehn Monate auseinander, waren sie ganz tief innen fast so eng verbunden wie Zwillinge – manchmal war es schon fast unheimlich. Andererseits waren sie in vielen Dingen auch verschieden wie Tag und Nacht, schwarz und weiß, Feuer und Eis. Manche ihrer Lehrer hatten nie verstanden, dass sie wirklich verwandt waren.

Sie sprach wieder ins Telefon. »Ich bin nur müde. Gretchen hält mich ganz schön auf Trab. Wir sind gerade erst ins Hotel zurückgekommen. Morgen werden wir …«

»Ich hab deine Route im Kopf, Jill. Ist alles gut gelaufen? Du warst großartig im Radio.«

»Du hast es dir angehört?«

»Klar. Ich würde doch um nichts in der Welt verpassen, was meine eigensinnige Schwester im Radio von sich gibt. Wie war dieses und jenes Essen? Das Signieren? *Hope on the Coast*? Ist es dort wirklich so beeindruckend, wie alle sagen?«

Und da hieß es immer, Jill sei die Quasselstrippe von den beiden Schwestern. »Ja, das ist es.«

»Ich wette, sie waren ganz begeistert von dir.«

»Manche von ihnen schienen mich zu mögen.«

»Ach, komm schon, Jill. Du weißt doch, wie gut das, was du machst, bei den Frauen ankommt. Jack ist doch sicher stolz wie ein Pfau.«

»Ja. Hör mal, ich wollte mich nur melden und sollte jetzt besser schlafen, wir haben morgen früh ...«

»Halt. Was stimmt nicht mit Jack?«

»Ni...« Sie schloss die Augen. Sie sprach mit Viv, die jede Nuance ihrer Stimme wahrnahm. Viv konnte wie ein Terrier sein, wenn sie das Gefühl hatte, dass Jill ihr etwas verschwieg. Sie würde nicht lockerlassen. »Er ist nicht mitgekommen.«

»Er ist nicht mitgekommen? Er ist nicht mitgekommen! Warum nicht?«

»Er wollte nicht. Du weißt doch, was für ein Stubenhocker er ist.«

»Und überarbeitet. Tut mir leid, Jill. Du hast dich doch so auf den Urlaub mit ihm gefreut. Du musst todtraurig sein.«

»Ich bin okay. So was kommt eben vor. Und wie gesagt, Gretchen hält mich auf Trab. Du kennst das ja. Ich – ich weiß noch nicht, ob wir nach San Diego kommen. Ich fahre wahrscheinlich früher als geplant wieder nach Hause.«

»Aber du hast dir doch so viel vorgenommen hier unten. Ich wollte ein paar von meinen Senioren zu einer Signierstunde nach Carmel Mountain bringen. Außerdem habe ich bis dahin meinen Bus. Du musst doch meinen Bus sehen!«

»Ich ruf dich an, okay? Es hängt von ... von ...« Wie lange konnte sie Jacks Ankündigung noch geheim halten? »Es hängt davon ab, was Gretchen geplant hat. Ich vermisse Jack sehr.«

Jill versprach, so bald wie möglich wieder anzurufen, und verabschiedete sich dann rasch, dankbar, dass Viv nicht die ganze Geschichte herausbekommen hatte.

Sie legte das Telefon auf den Nachttisch und machte das Licht aus. Es war Viertel vor elf; die Zahlen drehten sich in ihrem Kopf. Der Tag hatte um Viertel vor sieben begonnen, mit einem Gebetsfrühstück mit einer Gruppe Geschäftsfrauen. Dann waren ein Vormittagskaffee-Treffen, ein Mittagessen und eine Signierstunde gefolgt. Geendet hatte es mit zwei anderen Rednerinnen, ebenfalls Kundinnen von Gretchen, die sich, wie die Geschäftsfrauen, zusammenrissen.

Es hatte nicht das leiseste Getuschel gegeben. Es gelang ihr das, was sie als extreme Last empfand, nämlich die Garantiefrage, einfach auszulassen. Niemand stellte Fragen, die sie nicht beantworten konnte. Dennoch hielt sie immer noch die Luft an. Fast sechzehn Stunden hielt sie jetzt schon die Luft an. Das war ein echter Rekord.

In Gretchens Kopf drehten sich wahrscheinlich ebenfalls die Zahlen. Sie zählte bestimmt gerade, wie viele Bücher verkauft worden waren und wie viele potenzielle Käufer möglicherweise abgesprungen waren.

Jill zählte nur, wie viele Menschen sie getäuscht hatte, angefangen mit ihrer Schwester, und von da zurück.

11

»Und nun kommen wir zu *Erdnuss-Saté Extrascharf.*« Jill blickte vom Podium auf ihre Hörerinnen hinab, in Erwartung ihrer Reaktion.

Fast fünfzig Frauen lächelten sie an und leises Gelächter erfüllte den Raum.

Von hinten hob Gretchen ermutigend den Daumen.

Jill rang sich ebenfalls ein Lächeln ab und hoffte, dass es nicht so falsch wirkte, wie es sich anfühlte. Es hatte als echtes Lächeln begonnen, das jedoch rasch erstarb. Danielles ermutigende Worte hatten ihre Wirkung verloren.

Genauso wie ihre gestrigen Telefongespräche. Ihr Verleger und der Rundfunkredakteur waren beide sehr mitfühlend gewesen und hatten dieses Mitgefühl mit fast den gleichen Worten zum Ausdruck gebracht. *»O Jill, es tut mir so leid. Wir beten für dich und Jack. Mach dir bloß keine Sorgen wegen etwaiger Gerüchte oder Tratsch. Sollte es nötig sein, helfen wir dir, eine Erklärung abzugeben. Bis dahin – wenn du über irgendein Thema aus deinem Buch nicht sprechen willst, lass es einfach. Wir senden einfach ein paar Folgen, die schon aufgezeichnet sind. Schließlich hast du ja nie behauptet, eine vollkommene Ehe zu führen.«*

Trotzdem, Geschäft war Geschäft. *»Hältst du noch bis Sonntag durch? Dann reden wir noch mal.«*

Heute war Mittwoch. Gretchen hatte zwei weniger wichtige Termine heute früh und einen für morgen abgesagt. Jill hatte beschlossen, gleich am Montagmorgen nach Hause zu fliegen. Eigentlich hätte ihr das alles neuen Auftrieb geben müssen, doch das war nicht der Fall. Sie fühlte sich völlig ausgehöhlt, hatte das Gefühl, sich aufzulösen. Der Teil von ihr, der zu Jack gehörte, war aus Sauerstoffmangel kollabiert.

Mein Gott, hilf mir.

Mit letzter Kraft konzentrierte sie sich wieder auf die Frauen vor ihr. Es war ein Nachmittagstee, eine elegante Veranstaltung in Beverly Hills. Leinene Tischtücher und Servietten, frische Blumen, edles Porzellan, funkelndes Kristall und Silber, Gurkensandwiches, Scones und Marmelade, ganz großer Bahnhof. Eigentlich hätte es Spaß machen sollen.

Sie blickte über ihre Schulter auf den Bildschirm. Irgendein Engel am Bedienpult hatte in den letzten dreißig Minuten ihre Power-Point-Präsentation auf die Sekunde genau abgespielt. Sie waren sechs Rezepte durchgegangen, wörtlich und bildlich. Auf dem Bildschirm waren Jacks Rezepte erschienen, die er sich zu ihren Kapitelüberschriften ausgedacht hatte. Dazu hatte sie jeweils wichtige Ratschläge aus dem Buch weitergegeben, wie man in allen möglichen Situation mit seinem Mann reden kann.

Hatten sie und Jack diese Ratschläge beherzigt? Sie war ganz sicher gewesen, dass er Freude an ihrem gemeinsamen Projekt hatte. Er kochte leidenschaftlich gern. Er dachte sich oft neue Gerichte aus. Es schien ihm Spaß zu machen, sich ein Rezept mit Erdnüssen zu überlegen. Und er zuckte nicht einmal mit der Wimper, als sie ihm den Zusammenhang mit dem »scharf« erklärt hatte.

Sie richtete ihr Mikrofon. »Gottes Geschenk der Intimität erinnert mich an Erdnüsse.« Sie lächelte. »Die Erdnuss ist natürlich. Sie enthält wertvolle Nährstoffe. Und so, wie erst das Zusammenspiel aus Erdnusssoße, Grillfleisch und Gemüse den Gesamtgeschmack verfeinert ...«, sie deutete über ihre Schulter, »haben wir manchmal das Bedürfnis, unsere Intimität zu verfeinern. Musik zum Beispiel kann für die Romantik Wunder wirken, vor allem klassische Musik, ein wenig Vivaldi, Bach, was immer Sie mögen. Oder Kerzenlicht. Je älter ich werde, desto mehr liebe ich Kerzenlicht. Sie wissen, was ich meine, oder? Im Kerzenlicht bin ich noch immer das einundzwanzigjährige Mädchen, das er geheiratet hat«.

Ein paar der Anwesenden lachten, andere fühlten sich anscheinend unbehaglich angesichts ihrer Offenheit. Ihre Direktheit hatte sie schon mehr als einmal in Schwierigkeiten gebracht. Sie trat den Leuten auf die Zehenspitzen, ohne es zu wollen, und bekam die Quittung dafür. Wenn ihr das passierte, war sie jedes Mal ganz außer sich und nahm sich krampfhaft zusammen, bis sie wieder bei Jack war. Und dann sprudelte sie wie ein Wasserfall. Er pflegte ihr dann immer mit wissendem Lächeln zuzuhören und vorzuschlagen, dass sie ihren Eifer vielleicht ein wenig zügeln sollte.

Es schien lange her, dass Jack ein solches Interesse an ihrer Arbeit bekundet hatte. Oder an ihr.

Plötzlich hatte sie das Gefühl, gegen eine Wand zu prallen, und konnte kaum noch sprechen. Mit Mühe beendete sie ihren Vortrag, obwohl sie eigentlich mit ihren Themen noch nicht durch war, womit sie den Engel am Bedienpult in Schwierigkeiten brachte. Es gelang ihr, Gretchen ein Zeichen zu geben. Diese nickte.

Heute würden keine Fragen beantwortet werden. Gretchen hatte gemeint, ihre Fähigkeit, sich zu konzentrieren, sei zurzeit auf neunzig Minuten beschränkt, und ihre innere Uhr stand kurz vor dem Zeitlimit. Sie war etwa fünf Minuten davon entfernt, ihren Kopf auf die nächstgelegene flache Unterlage zu legen.

Und ein Podium im Angesicht von fünfzig netten Frauen aus Beverley Hills war wahrscheinlich nicht der richtige Ort dafür.

»Es ist alles meine Schuld.« Jill blickte auf Gretchens Profil, während diese sie durch den lebhaften Verkehr steuerte. »Es tut gut, das einmal auszusprechen.«

»Das ist prima, meine Süße, aber es kann gar nicht allein deine Schuld sein. Zum Tango gehören immer zwei.«

Jill ignorierte das. »Regel Nummer eins ist, auf dem Laufenden zu bleiben. Wenn ich, was Jack betrifft, auf dem Laufenden geblieben wäre, befände er sich jetzt nicht in diesem emotionalen Chaos. In den letzten sechs Monaten habe ich so viel gearbeitet wie nie zuvor. Du weißt ja selbst, wie sich alles entwickelt hat. Sieben neue Rundfunkanstalten haben das Programm übernommen. Meine Interviewpartner haben Vorausexemplare des Buches bekommen und es hat ihnen gefallen. Armer Jack. Ich war es, die unsere Abendverabredungen immer wieder verschoben hat. Ich war es, die ihn gar nicht mehr wahrgenommen und ihm nicht mehr zugehört hat. Ich war viel zu sehr damit beschäftigt, *über* Abendverabredungen und darüber, wie man den anderen wahrnimmt und ihm zuhört, zu sprechen.«

»Ich will dir ja nicht in die Suppe spucken, aber der Wunsch nach Scheidung ist normalerweise nicht die Folge einer sechsmonatigen Arbeitsüberlastung.«

»Wo ist der Regenschirm? Du spuckst mir nämlich in die Suppe und das gefällt mir überhaupt nicht.«

»Ich will nur nicht, dass du aus den Augen verlierst, wer du bist, Jillie. Weißt du noch, wie wir uns zum ersten Mal in der Kirche gesehen haben? Du warst frisch verheiratet und gerade erst nach Chicago gezogen. Ich war Single. Ich wollte deine Freundin werden, weil dein Mann dieses umwerfende uramerikanische Lächeln hatte. Ich fand mich damit ab, dass du so beneidenswert schrullig-hinreißend warst, weil ich auf diese Weise auch mit Jack zusammen sein konnte, in der Hoffnung, dass seine Freunde vielleicht wie er seien. Ich fing an, die in Connor vernarrte Tante zu spielen. Und dann wurdest du tatsächlich meine beste Freundin, hauptsächlich, weil ich mir wünschte, dein Glaube könnte auf mich abfärben.«

Jill hatte die Geschichte schon oft gehört. Sie endete jedes Mal damit, dass sie beide ein dynamisches Duo waren und sich gegenseitig das verdankten, was sie heute erreicht hatten. Das stimmte auch. Gretchen hatte Jill den Leuten beim Rundfunk vorgestellt. Jill hatte Gretchen mit den entscheidenden Menschen bekannt gemacht, die ihr halfen, ihre Public-Relations-Agentur nach vorne zu bringen.

»Du bist noch immer schrullig und hinreißend und mit Jack Galloway verheiratet, dem gütigsten, bestaussehenden Arzt, den man sich vorstellen kann. Connor ist noch immer ein Schatz; wir beide haben sogar ein paar Insider-Scherze. Und du hast noch immer deinen tiefen, beständigen, beneidenswerten Glauben. Manchmal fällt es echt schwer, dich zu mögen.« Sie zuckte die Achseln. »Aber das hätte ich dir nie gewünscht.«

»Es hat alles einen Sinn. Je eher ich nach Hause komme, desto eher kann ich mich damit befassen.«

»Montag. Für eine Woche.«

»Wir werden sehen.«

Sie fuhren schweigend weiter, die unausgesprochene Meinungsverschiedenheit stand zwischen ihnen. Gretchen wollte, dass sie die Lesereise nach einer Woche fortsetzte. Jill, normalerweise eine geradezu obsessive Planerin, weigerte sich zuzusagen.

Gretchen meinte: »Wir brauchen jemand, der für uns betet. Wärst du mit einer Gebetskette einverstanden?«

»Nein.« Jill schauderte bei dem Gedanken, dass ihre gesamte Heimatgemeinde per E-Mail von ihrer und Jacks Situation erfuhr.

»Wir können sagen, es handle sich um eine Fürbitte, deren Inhalt geheim bleibt.«

»Nein!«

»Nicht einmal eine private Kette in unserer Gruppe?«

»Nein.«

»Was ist mit deinem Vater?«

»Noch nicht.«

»Jill! Skip Wagner war immer der Erste, den wir in solchen Situationen angerufen haben.«

»Nein, das war Jack.«

»Ja, aber Jack ist gerade nicht er selbst. Je mehr ich darüber nachdenke, desto sicherer bin ich, dass es der Autounfall war. Er hat sich den Kopf gestoßen. Das hat ihn irgendwie aus dem Gleichgewicht gebracht. Es könnte doch sein, dass einfach alles an dem Unfall liegt. Er hat ihn stärker mitgenommen, als er zugab oder ihm vielleicht sogar selbst bewusst war. Und jetzt äußert das Ganze sich in diesem komischen Verhalten. Also hör auf, dir die Schuld daran zu geben. Es ist nicht alles nur deine Schuld.«

Jill dachte an vergangenen Dienstag, den Abend, an dem es passiert war. Sie waren beide spät dran gewesen, weil sie noch tausend Sachen erledigt hatten, um am Mittwochabend packen und Donnerstag früh aufbrechen zu können. Sie hatte gerade eine Tiefkühlpizza in den Herd geschoben, als Jack aus der Notfallambulanz anrief.

Er hatte gesagt: »Es geht mir gut«, und dann berichtet, dass er auf einem Stück Glatteis ins Rutschen gekommen und seitlich auf ein parkendes Auto aufgefahren war. Beim Aufprall war er mit dem Kopf gegen die Kante seines Seitenfensters geprallt, das halb geöffnet gewesen war. Das Fenster war halb offen gewesen? In einer kalten, graupeligen Winternacht? Er hatte gemeint, er hätte Luft gebraucht, und nein, sie bräuchte nicht in die Klinik zu kommen. Sein Auto war nicht mehr fahrtüchtig, wahrscheinlich ein Totalschaden. Er würde sich nach Hause bringen lassen, gleich nach dem Röntgen und den paar Stichen, mit denen seine Kopfverletzung genäht werden musste.

Sie erinnerte sich, wie er durch die Tür gekommen war. Er hatte den Kopf geneigt, um ihr das blutverklebte Haar und eine hässliche raue Stelle auf dem Scheitel zu zeigen, wo das Haar wegrasiert worden war, um die Verletzung nähen zu können. Dann war er sofort ins Bett gegangen. Sie war nicht überrascht gewesen, dass er über Kopfschmerzen geklagt hatte.

Sie hatte die Pizza allein gegessen und Gott gedankt, dass Jack nichts Ernstes passiert war. Er hatte einen Kratzer abbekommen, aber sonst war er in Ordnung.

Sie hatte »Jack und Jill« gesummt, einen Kinderreim, ein Liedchen, von dem sie immer dachte, dass Gott es ihnen beiden ganz persönlich zugedacht hatte. Wie viele Paare hatten schon ein eigenes Lied, das mit glücklichen Kindheitserinnerungen verknüpft war?

Aber auch in ihrer gemeinsamen Geschichte gab es viele schöne Erinnerungen. Sie hatten es geschafft, bis ganz oben auf den Berg, und ihre Scheunen gefüllt. Im Oktober würden sie ihren fünfundzwanzigsten Hochzeitstag feiern. So viele gemeinsame Jahre mussten doch ganz einfach der Beweis sein, dass sie ganz oben waren und dass ihre Scheunen gefüllt waren mit allem, was sie brauchten.

Du meine Güte. War sie bloß naiv oder vielleicht doch richtig dumm? Kinderlieder waren in der Regel voller Schrecken. Humpty Dumpty stürzte sich zu Tode. Georgie Porgie war ein Chaot. Die kleine Miss Muffet begegnete einer Spinne und keiner hörte je wieder von ihr. London Bridge – eine ganze, riesige Brücke – stürzte ein. Und Old Mother Hubbard? Eine herzzerreißende Tragödie.

Jill wandte sich an Gretchen und zitierte: »»Jack und Jill gingen auf den Berg, 'nen Eimer Wasser holen. Jack fiel in 'ne Pfütze und zerriss seine Mütze.‹ Damit ist die Geschichte für uns zu Ende. Glaub mir, egal, warum er hingefallen ist, ich werde nicht hinterherfallen. Ich laufe hin und helfe ihm aufstehen.«

12

Palm Springs

Jill betrachtete die hübsche junge Frau, die ihr gegenüber in einem Rattanstuhl in der Hotellobby saß, und kam sich plötzlich uralt vor.

Lindsay war Journalistin, die sie für den religiösen Teil einer lokalen Zeitung interviewte. Sie hatte glattes, langes dunkles Haar, eine Brille mit rotem Rahmen und sah glücklich aus. »Sie sind in Kalifornien aufgewachsen, nicht wahr?«

»Ja, in Sweetwater Springs.« Wann war ihr eigener glücklicher Gesichtsausdruck bitter geworden? Letzten Donnerstag? Oder war die Ausradierung langsam und unmerklich vor sich gegangen?

»Dort sind meine liebsten Wanderwege.«

Mm-hmmm, dachte sie. Mitten in der Wüste, im Niemandsland. Genauso fühlte sie sich im Moment – mit Sicherheit völlig anders als Lindsay. Lindsay hatte ihr ganzes Leben noch vor sich. Wahrscheinlich gab es im Leben des Mädchens schon jetzt ein paar Sachen, die sie bereute, doch das war nichts im Vergleich dazu, was die nächsten zwanzig Jahre ihr bringen würden. Doch es hätte keinen Sinn, sie zu warnen.

Lindsay sagte: »Waren Sie als Kind oft in Palm Springs?«

Jill versuchte, sich zu konzentrieren und die Frage zu beantworten. Gretchen hatte sie durch die letzten drei Tage geschleift, doch die Anstrengung, die sie das kostete, hatte ihren Tribut gefordert, und jetzt am Sonntag fühlte sie sich alles andere als ausgeruht, geschweige denn fromm. Ihre Gedanken schweiften ab. Sie war 130 Kilometer von zu Hause entfernt. Sie musste unbedingt ihre Eltern anrufen. In ein paar Wochen hatte sie sie besuchen wollen. Zusammen mit Jack. Nach ihrem Urlaub. Nach der letzten Station der Lesereise.

Nun würde sie nichts davon machen, weder Urlaub noch einen Elternbesuch.

Ihr Vater, Skip, würde traurig sein, würde sie aber trotzdem trösten, ihr Mut zusprechen und für sie und Jack da sein und sie beide nach Kräften unterstützen. Mit ihrer Mutter, Daisy, war das eine ganz andere Geschichte.

Daisy könnte sie im Moment auf gar keinen Fall ertragen.

Und außerdem befanden sie und Jack sich am *Anfang* eines Gesprächs. Es gab noch überhaupt nichts zu berichten.

Jills Handy klingelte; sie zog es hastig aus der Tasche. Jacks Name erschien auf dem Display. »Lindsay, es tut mir leid, aber ich muss den Anruf entgegennehmen. Eine Familienangelegenheit. Ich bin gleich wieder da.« Sie lächelte der jungen Frau zu und ging durch die Lobby. »Jack.«

»Hi.« Seine Stimme klang zögernd.

Das war nur recht und billig. Sie hatte ihm mehrere Nachrichten hinterlassen, die er sämtlich ignoriert hatte.

»Wie ist das Interview heute Morgen gelaufen?«, erkundigte er sich.

»Es findet gerade statt.« Sie ging durch den Eingang des Hotels nach draußen und in Luftlinie über die gepflasterte Auffahrt; dabei dankte sie Gretchen im Stillen, dass sie sie gestern noch nach Palm Springs geschleppt hatte.

»Ich wollte euch nicht unterbrechen.«

»Wir haben Vorrang, Jack. Ganz egal, welchen Anschein es früher hatte, wir beide sind jetzt wichtiger. Hast du meine Nachrichten bekommen?«

»Alle sechs. Schau, Jill, es tut mir leid, dass ich nicht zurückgerufen habe. Und es tut mir auch leid, dass ich diese Sache nicht mit dir bereden kann. Ich bin einfach noch nicht so weit.«

Jill setzte sich auf eine Steinbank unter einer einzelnen Palme, die zu einer Minioase mit Büschen, Blumen und einem Springbrunnen gehörte. Gretchen hatte ihr Versprechen gehalten und eine Anlage mit allen Schikanen gebucht, einschließlich Pools und Spa und luxuriöser Stille. Sie hatte ihr sogar eine Massage spendiert – ein Bestechungsversuch, um Jill so lange wie möglich bei der Stange zu halten, gleichzeitig aber auch Ausdruck der Sorge einer guten Freundin um ihr Wohlergehen.

Und es half tatsächlich. Ihre Lunge brannte nicht mehr. Ihre Stimme war ganz ruhig. »Jack, wir können das sowieso nicht aus der Ferne lösen. Wir müssen uns gegenübersitzen. Wir müssen uns von Angesicht zu Angesicht unterhalten.«

»Ich möchte mich aber nicht mit dir unterhalten. Wie oft muss ich das noch sagen, bis du es begreifst?« Seine Verärgerung versetzte sie in Alarmzustand.

Jack war nie verärgert, niemals. Er war vielleicht manchmal wütend, aber er war nie mürrisch oder launisch oder schlecht drauf. Und wenn er sie tatsächlich einmal anfuhr, entschuldigte er sich sofort dafür.

Diese ihm völlig wesensfremde Reaktion musste ein Symptom seiner Midlife-Crisis sein.

Die Müdigkeit vielleicht auch? Und das mangelnde Interesse an ihr? Und auch seine Gewichtszunahme?

Waren die Anzeichen allesamt vorhanden gewesen und hatten sich einfach als Alltag maskiert, als die ganz gewöhnlichen Hochs und Tiefs, die es in jedem Leben gab?

Sie schüttelte den Kopf. Das hieß zu fragen, was zuerst da war, die Henne oder das Ei. Hatte sie durch ihr Verhalten die Krise heraufbeschworen oder hatte sie dadurch lediglich die Auswirkungen der Krise verstärkt? Wie auch immer, die Krise war da.

»Jack …«

»Warte.« Seine Stimme klang, als hielte er das Handy vom Mund weg. »Sophie, ich bin gleich da.«

Jill fragte: »Du bist in der Praxis?«

»Ja …«

»Jack!« Ihre Stimme verlor ihre Gelassenheit. »Du meine Güte! Du brauchst unbedingt eine Auszeit!«

»Die Praxis ist nicht mein Problem.«

»Das soll wohl heißen, ich bin dein Problem.«

»Jill, ich möchte nichts mehr dazu sagen.«

»Du sollst aber etwas sagen! Ich muss wissen, was du denkst.«

»Okay. Kurz und gut, mein Problem ist unsere Ehe. Ich möchte nicht so leben.«

»Wie ist das möglich? Was willst du denn? Was hat sich geändert?«

»Was hat sich nicht geändert?« Er atmete schwer. »Ich will mich jetzt nicht damit befassen. Sophie braucht mich. Ich muss Schluss machen. Gib mir einfach mehr Raum, Jill. Das ist alles, worum ich dich bitte. Okay? Nur ein bisschen Raum, für's Erste. Gut. Tschüss.«

»Tschüss.« Jill spuckte das Wort förmlich aus und klappte ihr Handy zu. Wie konnte er es wagen, ihr das anzutun, ihnen das anzutun! Wie konnte er es wagen zu sagen, zwischen ihnen hätte sich alles geändert, und sich dann weigern, in …

»*Sophie braucht mich.*« Sophie brauchte ihn?

Er hatte bestimmt von der Arbeit gesprochen. Sophie hatte eine Frage. Sie hatte nach einer Akte gefragt. Sie …

Sie war immer mit Jack zusammen, tagein, tagaus, effizient, besonnen *und Single*. Jahr um Jahr um Jahr hatte sie sich um seine Bedürfnisse gekümmert.

Um welche Bedürfnisse genau?

Wenn sie eine Affäre hatten, dann war Jacks momentanes Verhalten nur das letzte Symptom seiner Midlife-Crisis.

Auf einmal meldeten sich vertraute Ängste. Sie war Sophie gegenüber stets misstrauisch gewesen. Die Frau hatte nie geheiratet, ja, sie hatte sich, soweit Jill wusste, nicht einmal mit Männern getroffen. Sie hatte aus ihrer Bewunderung für Jack nie einen Hehl gemacht. Jack fiel das natürlich gar nicht auf, aber Jill merkte es. Jeder konnte es sehen, schon an der Art und Weise, wie Sophie ihn ansah und mit ihm sprach.

Jill hatte Jack immer vertraut. Sein zweiter Vorname hätte »Old Faithful« lauten können. Doch das machte die Aufmerksamkeit, die Sophie ihm schenkte, nicht weniger bedrohlich. Und es machte Jacks jederzeit bereitwillig gegebene Informationen – wann und wo er mit Sophie zum Mittagessen gegangen war, was er ihr zu Weihnachten und zum Geburtstag schenkte – nicht leichter für sie.

Die beiden hatten eine gemeinsame Geschichte, unschuldig oder nicht, und dass Jack jetzt so dringend mit Sophie reden musste, versetzte sie auf neue Art in Alarmbereitschaft.

Es war Zeit, dass sie nach Hause fuhr. Sie musste nach Hause, *jetzt gleich*.

Los Angeles

Die sonst so unerschütterliche Gretchen war eindeutig völlig außer sich. Seit Jill gestern den Flug gebucht hatte, war sie nicht eine Minute zur Ruhe gekommen.

Jetzt standen sie in der Nähe der Sicherheitskontrolle auf dem Flughafen von Los Angeles. Oder vielmehr Jill stand. Gretchen tigerte in engen Kreisen um sie herum, ihr Haar hatte sich in dicken Strähnen aus dem Knoten gelöst, ihre limonengrüne Seidenbluse hing aus dem Rock und war völlig verknittert.

»Gretch, es geht mir gut.«

»Ja, klar. Du fliegst, gegen den ausdrücklichen Wunsch aller Beteiligten, einschließlich Jacks, und du glaubst, es geht dir gut. Du hast jedes Gefühl für die Realität verloren.«

»Ich gehe jetzt durch die Sicherheitskontrolle. Drück mich noch mal.«

»Nein. Niemals. Komm endlich zur Vernunft. Keine von uns beiden geht hier weg, ich bleibe bis zur letzten Minute. Ich besorge mir vielleicht sogar die Erlaubnis, dich bis zum Gate zu begleiten. Ich werde denen sagen, dass du eine Gefahr für die anderen darstellst. Dass du ständige Überwachung brauchst.«

Der wütende Blick, den sie ihr zuwarf, verfehlte zwar seine Wirkung, war aber immerhin ein lobenswerter Versuch. »Vielleicht kommst du ja doch noch zur Vernunft.«

»Das bin ich schon. Ich fliege nach Hause, um meine Ehe zu retten.«

»Hast du dir das wirklich gut überlegt? Es geht hier immerhin nicht nur um dich und Jack. Ich spreche vom Rundfunk, von deinem Verleger, von deinen Hörern und Lesern. Hast du auch nur eine Sekunde daran gedacht, wie viel Zeit, Kraft und Geld all diese Leute in dich investiert haben?«

Jill starrte sie an. »Ist das dein Ernst? Natürlich habe ich das. Glaubst du wirklich, dass ich gerade die schlimmste Woche meines Lebens durchgestanden habe nur meinem Ego zuliebe?«

»Wir sollten trotzdem noch mal darüber reden.«

»Gretchen, ich rede nicht mehr.«

»Dann trinken wir einen Kaffee. Ich hole welchen. Setz dich da hin.« Gretchen deutete auf zwei leere Sitze neben ihnen. »Rühr dich hier nicht weg.« Ihre Augen füllten sich mit Tränen. Sie lief fort und geriet in der Menge schon bald außer Sicht.

Jill ließ ihr Handgepäck auf den Boden fallen und setzte sich. Im Grunde war sie genauso mit den Nerven am Ende wie Gretchen. Sie hatte gerade die Summe von zwei Hypothekenraten für den Flug ausgegeben. Sie ließ alle im Stich, vom Verleger über ihre Hörer und Leser bis zu ihrer Schwester, und schlimmer noch, sie hatte nicht vor, ihnen zuliebe nach einer Woche zurückzukommen. Letztendlich war sie für Jacks Zustand verantwortlich. Sie hatte seinen ausdrücklichen Wunsch, nicht mit ihr zu reden, ignoriert und ein sehr, sehr teures Flugticket gekauft.

Vielleicht sollte sie ihm sagen, dass sie unterwegs war.

»Hi.« Jack hatte den Anruf tatsächlich angenommen!

Sie holte tief Luft vor Überraschung, dass er sich gemeldet hatte. »Jack.« Sie atmete aus und gleich wieder tief ein.

»Was ist?«

»Ich komme nach Hause. Heute.«

Schweigen. »Hm.« Er brummte mit seiner Doktorstimme, wachsam, abwartend, nicht willens, sich zu äußern, bis er alle Informationen vorliegen hatte.

»Es wird spät werden. Der Rest meiner Reise – er spielt keine Rolle. Es ist nicht wichtig.« Sie biss sich auf die Lippen in dem Versuch, sich zu beherrschen. »Das PR-Zeug und … und … alles …«

»Natürlich spielt es eine Rolle. Es ist dein Lebensinhalt. Dein Lebenswerk.«

»Nein! Ich sage doch, es ist nicht wichtig. Es liegt auf Eis! Ich komme nach Hause, um etwas für *uns* zu tun, Jack. Für uns. Auf uns kommt es an. Allein unsere Ehe zählt. Seit Jahren erzähle ich anderen, wie sie ihre Ehe retten können. Warum kann ich das nicht gemeinsam mit dir für uns selbst tun?«

»Du legst deine Arbeit auf Eis.«

»Ja.«

»Du wirst sie wieder aufnehmen.«

»Irgendwann, ja. Das Leben hält immer Lektionen bereit, mit denen ich anderen helfen kann. Ältere Paare geraten nun mal in Ehekrisen.«

»Wir werden also wieder einmal Stoff für eine Unterrichtseinheit abgeben.«

Sie schluckte. Seine scharfe Erwiderung hatte ihr die Sprache verschlagen. Was war aus dem Jack geworden, der Gott in allem sah, von kleinen Zehen über Dornwarzen bis zu *Coq au Vin* und es ihr sagte, damit sie es anderen sagte, weil ihm selbst diese Rolle nicht lag?

Er seufzte – ein ihr vertrautes Seufzen der Enttäuschung, bei dem sie vor sich sah, wie er sich am Ohrläppchen zupfte. »Jill, was habe ich gestern gesagt?«

»Dass du nicht reden willst. Ich glaube einfach nicht, dass du das wirklich so meinst. Du glaubst es vielleicht, aber …«

»Ich habe es so gemeint.«

»Gut.« Sie fand ihre Stimme wieder. Diesmal würde er nicht so leicht davonkommen. Diesmal würde er sie nicht einfach in ein Taxi schieben. »Ich höre dich, Jack. Und jetzt hör du bitte mir zu. Ich muss nach Hause kommen. Ich muss einen Eheberater für uns finden. Ich habe eine Liste der Besten ihres Fachs, die ich Paaren zu empfehlen pflege, aber für uns … ich weiß nicht. Vielleicht können wir für den Anfang Lew fragen.« Sie kannten Pfarrer Lew Mowers seit zwanzig Jahren. »Hast du es ihm schon erzählt?«

»Jill.« Mit dieser einen Silbe verwandelte seine Stimme sich plötzlich von der des mitfühlenden Arztes in einen nüchternen kalten Mediziner. »Ich bin aus dem Haus ausgezogen.«

Plötzlich rauschte es in ihrem Kopf, als flöge ein Jet mitten durchs Terminal. »Was?«

»Ich habe eine Wohnung.«

Eine Wohnung?

»Und ich habe schon mit einem Anwalt gesprochen.«

Einem Anwalt?

»Was ist mit einem Eheberater?«, flüsterte sie. »Wir müssen doch zu einem Paartherapeuten gehen.«

»Das sehe ich anders. Es würde nur bedeuten, das Unvermeidliche hinauszuzögern.« Er ließ die Bomben mit ruhiger Stimme fallen, als ratterte er die einzelnen Schritte einer Operation herunter. »Ich wollte es dir nicht am Telefon sagen, aber auf deine typisch getriebene Art hast du es nun erzwungen. Wir haben keine gemeinsame Zukunft mehr, weil ich dich nicht mehr liebe. Tut mir leid, Jill, wirklich, aber so ist es nun einmal. Ich wünsche dir das Allerbeste, aber unsere Ehe gehört nicht dazu, für keinen von uns.«

Sie hatte ihm nicht folgen können. Der Lärm in ihrem Kopf hatte seine Stimme übertönt.

Er seufzte wieder. »Ich schicke dir ein Auto zum Flughafen und lege den Hausschlüssel in den Briefkasten. Mit welchem Flug kommst du?«

»Jack! Du kannst doch eine Ehe nicht am Telefon beenden!«

»Das habe ich auch nicht getan. Du hast es getan.«

Jill beendete den Anruf und ging schnurstracks in den Ruheraum.

13

San Diego

»Ja, Jillie, gut so! Gib's ihnen!« Viv kicherte und blätterte eine weitere Seite im Buch ihrer Schwester um. »Marty, das musst du hören!«

»Ich höre es, glaub mir, ich höre es.«

Auf der anderen Seite des Küchentisches ließ ihr Mann die Zeitung gerade weit genug sinken, um sie darüber hinweg anzusehen. »Ich kann nur nicht so recht beurteilen, ob es dir gefällt oder nicht.«

»Und ob es mir gefällt! Jill ist völlig verrückt und versucht gar nicht erst, es zu verbergen.«

»Und das ist was Gutes?«

»Ja! Es ist wunderbar. Dieses Buch wird viele Frauen ansprechen, die genauso denken wie sie.«

»Wenn du es sagst.«

»Komm, ich lese dir mal was daraus vor.«

Sie schob ihr Frühstücksgeschirr beiseite, um ihre Ellbogen aufstützen zu können.

»Dann hast du schon mal eine Vorstellung davon, worum es darin geht, bevor sie zu uns kommt.«

»Warum sollte ich das?«

»Damit ihr etwas habt, worüber ihr reden könnt.«

»Warum sollten wir?«

Viv merkte, dass er sie foppte, und warf ihm einen strengen Blick zu.

»Nein, im Ernst, Viv. Du hast gesagt, Jack kommt nicht mit.«

»Richtig.«

»Dann wird sie die ganze Zeit mit dir im Büro rumhängen und ihr führt Mädchengespräche. Ich glaube nicht, dass wir allzu viel miteinander zu tun haben werden. Ich werde ohnehin ziemlich viele Überstunden machen müssen, gerade in der Woche, in der sie hier ist.«

Viv schüttelte resigniert den Kopf. Am Anfang ihrer Ehe war sie sauer auf Marty gewesen, weil er Jill nicht mochte; dann war sie sauer auf Jill, weil sie Marty nicht mochte. Irgendwann hatte sie beschlossen, dass es Jills und Martys Problem war, nicht ihres.

»Martin Kovich, du bist ein Schisser.«

»Was deine Schwester betrifft, hast du sogar recht.« Er nahm die Zeitung wieder auf, und sie blickte auf einen Lakers-Spieler, beide Füße in der Luft, die Hände über dem Korb.

»Wir werden das Gespräch nicht an diesem Punkt beenden.«

»Ich verspreche dir, dass ich mich mit Jill unterhalten werde. Ich spendiere sogar ein Dinner im *Prado*.«

»Mir dir oder ohne dich?«

Er lachte.

»Egal, das habe ich gar nicht gemeint. Sie schreibt in ihrem Buch, dass man ein Gespräch immer mit einer Zusammenfassung beenden sollte, um sicherzustellen, dass beide Gesprächsteilnehmer dasselbe gehört haben.«

Der Basketballspieler faltete sich zusammen. »Ich soll zuhören.«

»Bitte. Ich weiß nicht genau, ob wir im Moment *Rebellisches Roastbeef* oder *Einfache Eierstichsuppe* haben.«

»Hä?«

»Sind wir unterschiedlicher Meinung oder sprechen wir über Alltagsdinge?« Sie blickte ins Buch. »Oder machen wir eine schwierige Zeit durch? Wenn man bedenkt, dass Jill für uns gleichbedeutend mit schwierig ist, müssen wir wohl Letzteres annehmen. Und das bedeutet, dass uns ein *Zucchini-Zerwürfnis* bevorsteht.«

Marty faltete die Zeitung zusammen und legte sie beiseite. »Also gut, erzähl es mir, aber bitte die Kurzversion.« Er hatte nicht mehr viel Zeit, dann musste er zur Arbeit. Zusammen zu frühstücken, war ihnen sehr wichtig, weil es die einzige Zeit war, die sie einigermaßen regelmäßig miteinander verbringen konnten. Viv arbeitete oft bis spätabends und er trainierte nach der Arbeit oft noch Jungen im Ballsport – je nach Saison.

Viv lächelte. Er hörte ihr zu. »Du hast ein gutes Herz.«

Er grunzte und verschränkte die Arme.

Sie nahm das Buch hoch. »Gut, die Kurzversion. *Sie redete, er hörte zu* handelt davon, dass verheiratete Paare nicht immer hören, was sie zueinander sagen, weil sie die Aussage zwischen den Wörtern nicht verstehen.«

»Das hätte ich dir auch sagen können.«

»Aber was tust du dagegen?«

»Lauter sprechen. Viele Ausrufezeichen verwenden.«

»Wie feinsinnig!«

Er lächelte. »In dem Buch steht also, was man dagegen tut?«

»Ja. Jill stützt sich auf mehrere Kommunikationskonzepte. Dabei bildet sie aus den Namen verschiedener echter Kochrezepte ein Akronym für das Wort Rezepte. Hübsche Idee, nicht?« Viv las vor: »Das *R* steht für *Rebellisches Roastbeef* – hier erklärt sie, was man tun kann, wenn man unterschiedlicher Meinung ist. *E* steht für *Einfache Eierstichsuppe*, das bezieht sich darauf, wie man im Alltag interagiert. *Z* ist *Zucchini-Zerwürfnis*; hier behandelt sie schwierige Zeiten. *E* – *Erdnussbutter-Eistorte* – steht für Katzenjammer. *P*, *Pfirsich-Pfannkuchen*, für schöne Momente; *T*, *Traumhafte Thunfischtörtchen*, für glückliche Zeiten. Und das *E* steht für *Erdnuss-Saté Extrascharf* – hier geht es um körperliche Intimität.«

»Wie reizend.«

»Hinten im Buch stehen dann sogar richtige Rezepte dazu.« Sie blätterte um. »Die sind bestimmt von Jack.«

»Was steht im Erdnuss-Saté Extrascharf-Kapitel?«

Sie blickte ihn strafend an.

Er zuckte die Achseln. »Ich bin ein Mann. Das ist nun mal mein Lieblingsthema.«

Viv überflog eine Seite. »Sieht nach romantischem Zeug aus. Kerzenlicht, Abendessen zu zweit. Hm. Anscheinend mag Jack Musik im Schlafzimmer.«

»Stopp! Das reicht an Information. Und was steht bei der *Erdnussbutter-Eistorte*?«

»Mal sehen. Außer über die Torte …« Viv fand das Kapitel – »… spricht sie über die Zeit, als sie und Jack seine Eltern in ein Heim für betreutes Wohnen geben mussten. Sie schreibt, wie traurig das war und wie sie und Jack ein Sammelalbum über seine Mutter und seinen Vater angelegt haben. So haben sie gemeinsam getrauert.«

»Genau das, was ich gern mache. Schneiden, kleben und malen.«

»Wir könnten Klebeecken verwenden.«

»Nichts da.«

»Marty, sie sagt ja nicht, dass alle es genauso machen sollen. Es ist nur ein Beispiel. Sie versucht einfach, Anleitungen zu geben, wie man einander wirklich zuhört.«

»Wir beide wissen, dass sie schon lange solche persönlichen Beispiele in ihren Frauengruppen benutzt. Jack Galloway, Dr. med., ist definitiv aus anderem Holz geschnitzt als ich.«

Viv stöhnte, als sie Martys Spitznamen für Jack hörte. Er verwendete die Abkürzung Dr. med. nicht für Arzt, sondern für *Drolliges Medusenäffchen* – und das war von ihm eher ernsthaft denn als Witz gemeint.

Er schob seinen Stuhl zurück und stand auf. »Süße, wenn du einer Gruppe Frauen erzählen würdest, was wir miteinander gesprochen haben, als mein Vater gestorben ist, würde ich ausziehen.« Er warf ihr einen bedeutungsvollen Blick zu. Seine fest zusammengepressten Lippen zeigten, dass es ihm ernst war, doch seine braunen Augen sahen sie liebevoll an.

»Heißt das, dass du das Buch nicht lesen willst?«

Er ging um den Tisch herum, küsste sie auf die Wange und flüsterte. »Du hast richtig gehört.«

Seltsam. Marty und Jill waren sich so ähnlich, doch das würden sie um nichts in der Welt zugeben.

Es würde nicht einfach werden mit den beiden Dickköpfen, wenn Jack nicht mitkam.

Vielleicht musste sie in dieser Woche auch Überstunden machen.

Etwas später am selben Tag stand Viv in ihrem ganz eigenen brandneuen Himmel auf Rädern: dem neuen Bus. Überglücklich tanzte sie durch den Mittelgang und sang – unbekümmert grottenfalsch – einen eigenen Text zur Melodie von *My Girl*.

»Ich red von meinem Bus. Ich hab 'nen Turtle-Top-Odyssey. Er ist nagelneu und ich bin so glücklich. Meiiiiin Bus, ich red von meinem Bus. Ooo-ooo.« Sie schnippte mit den Fingern. »Ich habe 'nen Turbo-Diesel-Motor, Sechs-Gang-Getriebe und einen 230-Liter-Tank. Und wenn alle vierzehn Gäste auf den Hochlehnplätzen sitzen, genießen sie die breiten, breiten, breiten Sitze. Und eine Menge, Menge ...«, sie drehte ein paar Pirouetten, »Menge ...«, noch eine Drehung, »mehr. Ich red von meinem Bus.«

Sie fuhr mit der Hand über eine Rückenlehne. »Karneval-Regenbogen-Muster auf Grau. Alle Farben in prächtigem Anstrich.« Sie berührte die Gepäckablage oben und tanzte nach hinten. »Stauraum unter dem Dach mit Licht. So, so hell. Ooo-ooo. Und dann erst, hinten, ein Klo!«

Viv öffnete die Tür zur Toilette, langte mit der Hand hinein und drückte die Spülung. »Woo-hoo!«

Lachend schritt sie wieder nach vorn, kletterte über die Konsole, ließ sich auf den Fahrersitz fallen und bewunderte das Instrumentenbrett.

»Wow.«

Das Einzige, was fehlte, war ein Mensch, mit dem sie ihre Freude teilen konnte. Warum mussten die auch mitten am Tag liefern. Marty war bei der Arbeit. Ihr Fahrer, Dustin, und die beiden Frauen, die halbtags für sie arbeiteten, waren nicht im Büro. Ihre Freundinnen waren alle ebenfalls berufstätig. Vielleicht fuhr sie diesen wunderbaren Wagen einfach mal schnell zu einem der Seniorenzentren, in denen die meisten ihrer Kunden lebten.

»Ich muss glatt heulen. Du meine Güte.« Sie lächelte, strich mit einem Finger über das Lenkrad, atmete tief ein und füllte ihre Lungen mit dem berauschenden, nach Chemikalien riechenden Duft nach *brandneu*. »Übrigens Gott – ich danke dir. Ich bin selig.«

Wenigstens würde Marty nachher kommen, vielleicht sogar ein bisschen früher als sonst. Er hatte gesagt, er wolle versuchen, früher

Schluss zu machen. Wenn es nicht gerade um ein Spiel ging, bei dem in irgendeiner Weise ein Ball zum Einsatz kam, machte Marty niemals früher Schluss. Doch dies war eine besondere Gelegenheit und er wollte für sie da sein.

Für sie da sein.

Viv betrachtete das keineswegs als selbstverständlich. Sie flüsterte: »Ich danke dir, dass er versteht, wie wichtig dieser Augenblick für mich ist.«

Bei dem Gedanken an ihre Aufregung über das Stretchchassis, die Stahlfelgen und die teureren Sitzpolster grinste sie. Ihre größten Freuden lagen nun einmal auf einem völlig anderen Gebiet als die von Jill mit ihren Radiointerviews, Vorträgen in Megagemeinden und Fanbegegnungen. Jill hatte tatsächlich Fans! Wie traurig, dass sie diese für sie so wichtige Woche nicht mit Jack gemeinsam erleben konnte.

Wie *seltsam* andererseits, dass sie es nicht konnte. Warum war Jack …?

Ihr fiel ein, was Marty gesagt hatte. Als er gehört hatte, was Jill über Jack geschrieben hatte, hatte er gesagt: *»Süße, wenn du einer Gruppe Frauen erzählen würdest, was wir miteinander gesprochen haben, als mein Vater gestorben ist, würde ich ausziehen.«*

Marty wäre ausgezogen. Marty. Ihr Fels in der Brandung, der auf seine Weise sehr viel bodenständiger war als Jack. Jack mochte ein wunderbarer Mann sein, innerlich und äußerlich – im besten Sinne Jills andere, bessere Hälfte, doch manchmal war er Jill gegenüber allzu nachgiebig.

Sie dachte an Jills Stimme bei ihrem Telefonat. Ihre sonst so beredte Schwester hatte gestottert. Sie hatte ihr eine völlig unsinnige Erklärung dafür präsentiert, dass Jack nicht mitgekommen war. *»Er wollte nicht.«* Was sollte das? Er war nicht an Jills Seite, in einer der wichtigsten Phasen in ihrem Leben.

Das sah weder Jack noch Jill ähnlich. Jack war beinahe schon zu loyal, und Jill hätte gewollt, dass er bei ihr war. Was lief da zwischen den beiden?

Viv zog ihr Handy aus der Tasche ihrer Jeans. Offenbar hatte Jill sich, als sie mit ihr geredet hatte, hinter ihre Kleopatra-Mauer zurückgezogen und »Königin vom Nil« gespielt. Wenn es ihr in den Kram passte, dann leugnete und verdrehte sie auch mal die Wahrheit. *»Du weißt doch, was für ein Stubenhocker er ist.«*

»In einer solchen Woche? Das kannst du mir nicht erzählen.« Viv scrollte durch ihre Kontakte, bis sie zu Jack kam. Sie starrte auf seine Nummern für den Festanschluss, das Handy, die Praxis, die Durchwahl dort und die Klinik. Die Handynummer war wohl das Erfolgversprechendste.

Es klingelte mehrmals. Sie bereitete sich schon darauf vor, eine Nachricht zu hinterlassen, da meldete er sich.

»Jack Galloway.«

»Jack, hier ist Viv.«

»Hi. Viv.« Seine Stimme klang distanziert.

Viv betete ihren Schwager an. Sie und Jill hatten ihn zufällig am selben Tag kennengelernt. Es war für beide Schwestern Liebe auf den ersten Blick gewesen. Viv hatte etwa fünf Minuten gebraucht, um zu erkennen, dass er die perfekte Ergänzung für ihre Nervensäge von Schwester war. Und Jill hatte noch kürzer gebraucht, um sich Hals über Kopf zu verlieben. Am zweiten Tag glaubte sie bereits, dieser Mann würde ihr die Sterne vom Himmel holen.

Und das dachte sie noch immer.

Viv sagte: »Was ist passiert?«

Schweigen.

Das bedeutete, dass sie recht hatte. Es war etwas passiert.

Jack räusperte sich. »Kannst du diese Frage in einen Zusammenhang stellen?«

»Brauchst du wirklich einen Zusammenhang?«

Er seufzte. »Was hat sie gesagt?«

»Nichts. Komm schon, Jack. Meine Schwester erlebt gerade ihr gesellschaftliches Debüt und du bist nicht bei ihr. So einfach ist das. Ich muss kein Genie sein, um da misstrauisch zu werden. Also, was ist passiert?«

»Ich habe ihr gesagt, dass ich mich scheiden lassen will.«

Viv verschlug es die Sprache. Jack und Jill – geschieden? Das war so unvorstellbar, wie Kind zu sein und nie dieses alberne Liedchen gesungen zu haben. Ihre Schwester und Jack waren füreinander bestimmt. Seit jenem ersten Tag, an dem sie sie zusammen gesehen hatte, konnte Viv nicht an einen von ihnen ohne den anderen denken. Sie zu trennen, war dasselbe, wie Finger auseinanderzureißen, die mit Sekundenkleber aneinandergeklebt waren.

Schließlich sagte sie: »Warum? Was ist los?«

»Ich möchte nicht darüber reden.«

»Gut, dann seid ihr schon zu zweit.«

»Sie wird es dir sagen, wenn sie so weit ist. Das weißt du doch. Ihr beiden gleicht euch wie ein Ei dem anderen.«

»Ihr doch auch.« Sekundenkleber-Finger. »Geht es dir gut?«

»Ob es …?« Er schwieg. Nach einer langen Pause flüsterte er: »Es war okay, bis du das gefragt hast.« Seine Stimme brach. »Ich habe das Gefühl, als ob man mir einen Tumor entfernt und die Anästhesie funktioniert nicht richtig.«

»Warum hast du dann gesagt …«

»Weil es immerhin weniger wehtut, als bevor ich es ihr gesagt habe.«

»O Jack! Es ist das Buch, nicht? Marty hat gesagt, wenn ich solche Dinge über uns weitererzählen würde, würde er ausziehen.«

»Es ist nicht das Buch. Es ist auch nicht die Tatsache, dass sie schon jahrelang diese Dinge vor allen ausbreitet. Du weißt doch, dass ich es ihr erlaubt habe.«

»Ja, aber das hier ist zu viel.«

»Aber es ist nicht die eigentliche Ursache. Das Buch war nur der Tropfen, der das Fass zum Überlaufen gebracht hat. Unsere Ehe hatte keine Zukunft mehr.«

»Wie kam das?«

»Ich weiß es nicht, Viv. Ich weiß nur, dass es so ist.«

Jetzt kamen ihr die Tränen. »Was wirst du tun?« Sie fuhr sich mit dem Ärmel über die Wangen.

»Weiterziehen.«

»Weiterziehen? Das kannst du nicht! Du musst dich hinstellen und kämpfen!«

»Das habe ich die letzten vierundzwanzigeinhalb Jahre getan.« Er atmete aus.

»Und ich bin es müde. Ich habe mir eine Wohnung genommen. Ich war bei einem Anwalt. Danke für deinen Anruf, Viv. Ich weiß es zu würdigen. Grüß Marty.«

Unfassbar. Wann hatte Jack sich in ein 1-a-Ekel verwandelt?

Marty deutete mit einer Plastikgabel auf den weißen Karton. »Isst du das noch?«

Viv schüttelte den Kopf. Sie hatten sich ihr Abendessen beim Chinesen geholt und verzehrten es jetzt in der Küche. »Warum ruft sie mich nicht zurück?«

Er spießte die letzte Eirolle auf. »Schon unter normalen Umständen hätte ich keine Ahnung, wie der Verstand deiner Schwester funktioniert. Und in diesem Fall wage ich es nicht einmal, eine Vermutung zu äußern.«

»Vielleicht ist sie verletzt oder hat die Orientierung verloren.«

»Mach dir keine Sorgen. Du hast doch gesagt, Gretchen ist bei ihr, und auf der Webseite des Buchladens in Palm Springs ist heute Abend eine Lesung von ihr angekündigt. Also werden sie dort sein. Und das tun, was angekündigt ist.«

»O Marty, warum hat sie es mir nicht gesagt?«

Er schob sich eine Gabel voll Knoblauchhühnchen in den Mund, griff über den Tisch und drückte ihre Hand.

»Wie kann sie einfach so tun, als sei nichts geschehen? Und Vorträge halten und Bücher signieren?«

»Wirklich schade ist«, sagte er mit vollem Mund und schluckte, »dass es dich von deinem großen Tag abgelenkt hat.« Er griff nach seiner Limodose. »Prost. Auf den Bus.«

Sie starrte ihn an.

Er grinste und nahm einen Schluck. »Er ist wirklich bildschön. Genau wie du.«

»Ich verdiene dich gar nicht.« Ihre Stimme stockte. »Warum kämpft er nicht um sie? Um ihre Ehe?«

»Ich weiß es nicht, Kleines. Vielleicht haben Medusenäffchen eine kürzere Lebenszeit als normale Typen.«

»Das war gemein.«

Er antwortete mit einem Grunzen, seiner Version von *und wenn schon*.

»Du bist wütend, oder?«

»Ja. Versteh mich nicht falsch. In gewisser Weise hat sie es verdient, und es sei Jack zugestanden, dass er endlich auch mal seine Meinung sagen darf. Aber wenn sie leidet, leidest du auch. Und das gefällt mir nicht. Deshalb bin ich sauer.«

Viv sah zu, wie er einen Karton mit Reis leerte.

Marty war ein Rabauke. Anfangs hatte seine Aggressivität sie verschreckt. Er hatte sie fünf- oder sechsmal fragen müssen, ob sie mit ihm ausging, bevor sie Ja gesagt hatte. Frisch von der Marine mit diskret tätowierten Popeye-Armen, genoss er Reibereien, verbale ebenso wie physische. Nicht, dass er sie suchte oder gar provozierte, er schreckte einfach nie davor zurück, für einen Menschen oder eine Sache einzutreten, ganz gleich, um wen oder was es sich handelte.

Im Laufe der Jahre war er etwas sanfter geworden. Körperlich hielt er sich mit Ballsport und der Arbeit im Schweißraum fit. Seit er angefangen hatte, Kinder zu trainieren, und einmal zufällig mithörte, wie die Siebenjährigen ihn haargenau imitierten, Schimpfwörter und Ähnliches, versuchte er, sich verbal etwas zu mäßigen. Doch sein Bedürfnis, alles, was gut und richtig war, zu verteidigen, war ungebrochen.

»Marty.«

»Hm?«

Er trank seine Limo aus.

»Danke, dass du um mich gekämpft hast. Um unsere Ehe.«

Seine dunklen Augen leuchteten, als er ihren Blick erwiderte.

»Vielleicht könntest du Jack anrufen und ihm ein paar Ratschläge geben.«

Er lachte laut auf. »Richtig. Kovich, der Therapeut.«

»Im Ernst, du könntest ...« Ihr Handy klingelte und sie griff danach. »Das ist Jill!« Sie nahm den Anruf an. »Jill!«

»Hier ist Gretchen, an Jills Handy. Hi, Viv. Hör zu, wir haben hier ein kleines Problem ...«

»Wo ist sie? Warum hat sie es mir nicht gesagt? Was ist da los?«

»Du weißt es?«

»Ich habe heute Jack angerufen.«

»Okay. Gut. Jill und ich stehen in deiner Einfahrt und ...«

Viv ließ das Handy auf den Tisch fallen und lief aus dem Haus. Im nächsten Moment war Jill auch schon ausgestiegen und lag in ihren Armen.

»O Vivvie.« Die Tränen liefen ihr übers Gesicht. »Ich hab's vermasselt. Ich habe alles vermasselt.«

14

»Ich vermisse die Mahlzeiten, die er zubereitet hat.« Jill öffnete den Deckel der Pizzaschachtel in Vivs Küche. »Ich bin jetzt seit zwölf Tagen weg, und was ich am meisten vermisse, sind seine Kochkünste.«

Viv stellte Teller auf den Tisch und setzte sich ihr gegenüber. «Ich verspreche dir, dass ich morgen koche.«

»Das wollte ich damit nicht sagen …« Ihre Stimme erstarb. Das passierte jetzt dauernd, es war wie bei einem Zug, der vorüberfuhr und in den Bäumen verschwand. »Vielleicht vermisse ich es ja im Voraus. Als könnte ich spüren, was mich erwartet, wenn er wirklich … Das Leben wird nie wieder das gleiche sein. Wir können nicht mehr da weitermachen, wo wir aufgehört haben.«

Viv betrachtete sie. »Liebes, ich kann deinen Zusammenbruch auf dem Flughafen verstehen. Ich verstehe, warum Gretchen dich letzte Nacht hierherverfrachtet hat. Ich bin deine Familie. Gut. Deine Ehe ist den Bach runtergegangen. Das tut mir leid. Aber, Jill, wir sind heute Nacht erst um zwei Uhr ins Bett gekommen und ich hatte gestern einen super anstrengenden Tag im Büro. Ich brauche jetzt erst einmal zehn Minuten Pause von der Therapiesitzung, okay? Vom Analysieren.« Sie legte ein Stück Pizza auf ihren Teller. »Von der Nabelschau.«

»O bitte, entschuldige, dass ich hier um meinen Verstand kämpfe.«

Viv hob warnend einen Finger. »Iss. Das war immer deine Lieblingspizza.«

»Venetos? Die gibt es immer noch?«

»Ja.«

Die Tränen taten weh. Sie taten schon den ganzen Tag weh. Wie konnte Jack einfach sagen, dass er sie nicht liebte? Er wusste genauso gut wie sie, dass Liebe kein Gefühl war. Er hatte also beschlossen, sie einfach loszuwerden.

Sie war wie gelähmt. Sie konnte weder essen noch schlafen noch Jack anrufen und ihm sagen, wo sie war. Es schien alles keine Rolle mehr zu spielen. Er hatte sie nicht angerufen, um zu fragen, ob sie nach Hause gekommen war.

Gestern am Flughafen, als sie erfahren hatte, dass er ausgezogen war und mit einem Anwalt gesprochen hatte, hatte sie ihr letztes Quäntchen Hoffnung verloren. Warum sollte sie überhaupt noch nach Hause fahren? Er lebte ja gar nicht mehr in ihrem Haus. Er brauchte sie nicht einmal mehr zu sehen, wenn er nicht wollte – und offensichtlich wollte er nicht.

Wie im Nebel hatte sie es geschafft, ihr Gepäck zurückzubekommen und eine Entscheidung zwischen den Möglichkeiten zu treffen, die sie jetzt hatte. Bei dem Gedanken, in ein Hotel zu gehen, drehte sich ihr der Magen um. Die Vorstellung, ihre Mutter zu sehen, war fast genauso schlimm, sodass sie von dem Bedürfnis Abstand genommen hatte, sich in die Arme ihres Vaters zu flüchten. Viv würde sie natürlich aufnehmen, aber Marty wäre sicher alles andere als erfreut über ihr Auftauchen.

Eine Träne rann ihr über die Wange. Sah so ihre Zukunft aus? Würde sie von jetzt an anderen zur Last fallen?

»Jillie, bitte, iss doch etwas.«

»Du bist noch genauso diktatorisch wie früher.«

Sie nahm ein Stück Knabbergebäck und brach es auseinander. »Ich sollte Jack anrufen.«

Viv hatte ihr Stück aufgegessen und nahm sich ein zweites aus der Pizzabox. »Ich habe ihn schon angerufen und ihm gesagt, dass du hier bist.«

»Du hast mit ihm *gesprochen*?«

»Ja. Seine Sekretärin hat mich zu ihm durchgestellt. Er war gerade zwischen zwei Patienten.«

»Er war in der Praxis? Und er hat mit dir geredet, sich aber nicht die Mühe gemacht, mich anzurufen?«

Viv zuckte die Achseln. »Auf dem Handy hat er nicht abgenommen, deshalb habe ich in der Praxis angerufen. Er sagte etwas von einer umgehenden Grippe und dass sie unterbesetzt seien.«

»Vielleicht hat er ja auch einfach die Grippe.«

»Jillie, mach dir keine Hoffnungen. Also es war so: Ich sprach heute Morgen mit Gretchen darüber, bevor sie losgefahren ist, und wir fanden beide, dass er erfahren muss, dass du sicher und gesund hier bei mir bist und nicht bei euch zu Hause. Gretchen meinte, wenn sie jetzt mit ihm spräche, wäre es das letzte Mal und mit Sicherheit nicht angenehm, deshalb habe ich angeboten, es ihm zu sagen.«

Jill nickte. So war es das Beste. Gretchen war ziemlich wütend und fassungslos nach Phoenix zu einem anderen Kunden gefahren. Viv hatte Mitgefühl mit ihr; Gretchen hatte nur noch davon gesprochen, dass sie Jack am liebsten verprügeln würde.

»Viv, wie hat er geklungen?«

Sie ließ sich Zeit, kaute langsam und schluckte. »Wie ein Arzt zwischen zwei Patienten. Beschäftigt und professionell, aber er hat sich bedankt.«

Eine Weile aßen sie schweigend. Jill begnügte sich mit Brot, ihr Magen war nicht in der Verfassung für grüne Paprika oder Würstchen.

Viv sagte: »Ich habe ihm gesagt, dass du noch keine Pläne gemacht hast.«

»Ich kann nicht einmal daran denken, nach Hause zu gehen. Der Gedanke, dass Jack nicht mehr dort wohnt …«, wieder sammelten sich Tränen in ihren Augen, »ich kann es nicht ertragen.«

»Er war ärgerlich, weil du nicht an Ort und Stelle geblieben bist, wie er dich gebeten hatte. Er hat nicht aufgehört, dich zu lieben.«

»Aber er hat gesagt …«

»Schhh. Was ganz anderes: Du kannst natürlich hierbleiben, solange du willst.«

»O Viv. Marty geht mir aus dem Weg. Es ist Dienstagabend und er ist nicht zu Hause.«

»Bowlingverein. Mach dir seinetwegen keine Sorgen, okay? Andererseits sind alle deine Freunde in Chicago. Vielleicht würdest du dich bei ihnen besser fühlen.«

»Was sollte ich ihnen denn sagen?«

»Nicht viel. Im Moment ist die Zeit, zusammen zu weinen.«

Jill dachte an die Frauen, die ihr am nächsten standen. Außer Gretchen gab es da eigentlich niemand. Natürlich machte sie gern mal nach der Arbeit etwas mit ihren Kolleginnen und ging auch hin und wieder mit den Frauen aus ihrer Kirchengemeinde zum Mittagessen. Doch bis auf die gelegentlichen gesellschaftlichen Ereignisse, die sie mit Jack besucht hatte, verbrachte sie ihre Zeit eigentlich mit den Sendungen oder den Vorbereitungen dafür und pflegte keine Freundschaften. Sie schüttelte den Kopf.

»Du glaubst, die Menschen werden über dich urteilen.«

»Natürlich.«

»Ach ja? Und das kratzt natürlich an deinem Stolz. Das schadet überhaupt nichts.«

»Aber Hochmut kommt vor dem Fall und ich bin noch nicht bereit zu fallen, Viv. Bis jetzt habe ich mich immer gerade noch so durch den Tag geschleppt. Die E-Mails sind ganz auf der Strecke geblieben. Ich muss endlich richtig nachdenken und mir vielleicht noch ein bisschen Würde retten.«

Viv kaute und neigte langsam den Kopf von einer Seite zur anderen.

»Du glaubst mir nicht.«

Sie schluckte. »Ich verstehe dich. Was ist mit den Radiosendungen?«

»Dafür ist erst mal gesorgt. Wir haben eine paar Folgen schon vorab aufgezeichnet und sie können auch ein paar alte ausstrahlen.«

»Was hast du ihnen gesagt?«

»Dass Jack und ich gerade ein paar Probleme haben und die PR-Reise erst einmal auf Eis liegt.« Plötzlich empfand sie nur noch Mutlosigkeit. »Eigentlich sollten sie die Show lieber gleich einstampfen und nicht noch das ganze Zeug senden, das absolut nichts mit der Realität zu tun hat, ganz egal, von wie vielen sogenannten Experten es bestätigt wird.«

»Hey! Lass das mit dem *ich sollte*! Was du lehrst, ist richtig. Du brauchst dir also im Moment keine Gedanken über die Show zu machen, oder?«

»Okay, okay. Richtig«, meinte Jill widerwillig. »Darf ich wirklich auf unbestimmte Zeit hierbleiben? Ich glaube zwar nicht, dass es lange sein wird, aber …«

Viv griff über den Tisch und drückte ihre Hand. »Ja, das darfst du.

Wir leben beengter, als du es gewöhnt bist, aber ich hoffe, du wirst dich hier zu Hause fühlen.«

»Danke. Es ist sehr gemütlich.«

Der einstöckige Bungalow, in dem Viv und Marty seit über zwanzig Jahren lebten, war sehr hübsch. Er lag auf einem dicht bebauten Hügel, eng umringt von Nachbarhäusern. Marty hielt den kleinen Hinterhof mit der Terrasse und den Obstbäumen tipptopp in Ordnung. Man konnte von hier aus sogar ein Stückchen von der Landebahn des Flughafens und vom drei Häuserblocks entfernten Hafen sehen.

Doch sie vermisste ihre weit ausgedehnte Chicagoer Vorstadt und ihr geräumiges Haus. Sie vermisste Jack. Sie vermisste das Leben, das es – von einem Augenblick auf den anderen – nicht mehr gab.

Viv grinste. »Der Nachteil ist, dass wir nicht oft kochen.«

»Damit sind wir schon drei.« Jill sah sich in der kompakten kleinen Küche mit ihren altmodischen gefliesten Arbeitsflächen um. Vor den vielen Fenstern und der Schiebetür hinter Vivs Stuhl hingen Jalousien, die die Kälte und Dunkelheit der Winternacht aussperrten. »Ich weiß nicht, was ich sonst tun sollte. Wo ich hingehen könnte.«

»Mach dir keine Sorgen, Jillie. Wir stehen das zusammen durch. Soll ich Mom und Pops anrufen? Willst du sie sehen? Wir könnten morgen rüberfahren, ein paar Stunden bei ihnen verbringen und wieder zurückfahren.«

Jill schauderte. »Ich kann Mom im Moment nicht ertragen.«

Vivs sah sie verständnisvoll an. Daisy Wagner war so unfähig, Trost zu spenden, dass man nicht einmal einen Scherz darüber machen konnte.

»Okay. Hast du was zu tun, E-Mails und so was?«

»Ja.« Die Korrespondenz mit ihren Hörerinnen war immer ein Highlight ihres Tages gewesen, doch jetzt erfüllte der Gedanke daran sie nur noch mit Schrecken.

»Ich dachte, wenn du morgen Zeit hast, willst du vielleicht das Büro sehen?«

Jill blickte in die braunen Augen ihrer Schwester. Wie gewöhnlich funkelten sie, als ob sie etwas amüsierte. Ihre breiten Mundwinkel waren, ebenfalls wie immer, leicht hochgezogen, beinahe, als lächelte sie. Ihre braunes Haar, lang und dicht, war natürlich gewellt und nur selten gestylt oder gebürstet. Auf ihrer Nase waren immer noch ein paar Sommersprossen.

Viv sagte: »Es wird sein wie in alten Zeiten.«

Wie in alten Zeiten. Also wie damals, als Jill Jack Galloway noch nicht kennengelernt hatte. Angesichts der Tatsache, dass nichts mehr so war wie vorher, war die Aussicht auf solche Tage keine schlechte Option.

Sie nickte.

An diesem Abend ging Jill früh ins Bett. Viv dachte, ein bisschen Ruhe würde ihr guttun. Für Jill war es einfach ein Bewältigungsversuch. Wenn sie die Welt lange genug ausschloss, würde sich vielleicht alles wieder ändern.

Am nächsten Morgen wachte sie auf, ohne das nun schon vertraute Brennen in der Brust zu spüren. Das war doch schon mal eine Veränderung.

Doch im Laufe des Tages fühlte sich das Leben immer schwerer an, wie ein Sack Beton, als ob die unausgesprochenen Worte sich so hoch und eng in ihr angehäuft hätten, dass sie gleich im Keim erstickten.

Aber vielleicht wollte Gott ihr damit auch nur sagen, dass sie den Mund halten sollte.

Was natürlich keinen Sinn ergab. Ihre Gabe war die Gabe der Rede. Ermahnen, ermutigen, überreden, erklären, lehren. Ganz einfach kommunizieren.

Sie ging mit Viv in ihr Büro, eine stumme Versagerin.

»Ta-da!« Viv breitete die Arme weit aus, grinste und drehte eine Pirouette mitten im Büro von *Vivvie's Tours*. »Wie findest du es?«

Jill rieb sich die Brust. »Ein Trip zurück in die Vergangenheit ist in der Theorie leichter als in der Realität.«

Viv ließ die Arme sinken. »Komm schon, Jillie. Versuch's.«

Herr, bitte hilf mir.

Vor Urzeiten waren sie und Viv Geschäftspartnerinnen in diesem Betrieb gewesen. Sie waren gerade mal achtzehn beziehungsweise neunzehn Jahre alt, als ihre Großmutter angeboten hatte, ihnen die Firma zu überlassen, mit allem Drum und Dran. *Ellie's Tours* organisierte Tagesreisen für Senioren in Südkalifornien. Die Schwestern landeten also direkt nach der Highschool in der Selbstständigkeit, hatten ein tolles Leben und verdienten genug Geld, um selbst für sich sorgen zu können. Dann begegnete Jill Jack und … alles änderte sich.

Und jetzt änderte sich wieder alles.

»Jill, vergiss die Reise in die Vergangenheit. Guck dir einfach das Hier und Jetzt an und sag, dass es schön ist.«

Sie hörte den ängstlichen Unterton in Vivs Stimme und konzentrierte sich auf das, was sie sah. Es war wirklich hübsch. Sehr hübsch sogar. Eine Ladenfront in einem Einkaufszentrum. Die Fenster gingen auf einen Parkplatz hinaus und lagen in der Morgensonne. Es gab weich gepolsterte Sessel, einen kleinen Zweisitzer, Tapeten und einen Teppich, alles in den Wüstenfarben Hellbraun, Korallenrot und Türkis. Gerahmte bunte Poster zeigten die Highlights des kalifornischen Südens: den Ozean, die Berge und die Wüste. Auf dem Schreibtisch und auf mehreren Beistelltischchen standen Pflanzen neben Broschüren und Karten.

»Viv, es ist einfach wunderbar.«

»Danke.« Sie lächelte. »Erinnerst du dich noch an mein erstes Büro?«

Jill krümmte sich innerlich. Nein, sie erinnerte sich nicht, beim besten Willen nicht. Ihr letzter Besuch in San Diego war zu kurz gewesen, um noch das Büro zu besichtigen, das damals ganz neu gewesen war. Und davor – nun, sie wusste einfach nicht mehr, wann sie Vivs Büro zum letzten Mal gesehen hatte. Es war einige Zeit nach dem Umzug aus dem Rattenloch gewesen, in dem sie beide angefangen hatten.

Viv sagte: »Dies hier ist ein wenig größer und günstiger gelegen.« Sie legte eine Tüte mit frischen Croissants auf ein Beistelltischchen und stellte eine Kaffeemaschine an. »Komm, ich zeig dir das Büro der Chefin.«

Sie gingen nach hinten in ein kleines Büro. Es war ebenfalls geschmackvoll möbliert, wirkte jedoch chaotischer als der vordere Raum.

Jill lächelte. »Das ist ganz eindeutig dein Reich.«

»Ich wette, dein Schreibtisch sieht genauso aus!«

»Nun … ja, schon.«

»Wir sind eben zwei richtige Wirbelwinde, oder?«

»Der Trick ist zu wissen, wo das Auge des Sturms ist.«

»Und drinzubleiben, wenn es nötig ist.« Viv hob zustimmend den Daumen. »Das war jedenfalls immer unser Motto. Das Problem war nur, dass wir nie gleichzeitig im Auge waren.«

»Ja, wir hatten ziemlich viele Auseinandersetzungen. Großmama Ellie dachte, wir wären verrückt, weil wir zusammenarbeiten wollten. Sie war völlig überrascht, als wir tatsächlich Geld verdienten. Heute wäre sie stolz auf dich.«

Viv lachte. »Es ist richtig seriös, nicht wahr?«

»Absolut.«

»Und dabei hast du den neuen Bus noch gar nicht gesehen.«

»Ich bin so stolz auf dich, Viv.«

Ihre Schwester starrte sie einen Augenblick lang an. Ihr Gesicht war ernst. »Danke.«

»Das hätte ich dir schon längst sagen sollen. Schon vor Jahren.«

Viv zuckte die Achseln.

Aber Jill wusste, dass sie es nicht so meinte.

Sie ging zu ihr und nahm sie in den Arm – eine lange, schweigende, längst überfällige, liebevolle, feste Umarmung.

Kurz darauf stürmte Dustin Kovich ins Büro.

Jill erinnerte sich, dass er auf Vivs und Martys Hochzeit noch ein kleiner Junge gewesen war. Jetzt hatte er sich zu einem richtigen Leinwandbeau entwickelt, mit dunklen Augen wie Marty, aber ohne dessen Machismo.

»Tante Viv, das war so cool.« Er entdeckte Jill hinter dem Schreibtisch. »Hey. Sie sind sicher Jill, die berühmte Schwester.« Er trat zu ihr und streckte ihr die Hand hin. »Hi.«

Jill schüttelte sie. »Und du bist Dustin, der erwachsen gewordene, berühmte Mann für alle Fälle, die rechte Hand meiner Schwester.«

Er sah Viv an. »Hast du das gesagt?«

Viv lächelte. »Ich rede nonstop über meine rechte Hand. Also, was war cool?«

»Das Frühstück im *Del*. Die alten Damen haben es förmlich verschlungen und damit meine ich jetzt nicht die Eier. Das Essen war durchaus von dieser Welt; es war mehr das Ambiente. Du weißt ja, wie unsere *Casitas*-Bande ihre vornehmen Augenblicke genießt. Dieses alte Hotel war einfach perfekt.«

»Bande?« Jill sah Viv fragend an.

»So nennen sie sich. Sie leben im *Casitas*-Seniorenheim und buchen mindestens einen Ausflug pro Woche bei uns. Kürzlich haben sie einen Frühstücksclub gegründet und gefragt, ob wir die Beförderung dorthin übernehmen können.« Sie lachte. »Natürlich wollten sie Dustin als Fahrer.«

Daran, dass er rot wurde, merkte Jill, dass die älteren Frauen für ihn schwärmten.

Er fragte: »Darf ich den Bus mal fahren?«

»Ganz bestimmt nicht.«

»Komm schon, Tante Viv. Du hast es mir versprochen.«

»Ich habe gesagt, wenn ich Zeit habe mitzukommen. Heute ist es ungünstig.«

Jill meinte: »Warum nicht, Viv? Geht ihr beiden doch. Ich bleibe hier. Ich bin zwar ein bisschen eingerostet, was das Buchen von Ausflügen betrifft, aber ich kann Anrufe entgegennehmen und Nachrichten weitergeben.«

Viv zögerte.

»Mir geht's gut, wirklich.«

»Wenn du, du weißt schon, eine emotionale Pause brauchst oder so, schließ einfach die Tür ab und mach das Licht aus.«

Jill wäre am liebsten unter den Schreibtisch gekrochen. Es war ihr egal, dass Dustin mit Viv verwandt war, für sie war er ein Fremder. Ihr emotionaler Zustand ging ihn nichts an. Warum sollte er etwas anderes denken, als dass sie im Urlaub war?

Sie hob eine Hand und brachte ein Lächeln zustande. »Verschwindet schon, ihr beiden.«

Kurz darauf waren sie draußen und gingen zu dem schönen weißen Kleinbus, den Viv ihr schon gezeigt hatte. Um die limonengrüne Aufschrift *Vivvie's Tours* leuchtete ein breiter gelber Streifen. Darunter standen in kleinerer Schrift Vivs Telefonnummer und ihre Webadresse. Das Ganze wirkte spritzig, aber doch anspruchsvoll – ganz wie Viv selbst.

Ihre Schwester hatte es geschafft.

Jill spürte einen leichten Stich von Neid.

Sie drehte sich mit dem Schreibtischstuhl um und wandte der Quelle des Neids den Rücken zu.

Noch vor ein paar Wochen hätte sie sich diese Reaktion nicht träumen lassen. Da war sie noch diejenige gewesen, die es geschafft hatte. Sie war es gewesen, deren öffentlicher Ratgeberdienst in Riesenschritten wuchs. Sie hatte eine lebendige Ehe geführt, in der beide Partner wirklich miteinander kommunizierten. Sie war diejenige gewesen, die einen treuen Mann gehabt hatte, der keinen einzigen Geburtstag, Hochzeitstag, Valentinstag und auch kein Weihnachtsfest vergaß. Sie war diejenige, die einen Sohn hatte, der einen der besten College-Abschlüsse seines Jahrgangs gemacht und sich anschließend für ein Master-Studium eingeschrieben hatte.

Und jetzt zählte das alles auf einmal nicht mehr.

Nichts davon zählte mehr.

»Wirklich, Gott? Zählt es wirklich nicht mehr? Ist es mit einem Mal null und nichtig geworden? War denn alles nur Schwindel? Was genau möchtest du von mir? Ich habe mein Bestes getan, und mein Mann hat mich verlassen. Ist das das Ende – meiner Ehe und meiner

Karriere?« Sie seufzte frustriert auf. »Das kann doch nicht sein. Du hast mir doch deutlich gezeigt, dass das mein Weg war. Okay, ich verstehe. Du hast mich auf eine Seitenstraße geführt, damit ich einen neuen Blickwinkel gewinne. Ich sehe einen Mann in der Midlife-Crisis. Ich hole mir Experten ins Studio und interviewe sie. Ich mache Andeutungen, dass Jack und ich zu den Gefährdeten gehören. Und ich schlage ihm vor – nein, ich bestehe darauf, dass wir zu einer Eheberatung gehen. Lew ist meine erste Wahl, der erste Schritt. Er kennt uns.«

Sie nickte. Ja, es war ein Anfang. Sie musste Vivs Version, dass Jack nicht meinte, was er sagte, einfach glauben.

»Entschuldigung?«

Beim Klang der sanften Stimme hinter ihr fuhr Jill zusammen und wirbelte in ihrem Stuhl herum.

Eine kleine dickliche Frau stand in der Tür, die Augen hinter einer großen dunklen Sonnenbrille verborgen. »Es tut mir leid. Wahrscheinlich haben Sie die Türglocke nicht gehört.« Sie deutete mit einem messingfarbenen Stock auf ein kleines Glockenspiel, das oben an der Tür angebracht war. Dabei klirrten und funkelten die vielen Armbänder, die sie trug.

»Nein, hab ich tatsächlich nicht.« Jills Herz raste immer noch. Wenigstens wirkte ihre überraschende Besucherin harmlos. Sie trug einen Jogginganzug aus knallrosa Nickistoff. Glattes weißes Haar umgab ihren Kopf in Form eines Topfschnittes und betonte ihre Pausbackigkeit noch.

Sie nahm die Brille ab, die daraufhin an einem Gummiband vor ihrer Brust baumelte. »Ich wollte Ihr Gespräch nicht unterbrechen.«

Jill sah sie verwundert an. »Gespräch?«

»Sie klangen ziemlich aufgeregt und haben mit den Armen gefuchtelt. Aber dann habe ich gesehen, dass Sie ja gar keinen Knopf im Ohr haben.« Sie deutete auf eines ihrer Ohren. Das Ohrläppchen verschwand völlig hinter einer Traube aus rosa Strasssteinen. »Ich nehme an, Sie sind wie ich. Sie verarbeiten die Dinge verbal. Sie müssen Ihre Gedanken laut aussprechen.«

Darauf wusste Jill nichts zu sagen.

»Oh, wo habe ich nur meine Manieren gelassen!« Sie trat an den Schreibtisch und streckte eine Hand aus. »Sie sind neu hier. Ich bin Agnes Smith. Vivvie kennt mich. Ich gehöre zur *Casitas*-Bande.«

Jill stand auf und schüttelte ihr die Hand. Dabei fielen ihr der feste Griff und die vielen Ringe der Frau auf. »Ich bin Jill, Vivs Schwester.«

Agnes grinste. »Aber ja! Natürlich! Sie sind die Berühmtheit! Ich habe Ihr Foto auf dem Buch gesehen. Ich muss sagen, so von Angesicht zu Angesicht sind Sie noch viel hübscher. Ich freue mich sehr, Sie kennenzulernen.« Sie kramte in ihrer Handtasche. »Vivvie ist wohl nicht da. Aber das macht nichts. Ich habe ein paar neue Ideen für unseren Frühstücksclub aufgeschrieben, die ich ihr geben wollte. Das sind sie.« Sie reichte Jill einen leicht verknitterten Umschlag. »Es wäre sehr freundlich, Engelchen, wenn Sie ihr das geben würden.«

Engelchen. Sie fuhr zusammen. Das war Jacks Kosename für sie. Vor langer, langer Zeit.

Agnes sagte: »Ich hoffe sehr, dass wir uns noch einmal sehen. Vielleicht können Sie uns alte Leutchen mal auf einem unserer kleinen Ausflüge begleiten? Morgen gehen wir zum Beispiel in den Zoo.«

»Ich – ich weiß nicht. Ich habe viel zu tun.« *Ich muss nach Hause fahren, einen Eheberater finden und meine Ehe retten.*

»Nun …«, sie zuckte die Achseln, ein hastiges Anheben und Fallenlassen ihrer Schultern, »man kann nie wissen, nicht wahr? Gott hat manchmal andere Pläne für uns.«

Jill lächelte höflich.

Agnes legte beide Hände auf ihren Stock und beugte sich ganz leicht vor.

»Ich wollte nicht lauschen, aber Sie haben ziemlich laut gesprochen. Darf ich Ihnen vielleicht einen Tipp geben?«

Jill mochte ältere Menschen. Als Kind hatte sie ihrer Großmutter in den Sommerferien im Geschäft geholfen. Sie hatte von Ellie gelernt, dass Senioren nichts anderes als junge Menschen in verwitterter Haut waren. Ihre Eigenarten traten im Alter deutlicher zutage, doch darunter hatten sie die gleichen Wünsche und Bedürfnisse wie alle

Menschen: Nahrung, Obdach, Kleidung und Liebe fassten es gut zusammen.

Hin und wieder jedoch tauchte jemand auf, der anders war, eine ältere Person, die diese typischen Wünsche und Bedürfnisse nicht mehr hatte, ein Mensch, der sich weiterentwickelt zu haben schien, der mit einem Fuß bereits fest in der nächsten Welt verwurzelt war.

Das waren die Menschen, die Jill Angst machten.

Agnes Smith gehörte zu dieser Gruppe.

Die Frau lächelte. »Gott liebt es, uns näher zu sich zu ziehen, so nah, dass wir seinen Herzschlag hören.« Sie nickte ganz leicht, drehte sich um und ging zur Tür. »Bis zum nächsten Mal, Jillian«, rief sie im Hinausgehen.

Die Tür fiel hinter ihr zu, das Glockenspiel erklang.

Jill setzte sich wieder hin.

Warum sollte irgendjemand Gottes Herzschlag hören wollen?

15

Jill holte einen Stoffbeutel mit Lebensmitteln aus dem Kofferraum von Vivs Jeep. »Oh.« Sie hielt mit dem Ausladen inne und sah ihre Schwester an.

»Was ist?« Viv schulterte eine Tasche und griff nach der nächsten.

»Mich hat nur gerade die Normalität dessen, was wir hier tun, überwältigt.«

Viv reichte ihr den letzten Beutel und schlug den Kofferraum zu. »Normalität ist doch gut, mein Schatz.«

»Nein, ist sie nicht. Ich fasse es nicht. Da stehe ich in deiner Garage und lade Lebensmittel aus und es fühlt sich *normal* an.«

»Aha.« Sie ging zur Tür, die in die Küche führte, und drückte den Knopf, der das Garagentor automatisch schloss. Es senkte sich dröhnend herunter.

»Du kannst ein bisschen Normalität gut gebrauchen.«

»Ich weiß nicht.« Jill folgte Viv in die Küche. »Stoffbeutel, warmer Sonnenschein im Winter, in deinem Haus wohnen. Das ist doch alles andere als normal.«

Viv lächelte und fing an, die Einkäufe wegzuräumen. »Das ist der Rhythmus. Arbeiten, essen, schlafen, einkaufen. Die Zeit und der Ort spielen da keine Rolle. Und was ist falsch an meinen Stoffbeuteln und warmem Sonnenschein im Winter?« Sie deutete auf die Speisekammer, einen vom Boden bis zur Decke reichenden Einbauschrank neben dem Kühlschrank. »Nimm die Tasche und räum die Sachen da rein.«

»Ja, du Rumkommandierer.« Jill öffnete die Doppeltür, sah die chaotischen Regale und vergrößerte die Unordnung noch. Jack hätte nie zugelassen, dass es bei ihnen so aussah, doch ihr machte das nichts aus.

Vielleicht hatte Viv recht. Ein Tag Routine und Hilfsarbeiten im Büro hatten Jill tatsächlich ein wenig beruhigt. Obwohl sie ständig ihr Handy checkte und ihre E-Mails abrief, um zu sehen, ob Jack sich gemeldet hatte, hatte sie weniger geweint als gestern, und auch ihr

Brustkorb brannte nicht mehr so und fühlte sich nicht mehr an, als sei er mit Zement gefüllt.

Sie schloss die Schranktüren. »Es sind erst zwei Wochen, Viv.«

»Ich weiß.«

»Es sollte sich noch nicht normal anfühlen.«

»Jillie, das ist nur eine Atempause, ein Ablassventil.«

»Jack und ich sollten uns eigentlich miteinander auseinandersetzen.«

»Ihr arbeitet an der Sache, indem ihr einen Schritt davon zurücktretet. Das hat Jack von Anfang an vorgeschlagen. Jetzt kannst du mir erst einmal beim Kochen helfen. Ha. Das ist wahrscheinlich gemeint, wenn man sagt, dass ein Blinder einen Blinden führt.« Lachend ging sie ins Wohnzimmer. »Ich frage Marty, was er für ein Gemüse möchte.«

Der schwer fassbare Schwager war zu Hause. Jill hatte noch keine zehn Worte mit ihm gewechselt, seit sie hier angekommen war; er war aber auch fast nie da gewesen. Sie trottete hinter Viv her, faltete dabei den Beutel zusammen und blieb in der Tür stehen.

Marty saß in seinem Lehnsessel, die Augen fest auf den Fernseher gerichtet.

Viv stand neben ihm, die Hände in die Hüften gestemmt. »Wie nett, dass du dich auch mal blicken lässt.«

Er sah sie nicht einmal an.

»Nett, dass du es bemerkst.«

»Du verpasst meinen finsteren Blick, Martin. Dabei gelingt er mir gerade ganz gut.« Sie verengte die Augen zu Schlitzen. »Wie ist der? Den hab ich von Gretchen.«

»Ja!« Er sprach zum Fernseher. »Guter Schuss.« Dann sah er sie an. »Guter Blick.«

»Danke.« Viv beugte sich vor, küsste ihn und wandte sich an Jill. »Gretchen ist richtig professionell in so was, nicht?«

»Nichts im Vergleich mit dir.«

Marty drehte den Kopf und sah sie an. »Hey, Jill.«

»Hi.«

Viv sagte: »Wir haben Brathähnchen von *Ralphs* mitgebracht.«

»Das Frauchen kocht also heute Abend. Ich liebe deine Hähnchen. Du suchst immer genau die richtigen aus.«

Sie boxte ihn auf den Arm. »Halt den Mund. Willst du Spargel oder grüne Bohnen?«

»Sind das meine Möglichkeiten?«

»Nein, einen Teil der Gemüseinformationen habe ich verschwiegen.«

Jill ging wieder in die Küche. Wie immer sträubten sich ihr bei Martys Verhalten die Haare. Sie wusste nicht, warum Viv sich das gefallen ließ, dass er so mit ihr redete.

Kurz darauf saßen die drei am Küchentisch und verzehrten das halb mitgebrachte, halb selbst gekochte Menü. Jill überlegte, ob Viv Marty instruiert hatte, ja nett zu ihr zu sein. Sie plauderten über den neuen Kleinbus, über Vivs Software, für die Jill noch ein wenig Übung brauchte, über Dustin und sogar über die seltsame Agnes Smith.

Marty sagte: »Sie ist wie ein Autowrack. Man kann die Augen nicht von ihr lösen, sosehr man es auch möchte, denn früher oder später bringt sie Gott ins Spiel, und man kriegt Zustände. Sie redet sogar noch mehr von Gott als du, Jill.«

Viv verdrehte die Augen. »Marty.«

»Was denn? Stimmt doch.« Er sah Jill an. »Versteh mich nicht falsch. Glaube ist eine gute Sache. Ich kriege nur Zustände, wenn man ihn mir gewaltsam eintrichtern will.«

Jill hatte dieses Gespräch in den letzten über zwanzig Jahren, die sie einander kannten, schon ein- oder zweimal mit ihm geführt. »Mit Glauben meinst du, regelmäßig zur Kirche zu gehen.«

»Ja. Ich posaune ihn ungern raus.«

»Schön und gut. Trotzdem glaube ich, Gott will, dass wir von ihm sprechen.«

»Kommunikation muss nicht unbedingt verbal sein. Oder in einem Buch veröffentlicht werden.«

Viv stöhnte.

Jill sagte: »Die Menschen sind verschieden. Ich rede und schreibe.

Und was tust du, Marty? Wie kommunizierst du über die Wirklichkeit Gottes in deinem Leben, wenn du nicht in einer Kirchenbank sitzt?«

Er lächelte, doch seine dunklen Augen lächelten nicht mit. Er legte Messer und Gabel beiseite und lehnte sich zurück. Seine Unterarme wirkten noch kräftiger, als er sie verschränkte. »Das Rezept ist für Rindfleisch, aber wir haben gerade ein *Rebellisches Roastbeef*, oder?«

Jill schrak zusammen. »Du hast es gelesen?«

»Natürlich. Schließlich hat meine Schwägerin es geschrieben.« Er warf Viv einen Blick zu. »Hatte mich anders entschieden.«

Jill öffnete den Mund und schloss ihn wieder. Sie brauchte nicht zu fragen, was er von ihrem Buch hielt. Sie konnte es sich vorstellen. Ihm gefiel mit Sicherheit kein einziger Satz.

»Es enthält tatsächlich ein paar ganz gute Ratschläge.«

Sie blinzelte. »Wirklich?«

»Ja. Allerdings für Leute, die anders sind als ich. Eher für die weibliche Art von Gutmenschen. Viv und ich haben auch *Rebellische Roastbeefs* und *Zucchini-Zerwürfnisse* und *Einfache Eierstichsuppe*, nur sind unsere ›Rezepte‹ völlig anders als die in deinem Buch. Wir fluchen hin und wieder.«

Viv stöhnte erneut. »O Marty!«

»Na gut – ich fluche. Ab und zu flucht deine Schwester auch, aber nicht oft. Manchmal brüllen wir uns an und reden dann tagelang kein Wort miteinander. Was war unser Rekord, Süße? Eine Woche? *Erdnuss-Saté Extrascharf* schmeckt nämlich besonders gut, wenn man längere Zeit nicht miteinander gesprochen hat …«

»Martin!«

Er hob eine Hand. »Tut mir leid. So genau wollte ich es gar nicht beschreiben. Und dann sind da natürlich noch die ganz normalen Sachen, wie du sicher bemerkt hast. Ich stehe nicht auf, um sie zu begrüßen. Und wie jeder Chauvi, der auf sich hält, sage ich ›Frauchen‹ oder ›Süße‹ zu ihr, was beides auf deiner Geht-gar-nicht-Liste steht. Und ich denke, da im Moment zwei Frauen in diesem Haus leben, werde ich heute Abend auch nicht helfen, die Küche aufzuräumen.«

Jill hatte Martys Sarkasmus eigentlich nie wirklich schlimm gefunden. Sie beide hatten, wenn sie bei ihrer Schwester und ihrem Schwager zu Besuch war, gewöhnlich mindestens einen Schlagabtausch gehabt. Doch diesmal betrat er ihr ganz persönliches Territorium. Sie wusste nicht, was sie ihm entgegnen sollte.

Viv sagte: »Marty, das war einfach nur unhöflich.«

»'tschuldigung. Ich habe die Samthandschuhe vergessen.« Er wandte sich an Jill. »Es tut mir leid, dass du und Jack Probleme habt.«

»Du gibst mir die Schuld dafür, dass er mich verlassen hat.«

»Ich glaube, du hast dich auf eine trügerische Formel verlassen.« Er zuckte die Achseln. »In den ganzen Jahren, in denen wir diese sogenannten Regeln nun schon verletzen, wusste Viv doch immer, dass ich sie liebe. Sie weiß ohne den geringsten Zweifel, dass ich sie nicht verlassen werde. Basta.«

»Wie … wie …?« Sie schluckte. »Wie verhindert Viv, dass du sie verlässt?«

Marty runzelte die Stirn. »Das tut sie nicht. Es ist meine Entscheidung.«

»Aber … aber …«

»Du willst, dass es funktioniert? Du möchtest eine gute Ehe führen?«

Jill nickte.

»Weil du Jack liebst oder wegen deines Buchs oder deines Rufs, der den Bach runter ist?«

Plötzlich stürzten ihr die Tränen aus den Augen. Sie konnte nicht antworten.

Natürlich liebte sie Jack, aber ihre Karriere … sie *war* ihre Karriere, ohne ihre Karriere gab es sie gar nicht. Wie konnte sie ihrer Berufung einfach den Rücken kehren?

»Denk darüber nach, Jill.« Marty schob seinen Stuhl zurück und stand auf. »Ich muss noch ein bisschen raus.« Er blieb bei Viv stehen, legte die Hand an ihre Wange, beugte sich vor, drückte sie fest an sich und flüsterte ihr etwas ins Ohr. Dann küsste er sie auf den Scheitel und ging durch die Garagentür hinaus.

Viv hatte angefangen zu weinen.

Jill wischte sich mit dem Taschentuch die Tränen weg. »Viv, er hat gesagt, dass du es weißt. Woher kannst du es *wissen*? Wie kannst du wissen, dass er dich nicht verlässt?«

Viv lächelte sie traurig an. »Weil er Grund dazu hatte und es nicht getan hat.«

16

Chicago

Jack lag auf seinem schlammbraunen Karo-Sofa, richtete die Fernbedienung auf den Fernseher, drückte die Stummtaste und lächelte. Seit seine Nerven nicht mehr ständig bis zum Zerreißen gespannt waren, hatte er eine wunderbare Feststellung gemacht: Er war in der Lage, einfach gar nichts zu tun und es zu genießen.

Es war Mittwochabend und fast zwei Wochen her, seit seinem Ausbruch vor Jill. Abgesehen von seinen Möbeln, war sein Leben völlig neu. Sein Kopf war neu genäht, er hatte eine neue Wohnung, ein neues Auto, einen neuen Alltag.

Sein pingeliger Kumpel Baxter saß auf einem der Sessel, den er jedoch vor dem Setzen mit einem von Jacks neuen Handtüchern abgedeckt hatte. »Willst du mir davon erzählen?«

»Von meinem Termin beim Anwalt?«

»Nein, von der Wettervorhersage.«

»Da gibt's nicht viel zu erzählen. Man geht hin, sagt, was man will, und fertig. Eine Scheidung ist nicht schwer. Aus ›unserem‹ wird ›seins‹ und ›ihres‹. Von mir aus kann das meiste ›ihres‹ werden. Ich hab alles, was ich brauche.«

»Bis auf anständige Möbel.«

Jack lachte.

»Das Aufteilen des Besitzes ist nur eine Seite der Münze, Jack. Hast du an all das andere gedacht, das du verlierst?«

Das hatte er. »Du meinst solche Sachen, wie das unaufhörliche Ticken und Schlagen der Uhren? Oder das Gummibandgefühl?« Er hatte Baxter davon erzählt. »Oder das Analysieren jedes einzelnen Gesprächs?« Er hob seine Stimme zu einem Falsett. »Jack, das war genial. Komm, wir überlegen mal, was wir da gerade gesagt haben. Worüber haben wir gesprochen? Wir diskutieren doch wohl nicht wirklich darüber, dass der Schnee in der Einfahrt geräumt werden muss, oder?«

Baxter starrte ihn ungläubig an. »Ja, solche Sachen.«

»Mein Schwager nennt mich Dr. med. Für ihn steht die Abkürzung für *Drolliges Medusenäffchen.*

»Autsch.«

»Ich habe es zufällig mal gehört. Er hat eine tiefe Stimme, die gut trägt. Zuerst habe ich mich natürlich furchtbar geärgert, doch als ich darüber nachdachte, musste ich zugeben, dass es ziemlich treffend ist. Und dann habe ich auch noch gemerkt, dass es mir nichts weiter ausmachte.« Er schwieg kurz. »Jill bekommt regelmäßig Tausende von E-Mails, die meisten sind Lobhudeleien. Die restlichen zehn Prozent sind herzzerreißende Geschichten von Frauen, die wünschten, sie hätten das, was sie ihnen zu sagen hat, schon vor Jahren gewusst. Was kann man dagegen schon sagen?«

»Die Frage lautet, warum willst du jetzt plötzlich etwas dagegen sagen? Es geht doch bestimmt nicht nur darum, dass du in einem Buchladen die Stelle über deine Vorliebe für Kerzen gelesen hast.«

»Nein?«

»Nö. Das war einfach nur peinlich. Ein guter Grund, aber trotzdem. Woher kommt das plötzliche Problem mit deinem Stolz?«

»Jetzt klingst du wie Jill.«

Baxter verdrehte die Augen. »Gnade, Herr!«

Gnade, Herr! Gnade, Herr! Ja, Gott, sei uns gnädig.

Es war eine angenehme Wendung, die leicht über die Lippen kam, sogar über die Lippen eines Atheisten. Doch auf einmal klang es ganz anders für ihn. Eigentlich war es ein Gebet. Ein Gebet, das er völlig aus den Augen verloren hatte und auf dessen Erhörung er angewiesen war wie noch nie in seinem Leben.

Baxter sagte: »Möchtest du meine Meinung hören, bevor dieses kleine Interview beendet ist?«

Gnade. Er wollte nur Gnade. Mitgefühl, Freundlichkeit, Befreiung, Vergebung. Er wollte Vergebung.

»Jack.«

»Ja, schon gut. Und wie lautet deine Meinung?«

»Es liegt an der Gehirnerschütterung.«

»Ich hatte keine Gehirnerschütterung.«

»Natürlich hattest du das.« Baxter schob die Fußauflage beiseite und beugte sich vor. »Tu mir als deinem Arzt den Gefallen und beschreib mir den Unfall noch mal.«

»Was soll ich sagen? Ich habe nur bewiesen, was ich vor langer Zeit in der Fahrstunde gelernt habe: Auf Eis funktionieren die Bremsen nicht. Als ich das Stoppschild sah, hätte ich auf fünf statt auf zwölf Stundenkilometer abbremsen sollen.«

»Aus welcher Richtung bist du gekommen?«

Jack schaute zum Fernseher hinüber. Das Hockeyspiel war wieder im Gang, aber Baxter schien sich nicht dafür zu interessieren. Da es ihm nicht gefiel, wie ein Patient auf der Psychiatercouch zu liegen, setzte Jack sich auf. »Ich habe es dir doch gesagt. Von der Reinigung.«

»Die ist vier Häuserblocks von deinem Haus entfernt. Der Unfall war fast zwei Kilometer weiter weg.«

»Ich bin einen Umweg gefahren wegen des Verkehrs.«

»Jack, genau da hapert es mit deiner Geschichte. Was sind schon vier Blocks Verkehr? Was hast du also gemacht?«

Er seufzte. »Ich habe es hinausgezögert. Ich wollte nicht so schnell zu Hause sein.«

»Gut, das kaufe ich dir ab.«

»Das Wetter war schlecht, aber ich musste noch ein paar Sachen erledigen. Wir wollten die Stadt am übernächsten Tag verlassen. Ich erinnere mich noch, dass ich gebremst habe. Dann bin ich ins Rutschen gekommen, habe wie wild am Lenkrad gekurbelt und sah das geparkte Auto. Dann weiß ich noch, dass ich die Notrufnummer 9-1-1 gewählt habe und froh war, dass sich nur der Airbag des Beifahrersitzes geöffnet hat und nicht meiner, denn das hätte noch sehr viel mehr wehgetan.«

»Du hast nicht erwähnt, ob du dich an den Aufprall selbst erinnerst. Und dir ist der Airbag aufgefallen, während du 9-1-1 gewählt hast und nicht andersherum. Du hättest den Airbag sehen müssen, während du dein Handy herausgeholt hast, und dann 9-1-1 wählen müssen.«

Jack rieb sich die Stirn. »Du hattest anscheinend noch nie einen Unfall. Es fließt alles ineinander.«

»Auf jeden Fall warst du benommen und verwirrt. Ich glaube, dass du kurz das Bewusstsein verloren hast. Auf der CT-Aufnahme hat man nichts gesehen. Und Sophie und ich hörten nicht ein einziges Mal, dass du dich über Kopfschmerzen, Schwindel, Schlaflosigkeit oder Konzentrationsprobleme beklagt hättest.«

»Weil ich all diese Probleme nicht hatte.«

»Bis auf die Tatsache, dass du deine Frau plötzlich nicht mehr erträgst.«

»Darüber haben wir doch schon gesprochen. Das hat sich über einen langen Zeitraum hinweg aufgestaut. Ich habe es nicht wahrhaben wollen. Deshalb bin ich den Umweg gefahren.«

»Die Art und Weise, wie du dein Problem gelöst hast, entspricht nicht im Geringsten deinem Wesen. Sogar ich war meiner Frau gegenüber höflicher, als ich sie verlassen habe.«

Jack stöhnte.

Er konnte nicht abstreiten, was Baxter da sagte.

»Hör zu, mein Freund. Ich kann es mir einfach nicht erklären. Sophie auch nicht. Es deutet alles auf ein Postgehirnerschütterungs-Syndrom hin.«

»Was? Komm schon, Baxter. Du kämpfst gegen Windmühlen. Ich habe gute Gründe, mich ein wenig sonderbar zu verhalten.«

»Ich würde gerne eine Kernspinuntersuchung machen lassen, um physiologische Ursachen auszuschließen. Sophie hat schon alles vorbereitet. Morgen in der Mittagspause. Wenn dein Hirn okay ist, lasse ich dich in Ruhe. Versprochen.« Er lächelte. »Weil ich überzeugt bin, dass du früher oder später einen Eheberater aufsuchen wirst und er die emotionalen Ursachen herausfinden wird.« Er deutete auf den Fernseher. »Und jetzt stell bitte wieder laut.«

Mit einem Kopfschütteln griff Jack nach der Fernbedienung. Wenn Baxter die Bulldogge und Sophie die Weise sich gegen ihn zusammengetan hatten, würde er morgen nicht um die Kernspin herumkommen.

Jack fuhr hoch, sein Herz klopfte wie rasend. Im Schlafzimmer war es stockdunkel, doch er machte sich nicht die Mühe, Licht zu machen und seine Armbanduhr zu suchen.

Er blieb ganz still liegen, versuchte, tief zu atmen, und brummte. Wenn Baxter gestern Abend nicht versucht hätte, eine Diagnose zu stellen, würde er sich bestens fühlen. Aber er hatte vom Postconcussions-Syndrom und Tests gesprochen und damit alle möglichen Zweifel bei Jack gesät.

Hatte er tatsächlich solche Symptome?

Reizbarkeit? Ja. Und bei Baxters Anwesenheit nahm sie zu.

Halsstarrigkeit? Nahm ebenfalls zu.

Schlaflosigkeit? Im Moment, ja.

Persönlichkeitsveränderung? Ja. Der Unfall war ein Weckruf gewesen, nicht umgekehrt. Ihm war klar geworden, in welch eingefahrenem Trott Jill und er lebten. Der Aufprall mit der heftigen Verletzung hatte ihm neue Energie gegeben und die Augen dafür geöffnet, dass sie nicht zwangsläufig so weiterzuleben brauchten.

Gedächtnisverlust?

Jack setzte sich auf, stopfte sich ein paar Kissen ins Kreuz und lehnte sich dagegen. Er zog die Knie hoch, ließ die Stirn darauf sinken und bedeckte den Kopf mit den Armen.

Gedächtnisverlust.

Ja.

Ja.

Das war das Schlimmste. Das Aufschlussreichste.

Er hatte weder dem Verkehrspolizisten noch dem Arzt in der Notaufnahme noch Jill oder Baxter oder sonst jemand, der gefragt hatte, erzählt, dass er sich nicht daran erinnerte, das Stoppschild gesehen oder gebremst zu haben. Er hatte einfach eins und eins zusammengezählt. Angesichts des Unfallortes und des Hinweises des Polizisten auf das Stoppschild war die Schlussfolgerung sehr einfach gewesen. Weniger offensichtlich war, warum er sich überhaupt dort aufgehalten hatte. Hinten im Auto hatten mehrere Kleidungsstücke gelegen, in Plastikfolie aus der Reinigung verpackt. Offenbar hatte er sie vor dem Unfall abgeholt. Doch er wusste nicht, warum er den Umweg gefahren war. Was er Baxter gesagt hatte, war ein Stochern im Nebel gewesen, obwohl es durchaus die Wahrheit sein konnte. Er freute sich schon lange nicht mehr aufs Nachhausekommen.

Aber warum war sein Fenster während eines Graupelschauers offen gewesen? Durch den Aufprall war sein Kopf erschüttert worden und so heftig auf die Glaskante geprallt, dass er eine Platzwunde davongetragen hatte.

Er stellte sich vor, wie er fuhr. In Chicagos langen Wintern war es etwas völlig Normales, bei Dunkelheit und schlechtem Wetter nach Hause zu fahren. Er war dankbar, dass er nicht die Autobahn nehmen musste, und mied nach Möglichkeit auch die Hauptverkehrsstraßen; lieber wählte er kleine, weniger befahrene Nebenstraßen. Sie waren interessanter und ruhiger, auch wenn sie oft nicht geräumt waren. Sie verlängerten die Heimfahrt.

Manchmal, wenn sie erbauliche Musik spielten, hörte er Jills Radiosender. Wenn sie nur plauderten oder Hip-Hop-Rock brachten, wechselte er auf den Jazzkanal.

Er erinnerte sich, dass er an jenem Abend später als sonst aus dem Büro weggekommen war, also hatten sie wahrscheinlich Musik gebracht, die er mochte, vielleicht Michael W. Smith oder Matt Redman. Vielleicht …

»Oh.« Der Laut entschlüpfte ihm wie der Atem, wenn man zu lange die Luft angehalten hatte.

Aus den Tiefen seiner Erinnerung stieg eine Melodie auf, unvertraut, etwas über *komm zu Jesus, komm zu Jesus*. Etwas über leben, singen, tanzen, fliegen. Sophie hatte ihn darauf aufmerksam gemacht. Auf die gleiche beiläufige Weise, wie sie Patienten half, sich der unbequemen Realität von Versicherungsfragen zu stellen, sprach sie auch über ihren Glauben. Sie schlug einem Gott nicht um die Ohren und zeichnete auch kein dogmatisches Schwarz-Weiß-Bild von ihm. Das Bild, das sie vermittelte, war freundlich und komplex.

Genau das mochte er an Sophie. Auch dieses Lied war freundlich und vielschichtig. Er hatte es an dem Abend genossen, zuzuhören und dabei an Sophie zu denken.

Dann war das Lied verstummt und er hatte plötzlich Jills Stimme gehört. Es war ein Werbespot für ihre Sendung. Sie erwähnte ihr kürzlich erschienenes Buch *Sie redete, er hörte zu* und kündigte ein Interview mit irgendeiner Koryphäe an, die sie in dem Buch zitierte. Sie sagte den Titel dreimal.

Dreimal.

Er wusste es noch ganz genau.

Statt langsamer zu fahren, hatte er auf vierzig Stundenkilometer beschleunigt, die Höchstgeschwindigkeit auf dieser Straße an einem trockenen, sonnigen Tag. Es war ein völlig unbeabsichtigtes Durchtreten des Gaspedals gewesen. Eine unbewusste Reaktion …

Auf eine aufdringliche Schwarz-Weiß-Version eines Gottes, der keine Gnade kannte.

Herr, sei mir gnädig.

17

San Diego

Jill blickte starr geradeaus auf Dustins Hinterkopf mit dem langen dunklen Haar. Er fuhr den neuen Kleinbus. Sie versuchte ihre Nebensitzerin nach Möglichkeit zu ignorieren.

Irgendwie war sie bei diesem Ausflug gelandet, statt bei Vivs Einkaufsbummel. Irgendwie hatte die Einladung zu dem Zoobesuch unvermittelt den Charakter einer Verheißung angenommen. Irgendwie war sie eine Art Ehrenmitglied der *Casitas*-Bande geworden.

Vielleicht war es so am besten.

Als Jill ihre Schwester gestern Abend gefragt hatte, was Marty zu ihr gesagt hatte, war Viv plötzlich gereizt gewesen und hatte ihr partout nicht sagen wollen, warum er Grund gehabt hatte, sie zu verlassen.

Als ob Jill sich das nicht selbst zusammenreimen konnte! Die andere Frau passte ganz genau in dieses Szenarium. Warum war Viv so zurückhaltend? So war sie doch sonst nicht. Warum wollte sie nicht zugeben, dass Marty, wie so viele andere amerikanische Ehemänner, eine Affäre gehabt hatte?

Die wirklich schwierige Zeit kam immer erst später. Jill wusste nicht, wann Marty Viv untreu gewesen war, aber bestimmt hing diese Wolke noch immer über ihnen. Hut ab, dass sie um ihre Ehe kämpften, doch wie sollte Jill ihrer Schwester helfen, wenn diese sie nicht einweihte?

»Alles in Ordnung, Engelchen?«

Jill fuhr zusammen.

Ihre Nebensitzerin, Agnes Smith, lächelte und sah Jill mit wasserblauen Augen an. Aus der Nähe war ihr Teint fast durchscheinend, als seien die runden Wangen von innen beleuchtet.

Jill war klar, dass sie sich nicht länger vor der einschüchternden Anführerin der *Casitas*-Bande verstecken konnte. Die Frau hatte sie praktisch völlig ungeniert gezwungen, den Ausflug in den Zoo mitzumachen, und dann hatte sie ihren in pfauenblauen Nickistoff bekleideten Hintern auf den Platz neben Jill gemogelt.

Und jetzt leuchtete sie von innen heraus und Jill konnte sich plötzlich nicht mehr beherrschen.

Sie schüttelte heftig den Kopf. »Nein. Es ist nicht alles in Ordnung.«

Und dann sprudelte auch schon die ganze Geschichte aus ihr heraus, ins Ohr einer Fremden, die daraufhin in ihrem pfauenblauen Rucksack kramte und ein Taschentuch für sie herauszog.

Jill putzte sich die Nase. »Tut mir leid, das alles einfach so über Ihnen auszuschütten, Agnes. Sie kennen mich ja nicht einmal.«

»Kein Problem, meine Liebe. Offenbar mussten Sie es einfach jemand sagen, der nicht zu Ihrem Bekanntenkreis gehört. Und ich war zufällig da.«

»An das ›zufällig‹ glauben Sie wohl selbst nicht.«

Agnes lachte. »Da haben Sie recht. Das ist bloß meine Umschreibung von ›Gott hat es so arrangiert‹. Die Menschen sind meistens zugänglicher, wenn ich nicht gleich anfange, sie mit meinem Gerede über Gott vor den Kopf zu stoßen.« Sie drückte Jills Hand. »Zwei Dinge. Möchten Sie sie hören?«

Jill lächelte. »Ich sammle schon seit Jahren Ratschläge von Experten.«

»Ich bin keine Expertin.«

»Oh, das denke ich aber doch.«

»Na ja, ich war fünfundvierzig Jahre verheiratet und bin jetzt achtzig Jahre alt. Man kann wohl sagen, dass ich schon eine ganze Weile lebe.«

»Das sind beeindruckende Referenzen.«

»Es ist einfach nur das Leben.« Sie zuckte die Achseln. »Wie denken Sie über Gott?«

Die Erleichterung, die Jill empfand, nachdem sie der älteren Frau ihre Geschichte erzählt hatte, war überwältigend. Ihre Brust tat plötzlich nicht mehr weh. Doch bei dieser Frage krümmte sie sich erneut wie unter Schmerzen zusammen. »Ich glaube, dass er mich liebt und nur das Beste für mich will. Ich glaube, dass er meine Gebete hört. Ich glaube, dass Jesus Gott in Menschengestalt war und uns zeigen wollte, wie Gott ist.«

»Ich habe ihn mir früher immer als einen fernen König auf einem Thron vorgestellt, dem es in erster Linie um die Einhaltung von Regeln geht und der uns mit einem Stock auf die Fingerknöchel schlägt, wenn wir ungehorsam sind. Deshalb habe ich sorgfältig darauf geachtet, immer alles peinlich genau zu machen und alle meine Schäfchen im Trockenen zu haben.«

Jill stöhnte, als sie dieses Echo ihrer eigenen Worte hörte.

»Als junge Frau und Mutter tat ich alles, was Gott meiner Ansicht nach wollte.« Agnes lachte. »Auch wenn es brav und pedantisch wirkte. Du liebe Güte! In manchen Sachen war ich wirklich schrecklich starrsinnig!«

»Niemand ist vollkommen.«

»Das stimmt. Aber ich dachte, ich sei nahe genug dran, um sämtliche Vergünstigungen im Leben – wie eine glückliche Ehe, perfekte Kinder und keine größeren Probleme – verdient zu haben. Und wissen Sie was? Mein Mann kämpfte jahrelang mit Leukämie. Einer meiner Söhne war so enttäuscht von mir, dass er mit sechzehn von zu Hause fortging und zehn Jahre kein Wort mit mir sprach. Mein anderer Sohn wurde Pfarrer und er beherrscht den »Heiliger-als-Christus-selbst-Auftritt« bis zur Perfektion. Meine Tochter hat einen Spielsüchtigen geheiratet. Mein Enkel – er war erst zwanzig Jahre alt – ist im Irak gefallen.« Sie seufzte tief. »Zuerst habe ich Gottes Existenz infrage gestellt, doch irgendwann zweifelte ich dann an meinem Bild, das ich von ihm hatte. Und schließlich kam ich zu dem Schluss, dass Gott mich liebte.« Sie lächelte.

»Und?«

»Und dass er verrückt nach mir ist. Dass er mich wirklich mag.«

»Und?«

»Das ist alles.« Sie klatschte in die Hände. »Alles andere folgt daraus, das Leben im Geheimnis seiner überwältigenden Liebe.«

Jill blinzelte. »Es tut mir leid, was Sie durchmachen mussten.«

»Danke, mein Engelchen.« Sie tätschelte Jills Arm. »Deshalb habe ich gesagt: zwei Dinge. Erstens: Sie erinnern mich an mich selbst in Ihrem Alter.«

»Wirklich?«

»Ja. An die Art und Weise, wie ich das ganze Leben in ein Schwarz-Weiß-Schema gepresst habe. An meine Überzeugung, man brauche nur die Regeln einzuhalten, um sich das Wohlwollen Gottes zu verdienen.«

»Aber so denke ich nicht.«

»Ich habe Ihr Buch gelesen.« Agnes blinzelte. »Und ob Sie so denken. Allerdings wohl eher unbewusst.«

»Ich möchte den Menschen lediglich Wege aufzeigen, wie sie ein besseres Leben führen können. Das mag manchmal formelhaft oder schematisch klingen, aber ich möchte ihnen wirklich nur helfen.«

»Natürlich wollen Sie das. Und es besteht ja sogar eine gewisse Hoffnung, dass es Ihnen gelungen ist.«

»Hoffnung?« Jill hoffte nur noch, dass sie den Zoo bald erreichten.

»Ja, Hoffnung. Was mich auf das Zweite bringt. Es ist ein wahrer Kern in dem, was Sie geschrieben haben, was Sie lehren und woran Sie glauben. Deshalb glaube ich auch, dass Sie den Menschen geholfen haben, einen anderen Blickwinkel einzunehmen. Aber es ist nicht der Weisheit letzter Schluss.«

»Wie meinen Sie das?«

»Meine Liebe, meiner Ansicht nach möchte Gott ganz einfach, dass Sie gelassener werden. Hören Sie auf, auf zwanghafte Art auf alles eine Antwort wissen zu wollen. Lassen Sie sich beweisen, wie sehr er in Sie vernarrt ist.«

»Ich weiß, dass er mich liebt.«

»Da wären wir ja schon wieder bei den oberflächlichen Antworten. Ach, gucken Sie nur!« Sie deutete auf die Windschutzscheibe. »Wir sind schon am Zoo. Vielleicht können wir etwas von den Tieren lernen.«

»Von den Tieren?« Marty hatte unrecht. Die Frau war nicht wie ein Autowrack. Sie war wie die Arbeiter auf den Jahrmärkten, die die

Achterbahn bedienten und so schnell fahren ließen, dass die Menschen kreischten und schrien.

Agnes beugte sich ganz dicht zu Jill hinüber. »Ein Blick auf das Warzenschwein, und Sie bekommen eine Vorstellung davon, wie sehr Gott seine verrückten Geschöpfe liebt.« Dann lehnte sie sich zurück, summte leise vor sich hin und sah aus dem Fenster.

Sie wartete ab, bis ihre Worte bei Jill angekommen waren.

Das saß. Jill hatte bereits vor Gott und Gretchen zugegeben, Jack sprichwörtlich in den Abgrund gestoßen zu haben. Wenn sie sich trotz ihrer Arbeit Zeit für ihn genommen hätte, wäre alles gut gegangen. Dann wäre er nicht so weit abgestürzt, um ihr zu sagen, dass er sie nicht mehr liebte.

Okay. Übernimm Verantwortung, versuch, den Schaden zu begrenzen, mach weiter.

Aber das …

Gott, das ist zu viel. Es ist einfach zu viel.

Sie schloss die Augen. *Ich habe nicht nur alles falsch gemacht, ich liege grundsätzlich völlig falsch.*

Ihr bärbeißiger Schwager und diese schrullige Fremde – zwei Menschen, die bestimmt in nichts einer Meinung waren – waren sich darin einig, was in der Galloway-Ehe schiefgelaufen war.

Jill presste die Hand auf ihre brennende Brust. Ihr Atem kam stoßweise.

Nein, Gott. Bitte.

Hatten Marty und Agnes recht?

Sahen die Leute in ihr einen pedantischen, pingeligen Gutmenschen, dem Regeln wichtiger waren als Gott?

War das der Eindruck, den sie bei ihren Auftritten erweckte?

Wenn ja, dann war sie all das, was sie immer verabscheut hatte.

Stille Schluchzer erschütterten ihren Körper. Die schrullige Fremde hielt ihre Hand.

Beim Anblick des Warzenschweins musste Jill lächeln. Sie konnte nicht anders.

Sie stand vor dem niedrigen Maschendrahtzaun, mit dem das Gehege der Wildschweine eingezäunt war, und war völlig fasziniert. An die 90 Kilo schwer, war dieses Tier die Verkörperung eines kindlichen Albtraums. Kopflastig, mit viel zu kurzen Beinen und einem viel zu großen Schädel, gebogenen Stoßzähnen und einem mit warzenartigen Ausbuchtungen übersäten Kopf. Die unauffälligen Grau- und Brauntöne seines Fells verschmolzen mit den Felsen und der Erde. Dazu stieß es geradezu gräuliche Geräusche aus, eine Art gutturale Schnarch- und Grunzlaute.

Wie konnte Agnes ein solches Geschöpf mit der Liebe Gottes in Verbindung bringen?

Als Dustin am Straßenrand vor dem Eingang zum Zoo gehalten hatte, war Jill mit den anderen ausgestiegen. Sie erinnerte sich nicht mehr, dass ihre Füße den Boden berührt hatten und auch nicht daran, dass sie dem Torhüter ihr Ticket vorgezeigt hatte.

Ihr ganzer Körper tat noch weh vom Weinen, dem Ausbruch eines Schmerzes, der so tief saß, dass er unhörbar gewesen war. Inzwischen hatte er nachgelassen, doch sie hatte das Gefühl, sich in einer Blase zu bewegen, in die nur Agnes hineindringen konnte.

»Jill, gehen Sie und schauen Sie sich das Warzenschwein an, dann sehen Sie, was wahre Liebe ist«, hatte sie gesagt und Jill einen Orientierungsplan in die Hand gedrückt, um dann davonzutrotten.

Während Jill durch den Zoo schlenderte, schmolz die Blase langsam, sanft und friedlich weg. Sie sah ein Meer von Blumen und leuchtend rosa Flamingos. Die Wege waren voller Menschen, mit unterschiedlichen Gesichtern, Stimmen und Kleidern. Gerüche vermischten sich und trennten sich wieder – Eukalyptus, Tiere, süße Waffeln.

Und jetzt, nach dem langen Weg zum Wildschweingehege, staunte sie über die fast unerträgliche Schönheit, die sie umgab und die noch in dem hässlichsten Tier, das sie je gesehen hatte, zum Ausdruck kam.

Sie bemerkte neben sich eine vierköpfige Familie. Mutter und Vater lachten laut. Der große Bruder brüllte, deutete auf das Schwein und machte es nach. Die kleine Schwester brach aufgrund der Reaktion der anderen in Tränen aus. Dann gingen sie weiter, immer noch kichernd und einander liebkosend.

Agnes Smith hätte gesagt, das kleine Mädchen sei wie Gott, voller Mitgefühl für die nicht Liebenswerten.

»Gut. Okay, Gott. Verstanden. Ich bin die nicht Liebenswerte, aber du liebst mich. Aber das ist nichts Neues für mich. An diesem Punkt war ich schon mehrmals.«

Ihre Kehle wurde eng, als ihr das Neue daran bewusst wurde. Die Menschen, die die Wahrheit über sie und ihre gescheiterte Ehe erfuhren, würden entweder lachen, sich über sie lustig machen oder Mitleid mit ihr haben. Doch Gott … Gott liebte sie.

Gott. Liebte. Sie. So zimperlich, voreingenommen, selbstgerecht und mit Warzen übersät sie auch sein mochte. Und wenn sie etwas verkehrt machte, würde er sie trotzdem lieben.

Und wäre trotzdem in sie vernarrt.

Jill stand lange Zeit vor dem Warzenschwein und betrachtete es, sonnte sich in der Liebe Gottes und versuchte sich an die Tatsache zu gewöhnen, dass sie tatsächlich Fehler machen durfte.

18

Chicago

»Dr. G.?«

Jack blickte vom seinem PC auf und sah Sophie in der Tür stehen.

»Anruf für Sie, Leitung zwei.«

»Ist die Sprechanlage kaputt?«

Sie wurde knallrot.

Er lächelte. »Sophie, die Kernspin hat nichts ergeben. Ich bin völlig in Ordnung. Sie brauchen nicht dauernd nach mir zu gucken.«

Sie nickte nervös. »Es ist Ihre Frau.«

Damit ging sie rückwärts aus dem Zimmer und schloss die Tür hinter sich.

Jack sah das rote Licht am Telefon blinken, kratzte sich das Kinn und zögerte.

Er schuldete Jill mehr als das miese Verhalten, das er bis jetzt an den Tag gelegt hatte.

Das rote Licht blinkte – geduldig, anklagend.

»Du bist ein Idiot«, hörte er Baxter sagen. *»Sogar ich war meiner Frau gegenüber höflicher, als ich sie verlassen habe.«*

Er holte tief Luft und nahm den Hörer ab. »Hallo, Jill.«

»Hi. Tut mir leid, dass ich deinen Tagesablauf unterbreche. Hast du einen Augenblick Zeit?«

Wie bitte? »Äh, ja.«

»Ich …«

»Warte. Ich muss dir etwas sagen. Ich möchte mich für das, was ich am Telefon gesagt habe, entschuldigen.«

»Aber es stimmt, oder? Du bist in eine Wohnung gezogen. Du hast mit einem Anwalt gesprochen. Du liebst mich nicht.«

Jack stöhnte. »Ja, aber …«

»Aber nichts. Es stimmt, und es hat mich davon abgehalten, nach Hause zu kommen, was sich letztlich als positiv herausgestellt hat.«

Anscheinend hatte sich seine Frau um 180 Grad gewandelt.

Sie sagte: »Eine gute Dosis Viv und noch ein paar andere Dinge waren genau das, was ich gebraucht habe, um eine neue Perspektive zu gewinnen.«

»Du klingst anders. Ruhig.«

»Das bin ich auch und ich möchte ein paar Sachen wiedergutmachen.«

»Ich bin derjenige, der unsere Ehe auflösen will. Du hast nichts wiedergutzumachen.«

»Jack, es ist zu viel, um es am Telefon zu erklären. Ich habe gründlich über mich nachgedacht, und was dabei herausgekommen ist, hat mir gar nicht gefallen. Ich will mich ändern. Ich möchte eine ganz neue Ehefrau werden. Ich möchte, dass wir ganz neu anfangen.«

Er lehnte sich auf dem Stuhl zurück und rieb sich die Stirn. Ihre Stimme klang anders, nicht so schrill und hastig wie sonst, doch die Worte, die sie sagte, klangen nach Jill, der Expertin, Jill der Beraterin, nach der Jill, die auf alles eine Antwort hatte.

Warum merkte sie das nicht?

Sie sagte: »Ich denke dabei an keine Technik, kein Schema. Es ist völliges Neuland für mich.«

Er verkniff sich eine Erwiderung über Stoff für eine Unterrichtsstunde. Neuland war ein Lebenselixier für sie.

»Ich habe mir überlegt«, fuhr sie fort, »ob wir nicht einfach tun können, was wir uns für Samstag vorgenommen hatten. Nach Hollywood fahren und uns daran erinnern, wie wir uns kennengelernt haben?«

Er sah bereits den Titel vor sich: *Sie sagte: »Erinnern wir uns«, er verstand: »Schreiben wir die Geschichte neu«.*

»Gibt es einen besseren Weg, sich auf uns zu konzentrieren und zueinander zurückzufinden? Nein. Es ist einfach perfekt. Das Timing. Der Ort. Ich meine, wie oft kann ein Mensch schon den fünfundzwanzigsten Jahrestag eines Tages feiern, der sein Leben für immer verändert hat? Was meinst du, Jack? Hm?«

Er dachte, dass sie ihm gerade *Zucchini-Zerwürfnis* zubereitete und vorsetzte, das Rezept für Kommunikation in schwierigen Zeiten.

»Du kannst ein Flugzeug nehmen und Freitag hier sein. Oder du nimmst den Nachtflieger und bist Samstagmorgen hier. Wir beginnen bei *Grauman's*, genau wie beim ersten Mal.«

»Jill, bitte hör mir zu. Ich spiele da nicht mit.«

»Wir spielen die Szene bei *Grauman's*, wo wir uns kennengelernt …«

»Ich spreche von *Zucchini-Zerwürfnis*.«

»Jack, mein Schatz, du kannst die Situation nicht einfach weiterhin ignorieren.«

»Das tue ich auch nicht.«

»Doch, ich glaube schon. Vor dem *Zucchini-Zerwürfnis* hast du dich schon immer gedrückt, mit allen Mitteln. Das merkt man sogar dem Rezept an, das du dir für das Buch ausgedacht hast; eine der Hauptzutaten sind Esskastanien, die du hasst und niemals isst. Hast du gehört, was ich gesagt habe? Ich will ganz neu anfangen. Ich möchte alles anders machen. Wir können das wieder in Ordnung bringen. Ich weiß, dass wir es können.«

»Ich habe es gehört.« Er sprang vom Stuhl auf und stieß sich dabei den Oberschenkel an der Schreibtischkante.

»Dann komm her, damit wir daran arbeiten können.« Auf einmal hörte er sie atmen, mehrmaliges tiefes Einatmen und lautes Ausatmen.

Ihm war schwindelig.

Er wollte nicht zu Jill fliegen. Er wollte nicht *in Ordnung gebracht* werden.

Es tat ihr leid. Na und? Was meinte sie damit? Dass er seine Allergie ignorieren und sich zurücklehnen sollte, während sie von Versöhnung faselte und wie man alles richtig machen konnte?

»Bitte, Jack. Denk darüber nach. Ich bin am Samstag hier in Hollywood, an dem Ort, wo wir uns kennengelernt haben. Mittags. Ich weiß, dass du weißt, wo es war.«

Er ging auf und ab, jeweils zwei Schritte, um das Zimmer zu durchqueren. Dann machte er auf dem Absatz kehrt. »Jill, ich kann nicht …«

»Du kannst wenigstens darüber nachdenken, oder? Entscheide dich nicht gleich. Versprich nichts, außer dass du darüber nachdenken wirst.«

Er machte erneut kehrt. Inzwischen stand er kurz vor der Explosion. »Ich werde darüber nachdenken.«

»Und zur Vernunft kommen. Nein, warte – das war nur ein Scherz! Tschüss, Jack. Und danke.«

Er murmelte eine Verabschiedung und legte auf, ohne stehen zu bleiben.

Es dauerte noch ein paar Drehungen, bis das straff um seine Nerven gespannte Gummiband anfing, sich wieder zu lösen.

»Puh!«

Er setzte sich hin und dachte darüber nach.

Trotz Jills versöhnlichem Ton und ihrer Erklärung, sich ändern zu wollen, hatte sie lediglich ein vertrautes Skript vom Stapel gelassen. Jack kannte seinen Text in- und auswendig. Er trug andere Ansichten vor, stellte Fragen und machte schließlich, was sie wollte.

Als er sich bereit erklärt hatte, darüber nachzudenken, hatte er sich in Wirklichkeit bereit erklärt zu tun, was er konnte, um ihre Bedürfnisse zu erfüllen. Sie würde fest damit rechnen, dass er nach Hollywood kam, denn damit würde er schließlich tun, was er immer getan hatte: den Frieden wahren.

Jack schüttelte den Kopf. Warum hatte er überhaupt mit ihr gesprochen? Es wäre besser gewesen, im Gespräch mit Jill weiterhin das Ekelpaket vom Dienst zu mimen.

Nein, das war unfair. Jill war ein Funke, der sie auf Straßen voller Wunder geführt hatte. Den Frieden zu wahren, war der Preis dafür gewesen, dass er sie hatte begleiten dürfen. Es war die Sache wert gewesen.

Gewesen.

Trotzdem … er vermisste sie. Nein, er vermisste ihre Freundschaft. Sie waren Freunde gewesen.

Vielleicht sollte er sich einen Hund zulegen, aber einen, der keine Zucchini mochte.

Um ganz sicherzugehen, dass genügend Bedenkzeit verstrichen war, wartete Jack bis spät nachts, ehe er Jill zurückrief. »Ich schaffe es nicht.«

»Schatz, es ist erst Donnerstag. Bis Samstag kann sich dein ›Ich kann nicht‹ sehr gut noch in ein ›Ich werde nicht‹ und dann in ein ›Gut, warum nicht‹ verwandeln.«

»Ich komme nicht.«

»Okay. Aber dann wirst du auch nichts über Warzenschweine, Agnes Smith und Vivs neuen Kleinbus hören.«

»Ich komme nicht. Ende der Diskussion.«

»Ich aber schon.« Ihre Stimme zitterte, die Wörter schienen ineinander zu verschwimmen.

Er merkte die Tränen dahinter.

»Also«, fuhr sie fort, »wenn du deinen Entschluss änderst, weißt du, wo du mich am Samstagmittag findest.«

Er würde es noch ein Mal versuchen. »Jill …«

»Tu, was das Beste für dich ist, Jack. Ich muss Schluss machen. Ich möchte uns in Erinnerung behalten, wie es war, als noch alles gut zwischen uns war. Tschüss!«

Jack verabscheute sich wie noch nie in seinem Leben.

19

San Diego

»Du bist wirklich ein Quälgeist, Süße.« Marty umfasste Viv sanft an ihrer Hüfte und zog sie von der Armlehne seines Sessels auf seinen Schoß. »Entspann dich doch mal.«

Sie kuschelte sich an ihn, den Kopf an seiner Schulter, und schaute ihn an, während er in den stummen Fernseher blickte. Seine Nähe war wie ein sicherer Hafen, den sie viel zu viele Tage nicht aufgesucht hatte. »Warum habe ich es nicht kommen sehen?«

Er lachte. »Das hast du doch. Du wolltest nur nicht darüber nachdenken. Wenn du Jill und Agnes zusammentust, kommt eine Klassefrau dabei raus.«

»Aber ein spontaner Trip nach Hollywood mit der gesamten *Casitas*-Bande, nur damit Jill dort sein kann, wenn Jack nicht auftaucht?«

»Das ist doch ein echt weiblicher Trick, wie aus einem Kitschfilm, oder?«

»Aber es bedeutet noch einen Stich ins Herz, und diesmal vor Publikum.«

Viv hatte vergeblich versucht, Jill von dem lächerlichen Plan abzubringen. Ihre Schwester, stur wie immer, blieb unbelehrbar, obwohl Jack ihr gesagt hatte, dass er auf keinen Fall kommen würde.

Viv hatte neben ihrer Schwester gestanden und das Gespräch mit angehört. Immerhin musste man ihr zugutehalten, dass sie weder gejammert noch geheult hatte. Sie hatte einfach gesagt: »Tu, was das Beste für dich ist, Jack. Ich werde auf jeden Fall dort sein. Ich möchte uns in Erinnerung behalten, wie es war, als noch alles gut zwischen uns war.«

Wie bitte?

Und dann hatte sich doch tatsächlich noch Agnes Smith in den Schlamassel eingemischt. Sie bestand darauf, dass Jill nicht allein gehen dürfe, sondern dass sie und die fünf oder sechs Engel, die sie normalerweise begleiteten, sowie noch fünf weitere mitkämen. Sie hatte Viv gefragt, ob sie Dustin oder den Bus am Samstag brauche. Samstag – das war *morgen*!

Noch einmal: Wie bitte?

Marty sagte: »Ich kann dein Hirn rattern hören. Hör auf, mich zu bedrängen. Du hast gesagt, dass du sie fährst, das reicht.«

»Ich würde niemals zulassen, dass Dustin in dem Verkehr in L. A. meinen Bus fährt.«

Er sah sie an und lächelte. »Und du willst auf gar keinen Fall verpassen, wie deine alberne Schwester vor dem Wahrzeichen von Hollywood steht und ausflippt.«

»Sie wird nicht ausflippen.«

Er küsste sie auf die Wange. »Sie wird leiden, und du willst bei ihr sein, wenn sie leidet.«

»Sie weiß, dass Jack nicht kommt. Warum gibt sie nicht endlich auf? Genau das ist nämlich ihr Problem. Sie erkennt nicht, wenn sie verloren hat. Sie macht immer weiter und weiter. Das ist in Ordnung, solange es um eine Sache geht, aber nicht, wenn sie einen Menschen so sehr bedrängt. Er wird fernbleiben und sie wird schon wieder verletzt. Tief innen hofft sie nämlich, dass er seinen Entschluss ändert und sie überrascht und doch auftaucht.«

»Jack braucht einfach ein bisschen Raum. Sie muss warten, bis er so weit ist.«

»Bedeutet das, dass du ihn nicht anrufen und ihm sagen wirst, dass sie einen Helden braucht? Dass er kommen und um ihre Ehe kämpfen muss?«

Marty grunzte. »Das ist nicht mein Job, Süße.«

»Wenn er wenigstens ein bisschen Interesse zeigen würde. Wie kann er sie einfach so abservieren und alles ignorieren, was ...?«

Marty legte ihr einen Finger auf die Lippen. »Es ist auch nicht dein Job.«

»Aber ...«

»Schhhhh.«

Viv gab schließlich der Verlockung zu einer Pause nach, die Marty ihr einfach dadurch bot, dass er da war. Sie nahm seine schwielige

Hand von ihren Lippen, hielt sie fest und schaute ihn wieder an, während er den Lakers zusah.

Wieder einmal war sie von der misslichen Lage ihrer Schwester tief betroffen. Jill und Jack mochten einander, das wusste sie. Sie war jahrelang Zeuge ihrer Liebe gewesen, hatte gesehen, wie die beiden miteinander umgingen. Das war nicht nur Show gewesen. Dass Jack sich jetzt so von ihr zurückzog, brach Viv das Herz.

Es mochte nicht ihre Aufgabe sein, ihnen zu sagen, wie sie ihre Ehe retten konnten, aber es gab andere Dinge, die sie tun konnte. Beten zum Beispiel. Den Kleinbus fahren. Und sich den Engeln anschließen, die Jill auffangen würden, wenn sie anfing zu weinen.

20

Jill und Marty gingen freundlich miteinander um, allerdings ließ sie Viv und ihm auch so viel Raum wie möglich. Sich nicht zu ihnen zu gesellen, wenn sie ein Basketballspiel anschauten, fiel ihr jedoch noch nicht einmal schwer.

Das kleine Gästezimmer, das mit Fernseher, Radio und Schreibtisch ausgestattet war, war ihr ein willkommener Zufluchtsort. Im Moment las sie gerade ihre E-Mails und hörte dazu Popmusik.

Connor hatte noch nicht auf ihre Mail, die allerdings auch nur leeres Blabla gewesen war, geantwortet. *Wie war Prag? Wir haben keinen Schnee hier! Ha, ha.* Sie und Jack hätten sich keine Sorgen zu machen brauchen. Ihr kreativer Sohn bemerkte die Schönheit eines vertrockneten Eichenblattes, doch dass Wochen zwischen seinen Anrufen oder Mails lagen, fiel ihm gar nicht auf.

Ihr Handy klingelte; es war Gretchen. Sie hatten nicht mehr miteinander gesprochen, seit Jill das Warzenschwein besucht hatte.

Es war das Erste, was Jill ihr erzählte.

Gretchen sagte: »Ich verstehe nicht ganz. Du weißt, dass Gott dich bedingungslos liebt. Wenn ich das nicht glauben würde, könnte ich nicht einmal mehr morgens aufstehen.«

Jill verdrehte die Augen. »Vielleicht sollte ich etwas mehr ins Detail gehen. Ich habe begriffen, dass ich pedantisch und voreingenommen und stolz bin und einen Balken im Auge habe.«

»Das hätte ich dir auch sagen können.«

»Warum hast du es nicht?«

»Ich dachte, du wüsstest es.«

»Im Ernst?«

»Ja. Es gehört zu deinem Charme. Du bist genauso warzig wie wir anderen.«

»Das ist das Verschrobenste, was du je gesagt hast.«

»Danke. Also, was gibt's sonst noch Neues außer der Offenbarung des Warzenschweins?«

Jill gab auf. Manchmal trug Gretchen ihre berufliche Fassade wie eine Rüstung. Doch Jill konnte ihr keinen Vorwurf daraus machen. Sie war unterwegs, arbeitete rund um die Uhr und hatte im Moment einfach keinen Bezug zu jenem inneren Selbst, das Jills Freundin war und sie verstanden hätte.

Sie wandte sich wieder ihrer Arbeit zu und schaute auf den Laptop. »Eine ganze Menge E-Mails. Ich glaube, die Leute hören mir immer noch zu und lesen auch mein Buch.«

»Und sie lieben auch deine Ratschläge immer noch.«

»Der hier nicht. In der Betreffzeile steht: *›Stirb‹.*« Sie klickte die Mail an. *»Liebe Idiotin. Man sollte Sie erschießen.«* Hm, *Idiotin*. Noch ein Wort, das sie ihrer wachsenden Liste von Kosenamen hinzufügen musste.

»Lösch das. Irgendetwas, das darauf hindeutet, dass die Gerüchteküche zu brodeln anfängt?«

»Bereits mächtig brodelt, meinst du. Du kannst es ruhig sagen. Oh, da ist was. Eine Mrs Anonym. Sie sagt, meine Ratschläge seien stinkender Müll.«

»Pfui!«

»Sie sagt, es sei nicht richtig, das Wort Gottes auf Formeln zu reduzieren. Sie betet für mich.«

»Gebete sind immer gut. Verlier nicht den Mut, Liebling.«

Und ob sie den Mut verlor. Diesen letzten Vorwurf steckte sie nicht so leicht weg, hatte sie doch selbst erst vor Kurzem gesagt, dass sie Gottes Wort verdreht hatte.

»Jillie.«

»Was?«, schnappte sie.

»Lang lebe das Warzenschwein!« Gretchen lachte. »Tschüss!«

Jill schloss die Augen. Dieses Tier war schmutzig und hässlich. Wahrscheinlich war es auch noch dumm. Es fiel ihr zunehmend schwerer, sich mit ihm zu identifizieren.

»Vivvie, ich hätte es Jack besser erklären sollen.« Jill hörte selbst, wie schrill ihre Stimme klang, doch sie konnte sich nicht beherrschen; sie musste die Situation unbedingt noch einmal mit ihrer Schwester durchgehen. Beziehungsweise sie musste sie immer weiter mit ihr durchgehen. »Wie die Sache mit dem Warzenschwein, dass ich erkannt habe, was ich alles falsch gemacht habe.«

»Das sagst du jetzt schon zum x-ten Mal«, murmelte Viv mit zusammengebissenen Zähnen. Sie fuhr den Bus. Ihre Hände lagen auf dem Steuer, ihre Augen hinter der Sonnenbrille flitzten mit der gleichen Schnelligkeit hin und her wie der Verkehr um sie herum. »Es reicht jetzt. Allmählich wird es sinnloses Geplapper. Und setz dich bitte hin.«

»Ich sitze doch.« Aber eigentlich lehnte sie mehr auf ihrem Sitz, als dass sie richtig saß. Seitlich auf das Armaturenbrett gestützt, befand sie sich teilweise in der Fahrerkabine, einem niedrigeren Teil des Busses, in dem es nur einen einzigen Sitz gab: den, auf dem Viv saß.

»Jillian Autumn, ich meine es ernst.« Ihre Stimme klang drohend.

Jill stieß sich ab und trat zurück in den Bereich der Fahrgäste. Auf vierzehn der Sitzplätze saßen ältere Frauen, eine gar nicht so kleine Zahl für einen Last-Minute-Tagestrip nach Los Angeles. Sie wusste, dass sie andere Pläne dafür aufgegeben hatten, nicht, weil sie eine Touristenattraktion sehen wollten, die sie schon zigmal besucht hatten, sondern weil sie Jill unterstützen wollten.

Agnes bedeutete ihr, sich neben sie zu setzen. Heute trug sie einen schwarzen Nicki-Hosenanzug und ein weißes T-Shirt, mehrere glitzernde silberne Armbänder, eine Halskette und Ohrringe. Ihr weißes Haar sah aus wie frisch geschnitten – ein kürzerer Topfschnitt.

Autowrack oder nicht, irgendwie strahlte diese Frau Hoffnung aus. Jill wollte sich neben sie setzen und versuchen, sich keine Sorgen wegen der verrückten Unternehmung zu machen, die sie sich nach dem Zusammentreffen mit dem Warzenschwein ausgedacht hatte. Sie hatte sich diese Erinnerungstour eigentlich anders vorgestellt – zusammen mit Jack. Stattdessen saß sie jetzt hier mit einer Schar lieber alter Damen.

Als Jill saß, nahm Agnes ihre Hand und drückte sie. Dann drehte sie sich wortlos um und blickte aus dem Fenster. Zweifellos sagte sie gerade eine ganze Menge – in einem stillen Gebet.

Jillie Jaws überlegte, ob sie sich Notizen machen sollte. Vielleicht sollte sie ihre Redegabe ein bisschen in neue Bahnen lenken.

Nach zwei Stunden kamen sie in der Traumfabrik an. Ihr Bus wirkte plötzlich riesig wie ein Sattelzug. Jill hielt den Atem an, während Viv das Vehikel den mit Bussen und Autos zugestopften Hollywood Boulevard hinuntersteuerte.

Agnes sagte: »Ihre Schwester ist eine kleine mutige Draufgängerin, nicht? Fährt den Bus hier, als sei er ein Mercedes-Zweisitzer.«

»Mh-hmm.«

Agnes lachte. »Sie ist wirklich eine prima Fahrerin. Wir hatten noch nie die geringsten Bedenken, dass sie uns nicht sicher hin- und zurückbringen würde.«

Viv bremste vor einer Ampel. Jill starrte mit großen Augen aus dem Fenster. Es waren nicht der Ausflug und auch nicht die Fahrkünste ihrer Schwester oder der lebhafte Verkehr, was sie so nervös machte. Und es war auch nicht das glanzvolle Flair, das sie sonst immer so beeindruckt hatte. Es hatte nichts mit dem fünfzehn Blocks langen *Walk of Fame* zu tun, dem kohlpechrabenschwarzen Bürgersteig mit den über zweitausend altrosafarbenen Sternen, in die Messingtafeln mit den Namen von Berühmtheiten eingelassen waren. Es hatte nichts mit dem *Kodak Theatre* hoch oben in dem mehrgeschossigen Einkaufszentrum zu tun, in dem alljährlich die Oscarverleihung stattfand. Und es hatte nichts mit den Straßenkünstlern und Ticketverkäufern zu tun, die sich unter die Besucherscharen mischten.

Nein. Es lag einzig und allein an dem riesigen roten Gebäude im Pagodenstil dort auf dem Fußgängerstreifen mitten in der Stadt. Auf dem Vorplatz drängten sich ganze Scharen von Touristen. *Grauman's Chinese Theatre* war für Jill immer der Inbegriff von Hollywood gewesen, überwältigend und kitschig zugleich. Das Gebäude war überaus kunstvoll verschnörkelt. An den Seiten schlängelten sich Drachen bis zum Kupferdach hinauf. Der Haupteingang wurde von Himmelshunden bewacht. Am berühmtesten war jedoch der Vorhof des Theaters mit den Hand- und Fußabdrücken von den Kinostars, die sich dort im Zementfußboden verewigt hatten.

Genau dort, auf einer dieser Betonplatten, waren sich Jillian Wagner und Jackson Galloway vor fünfundzwanzig Jahren begegnet.

Heute würden sie sich nicht dort treffen.

Jill murmelte: »Das war die dümmste Idee, die ich je hatte.«

Viv fuhr schwungvoll um eine Ecke und bremste in einer Haltebucht. Die Seitentüren öffneten sich.

Die Frauen gingen an Jill vorbei und stiegen die zwei Stufen auf den Gehweg hinunter.

Viv hatte sich auf ihrem Sitz umgedreht. Sie lächelte und plauderte mit ihnen. »Ja, ich komme nach, sobald ich einen Parkplatz gefunden habe. Vorsichtig, Martha. Amüsieren Sie sich gut, meine Damen! Pass auf, Lila.« Sie sah Jill an, die sich nicht rührte. »Steig aus.«

Sie schüttelte den Kopf.

Viv zog eine Augenbraue hoch und sah Agnes an, die noch immer neben Jill am Fenster saß.

Agnes schob ihren Arm unter Jills. »Was mir an diesem Ort so gefällt, ist seine Geschichte. Wissen Sie, welcher Film hier 1927 Premiere hatte?«

»Nein.«

»*Der König der Könige*. Ein Stummfilm von Cecil B. deMille. Ist das nicht faszinierend?« Agnes blinzelte. »Wir kennen nämlich den König der Könige, nicht wahr? Er heilt unsere Herzen, die so übervoll mit unserer eigenen Geschichte sind. Kommen Sie schon, Engelchen, nehmen Sie Ihre Handtasche und lassen Sie uns gehen. Erzählen Sie mir, wie Sie Jack kennengelernt haben.«

Wenn diese blassblauen Augen Jill nicht so direkt angesehen hätten, hätte sie wahrscheinlich keinen einzigen Schritt auf dieser Straße der Erinnerung getan und hätte keine einzige Minute ihrer Geschichte wiederaufleben lassen.

Aber sie sahen sie an.

Sie rappelte sich hoch und half Agnes aufzustehen.

Es war die Art Wintertag gewesen, dem Südkalifornien seinen Ruf für ganzjährig milde Temperaturen, blauen Himmel und wiegenden Palmen verdankte. Es war der perfekte Tag, um mit einen Bus voller Senioren einen Ausflug nach L.A. zu machen.

»So wie heute«, sagte Agnes.

»So wie heute.« Jill ging neben Agnes her, während sie ihre Geschichte erzählte, passte ihr Tempo dem ihrer Begleiterin mit dem Stock an und versuchte, nicht durch die Menge nach ihrem und Jacks Ort zu spähen.

»Damals hatten Sie und Viv noch keinen Kleinbus, oder?«

»Nein. Wir hatten einen Neunsitzer-Van. Grandma Ellie hatte die Firma gegründet, eigentlich aus Spaß an der Sache. Doch dann lief es so gut, dass sie es irgendwann nicht mehr allein schaffte. Als sie uns als Vollzeitkräfte mit an Bord holte, waren wir noch Teenager.«

»Wie war Ihre Großmutter?«

Jill lächelte. »Sie war die Königin der Lebensfreude und der Touristenattraktionen. Viv und ich sind in der Wüste aufgewachsen. Dort gab es nicht viel zu tun, außer wandern, fernsehen und ins Kino gehen. Unsere Eltern scheinen immer noch gern dort zu leben, aber Viv und ich konnten es kaum erwarten, endlich fortzukommen. Wir hatten unsere Sommerferien bei Grandma Ellie schon immer genossen. Ich mochte vor allem die Ausflüge nach Hollywood, bei denen ich alle Orte aufsuchen konnte, die mit den Fernsehsendungen und Kinofilmen zu tun hatten, die ich gesehen hatte.«

»Und da sind wir nun.«

»Ja, da sind wir.« Jill deutete auf eine Steinplatte direkt vor ihnen. Sie traten näher.

»Shirley Temple.« Agnes las den Namen und lächelte. »Warum sie?«

»Grandma Ellie hat immer gesagt, als ich klein war, hätte ich ausgesehen wie sie.«

»Lassen Sie mich raten. Ihre lebhafte Stimme und das hübsche Gesicht.«

»Nein. Die Locken.« Sie berührte ihren Kopf. »Sie wurden glatt, als ich schwanger wurde.«

»Und so standen Sie an jenem schicksalhaften Tag vor fünfundzwanzig Jahren hier an Ihrem Lieblingsabdruck. Und dann?«

Jill starrte auf die Abdrücke und die Schrift. Shirley Temple hatte hier 1935 den Satz *»Love to you all«* und darunter ihren Namen geschrieben. Damals war sie etwa sieben Jahre alt gewesen.

War es nicht wunderbar, dass ein kleines Mädchen so viel Liebe empfand, dass sie sie mit der ganzen Welt teilen wollte? Das hatte Jill so fasziniert an Shirley Temple. Sie wollte nicht nur ihre Locken haben, sie wollte auch innen drin sein wie sie. Bei ihrem ersten Besuch hatte sie sich hingekniet und ihre Hände in die Abdrücke gelegt. Dieses erste Mal hatten sie gepasst.

Auch nachdem sie aus den Abdrücken herausgewachsen war, legte sie ihre Hände weiter hinein, jedes Mal, wenn sie hier war. Sie kniete hin, legte ihre Hände in die Abdrücke und betete, dass Gott ihr die Möglichkeit geben möge, die Welt auf große Art zu lieben.

An jenem schicksalhaften Tag, als sie sich hingekniet und gebetet hatte, hatte plötzlich eine männliche Stimme über ihr gesagt: »Sie passen beinahe.«

Sie erinnerte sich, wie sie aufgeschaut und in die gütigsten Augen geblickt hatte, die sie je gesehen hatte. Doch das Wunderbarste war das Lächeln des Mannes. Es war einfach vollkommen, mit Lippen, die weder zu schmal noch zu voll waren, und Mundwinkeln, in denen sich beim Lächeln Grübchen bildeten.

Bei der Erinnerung daran blieb ihr die Luft weg. Sie konnte nichts mehr zu Agnes sagen. Stattdessen sank sie auf die Knie und legte ihre Hände in die Abdrücke. Die Sonne brannte auf ihren Nacken. Menschen schoben sich vorbei. Sie war umgeben von Gesprächen und Lachen.

Gott, ich wollte die Welt in großem Maßstab lieben. Du hast mir Jack geschickt. Und dann die Vorträge, das Radio und das Buch, damit ich der ganzen Welt von deiner Liebe erzählen konnte. Es tut mir leid. Ich habe es versucht. Ich habe es wirklich versucht.

Sie fuhr sich über die Augen.

Kann ich Jack zurückhaben?

Er war nicht gekommen. Tief in ihrem Herzen hatte sie gehofft, dass er sich trotz allem, was er gesagt hatte, als der alte Jack erweisen, eine seiner ungewöhnlichen Überraschungen aus dem Hut zaubern und auftauchen würde. Und in diesem Augenblick wusste sie ebenso tief in ihrem Herzen, dass das nicht geschehen würde. Wie hatte sie das nur hoffen können? Die Enttäuschung schmerzte wie ein Messer.

Sie hockte sich auf die Fersen und zwang sich, nicht zu weinen.

»Sie passen beinahe.«

Jill fuhr herum und schaute in die Sonne. Die Umrisse des Mannes waren groß. Zu groß, als dass er Jack sein konnte.

Er bewegte sich und verdeckte die Sonne. »War das richtig, Mom? Hat Dad das gesagt?«

»Connor?« Sie sprang auf und fiel ihrem Sohn um den Hals. »Oh, ich glaube es nicht! Was machst du denn hier?«

»Semesterferien. Ich wollte euch überraschen.« Er drückte sie fest an sich und hielt sie dann auf Armeslänge entfernt. Er hatte das gleiche Lächeln wie Jack, seine Augen waren blau wie die ihren, sein dunkelblondes Haar eine Mischung ihrer beider Haarfarben; er hatte es zu einem Pferdeschwanz gebunden. »Wo ist Dad?«

Jills Lächeln schwand.

Connor hatte keine Ahnung, wo Jack war. Sie wusste selbst nicht, wo er war. Hatte er alle Vernunft verloren? Suhlte er sich im Trübsinn irgendeiner vagen Krise? War er bei einer anderen Frau?

Wer wusste das schon?

21

Viv stellte den Bus auf einem Parkplatz ab und bahnte sich einen Weg durch die Touristenscharen vor dem *Chinese Theatre*. Jill stand wahrscheinlich schon mit Agnes bei dem Abdruck von Shirley Temple und erzählte ihr, wie sie Jack kennengelernt hatte.

Jetzt konnte sie sie sehen. Sie streckte die Arme aus nach – war das etwa Connor?

Vivs Neffe grinste und umarmte seine Mutter. Er war ein hübscher Junge, größer und schlaksiger als Jack, mit Jills feinen Zügen. Er sah sehr bohemehaft aus, wie er dastand in Sandalen, Jeans und T-Shirt, das lange Haar im Nacken zusammengenommen. Was machte er hier? Er war doch für mehrere Monate nach Italien gegangen.

Viv stöhnte. »O nein.« Er hatte seine Eltern überraschen wollen. Wenn er von der Trennung gewusst hätte, wäre er jetzt nicht hier.

Sie sah, dass Agnes bei den beiden stand, und hoffte, dass diese kleine Heilige betete, was das Zeug hielt.

Viv näherte sich, als Connor und Jill sich aus der Umarmung lösten.

»Wo ist Dad?« Connor sah sich um, als suchte er ihn; dabei fiel sein Blick auf sie. »Tante Viv!«

»Hi.« Sie umarmte ihn und zog ihn freundschaftlich am Pferdeschwanz. »Den hast du ja immer noch.«

Sie hatte ihn zuletzt im vergangenen Frühjahr gesehen, nach seinem College-Abschluss.

Er grinste. »Hey, toll, dich zu sehen. Ich wusste nicht, dass du auch kommst.«

Sie lächelte und zuckte die Achseln. *Lange Geschichte. Sehr lange Geschichte.*

»Ist Onkel Marty auch hier?«, fragte er, lebhaft wie immer und ganz wie seine Mutter. Dann beugte er sich ein Stückchen zur Seite und winkte jemandem hinter Viv zu. »Ich möchte euch Emma vorstellen.«

Emma? Viv wechselte einen Blick mit Jill, deren Gesicht genauso verkrampft war wie vor dreiundzwanzig Jahren, als sie in den Wehen gelegen hatte.

Eine hinreißende junge Frau mit makelloser Haut trat neben Connor. Sie hatte eindeutig etwas Europäisches an sich. Schwarzes Haar, quer über der Stirn und an beiden Seiten des Gesichts schräg herunterfallend. Schwarzer Bleistiftrock, schwarz-weiß gestreiftes T-Shirt. Klotzige Halskette und Armband. Klobige Absätze. Viereckige große Handtasche. Bis auf die silbernen Kreolen und die großen braunen Augen schien sie nur aus Ecken und Kanten zu bestehen.

»Mom, Tante Viv ...« Connors Gesicht strahlte auf; Viv glaubte förmlich einen Tusch zu hören: »Das ist Emma Trudeau.«

Emmas Gesicht strahlte nicht auf. Sie glich dem sprichwörtlichen Kaninchen im Salatfeld, jede Nerve angespannt.

Doch immerhin lief sie nicht weg. »*Bonjour.*« Sie reichte Jill die Hand. »Sehr erfreut, Sie kennenzulernen, Mrs Galloway.« Ihr Akzent war französisch, ihre Stimme leise und überraschend selbstsicher.

Jill schien noch immer in den Wehen zu liegen; ihre Wangen waren hochrot, ihre Stirn feucht. Offenbar hatte sie nicht die Absicht, etwas zu sagen.

Viv stieß sie beiseite und nahm Emmas Hand. »Das ist Jill. Ich bin Viv. Schön, Sie kennenzulernen, Emma. Willkommen in Hollywood.«

»Danke.« Jetzt lächelte das Mädchen beinahe.

Connor sagte: »Ist Dad nun da oder nicht?«

Viv sah ihre Schwester an. *Nein.* Ihrem Sohn die Neuigkeit zu sagen, schien völlig außerhalb von Jills Vorstellungsvermögen zu liegen.

Also ergriff Viv die Initiative. »Er ist nicht hier, Connor. Es gab ein Problem.« Er sah sie besorgt an. »Du brauchst dir keine Sorgen zu machen; es geht ihm gut.« *Na ja, sozusagen.* »Kommt, wir gehen irgendwo anders hin, wo wir besser reden können. Wie wäre es mit dem *Roosevelt Hotel?* Das ist nicht weit von hier.«

Ohne auf eine Antwort zu warten, nahm Viv Jills Ellbogen und marschierte schnurstracks in Richtung Straße, ihre Schwester im

Schlepptau. Über die Schulter warf sie Connor und seiner Freundin ein ermutigendes Lächeln zu. Weiter hinten schwenkte Agnes ihren Stock wie ein Schwert und schien ihr zuzurufen: *Attacke!*

Viv, die die lebhafte Fantasie der alten Frau kannte, konnte sich vorstellen, dass Agnes in diesem Augenblick Engel sah. Gut. Ihre Schwester und ihr Neffe brauchten jetzt jede Art von Unterstützung, um nicht in völlige Verzweiflung abzustürzen.

Sie betrachtete unauffällig das junge Paar. Connor wirkte noch immer leicht besorgt, Emma umklammerte seinen linken Ellbogen. Irgendetwas glitzerte, als das Sonnenlicht auf ihre Hand fiel.

Ein Aufblitzen. An ihrem dritten Finger, um genau zu sein. Ihrem Ringfinger.

Viv stöhnte. Hatte Connor etwa selbst Neuigkeiten? Jill hätte es ihr gesagt, wenn sie es schon gewusst hätte. Was war nur los mit den Galloway-Männern? Mussten sie immer gleich mit einem Satz ins Finale springen, ohne den Plot vorher langsam aufzubauen?

Neben ihr schüttelte Jill heftig den Kopf. »Jack hätte es ihm sagen müssen. Ich kann es nicht. Ich kann es einfach nicht.«

»Dir wird nichts anderes übrig bleiben. Aber zuerst solltest du mal wieder anfangen zu atmen. Atme ein. Los, Jill.«

Sie produzierte ein kratzendes Geräusch.

»Tief. Tiefer. Und jetzt atme aus, richtig. Stärker. Wunderbar! Und noch mal. Tu so, als lägst du in den Wehen. Du stehst kurz vor der Geburt. Komm schon. Du schaffst es, Mom.«

»Da war er auch nicht da.«

»Wie bitte? Atme, Schätzchen.«

»Jack.« Jill rang nach Luft. »Er hat die Wehen verpasst. Er kam erst in dem Moment, als Connor rauskam.«

»Ich erinnere mich.« Natürlich erinnerte sie sich. Sie war dabei gewesen, Jack nicht.

Viv sah sich nach dem Verkehr um, ging aber nicht langsamer und scheuchte die anderen am Fußgängerüberweg über die Straße, obwohl die Ampel gerade auf Rot schaltete. »Es ist schneller gegangen als erwartet; er hatte gerade eine OP.«

»Es hat mich geärgert.«

»Sehr verständlich.«

»Er wusste, dass es so weit war; die OP war von ihm so gewählt. Die entzündeten Fußballen dieser Patientin waren kein Notfall gewesen. Sie hätte noch eine weitere Woche damit leben können.«

»Jillie, schhhh.«

»Es war unser erster richtiger *Rebellisches-Roastbeef*-Zoff, weißt du das? Damals haben wir gelernt zu streiten. Ich war so wütend.«

»Sehr gut.«

Sie betraten den Bürgersteig auf der anderen Straßenseite und gingen rasch weiter.

»Ich habe es in mein Buch aufgenommen.«

»Mm-hmm.« Sie hatte es gelesen und Mitleid mit Connor gehabt. Er hatte den Streit miterlebt, erst im Mutterleib und dann gleich nach der Geburt. Hilflos und verletzlich, wie er damals war, hatte das Ganze ihn mit Sicherheit in irgendeiner Weise in Mitleidenschaft gezogen.

Jill sagte: »Ich glaube, ich bin immer noch wütend darüber. Und das heißt wahrscheinlich, dass ich lieber den Mund halten sollte.«

»Heute nicht, nein.« Viv schob sie durch die Hoteltür. »Heute redest du mit deinem Sohn.«

»Wie soll ich das tun, ohne seinen Vater dastehen zu lassen wie einen … wie einen …?«

»Einen Mistkerl? Ein Ekel? Einen Oberversager?«

Jill warf ihr einen bösen Blick zu.

Viv bewunderte ihre Loyalität, doch dafür war jetzt keine Zeit. Sie wechselte das Thema. »Ist diese Lobby nicht der Wahnsinn? Du hast sie bestimmt noch nicht in renoviertem Zustand gesehen.«

Jills Arm immer noch fest im Griff, marschierte sie über die schimmernden Fliesen, als gehörte ihr der Ort. Direkt vor ihnen war eine freie Ecke mit weichen gesteppten Ledersitzen. Sie blieb stehen und drehte sich nach Connor und Emma um. Irgendwie passten die beiden gut in das Ambiente von 1927. Künstler und fremdländische Schönheit.

Als sie zu ihnen traten, fragte Viv: »Emma, sind Sie auch Künstlerin?«

»Ich male ein bisschen, aber sonst, nein. Ich bin keine Künstlerin. Ich mache das Gleiche wie Connor. Ich studiere Kunstgeschichte. Das ist sehr viel befriedigender.«

Connor sagte: »Tante Viv, du weißt genau, dass ich kein Künstler bin.«

»Doch, das bist du. Ich habe immer noch das Wasserfarben-Bild, das du für mich gemalt hast, als du vierzehn warst. Jemand, der sich mit Kunst auskennt, hat mir viel Geld dafür geboten. Wenn ich es lange genug behalte, werde ich wahrscheinlich mein Altersheim davon finanzieren können.«

Connor musste lächeln, sah jedoch weiter Jill an. »Mom.«

»Ja.« Jill packte die Hand, die Emma nicht hielt, und zog ihn neben sich auf das Zweiersofa.

Emma hatte keine Wahl, als sich auf einen anderen Platz zu setzen. Viv deutete auf einen der beiden Ohrensessel und sie setzten sich ebenfalls. Das Mädchen schlug die Beine übereinander. Dann verschränkte sie die Arme und verbarg auf diese Weise den Diamantring.

Jill räusperte sich. »Dad ist nicht gekommen. Er hat in letzter Minute, als wir schon im Aufbruch zum Flughafen waren, gesagt, dass er nicht mitkommen will.« Sie nahm Connors Hand in ihre beiden Hände, sah ihn an und sagte: »Mein Liebling, er möchte sich scheiden lassen.«

Connor prallte förmlich zurück. »Was?«

»Ich weiß, es kommt aus heiterem Himmel und entspricht überhaupt nicht seinem Wesen. Wir haben seither nur kurz miteinander gesprochen. Er sagt, er ist noch nicht bereit, sich damit auseinanderzusetzen. Er braucht Zeit und Raum. Ich vermute, er hat eine Midlife-Crisis. Es gab zwar nicht die typischen Symptome, doch in einem bestimmten Alter fragen sich viele, was sie noch vom Leben erwarten können. Vielleicht war es der Autounfall, der …«

»Autounfall?« Seine Stimme kletterte eine Etage höher. »Was für ein Autounfall?«

»Oh. Stimmt, das weißt du ja auch noch nicht. Wir haben dich nicht angerufen, weil es eigentlich nichts zu sagen gab. Es war zwei Tage, bevor wir fahren wollten. Er hat an einem Stoppschild gebremst, ist auf eine kleine Eisfläche geraten und auf ein parkendes Auto geprallt. Dabei hat er sich den Kopf angeschlagen. In der Klinik haben sie ihn mit ein paar Stichen genäht und geröntgt. Es war weiter nichts, aber wahrscheinlich hat es ihn doch stärker mitgenommen, als wir anfangs dachten.«

»Noch mal, Mom.« Connor entzog ihr seine Hand und massierte sich die Stirn. »Dad sagt, er will sich scheiden lassen, und daraufhin steigst du in ein Flugzeug nach Kalifornien?« Sein Ton klang ungläubig.

Jill setzte sich aufrechter hin. »Du warst nicht da. Ein Außenstehender kann es sich nicht vorstellen. Er hat mich praktisch von der Haustür zum Taxi getragen, das schon gewartet hat, hat mich auf den Rücksitz geschoben und dem Fahrer gesagt, er solle losfahren.«

»Und du hast ihm nicht gesagt, dass er stehen bleiben soll. Du hast nicht am Flughafen kehrtgemacht und bist zurückgefahren.«

»Ich war so außer mir, dass ich kaum atmen konnte, geschweige denn einen vernünftigen Entschluss treffen wie umzukehren und zurückzufahren. Ich bin heute hierhergekommen in der Hoffnung, dass er ebenfalls kommt und wir anfangen können, die Sache aufzuarbeiten. Es tut mir leid, mein Schatz.« Jill zog ein Papiertaschentuch aus ihrer Handtasche und trocknete sich die Augen. »Wir werden das durchstehen, ich verspreche es. Das ist nur einer der vielen ungeplanten Umwege, die man in einer Ehe macht.«

»Mom, warum fährst du nicht einfach nach Hause?«

»Nach Hause? Nach Hause?« Jill sprach das Wort beinahe piepsend aus.

O nein, dachte Viv. Der Kiefer ihrer Schwester zuckte. Es war kein richtiges Zittern und auch kein Zähneaufeinanderbeißen, doch es war eindeutig ein Signal, das Ärger verhieß.

Sie stand auf. »Jill, komm, wir …«

»Nach Hause? Ich habe kein Zuhause mehr, Connor.« Die Worte

platzten aus ihr heraus. »Zu deiner Information, ich wollte nach Hause fliegen. Ich habe deinen Vater vom Flughafen aus angerufen. Rate mal, was er gesagt hat. Er ist ausgezogen. Er hat sich eine eigene Wohnung genommen. Es gibt kein Zuhause mehr, wo ich hingehen könnte.«

»Warum musst du immer alles so wörtlich nehmen?« Seine Stimme klang reifer, als man von einem Dreiundzwanzigjährigen erwartete. »Du hast eine Heimatstadt. In dieser Stadt lebt dein Mann. Wie soll er mit dir reden, wenn du nicht da bist? Offensichtlich ist irgendetwas ganz und gar nicht in Ordnung, und du erwartest, dass er den weiten Weg hierherkommt, um … um was zu tun? Auf einem Bürgersteig neben ein paar Handabdrücken mit dir zu reden?«

»Wahrscheinlich kannst du es einfach nicht verstehen.«

»Nein, beim besten Willen nicht. Ihr beide behandelt mich immer noch wie ein Kind.«

»Du bist ein Kind, verglichen mit uns, und ja, wir haben dich wahrscheinlich viel zu sehr verwöhnt, aber warum sollten wir dich mit etwas belasten, das zu tragen nicht deine Aufgabe ist?«

»Etwas wie, dass sich meine Eltern trennen? Und das hat nichts mit mir, mit meiner Zukunft zu tun? Du hast mir nie etwas gesagt, hast mir immer nur erzählt, wie wundervoll deine Ehe ist. Was anscheinend nur Schall und Rauch war.«

»Das war es nicht! Wir führen tatsächlich eine wunderbare Ehe. Dein Vater hat lediglich eine Midlife-Crisis, das passiert den besten Männern. Und es schadet den besten Ehen.«

»Aber ich wette, du hast natürlich alle Antworten darauf parat, stimmt's?« Er stand abrupt auf und streckte Emma die Hand hin. Es war deutlich zu sehen, dass er völlig außer sich war.

Das Mädchen trat neben ihn und er legte ihr den Arm um die Schultern. Sie sprachen ein paar Worte auf Französisch.

Auf Jills Wangen prangten zwei leuchtend rote Flecken, ansonsten schien sie jede Farbe und alle Kraft verloren zu haben. Sie stand nicht auf. »Connor, ich halte dir zugute, dass die Nachricht dich verstört, aber dein Verhalten kann ich nicht billigen. Wenn du wie ein Erwachsener behandelt werden möchtest, dann verhalte dich auch wie einer.«

Er wandte sich von Emma ab. »Du hast recht, Mom. Ich entschuldige mich für das Verhalten. Als Erwachsener bin ich gekommen, um meinen Eltern meine Verlobte vorzustellen. Ich dachte, es wäre ein fröhlicher Anlass hier. Das ist es anscheinend nicht, deshalb gehen wir jetzt. Ich fahre mit Emma nach Hause zu Dad. Damit hättest du einen weiteren Grund, nach Hause zu kommen.«

Jill starrte ihn sprachlos an.

»Auf diese Weise könntest du auch ein wenig Zeit mit deiner zukünftigen Schwiegertochter verbringen.«

Ihr Kiefer verhärtete sich.

Connor schüttelte den Kopf, er wirkte angewidert. »Und vielleicht kannst du uns dann sogar gratulieren.«

Jill sagte: »Wir haben uns gerade erst kennengelernt.«

»Vergiss es.« Er drehte sich um und umarmte Viv kurz. »Tschüss, Tante Viv. Grüß Onkel Marty.«

Sie flüsterte ihm ins Ohr: »Alles Gute zur Verlobung. Es tut mir leid.«

»Nicht deine Schuld.«

Als Viv Emma umarmte, stand Jill auf.

Connor, auf dessen Gesicht noch die Wut stand, umarmte seine Mutter. Er ließ sie wieder los und sah ihr in die Augen – was immerhin für ihn sprach. »Wir reisen mit Emmas Eltern. Ich bin am 23. März in Chicago.«

»Gut«, flüsterte sie. »Ich komme.«

Viv wisperte ein leises »Ja!«

Jill streckte Emma die Hand hin. »Es tut mir leid, dass wir uns unter diesen Umständen kennengelernt haben.«

Das Mädchen nickte höflich. »Mir auch. Auf Wiedersehen.«

Viv blickte dem jungen Paar nach. Sie drehten sich nicht mehr um, bis sie ganz aus dem Blickfeld verschwunden waren.

Sie ließ sich wieder in den Sessel fallen. Vor langer Zeit hatte sie drei Fehlgeburten gehabt und danach hatte man ihr die Gebärmutter herausgenommen. Sie und Marty waren traurig, aber trotzdem ging es ihnen ganz tief innen gut. Sie war gar nicht so sicher, dass sie zur Mutter geboren war. Wahrscheinlich wäre sie wie Jill gewesen. In dem Bemühen ihrer Schwester, nicht zu werden wie ihre Mutter – die die Kindheit ihrer Töchter bestenfalls als Zuschauerin erlebt hatte – hatte Jill Connor mit einem Übermaß an Aufmerksamkeit, mit allen möglichen unnötigen, erdrückenden Aufmerksamkeiten überschüttet. Viv bewunderte ihn richtiggehend für seine Fähigkeit, sich aus dem Staub zu machen.

Jill sagte: »Ich sollte nach Hause fliegen.«

Viv seufzte innerlich auf vor Erleichterung. »Okay. Wir können dir einen Nachtflug buchen oder gleich den ersten Flug morgen früh.«

Jill schüttelte den Kopf. »Viv, ich hab's mit Jack vermasselt. Ich hab's mit Connor vermasselt. Ich habe meine Karriere vermasselt. Ich habe alles ruiniert. Wo würdest du hingehen, wenn du alles ruiniert hättest?«

Viv brauchte keine Sekunde, um zu antworten: »Zu Pops.«

»Ja. Ich bin fünfundvierzig Jahre alt und ich will zu meinem Papa.«

Viv sah, wie die roten Flecken auf Jills Wangen verblassten. Ihre Gesichtsfarbe wurde gräulich, das Licht ihrer Augen erlosch.

Viv biss sich auf die Lippen. Sie waren mitten in Hollywood, mehrere verkehrsreiche Stunden Autofahrt von zu Hause entfernt, mit einer Gruppe Seniorinnen, die sie inzwischen wahrscheinlich schon suchten. Ihre Tränen würden warten müssen.

22

Chicago

Jack musste sich eingestehen, dass er die Folgen seines Handelns nicht bedacht hatte, jedenfalls nicht so genau und umfassend, wie man es von einem Arzt erwarten konnte. Im Moment war er noch viel zu sehr im Augenblick gefangen, zu sehr auf die Anpassung an seinen neuen Alltag konzentriert: wie man den Tag beginnen und enden sollte, wie man essen und schlafen konnte, ohne den *anderen*, der die letzten fünfundzwanzig Jahre bei einem gewesen war.

Doch als er jetzt am Schreibtisch saß und am Telefon dem Zorn und der Trauer seines Sohnes lauschte, begann er die ersten Auswirkungen seines Schrittes zu spüren.

»Dad, ich wäre wirklich froh gewesen, wenn ich es gewusst hätte, bevor ich dort auftauchte, um euch zu überraschen!«

»Ich wusste es selbst nicht, bis es dann plötzlich so weit war.«

»Aber das war vor über zwei Wochen und ich bin erst gestern Abend aus Rom abgeflogen! So schwer ist es nun auch wieder nicht, mich zu erreichen.«

Nun, das war Ansichtssache, wenn man bedachte, wie selten der Junge seine E-Mails oder Anrufe checkte. Doch das ließ Jack im Moment auf sich beruhen. »Connor, ich verstehe ja selbst nicht, was ich tue. Ich weiß nur, dass ich nicht mehr verheiratet sein möchte. Und ich habe es einfach nicht über mich gebracht, dir das zu sagen.«

»Weil es dir peinlich ist, dass du und Mom nicht das Bilderbuch-Paar seid, für das euch jeder hält?«

Jack zupfte an seinem Ohrläppchen. Er hatte Connor stets ermutigt, offen zu sein, denn genau das hatte er an seinem eigenen Vater sein Leben lang am meisten geschätzt: Er hatte Jack nie herabgesetzt, nur weil die Unerfahrenheit aus ihm sprach.

Oder weil er eine verstörende Wahrheit aussprach.

»Ja, bis zu einem gewissen Grad ist es mir peinlich. Es hat mir gefallen, ein Vorzeige-Ehemann zu sein.«

»Es hat dir gefallen – Vergangenheitsform, das heißt, bis jetzt.«

»Offenbar.«

»Bis wann? Bis zu deinem Autounfall? Womit wir beim nächsten Punkt wären.«

Jack erzählte ihm kurz, was an dem Abend geschehen war. »Es war keine große Sache. Der Schnitt heilt gut.« Er hörte ein diskretes Klopfen an der Tür. »Warte mal eine Sekunde.«

Sophie steckte den Kopf herein, eine Frage im Gesicht.

Er nickte und formte mit den Lippen lautlos den Namen seines Sohnes. Ja, er wusste, dass seine Patienten warteten, aber Connor ging vor.

Einfühlsam wie immer, gab sie ihm ein Zeichen, dass sie verstanden hatte, und schloss die Tür.

»Connor, es tut mir leid, dass es dich so aus heiterem Himmel getroffen hat. Was hast du mit deiner Mutter ausgemacht? Fährst du mit ihr nach San Diego?« Es kam keine Antwort, Jack glaubte lediglich, ein unterdrücktes Schniefen gehört zu haben.

Deshalb hasste Gott Scheidungen.

»Sohn, geht es dir gut?« Was für eine dumme Frage!

Connor holte zitternd Luft. »Ich habe auch eine Neuigkeit für dich. Eine gute Neuigkeit, aber Mom …« Er fluchte leise.

Jack schloss die Augen.

Connors Schmerz rührte also nicht nur aus seinem, Jacks, Handeln. Wie Jill war auch Connor kontaktfreudig, beliebt, geradeheraus und selbstsicher. Äußerlich ähnelte er sogar seinem großen, schlaksigen Opa Wagner. Doch zwischen Mutter und Sohn hatte stets eine unterschwellige Spannung geherrscht.

Wie zwischen Ehemann und Ehefrau?

»Dad, ich habe ein Mädchen kennengelernt.«

»Emma.«

»Ja.« Plötzlich war ein Lächeln in Connors Stimme. »Wie kommt es, dass du dich an sie erinnerst? Ich habe sie doch nur ein einziges Mal erwähnt.«

»Es muss der Ton gewesen sein, in dem du von ihr gesprochen

hast.« Der Junge war offensichtlich völlig hingerissen gewesen von dieser Kommilitonin. »Sie ist Französin, nicht wahr?«

»Ja. Aus Paris. Sehr schön und klug. Wir haben die gleichen Interessen und so weiter. Und überhaupt …« Er hielt inne. »Überhaupt …« Wieder schwieg er.

»Du liebst sie.«

»O Dad.« In Connors Stimme klang Bedauern mit. »Ich wollte es dir so gerne von Angesicht zu Angesicht sagen. Wir sind verlobt. Und wir wollen auch bald heiraten, in Chicago. Der elfte April wird unser letzter Samstag in den Staaten sein, also auf jeden Fall irgendwann davor.«

Eine ganze Lawine von Reaktionen rollte über Jack hinweg. *Mach dich doch nicht lächerlich. Du bist viel zu jung. Du hast sie doch erst vor fünf Monaten kennengelernt. Denk noch einmal darüber nach. Eine Ehe ist ganz und gar nicht das, was man sich darunter vorstellt. Guck dir doch deine Eltern an – was für eine Verschwendung von Zeit und Mühe! Das einzig Gute, was davon geblieben ist … bist du.*

Das einzig Gute, Bleibende, war Connor, sein Sohn, der im Moment, mit dreiundzwanzig, nur eins wusste: Dass er nicht ohne die Frau leben wollte, die er anbetete. Sie war der einzige Mensch auf Erden, der ihm das Gefühl gab, gut und richtig und angenommen und etwas wert zu sein und mit einem einzigen Satz über den höchsten Wolkenkratzer springen zu können.

Jack lachte leise. »Wow! Connor, das ist ja wunderbar. Meinen Glückwunsch. Ist sie im Moment bei dir?«

»Ja.«

»Gib sie mir.«

»Sie ist ein bisschen schüchtern.« Es gab einen gedämpften Wortwechsel. »Hier ist sie.«

»*Allô,* Jacques.«

»*Bonjour,* Emma. Ich fürchte, damit bin ich auch schon am Ende meiner Französischkenntnisse. Meinen Glückwunsch!«

»Danke. Ich liebe Ihren Sohn.«

»Das tue ich auch.« Er sprach kurz mit ihr und lauschte auf die

Stimme, die das Herz seines Sohnes erobert hatte. Es war eine angenehme Stimme, schüchtern und selbstsicher zugleich in ihrer Mischung aus Sprachen und Akzenten.

Connor war wieder dran. »Wir haben heute ihre Eltern in San Francisco getroffen. Sie fahren noch ein bisschen herum. Am Dreiundzwanzigsten werde ich zu Hause sein. Sie kommen dann in derselben Woche nach.« Er beschrieb ihm noch, wie er sich seine kleine Hochzeitsfeier vorgestellt hatte. »Okay?«

»Großartig.«

»Dad …«, seine Stimme brach wieder, »Mom hat kaum mit ihr gesprochen.«

»O Con. Sag Emma, sie soll es nicht persönlich nehmen. Deine Mutter leidet sehr. Ich habe sie sehr verletzt.«

»Nein. Sie wäre auch unter anderen Umständen so gewesen. Sie hat mir immer gesagt, dass es ihr schwerfallen wird, mich an eine andere Frau zu verlieren.«

Jack dachte an das Verhältnis seiner eigenen Mutter zu Jill. Es war ebenfalls alles andere als gut. »Mütter sind nun einmal so. Keine andere Frau ist gut genug für ihren Sohn. Und umgekehrt ist es genauso. Wenn du meine Tochter wärst und mir von einem anderen Typ erzählen würdest, würde ich ihn sofort googeln. Ich würde dich nach seinem Bankkonto, Fingerabdrücken, Familiengeschichte und Erbkrankheiten fragen.«

»Verstanden.« Connor stieß die Luft aus. »Danke für deine Unterstützung.«

»Emma klingt, als passe sie sehr gut zu dir.« Er hörte selbst das *Aber* in seiner Stimme. »Es wäre jedoch ein Versäumnis, wenn ich dennoch nicht das Offensichtliche frage: Bist du dir ganz sicher?«

»Ja, ich bin absolut sicher, dass sie die Richtige ist. Du hast mir selbst beigebracht, dass eine Ehe etwas Gutes und Ehrenwertes ist. Bleibst du dabei?«

Gute Frage. Er liebte Connor mehr als alles auf der Welt. Wenn er könnte, würde er jede einzelne Situation, bei der er die Beherrschung verloren oder eine typisch elterliche sture Entscheidung getroffen oder eine Gelegenheit verpasst hatte, auch nur fünf Minuten mit ihm zu verbringen, noch einmal durchleben und dann rückgängig machen. Er würde jetzt versuchen, alles richtig zu machen und sein Kind niemals unabsichtlich zu verletzen, weil er wie jeder andere Vater vor ihm in einem ständigen Lernprozess steckte, was seine Rolle betraf. Fehler blieben da nicht aus.

Konnte er Connor in diesem Augenblick vor weiteren Verletzungen schützen?

Nein. Das Einzige, was er konnte, war, ihm die Wahrheit sagen.

»Ja, Con, ich glaube immer noch, dass die Ehe gut ist. Als ich deine Mutter vor fünfundzwanzig Jahren kennengelernt habe, hat sich meine ganze Welt verändert. Sie hat sie zu einem schöneren Ort gemacht. Wenn Emma deine Welt zu einem schöneren Ort macht, dann heirate sie und lebe in dieser schöneren Welt.«

Einen Moment schwiegen beide, dann sagte Connor: »Was ist mit deiner schöneren Welt passiert?«

Jack verdrehte die Augen. »Das erkläre ich dir später mal.«

Connor stöhnte. »Du bist mir wirklich eine große Hilfe. Bis bald, Dad.«

»Bis bald, mein Sohn. Umarme Emma ganz lieb von mir.«

Jack legte auf und blieb erst einmal eine Weile ganz still sitzen. Stärker als sein Pflichtbewusstsein, das ihn zurück zur Arbeit rief, war der Sog der Frage seines Sohnes.

Was war mit seiner schöneren Welt passiert?

Eine ganze Litanei von Antworten fiel ihm ein – und alle fingen mit *Jill* an.

Jill hat dies getan. Jill hat jenes getan. Jill hat dies nicht getan. Jill hat jenes nicht getan. Jill wollte dies. Jill wollte jenes. Jill. Jill. Jill.

Und was hatte Jack die ganze Zeit gemacht?

Anscheinend hatte er sich nicht um den Zerfall seiner schöneren Welt gekümmert.

23

Sweetwater Springs

Jill, die auf dem Beifahrersitz im Auto ihrer Schwester saß, ignorierte die Wüstenlandschaft, die an ihnen vorbeiglitt, nahm ihr Handy hoch und starrte zum x-ten Mal auf das Display. »Einsame Einöde.«

»Die völlig ungesehen an dir vorbeizieht.« Viv boxte sie leicht gegen den Arm. »Guck doch auch mal aus dem Fenster!«

Jill guckte. »Ich sehe Erde, Steine, Stecken, die sich Büsche nennen, und eine leere zweispurige Straße, die ins Nichts führt. Was genau soll ich angucken?«

»Es ist schön.«

»Und einsam und verlassen. Mein Handy hat hier keinen Empfang.« Sie seufzte, ließ das Handy sinken und fing an, an einem Fingernagel zu knabbern. »Wie konnte ich mich nur von dir überreden lassen, mein Gepäck mitzunehmen? Ich wollte doch nur ein paar Stunden mit Pops verbringen. Er muss mich irgendwie reparieren.«

»Hör auf, Jill. Du brauchst jetzt erst einmal eine Auszeit. Du kannst im Moment nicht für Jack, Connor, deine Freunde und deine Fans da sein. Du musst dich um dich selbst kümmern. Berühmtheiten machen das alle naselang.« Sie grinste zu ihr hinüber. »Betrachte es einfach als eine Reha-Maßnahme.«

»Mit Mom und Pops.«

»Genau. Na ja, jedenfalls mit Pops. Er ist das ultimative Kurprogramm. Ich kümmere mich in der Zwischenzeit um Mom.«

»Habe ich denn eine Sucht?«

»Das Handy.«

Jill rückte ihre Sonnenbrille zurecht und lehnte sich zurück. Vielleicht war der Reha-Gedanke gar nicht so abwegig.

Das, was gestern geschehen war, war sozusagen der Zuckerguss auf ihrem Verzweiflungskuchen gewesen. Dass Jack an ihrem besonderen Hochzeitstag nicht an ihrem ganz persönlichen Ort in Hollywood aufgetaucht war, hatte zwar wehgetan, sie aber nicht wirklich überrascht. Doch als dann statt Jack plötzlich Connor vor ihr stand, hatte sie noch ihr letztes bisschen Fassung verloren. Urplötzlich hatte sie einer grausamen Realität über ihre Familie und Freunde ins Auge sehen müssen.

Ihr Mann und ihr Sohn hatten sie aus ihrem Leben ausgeschlossen. Ihre Karriere lag auf Eis oder war schon beendet. Viv, Marty, Gretchen und ein paar andere Freunde, mit denen sie in den letzten Tagen gesprochen oder gemailt hatte, mussten mit ihrem eigenen Leben weitermachen und konnten nicht ständig für sie da sein. Sie hatte buchstäblich keinen Ort mehr, an den sie gehen konnte, außer zum Pferch des Warzenschweins oder zu ihrem Vater. Wenn sie sich für das Schwein entschied, brauchte sie Daisy nicht in Kauf zu nehmen, aber Skip hatte letztendlich gewonnen.

Viv hatte ihn angerufen, ihm mitgeteilt, wie es um seine älteste Tochter stand und angekündigt, dass Jill erst einmal auf unbestimmte Zeit nach Hause käme.

Er hatte geantwortet: »Kein Problem, mein Kind«, und darauf bestanden, dass Jill nicht bis nächste Woche wartete, wenn Viv ohnehin einen Ausflug mit ihren Senioren in die Gegend machte. Sie sollte sofort nach Hause kommen, auf der Stelle.

Skip Wagners Erfolgsbilanz als Vater stellte jeden anderen Papa-weiß-es-am-besten-Typ in den Schatten. Die Schwestern vertrauten seinem Urteil blind.

Viv bot Jill an, sie nach Sweetwater Springs zu fahren; praktisch wie sie war, ermahnte sie Jill, auf keinen Fall unnötig Geld auszugeben. Jack verdiente zwar recht ordentlich, doch durch seinen Auszug hatten sich ihre monatlichen Belastungen erhöht. Frauen in Jills Lage – getrennt lebend, mit geringem oder gar keinem eigenen Einkommen – mussten sparen. Jill sollte nicht einmal daran denken, ein Auto zu mieten oder in einem Hotel zu wohnen oder auch nur für Vivs Benzin zu bezahlen.

Bei diesen Ausführungen war Jill in Tränen ausgebrochen. Marty war geflüchtet. Viv hatte ihr zu ihrem emotionalen Durchbruch gratuliert – ihrer Ansicht nach war ein Tränenausbruch wesentlich besser als der Zombie, den Jill seit Connors Weggang gemimt hatte. Nicht einmal Agnes war es gelungen, während der Rückfahrt von Hollywood Jills äußere Fassade zu durchbrechen.

»Jiii-ho!«, schrie Viv plötzlich und das Auto brauste los wie aus der Kanone geschossen.

Sie jagten ein vertrautes Straßenstück hinunter, Vivs Fuß fest auf dem Gaspedal. Jills Magen kitzelte, als sie mit Höchstgeschwindigkeit eine Reihe kleiner Höhen und Senken nahmen; es fühlte sich an wie eine Achterbahnfahrt.

»Vivian! Mach langsam!«

Ihre Schwester lachte nur.

Es war Wagner-Brauch, im Stil eines NASCAR-Rennens nach Sweetwater Springs hinein- und hinauszubrettern. Skip Wagner war kein rücksichtsloser Fahrer, fuhr aber bei diesen Gelegenheiten doch so schnell, dass seine beiden kleinen Mädchen jedes Mal gejauchzt und ihre Mutter gezetert hatte. Heute allerdings war Jill nicht nach Jauchzen zumute.

Kurz darauf wurde die Straße wieder eben und lag vor ihnen wie ein schimmerndes Band, bis sie irgendwann in einer Fata Morgana wogender silbriger Vorhänge verschwand. Die Stadt war nicht mehr weit, im Moment allerdings noch hinter den Silbervorhängen verborgen.

Mit achtzehn war Jill die Straße in die andere Richtung gefahren, hatte die Höhen und Senken ohne Rücksicht auf Geschwindigkeitsbegrenzungen förmlich im Flug genommen. Ihr Heimatort mit seinen zweitausend Einwohnern entsprach nicht ihren Träumen. In San Diego lebte und arbeitete sie mit ihrer Großmutter, und im folgenden Jahr stieß dann auch Viv zu ihnen, ebenso begierig wie vor ihr Jill, endlich in der Stadt zu leben.

Seither hatte Jill Sweetwater Springs nur sporadisch besucht. Manchmal hatte Jack sie begleitet. Connor hingegen liebte die Wüste und hatte als Teenager oft die Schulferien hier verbracht.

Seltsam, dachte Jill, dass sie es als Mädchen gar nicht hatte erwarten können, den kleinen Ort mitten im Nirgendwo zu verlassen, wohingegen ihr Großstadtsohn wahrscheinlich zufrieden wäre, hier sein Leben zu verbringen.

Aber mit einer französischen Frau?

Sie schauderte. Ehefrau.

Nein. Connor und Wie-sah-sie-gleich-noch-aus mochten verlobt sein, doch das hieß nicht, dass sie sofort heiraten würden. Oder dass sie überhaupt heiraten würden.

Wo er wohl jetzt war? Hatte er angerufen? Hatte er die Entschuldigung abgehört, die sie ihm auf die Mailbox gesprochen hatte? Sollte sie noch eine Nachricht draufsprechen?

Jill checkte noch einmal ihr Handy. »Ich habe eine Nachricht!«

Viv schnappte nach Luft. »Welch ein Freudentag! Sweetwater ist endlich mit der Außenwelt verbunden!«

Jill ignorierte den Spott und las ihre Nachricht. »Es ist eine SMS. Von Gretchen. Sie sagt: ›*Jemand von* Hope *will dich sprechen. Ich hab ihr deine Nummer gegeben, denn du solltest dir unbedingt anhören, was sie zu sagen hat. Hab dich lieb.*‹«

»Du solltest deine Arbeit jetzt wirklich erst einmal hintanstellen, Jillie.« Viv warf ihr einen Blick zu. »Wann geht das endlich in deinen Sturschädel?«

»Gut. Ich möchte jetzt ohnehin mit niemanden über meine Arbeit reden.«

»Steck das Handy weg.«

»Ich muss gucken, ob Jack oder Connor angerufen haben.« Sie scrollte durch ein paar verpasste Anrufe ihrer Freunde. Eine unbekannte Nummer; wahrscheinlich gehörte sie der Frau von *Hope*. Nichts von ihrem Mann oder ihrem Sohn.

Nichts.

Viv langte hinüber und nahm ihr das Handy weg. »So fühlst du dich nur noch schlechter. Von jetzt an muss, wer dich sprechen will, erst mich oder Pops passieren. Ich konfisziere dieses Handy, bis es dir wieder besser geht.«

»Willst du vielleicht auch noch meinen Laptop?«

»Nö.«

Da fiel es Jill wieder ein. »Sie haben kein Internet! Sie haben nicht mal einen Computer!«

Viv lächelte freundlich. »Du wirst den Entzug überstehen.«

Jill fragte sich, ob sie es überhaupt merken würde. Sie fühlte sich wie die Landschaft, die sie umgab – nichts als Grau und Braun, Stöcke, die so taten, als seien sie lebende Pflanzen. Sweetwater Springs und ihre Zukunft lagen irgendwo vor ihr, außer Sicht und außerhalb ihres Vorstellungsvermögens.

In dem Moment, als Viv das Auto parkte, öffnete sich Jills Tür, und sie fiel in die Arme ihres wartenden Vaters.

»Warum hat es so lange gedauert, Jaws?«

Das Ohr gegen seine Brust gepresst, lauschte sie auf das Brummen seiner tiefen Stimme. Sie schloss die Augen und roch den schwachen Duft von Old Spice, Wüstenluft und Motoröl.

»Hm?« Er hielt sie auf Armeslänge von sich und schaute sie mit zusammengekniffenen braunen Augen an. Sein schmales, markantes Gesicht hatte sich in den über vierzig Jahren, die sie es nun kannte, kaum verändert.

Plötzlich war sie wieder zehn Jahre alt. Doch es war gar nicht so schlimm, sich hinzustellen und die schmerzhafte Wahrheit auszuspucken, die ihr zu schaffen machte. »Stolz.«

»Ja, das könnte sein.« Er neigte den Kopf. Die grauen Stoppeln auf seinem Kinn fingen das Sonnenlicht ein. »Du weißt doch, dass du dich vor mir und deiner Mutter nicht zu verstecken brauchst.«

»O Pops! Ich stehe doch da wie ein Idiot vor allen, die mich je haben reden hören. Ich konnte den Gedanken nicht ertragen, dass ihr beide mich auch so seht.«

»Hässliche Sache, dieser Stolz.« Er drückte ihre Schulter und ließ sie dann los. »Aber wir lieben dich, Torheit hin oder her.«

Ihre Unterlippe zitterte. »Jack nicht. Er liebt mich nicht mehr.«

»Natürlich tut er das. Er mag dich nur nicht mehr.«

»Danke. Das hilft mir sehr.«

Skip grinste und die vertraute Lücke zwischen seinen Schneidezähnen war so liebenswert und tröstlich wie immer.

Sie merkte, dass Viv hineingegangen war, um ihre Mutter zu begrüßen, und war froh, dass Skip sie hatte trösten können, bevor Daisy mit ihrem typischen missbilligenden Zungenschnalzen und Kopfschütteln zur Stelle war.

»Jillie, eins will ich dir gleich sagen.«

Sie stöhnte. Sie wusste, was jetzt kam, hatte sie es doch ihr ganzes Leben lang gehört. Es war seine Antwort auf alles – vom Nietnagel bis zu den schlechten Zeiten an seiner Tankstelle. Und es war auch ihre Antwort auf alles geworden. Deshalb hatte Gretchen ihr vorgeworfen, Limonade aus den Zitronen des Lebens zu machen.

»Pops, ich will es aber nicht hören. Es wirkt sich nicht alles zum Guten für uns aus. Vor zweieinhalb Wochen ist mein Leben in ein *Davor* und ein *Danach* zerbrochen. Bevor und nachdem Jack mich verlassen hat. Ich glaube nicht mehr an Römer 8,28.«

»Das ändert nichts an seiner Wahrheit. Du machst im Moment eine turbulente Phase durch, aber solche Zeiten erinnern uns daran, dass wir nicht Herr über unser Leben sind. Wir brauchen diese Zeiten und soweit ich weiß, hast du ziemlich lange keine solche Zeit mehr gehabt.«

»Mein Mann will sich scheiden lassen – das ist ein bisschen mehr als eine turbulente Phase.«

»Es heißt nur, dass Gott dich sehr lieb hat, mein Schatz.«

»Du wirst mich nicht zum Lächeln bringen.«

Er lachte leise. »Das habe ich auch nicht erwartet. Jedenfalls nicht heute. Ich bin froh, dass du da bist, Jillie. Sehr froh.« Damit drehte er sich um und ging die Einfahrt hinauf.

Sie blickte ihm nach, wie er mit weit ausholenden Schritten davonging.

Er trug das Gleiche wie immer: Baseballkappe, weißes T-Shirt, Jeans und Cowboystiefel. Als er noch ein kleiner Junge war, war seine Familie nach Sweetwater gezogen. Damals war es noch kaum ein

Dorf, doch im Begriff, eine Stadt zu werden, die Touristen anzog, die mehr an der Natur als an Glamour interessiert waren. Sein Vater hatte die erste Tankstelle eröffnet, die ihr Vater dann bis vor fünf Jahren weitergeführt hatte. Da er sich dachte, dass seine Mädchen kein Interesse an ihr haben würden, hatte er sie damals verkauft.

Jill schaute zum Haus hinauf. Das Haus, in dem sie aufgewachsen war, war im Ranchstil erbaut und besaß eine kleine, in einem schmutzigen Beigeton verputzte Garage. Eine struppige Eiche und ein Ahornbaum spendeten in dem steinigem Schotterhof ein klein wenig Schatten. Ein paar zähe Stauden schienen planlos verteilt; manche davon standen in voller Frühjahrsblüte. Auf einem fleischigen Goldkugelkaktus saß eine rote Blüte. Ein fast sechs Meter hoher Weinkaktus streckte seine dürren, mit winzigen orangenen Blüten übersäten Arme wie Medusenhaar nach allen Seiten in die Luft. Der Duft von Salbei hing in der Luft.

Das Schönste an Sweetwater aber waren die Berge. Sie umgaben die Stadt wie eine Umarmung, ein Ring bunter, steiler, felsbeladener Spitzen – in Purpur, Rosa, Blau oder Grau. Sie reichten bis in den leuchtend blauen Himmel hinauf und schienen zwischen sich eine Stille zu bergen, die so tief war, dass sie ihr manchmal in den Ohren klang.

»Jillie.« Skip wartete vor dem Haus auf sie. »Mom hat Kuchen gebacken.«

Kuchen. Es war zehn Uhr morgens und ihre Mutter bot ihnen Kuchen und süßen Eistee an. Wie das Haus und die Lücke zwischen den Schneidezähnen ihres Vaters änderten sich manche Dinge offenbar niemals.

Plötzlich war es ein gutes Gefühl, an einem Ort zu sein, an dem die Dinge sich niemals änderten.

Jill legte ihre Gabel auf den gelben Kuchenteller. Sie hatte nicht einen einzigen Krümel übrig gelassen, der Teller zeigte keine Spur von

Blaubeerblau oder Himbeerrot, ja, sie hatte sich beherrschen müssen, ihn nicht am hellen Vormittag in der Küche ihrer Mutter abzulecken.

Daisy deutete mit dem Tortenheber auf ihren Teller. »Möchtest du noch ein Stück?«

»O Mom.« Sie stöhnte. »Nein danke!« Warum hatte sie nur das ganze riesige Stück aufgegessen? Fing sie jetzt an, sich mit Essen zu trösten? Bis vor dreißig Minuten hatte der bloße Gedanke an Essen ihr noch den Magen umgedreht. Wenn das ihre Reaktion auf das wohlige Gefühl von Heimat war, dann war sie ernstlich in Schwierigkeiten.

»Schmeckt er dir nicht?« Daisy blickte sie über den Tisch hinweg mit leuchtend blauen Augen an. Wie immer wusste Jill auch diesmal nicht so recht, wie die Frage gemeint war. Wollte sie ein Kompliment hören oder war es ein Vorwurf? »Ich bin bei Morgengrauen aufgestanden, um ihn noch vor der Kirche zu backen.«

Ihre Mutter war eine etwas kleinere Ausgabe ihrer selbst. Die Augen und der Mund waren die Gleichen, nur mit ein wenig tieferen Falten. Der Blondton ihrer kurzen Haare schimmerte eher silbrig als aschblond. Daisy war gleich groß wie Jill, wirkte aber kleiner.

Jill betrachtete ihre um den Küchentisch versammelte Familie. Die Gene waren etwas willkürlich verteilt. Viv und ihr Vater waren groß und langgliedrig, ihre Mutter klein und zart; sie selbst war klein und musste von jeher auf ihr Gewicht achten. Die drei anderen konnten Kuchen essen bis zum Abwinken, ohne je auch nur ein einziges Gramm zuzunehmen.

Jill fragte: »Gibt es noch diesen Fitnessclub in der Stadt?«

Daisy antwortete: »Ich brauche das Auto diese Woche jeden Tag. Dein Vater bastelt Tag und Nacht an Autos herum, aber du weißt, dass wir nur ein einziges Auto haben, mit dem wir wirklich fahren können.«

Jill blendete den folgenden Monolog aus. Es ging um Zeitpläne und das mühselige Leben mit nur einem Auto für ein Rentnerehepaar in einer ampelfreien Stadt, die mit dem Auto in drei Minuten durchquert war.

Ihr Vater erzählte schließlich, dass er gerade ein altes Auto restauriert hatte, ein Chevy 396 Super Sport Cabrio. »Es ist rot.«

Daisy verdrehte die Augen. »Ist das zu fassen? Der Mann ist einundsiebzig Jahre alt. Ich habe ihn gefragt, warum er jetzt noch mit einer Midlife-Crisis anfängt.«

Sie hielt inne; ihre Augen weiteten sich. »Jack hat doch kein rotes Cabrio, oder?«

»Nein.« Jedenfalls nicht, soweit sie wusste. Aber vielleicht hatte er ja doch eins.

»Connor hat das Auto von seinem Opa jedenfalls gefallen.«

»Connor? Connor hat es gesehen?« Jill sah, wie ihre Eltern einen Blick wechselten. »Wann war das?«

»Letzte Woche.« Skip langte über den Tisch und tätschelte ihr die Hand. »Ich hab die Neuigkeiten schon erfahren, Liebling. Er und Emma waren ein paar Tage hier, bevor sie gestern nach Hollywood fuhren, um euch zu überraschen.«

Daisy sagte: »Aber da weder du noch Jack es für nötig hieltet, uns etwas zu sagen, wussten wir natürlich nichts von euch beiden und Connor ebenso wenig, und deshalb hatten wir alle eine vergnügte Zeit zusammen. Diese Emma ist eine richtige Schönheit, nicht wahr? Manchmal ein bisschen schwer zu verstehen mit diesem Akzent, aber doch sehr sympathisch.«

»Keine Ahnung. Ich habe kaum eine halbe Stunde mit ihr verbracht.«

»Nun ja, eins nach dem anderen, schließlich hast du im Moment genug um die Ohren mit dieser anderen Sache. Viv hat das schon hinter sich, und jetzt ist die Reihe eben an dir. Wie wir Viv schon gesagt haben, bleib so lange du willst. Schon irgendwie lustig, dass ihr beide damals förmlich aus Sweetwater getürmt seid, aber sobald ihr Probleme habt, kommt ihr zurückgekrochen. Irgendwas müssen euer Pops und ich wohl richtig gemacht haben, oder?«

Viv war bei ihnen gewesen? Komisch, dass sie gar nichts davon gesagt hatte. Es musste damals gewesen sein, als Marty seine Affäre hatte.

Daisy verzog das Gesicht. »Ich jedenfalls bin nie zu eurer Oma Ellie zurückgegangen.«

Skip lachte. »Das liegt daran, dass du es nie nötig hattest. Du hast Mr Perfect geheiratet.«

Daisy heulte auf, wie sie es immer tat, wenn er erwähnte, dass er der ideale Gatte war. Jill fragte sich, ob ihre Mutter wohl zu schätzen wusste, dass das keine Übertreibung war. Ihr Vater war wirklich Mr Perfect, das Rollenvorbild für den Jungen, in den Jill sich verliebt hatte.

Jedenfalls hatte sie das bis vor zweieinhalb Wochen gedacht.

Wie Skip mit ihrer Mutter zurechtkam, war schlicht und einfach ein Wunder. Die Frau war wahrscheinlich als Kratzbürste auf die Welt gekommen. Daisy und ihre eigene Mutter, Oma Ellie, waren nie miteinander ausgekommen. Wie Jill und Viv aus Sweetwater war Daisy bei der erstbesten Gelegenheit aus ihrer Heimatstadt San Diego geflohen – kurz nachdem sie den Jungen aus der Wüste kennengelernt hatte.

Und das hatte sich wiederholt, als Jill dem Jungen aus Chicago begegnet war.

Nein. Nein, so war es nicht, absolut nicht. Jill hatte ihr damaliges Leben, ihre gemeinsame Arbeit mit Viv genossen. Dennoch hatte sie stets die Augen offen gehalten, ob sich nicht noch etwas anderes bot, und dann war Jack aufgetaucht.

Es war also völlig anders gewesen als damals bei ihrer Mutter.

Kurz darauf begleitete Jill Viv zum Auto hinaus und sagte, scherzhafter, als ihr eigentlich zumute war: »Ich glaube, ich muss mir den Besuch hier noch mal überlegen. Es war vielleicht keine so gute Idee.«

»Mom ist doch wie immer.«

»Ich habe auch kein Mitleid von ihr erwartet, aber du meine Güte! Würde es sie denn umbringen, wenn sie mir sagte, dass es ihr leidtut, was mit Jack und mir passiert ist?«

»Deshalb hat sie ja schließlich den Kuchen gebacken, Jill.«

»Meinst du, sie nehmen in Reha-Zentren auch Frauen auf, die ein bisschen Zeit brauchen, um zu beten und nachzudenken und einfach mal *allein* zu sein?«

»Die Zentren, die so was machen, nennt man Einkehrzentren, und genau das kannst du hier haben. Mom und Dad werden dich schon genügend allein lassen. Gib ihnen eine Chance.«

»Und Kuchen essen?«

Viv lächelte. »Kuchen essen.«

»Du sprichst aus Erfahrung, oder? Warum hast du mir nicht gesagt, dass du eine Weile bei ihnen warst?«

»Ich weiß nicht. Es war nur für ein langes Wochenende. Damals musste ich einfach mal raus.«

»Und warum hast du mir nicht gesagt, dass Marty eine Affäre hatte, Schätzchen? Ich hätte mit dir geweint.«

Viv öffnete die Autotür, legte die Arme auf den Türrahmen, starrte Jill an und schürzte die Lippen.

»So etwas kommt vor«, sagte Jill. »Sogar in christlichen Ehen.«

»Jill, Marty hatte keine Affäre.«

»Aber du hast gesagt, er hätte Grund gehabt, dich zu verlassen, und hätte es nicht getan. Was außer einer anderen Frau könnte dieser Grund gewesen sein?«

Viv stieß die Luft aus. »Ich. Ich hatte die Affäre.«

Jill hatte ein Gefühl, als hätte sie einen Schlag in den Magen bekommen. Vivian? Ihre Schwester hatte Marty betrogen?

Viv standen Tränen in den Augen. »Ich weiß, du kannst es nicht fassen. Ich war dumm. Ich war damals gerade vierzig geworden und urplötzlich in den bekannten emotionalen Sumpf gefallen. Ich fragte mich, ob das alles war. Ich befand mich im typischen Kreislauf von Selbstmitleid. Marty war einfach nur Marty. Arbeit und Sport. Er ist der sprichwörtliche Ehemann aus dem Sketch: ›Ich hab dir doch gesagt, dass ich dich liebe, als ich dich geheiratet habe. Wenn sich etwas ändert, lasse ich es dich wissen.‹«

Sie schüttelte den Kopf. »Ihn trifft keine Schuld. Ich hatte das Geschäft, aber dort findet man keine Aufmerksamkeit, und keiner umarmt einen dort.«

»Hast du ihm denn nicht gesagt, dass du dich einsam fühlst?«

Viv presste die Lippen zusammen; ihre Augen waren wieder klar. »Und ob ich es ihm gesagt habe, Jill. Aber es traf auf taube Ohren. Also sagte ich es dem Wirtschaftsprüfer im Büro neben meinem. Er hat zugehört.«

»O Viv. Natürlich hast du jemand gebraucht, der dir zuhörte. Es ist absolut verständlich, dass es so gekommen ist … du warst anfällig … und er hat dir zugehört … und dann …«

»Sex, Jill. So weit kam es.« Sie machte eine abwinkende Handbewegung. »Genug davon. Es ist vorbei.«

Jill zuckte zusammen und versuchte sogleich, ihre Reaktion zu verbergen. Hatte Viv tatsächlich mit einem anderen Mann geschlafen? Das Bild schockierte sie. Sie verstand das körperliche Bedürfnis, und sie wusste auch, dass so etwas vorkam – aber *Vivian*? Ihre Schwester war nie prüde gewesen, aber trotzdem war sie der anständigste, ehrlichste Mensch, den Jill je gekannt hatte.

Viv sagte: »Der Rest der Geschichte geht so: Eines Tages kam Marty ins Büro, weil er irgendwas brauchte. Der Wirtschaftsprüfer kam zufällig gleichzeitig vorbei. Als er wieder weg war, sagte Marty zu mir: ›Mach Schluss.‹ Das war alles. Ich weiß nicht, woher er es wusste; er wusste es einfach.«

»Seid ihr … habt ihr eine Eheberatung gemacht?«

»Ja. Im Moment läuft es sehr gut bei uns. Marty hat es als Warnsignal genommen. Er schenkt mir jetzt mehr Aufmerksamkeit, und ich bin ihm nicht mehr böse, weil er so viel Zeit mit dem Sport verbringt. Ich muss gar nicht ständig mit ihm zusammen sein, aber er … irgendwie hält er Augenkontakt und hört mir auch zu. Es funktioniert.«

»Hat der Berater auch von der Vergebung gesprochen? Ohne sie …«

»Wir haben alles gemacht.«

»Das ist wunderbar. Und jetzt setzt ihr es um, die Vergebung wird umgesetzt in den Alltag. Marty ist klar geworden, dass er dich verliert, wenn er sich nicht ändert. Er hatte die Wahl. Und du hast ihn nicht aufgegeben, als …«

»Hör auf, Jill. Hör auf, meine Ehe zu analysieren.«

»Ich will doch gar nicht …«

»Eben deshalb habe ich es dir nicht gesagt. Du hättest alles analysiert und sämtliche Antworten parat gehabt. Schlimmer noch, du hättest uns als Beispiel in deiner Sendung benutzt. Und dann hast du dieses Buch geschrieben und hättest bestimmt auch noch alles zu Papier gebracht. Nein. Auf keinen Fall.«

»Ich hätte doch nie …«

»Natürlich hättest du. Nicht namentlich, aber du hättest dich auf uns bezogen. Wir sind schließlich ein Lehrbuch-Fall. Wir hätten perfekt in dein starres Schwarz-Weiß-Schema gepasst. Gerade eben hast du doch das ganze Szenario in weniger als sechzig Sekunden zusammengefasst.«

»Was meinst du damit?« Plötzlich fühlte sie sich schrecklich mutlos. Als Agnes Smith von dem Buch gesprochen hatte, hatte sie Jill ebenfalls Schwarz-Weiß-Malerei vorgeworfen. Und jetzt hörte sie dasselbe von Viv.

Viv seufzte. »Ich muss los.«

»Erklär mir, wie du das eben gemeint hast!«

Die heiße Mittagssonne brannte direkt auf sie hinunter. Sie waren beide müde und brauchten eine Pause voneinander. Beide waren laut geworden.

Trotzdem ließ Jill nicht locker. »Du hast meine Arbeit kritisiert. Agnes hat dasselbe gesagt. Ja, ich bin voreingenommen und dogmatisch. Ich glaube, dass wir dazu berufen sind, bessere Menschen zu werden, aber ich habe keine rigide Schwarz-Weiß-Einstellung oder solch ein Weltbild. Ich weiß sehr gut, dass es auch Grautöne gibt. Ich habe die Grautöne in jedem meiner Vorträge berücksichtigt.«

»Ich hätte es dir auch beinahe geglaubt.«

»Viv, ich habe gesagt, dass ich verstehe, warum du Marty betrogen hast.«

»Weil es in eine deiner a-plus-b-gleich-c-Gleichungen passt. Doch abgesehen davon hast du ihn immer für einen Lahmarsch gehalten, unter deiner Würde, für jemand, auf den du nie, nie reingefallen wärst. Ein tätowierter Schweißer ist nicht mal gut genug, dein Schwager zu sein.«

»Vivian, wie kannst du das sagen? Ich mag Marty wirklich. Aber vor fünfundzwanzig Jahren konnte ich einfach nicht verstehen, was du an ihm fandest. Er geriet in Schlägereien und fluchte wie ein Seemann!«

»Er *war* ein Seemann! Und ich war verrückt nach ihm, weil er verrückt nach mir war. Er gab mir das Gefühl, etwas ganz Besonderes zu sein. Ich kann es immer noch nicht fassen, dass ich all das beinahe weggeworfen hätte. Aber weißt du was? Wir haben beide Fehler gemacht, jawohl. Aber er hat um mich gekämpft. Er hat darum gekämpft, mich zurückzugewinnen. Was ich nicht verstehe, ist, dass Jack das für dich nicht tut. Warum er in Chicago sitzt und deine Anrufe ignoriert. Sprich du mir noch mal von einem Lahmarsch!« Sie glitt rasch ins Auto. »Ich habe Pops dein Handy gegeben.«

Damit drehte sie den Zündschlüssel um, schlug die Tür zu und fuhr los.

Jills Herz raste.

Warum kämpfte Jack nicht um sie? Warum hatte er einfach so Schluss gemacht?

Die Sonne brannte auf sie herab. Die Hitze drang bis in ihre Knochen, ihre Lungen, ihr Herz. Sie verbrannte ihre Haut und trocknete auch den Ort aus, an dem die Tränen waren.

Jetzt hatte sie auch noch Viv vergrault. Sie war die Letzte in einer langen Reihe zerbrochener Beziehungen. Doch die eigentliche, alles entscheidende Frage blieb: Warum sollte Jack sich die Mühe machen, um sie zu kämpfen?

24

Die Nacht kam und mit ihr sank die Temperatur. Im Chicagoer Winter hätte Jill die wenigen Grade über null mild gefunden, doch nicht so hier in der Wüste. Trotz der Häkeldecke und des Feuers im Gaskamin zitterte sie vor Kälte.

Aber vielleicht lag es ja auch mehr an der Situation als am Klima.

Nach Vivs abruptem Aufbruch hatte Jill ausgepackt, etwas gegessen – lauter Nahrungsmittel, die sie seit Jahren gemieden hatte – und war dabei die ganze Zeit wie auf Zehenspitzen um Vivs beunruhigende Enthüllungen herumgeschlichen, die eine wahre Flut von Selbstvorwürfen in ihr ausgelöst hatten.

Ihr Vater hatte ihr Unbehagen gespürt. Er hatte ihr vorgeschlagen, sich in den Hof zu setzen und ganz still zu sein, so wie sie es als Kind immer gemacht hatte. »Weißt du noch?«, hatte er gesagt, die Augen voller Zärtlichkeit. »Du hast immer gesagt, Gott fülle deinen Mund mit Worten.«

Die Erinnerung hatte sie erschreckt. Sie hatte sie tief in sich vergraben gehabt. Mit zwölf hatte sie aufgehört, auf diese Weise zu lauschen, weil ihre Mutter sich immer darüber lustig gemacht hatte.

Jetzt war sie kein Kind mehr. Sie setzte sich in einen Gartenstuhl mitten in den ungepflasterten Hof und wartete. Wüstenstille hüllte sie ein, ein Schweigen, so dick, dass sie meinte, es berühren zu können. Ihr fiel ein, wie sie als Kind die Stimme Gottes in dem leisen Flüstern gehört hatte, das in der Stille zu schweben schien.

Ihr Versuch, diese Erfahrung wiederzubeleben, hatte nur drei Minuten gedauert. Sie hatte nichts gehört als ein Pingen in ihrem Trommelfell, wie das Echo einer lauten Stille.

Jetzt leistete sie ihrer Mutter im Wohnzimmer Gesellschaft und versuchte, warm zu werden. Im Fernsehen lief eine von Daisys geliebten Gameshows; in Jills Kopf liefen wieder und wieder Vivs erbarmungslose Worte ab.

»Jill« – die Werbepausen waren für Daisy wie immer das Stichwort für ein kurzes Gespräch. »Du solltest in deiner Show einmal darüber reden, dass dein Vater mit seinem Auto Liebe macht. Ich wette, er ist nicht der einzige alte Mann, der das tut.«

»Mom!« »Doch! Er streichelt das Ding sogar. Und er ist Tag und Nacht draußen in der Garage, wie irgend so ein heißer Typ mit seiner flotten Biene.«

Jill verdrehte die Augen. »Autos waren doch schon immer seine große Leidenschaft. Und nur weil er seine Werkstatt nicht mehr hat, muss er ja nicht plötzlich Golf spielen.«

»Du meinst also, Jack hat wirklich kein rotes Cabrio?«

»Nein, das hat er nicht.«

»Was dann? Hat er eine Freundin?«

»N-nein.«

»Aber du weißt es nicht mit Sicherheit, oder? Er hat bestimmt eine ganze Schar von Angestellten, die ihm schöne Augen machen. Schließlich ist er ein gut aussehender Mann.«

Plötzlich sah sie Jacks Angestellte vor sich. Es waren mehrere durchaus attraktive Schwestern und Büroangestellte. Und im Krankenhaus gab es natürlich noch viel mehr. Und dann die Ärztinnen. Aber … die interessierten ihn nicht, da war sie ganz sicher. Nein, wenn, dann wäre es Sophie, von der er stets wie von einer Freundin sprach. Jill wusste, wie solche Dinge liefen. Ehegelübde wurden aufgrund von Nähe, nicht aufgrund körperlicher Anziehung gebrochen.

Ehegelübde wurden gebrochen. Gelübde, die sogar in Martys Augen gehalten werden mussten. Konnte Jack sich wirklich so weit von ihren Anfängen entfernt haben?

Daisy sagte: »Dein Vater war auch nicht immer so unschuldig, wie ihr alle gedacht habt, weißt du.«

Das hatte Jill schon früher gehört. »Pops hat höchstens einmal geflirtet.«

»Und ob er das getan hat. In deinen Augen ist er ein Heiliger, dabei gab es mehr als genug Frauen, nach denen er geschielt hat. Sie kamen in die Garage und zeigten ein wenig Bein, um seine Aufmerksamkeit zu erregen. Er pflegte dann für sie aufzutanken und räumte ihnen auch Vergünstigungen ein, wenn sie etwas reparieren lassen wollten.«

»Mom, er hat immer alle gleich behandelt.« Jill hatte, seit sie laufen konnte, mit ihrem Vater zusammengearbeitet. Wenn sie nicht in der Schule war, war sie an der Tankstelle gewesen und hatte Hausaufgaben gemacht oder Zündkerzen gewechselt. »Und außerdem betet er den Boden an, auf dem du gehst.«

Daisys schiefes Lächeln war eine seltsame Mischung aus Humor und Abscheu. »Und eben deshalb habe ich mir keine Sorgen wegen all dieser nutzlosen, protzigen Verführerinnen gemacht. Ich habe einfach dafür gesorgt, dass er zu Hause glücklich war. Nicht wie du und Viv! Ihr hattet ja immer nur eure Arbeit im Kopf. Das musste ja so kommen! Ihr habt es ja förmlich heraufbeschworen. Was glaubst du wohl, warum mein Vater weggelaufen ist? Hm? Weil meine Mutter sich zu sehr um ihr Geschäft gekümmert und ihm nicht die Aufmerksamkeit gegeben hat, die ein Mann braucht.«

So hatte Jills Großmutter es zwar nie dargestellt, doch sie war zu müde, um den alten Streit wieder aufzuwärmen.

Daisy fuhr fort. »Ich habe deinem Vater nie einen Grund gegeben wegzulaufen. Vielleicht solltest du diese Radiosache sein lassen und dich mehr um Jack kümmern.«

»Mom, wir leben heute in einer völlig anderen Welt als vor fünfzig Jahren.«

»In der Bibel heißt es aber noch immer: ›Ihr Frauen, ordnet euch euren Männern unter.‹«

»Das bedeutet aber nicht das, was du gelernt hast.«

»Es bedeutet nicht, dass man seinen Mann mit Achtung behandeln soll?«

»Das habe ich nicht gesagt. Es bedeutet nicht, dass man nicht außerhalb des Hauses arbeiten darf.«

»Wenn die Arbeit außerhalb des Hauses die Achtung unmöglich macht, dann bedeutet es das sehr wohl.«

»Arbeit außerhalb des Hauses hat doch nichts mit … egal.« *Du gewinnst.*

Es lohnte sich nicht, mit ihr darüber zu streiten.

Zwischen ihnen hatte sich nichts geändert. Wenigstens bestand nie die Gefahr, dass man ihre Mutter vergraulte. Diese Frau blühte förmlich auf, wenn man sich mit ihr stritt.

»Du bist wie deine Mutter, Jill.«

Ein Schauer lief ihr über den Rücken. Jack hatte das gesagt, ein einziges Mal. Sie hatte es heftig abgestritten und ihrer Arbeit die Schuld gegeben. Damals war sie völlig mit ihrem Konzept von *Zucchini-Zerwürfnis* und *Rebellischem Roastbeef* beschäftigt gewesen. Jack hatte schließlich nachgegeben.

Aber ... irgendwie war sie tatsächlich wie ihre Mutter. Sie hackte auf Jacks Meinung herum, bis er sie änderte oder bis er wahrscheinlich dachte – wie sie gerade eben: *»Egal, du gewinnst.«*

Es klang wie eine weitere verabscheuungswürdige Eigenschaft, die sie ihrer Liste hinzufügen musste.

Jill zog sich mit ihrem Laptop in ihr altes Mädchenzimmer zurück.

Auch wenn hier keinerlei Spuren von ihrer Kindheit mehr vorhanden waren, war sie doch von Erinnerungen umgeben. Es waren keineswegs unangenehme Erinnerungen. Alles in allem war es in Ordnung gewesen, in Sweetwater aufzuwachsen. So etwas wie Konkurrenz hatte es in der Schule praktisch nicht gegeben, was bedeutete, dass ein pummeliges kleines Mädchen Cheerleaderin und eine mittelmäßige Schülerin Präsidentin der Schülermitverwaltung werden konnte.

Irgendwann im Laufe der Zeit hatte sich die Vorstellung in ihrem Kopf festgesetzt, dass der Gott, der ihr in der Wüste Wörter in den Mund gelegt hatte, ihr auch Träume gab, denen sie folgen sollte. Ihren Freund von der Highschool zu heiraten und das Leben ihrer Eltern zu wiederholen, war nie ihr Ding gewesen. Es musste noch etwas anderes geben. Dieses andere lockte sie erst nach San Diego und später in ein völlig neues Leben mit Jack. Es lockte sie zu Vorträgen, zum Radio und zum Schreiben.

Eine Midlife-Crisis passte da einfach nicht hinein.

Ein Jammerlaut drohte ihren Lippen zu entschlüpfen, doch Jill presste die Lippen fest zusammen und ging ins Bett. Sie lehnte sich gegen einen Stapel von Rüschenkissen, öffnete den Laptop – und schloss ihn wieder.

Kein Internet.

Nicht, dass sie ein gesteigertes Interesse daran gehabt hätte, E-Mails oder Blogs zu lesen oder zu schreiben.

Früher oder später musste sie allerdings die Korrespondenz mit ihren Hörern wieder aufnehmen. Trotz des Chaos, in das ihr Leben gestürzt war, durfte sie ihre Arbeit nicht vernachlässigen und all die Menschen, die auf sie zählten, im Stich lassen. Auch wenn ihr Buch nicht mehr auf einem festen Fundament stand, war es ihre Pflicht zu tun, was sie konnte. Im Radio wurden immer noch früher aufgezeichnete Sendungen ausgestrahlt, immer noch schrieben ihr Frauen und schätzten es natürlich, wenn sie ihnen persönlich antwortete. Beim Sender hatte sie zwar ihre Assistenten, aber nicht rund um die Uhr und nicht wochenlang. Mit der Zeit würde sich die liegen gebliebene Arbeit höher und höher auftürmen.

Es war erst 8:22. Die Nacht lag vor ihr wie ein schwarzes Loch. Wenn sie nicht irgendetwas tat, würde sie den Verstand verlieren.

Sie konnte einen Vortrag darüber vorbereiten, wie es sich wirklich anfühlte, wenn der Ehemann ausgezogen war.

Nein.

Was sie Viv gesagt hatte – dass sie nachdenken und beten und allein sein wollte, war ein Bluff gewesen. Sie war drauf und dran loszuziehen, um irgendwo einen Internetservice zu finden und eine E-Mail an diese Frau zu schicken, die gemeint hatte, Jill gehöre erschossen, um einen Termin mit ihr zu vereinbaren.

»O Gott, ich werde nicht damit fertig! Ich bin nicht der Mensch, für den ich mich gehalten habe. Die blöde Liste mit meinen Dummheiten, die ich im Kopf habe, wächst immer noch weiter.«

Plötzlich hatte sie ein Bild vor Augen von einem großen Plastikmülleimer, der auf ihren Rücken geschnallt war. Der Gestank von verwesendem Abfall umwaberte sie.

Die Liste hatte sich in etwas sehr viel Schlimmeres verwandelt.

Ihr Klagen begann ganz leise, ein leises Wimmern. Dann kamen die Tränen.

Doch diesmal waren es keine Tränen des Zorns oder des Kummers und auch nicht der Verwirrung. Sie hatten nichts mit Jack oder Connor oder ihrer Arbeit zu tun.

Nein. Es waren Tränen der Kapitulation.

»Jillie?« Skips Stimme drang durch die geschlossene Schlafzimmertür und löste das Geräusch des Naseputzens ab.

»Komm rein.« Jill warf einen dicken Bausch Papiertaschentücher in Richtung Papierkorb und griff sich eine weitere Handvoll aus der Box, die am Bett bereitstand. Noch bevor ihr Vater eingetreten war, waren sie schon wieder von Tränen durchtränkt.

»Was ist denn, mein Kind?« Er strich ihr übers Haar.

»Ich bin völlig fertig.«

»Ja, das sehe ich. Dein Gesicht ist röter als mein Cabrio.« Er warf einen Blick auf den Sessel neben ihrem Nachttischchen, fuhr sich kurz über den Hosenboden seiner Jeans, der immer ein bisschen schmierig war vom Motoröl, und hockte sich auf den Teppichboden. »Völlig fertig zu sein, ist von Zeit zu Zeit gar nicht schlecht.«

»Warum?« Sie hatte einen Schluckauf.

Skip zog seine langen Beine an und schlang die Arme um die Knie. Aus seinem Mund ragte ein Zahnstocher heraus. Sein graues Haar lag dicht am Kopf an, als trüge er noch immer die Baseballkappe. »Wenn wir am Ende unserer Weisheit sind, lassen wir die Zügel los, und damit bekommt Gott Gelegenheit, unserem Leben eine ganz neue Richtung zu geben. Er wird dich auch durch diese Situation sicher hindurchführen.«

»Ich kann mir aber nicht vorstellen, wie. Ich bin mehr als völlig fertig. Ich bin ein völliger Versager.«

»Du wirst mich nicht dazu bringen, mit dir zu streiten.« Er lachte leise. »Weißt du, beim Glauben geht es nicht darum, das Ergebnis zu kennen, bevor man sich darauf einlässt.«

»Pops, ich habe es mir abgewöhnt, immer auf alles eine passende Antwort parat zu haben.«

»Mein Liebling, du könntest die Antworten stattdessen einfach leben.« Er griff in seine Hemdtasche, zog ihr Handy heraus und warf es ihr aufs Bett. »Jack hat angerufen.«

Jill starrte auf das Telefon, als sei es eine Tarantel.

»Ich habe ihm gesagt, dass ich es dir ausrichte.«

»Du hast mit ihm gesprochen?«

»Das Telefon ist in meiner Tasche und klingelt und der Name meines Schwiegersohns erscheint auf dem Display, also gehe ich ran.«

»Pops!«

»Wir haben über Autos gesprochen. Er schien allerdings nicht übermäßig interessiert an meinem 396 Super Sport zu sein. Wahrscheinlich, weil er im Moment natürlich andere Dinge im Kopf hat.« Skip rieb sich das stoppelige Kinn. »Ich sollte mich vielleicht mal wieder rasieren.«

»Pops! Was sonst noch?«

»Was sonst noch? Jack will mit dir reden.«

»Hat er das gesagt?«

»Er hat dich angerufen. Das ist das Gleiche.«

Gut. Jack hatte sie angerufen. War das das Gleiche, wie um sie zu kämpfen? »Pops, würdest du um Mom kämpfen?«

»Was meinst du damit? Wenn jemand ihr was tun will?«

»Nein. Das versteht sich ja von selbst. Ich meine so, wie Marty um Viv gekämpft hat. Er hat ihre Ehe nicht einfach aufgegeben. Er ist sogar mit ihr zur Eheberatung gegangen.«

Er nickte einmal, ein schnelles Ab und Auf. »Klar.«

»Wie bringe ich Jack dazu, um mich zu kämpfen?«

»Das ist unmöglich, Jaws.«

»Gut. Wie kann dann ich um ihn kämpfen?«

»Das ist nicht Sache der Frau.«

»Das mit der Unterordnung hat Mom mir schon gesagt.«

»Du bist ein bisschen anspruchsvoll, hm? Erst willst du nichts von Gottes Treue hören, jetzt willst du nichts von der göttlichen Ordnung hören.«

»Frauen und Männer sind gleich.«

»Da bin ich anderer Meinung. Sie sind verschieden.«

»Und das soll heißen?«

»Jillie, ich rede von der Partnerschaft, die du und Jack habt. Ihr seid Partner, aber er ist in die eine Richtung gepolt und du bist in die andere Richtung gepolt. Dabei geht es mir nicht darum, wer entscheidet, was es zum Abendessen gibt oder welches Auto ihr kauft. Es geht darum, dass dein Versuch, um ihn zu kämpfen, auf ständiges Quasseln rausläuft, und das lässt ihn nur noch bockiger werden.«

»Ich quassle nicht und ich keife nicht.«

»Liebling …«, er hielt eine ganze Weile inne, die warmen braunen Augen fest auf sie gerichtet, »was ist dann dein Buch?«

Jills Gesicht fiel in sich zusammen. Sie konnte beinahe hören, wie der Deckel des Mülleimers sich hob und ein weiteres Stück Müll auf den Haufen aufplatschte, der sich bereits darin befand.

Skip rutschte rasch zum Bett hinüber, griff hinauf und nahm ihre Hand. »Es tut mir leid. Ich weiß, dass es wehtut. Du hast ein paar ganz großartige Sachen geschrieben. Hilfreiche Sachen. Aber Jack hat andere Ohren als ein Fremder.«

»Aber ich habe doch extra hervorgehoben, was für ein guter Ehemann er ist!«

»Und wie er auch Dinge vermasselt hat. Und noch eine Menge mehr.«

»Ich habe die Geschichten anderer Leute benutzt. Ich habe mir Beispiele ausgedacht. Es ist schließlich nicht auf jeder Seite von ihm die Rede.«

»Dazu braucht es nicht jede Seite.«

»Was hat er gesagt?«

»Nichts.« Ihr Vater lächelte traurig und zupfte sich an einem Ohrläppchen. »Das habe ich jedenfalls mit meinen Ehemann-Ohren gehört.«

»Aber Jack hat immer gesagt, ich könne jedes persönliche Beispiel benutzen, das ich will, wenn ich den Menschen damit helfen kann.«

»Nun, das Buch wird den Menschen tatsächlich helfen – vor allem den Frauen, würde ich sagen.«

Jill sah in das gealterte, nachdenkliche Gesicht ihres Vaters. Er war alt, freundlich und großzügig. Er lebte in einem im Sommer überhitzten Wüstenwinkel, den die meisten Menschen auf der Landkarte ignorierten. Und er war jetzt seit fast fünfzig Jahren mit der Königin der Nörglerinnen verheiratet.

»Pops, ich rede die ganze Zeit. Ich bin aufdringlich. Aber ich schwöre, ich habe ganz bewusst niemals genörgelt. Ich wollte nie nach Mom klingen.«

Er nickte wieder kurz. »Die Art, wie jemand hört, hängt von seinem Herzen ab. Wenn ein Herz mit dem Frieden Gottes und seiner Vergebung und Liebe erfüllt ist, dann schlägt es so laut, dass es allen Unsinn, den andere zu uns sagen, übertönt.«

Jill holte tief Luft. Ihr Vater hörte das Nörgeln ihrer Mutter nicht. Er wusste, dass sie nörgelte, aber er hörte es nicht.

»Pops, wie hast du sie die ganze Zeit lieben können?«

Er grinste. »He, das habe ich in deinem Buch gelesen. Lieben ist kein Gefühl; es ist ein Verb. Ich habe mich einfach entschieden, es zu tun.« Er stand auf, beugte sich über sie und küsste sie auf die Stirn. »Jack hat angerufen. Es war seine Entscheidung. Jetzt entscheide du, ob du ihn zurückrufst oder nicht. Schlaf gut.«

Jill blickte ihm nach, wie er zur Tür ging und sie hinter sich schloss.

Die Frage war nicht, ob sie Jack anrufen sollte. Die Frage war, ob es die Mühe wert war, wenn alles, was er von ihr hörte, Nörgeln war?

Platsch. Schmeiß noch Nörgeln *auf den Haufen drauf.*

25

Chicago

Wenn Skip Wagner nicht sein Schwiegervater wäre, hätte Jack ihn um Rat gefragt. Der Mann war eine einzigartige Mischung aus Schrauber, Cowboy und Geheimnis. Aber er war nun einmal sein Schwiegervater und kam deshalb als unvoreingenommener Berater nicht infrage.

Seltsam – wenige Augenblicke, nachdem er das festgestellt hatte, sprach er bereits mit ihm.

Jetzt saß Jack an dem kleinen Küchentisch in seiner Wohnung und ließ sich noch einmal durch den Kopf gehen, was da gerade geschehen war. Er hatte Jills Handynummer gewählt und war überrascht gewesen, als Skip sich meldete, so überrascht, dass er nicht wusste, was er sagen sollte.

Nach Skips kurzer Erklärung, warum er das Handy hatte, stolperte Jack über seine Antwort.

»Ich … ich weiß nicht, was ich sagen soll.«

»Sohn, du brauchst nichts zu sagen. Hat Connor dir von meinem Auto erzählt? Es ist eine richtige Schönheit.«

Was sie danach noch gesprochen hatten, wusste Jack nicht mehr. Gespräche mit Skip liefen oft so ab. Das, was gesagt wurde, war unwichtig im Vergleich zu dem Ton, in dem das Gespräch geführt wurde. Er spürte nicht die allergeringste Verurteilung oder Kritik. Skips raue Stimme enthielt nur Akzeptanz und Vergebung.

Ebendies hatte sich denn auch in Jacks Seele festgesetzt. Wie eine halb vertrocknete Pflanze kurz vor dem Verdorren an einem Regentag das Wasser, hatte er es aufgesaugt.

Jack hatte ein gutes Verhältnis zu seinem eigenen Vater, doch sie waren nie in den Bereich vorgestoßen, in dem er sich mit Skip bewegte. Wenn er es zu beschreiben versuchte, klang es immer irgendwie sonderbar. Skips Beziehung zu ihm war irgendwie jenseits von Raum und Zeit. Wenn Gott sich Jack wie ein liebender Vater seinem

Sohn offenbarte, würde er reden wie Skip. Wahrscheinlich würde er sogar Cowboystiefel tragen.

Sein Handy klingelte und er starrte aufs Display. Jill rief ihn zurück; sicher hüpfte sie in diesem Moment ebenso lebhaft auf und ab wie sein Handy auf dem Tisch.

Aber er musste mit ihr sprechen. Connor wollte heiraten.

»Hi, Jill.«

Eine Sekunde herrschte Schweigen, dann sprach sie. »Hi.«

»Hi. So. Du bist also bei deinen Eltern.«

»Ja.«

»Wie lange bleibst du dort?«

»Das weiß ich noch nicht.«

»Willst du nicht nach Hause kommen?«

»Ich habe Connor gesagt, dass ich dort bin, wenn er kommt.«

Das war keine Antwort auf seine Frage. »Es geht um etwas, das ist, äh, ein bisschen wichtiger als wir.«

»Was ist passiert?«

»Nichts. Es ist … nun ja, es ist eine gute Nachricht. Du weißt ja von der Verlobung.«

»Mm-hmm.«

Jack spürte einen Hauch von Ärger. Jillie Jaws konnte die Farbe von der Wand quatschen. Was sollte plötzlich dieses Stummfilm-Gehabe? »Connor ist natürlich aufgebracht wegen uns. Wegen mir. Ich habe sowieso alle und jeden gegen mich aufgebracht. Aber er ist schließlich unser Sohn und seine Pläne gehen auch uns etwas an. Er und Emma wollen heiraten. Anfang April, in Chicago. Deshalb brauchen wir dich hier, und zwar bald. Sie wünschen sich zwar nur eine ganz schlichte, einfache Feier, aber es sind trotzdem einige Vorkehrungen zu treffen. Könntest du bitte ein Datum festlegen, an dem du kommen willst?«

Keine Antwort.

»Jill, bitte. Ich weiß, dass wir es uns anders vorgestellt haben. Sie sollte aus Chicago sein oder aus dem südlichen Illinois. Wir wollten sie gründlich kennenlernen. Aber wir haben ihn zu einem selbstständigen Menschen erzogen. Wir waren einverstanden, dass er nach Europa geht. Er ist nun einmal, wie er ist. Und jetzt braucht er dich hier. Okay?«

»Mal sehen.«

»Mal sehen? Was gibt es da zu sehen?« Jack wurde lauter. Er hatte Jill in seinem ganzen Leben noch nicht angebrüllt, doch jetzt konnte er sich nicht mehr beherrschen. »Dein Sohn braucht dich! Was gibt es da zu überlegen?«

»Tschüss.«

Die Verbindung war unterbrochen.

Jack hieb mit der einen Hand auf den Tisch, mit der anderen legte er das Handy hin, nahm es jedoch gleich wieder auf und warf es an die Wand. Laut schimpfend sprang er auf und tigerte mit langen Schritten durch die Wohnung.

Ein paar Schritte später hob er das Handy erneut auf und rief Viv an.

»Hallo.«

»Viv. Tut mir leid, wenn ich störe.«

»Du klingst ja ganz außer Atem. Was ist denn los?«

»Nichts. Alles. Tut mir leid.«

»Hör auf, dich zu entschuldigen.«

»Entsch ... gut. Ich habe gerade mit Jill gesprochen. Wie auch immer, ich rufe an, weil ich dich zu Connors Hochzeit einladen möchte.«

»Zu seiner Hochzeit! Ha! Er hat uns nur gesagt, dass sie verlobt sind! Ich wusste doch, dass da noch mehr dahintersteckt! Ha!« Sie lachte begeistert. »Der kleine Connor. Und Emma. Sie sieht umwerfend aus.«

Wenigstens Connors Tante war glücklich über den Lauf der Dinge. »Ich habe es gerade Jill gesagt. Ich weiß einfach nicht, wie man eine Hochzeit plant, aber ich weiß, dass eine ganze Menge zu tun ist, und zwar schnell, und sie weigert sich zu kommen, bevor Connor hier ist.«

»Ach.« Viv seufzte nur.

»Was ist bloß mit ihr los?«

»Abgesehen von eurer neuen Situation?«

»Ja, abgesehen davon. Die hat überhaupt nichts damit zu tun. Es geht hier einzig und allein um unseren Sohn. Sie ist stark genug, um mal für eine Weile von unseren Problemen abzusehen und eine kleine Hochzeit für ihn auszurichten.«

Viv lachte. »Nur eine nette kleine Hochzeit.«

»Nur die engste Familie. Emmas Eltern, meine Eltern, deine Eltern, du und Marty. Aber nicht, dass du denkst, wir erwarten von euch, dass ihr auf diese Nachricht hin alles stehen und liegen lasst und zu uns rüber in den Mittleren Westen gerast kommt.«

Sie lachte laut auf. »Jack, sei doch kein so ein dämlicher Idiot. Alles hat miteinander zu tun. Du hast eine Kettenreaktion ausgelöst mit deiner kleinen Ankündigung. Jills ganze Welt ist eingestürzt. Alles, was sie erreicht hat, ist zerstört. Dann taucht auch noch Connor völlig unerwartet mit dieser Freundin oder vielmehr Verlobten auf. Und zu guter Letzt hab ich sie gestern so dermaßen heruntergeputzt, dass wir zurzeit nicht einmal mehr miteinander reden. Außerdem wohnt sie im Moment bei Daisy. Sie kann jetzt einfach keine *Hochzeit* planen! Ihre Gefühle sind völlig abgestorben. Sie kann auch nicht mehr das kleinste bisschen Stress zusätzlich verkraften. Kannst du das verstehen?«

Er schüttelte den Kopf. Und da dachten die Leute immer, Jill sei die redegewandtere der Schwestern. »Ja, okay, ich hab's kapiert. Aber was machen wir jetzt? Connor will Anfang April heiraten, weil sie am Zwölften zurück nach Italien fliegen. Wir brauchen Jill hier. Und nun sagt sie, sie kann nicht. Kannst du dir vorstellen, dass sie seine Hochzeit verpasst? Ich nicht. Sie klang überhaupt nicht wie sie selbst.«

»Wolltest du das denn nicht? Dass sie nicht sie selbst ist?«

Jack prallte förmlich zurück. »Wie meinst du denn das?«

»Du hast doch gesagt, du willst dich scheiden lassen. Das heißt, du willst nicht mehr mit ihr zusammen sein, so, wie sie ist.«

»Ich ... ich weiß nicht, was ich will.«

»Na ja, vielleicht wäre es gut, das rauszukriegen. Sprichst du mit jemandem darüber?«

»Mit Baxter. Und Sophie, unserer Sekretärin.« Sophie hatte gemerkt, dass etwas nicht stimmte, und war wie eine aufgeregte Henne um ihn herumgeflattert, bis er es ihr erzählt hatte. »Mit meinen Eltern.«

»Du weißt doch genau, was ich meine.« Sie hielt inne. »Marty und ich sind zu einem Paartherapeuten gegangen, vor ein paar Jahren. Es kann eine sehr positive Erfahrung sein. Und ganz bestimmt braucht man sich deswegen nicht zu schämen.«

»Du und Marty? Wirklich?«

»Ja.«

»*Wirklich?*«

»Ja, *wirklich*. Ich weiß, dass es dir schwerfällt, das in deinen Kopf zu kriegen. Du dachtest doch, wir seien das perfekte Paar.«

»Ja, das habe ich tatsächlich gedacht.«

»Komm endlich auf den Boden der Tatsachen, Jack.«

»Ihr zwei wart immer … wie soll ich sagen … eine Einheit. Als ob ihr zum selben Team gehörtet. Einem Gewinnerteam.«

Viv schwieg einen Moment. »Danke.« Ihre Stimme klang sanft. »Aber wir alle können gelegentlich ein wenig Unterstützung im Spiel vertragen. Einen Coach.«

»Da hast du wohl recht.« Er kratzte sich am Kopf. »Ich wüsste nicht so recht, wer das übernehmen könnte. Erst dachte ich, vielleicht unser Pastor, aber um ehrlich zu sein: Es ist mir peinlich.«

»Das musst du überwinden.«

»Vielleicht. Er ist ein guter Mann, aber ich weiß genau, was er sagen wird. Er wird Bibelstellen zitieren, um mir zu beweisen, dass ich im Unrecht bin, und dann wird er mich auffordern, es wieder in Ordnung zu bringen. Aber in den Senkel stellen kann ich mich allein, dazu brauche ich keine Hilfe von außen.«

Sie seufzte. »Wenn du so weit bist, wirst du die richtige Person finden. Ich muss jetzt gehen.« Sie versprach, sich den Hochzeitstermin zu notieren; dann verabschiedeten sie sich.

Erleichtert, diese beiden Anrufe hinter sich zu haben, ging Jack zu Bett. Als er das Licht ausmachte, umfing ihn zugleich mit der Dunkelheit eine große Leere.

Es war ein völlig neues Gefühl. Er vermisste Jill neben sich. Er vermisste *sie beide* – vermisste die Einheit, die sie gebildet hatten. Er vermisste das, was er Connor als den »schöneren Ort« beschrieben hatte, an dem er einst gelebt hatte, als er und Jill noch Teampartner waren.

»Lieber Gott.«

Ja. *Lieber Gott.*

Jack horchte auf seinen Herzschlag, der sich verlangsamte.

»Herr, vergib mir. Ich habe vergessen, dass du die ganze Zeit hier warst. Dass du gewartet hast.«

Eine Geschichte von Jesus fiel ihm ein, von einer Heilung. Die Version des Pfarrers war ihm in Erinnerung geblieben, weil er nicht betont hatte, wie sich Menschen in Not an Jesus wandten, sondern wie Jesus auf sie reagierte. Er schaute sie zärtlich an und fragte: »Was soll ich für dich tun?«

Jack wusste, dass nicht nur Skip und wahrscheinlich auch Viv ihn akzeptierten und ihm vergeben hatten, sondern auch Gott. Er wusste, dass Jesus den Menschen, die ihn um Hilfe baten, durch alle Zeiten hindurch die gleiche Frage stellte.

Was soll ich für dich tun?

»Bitte, pass auf Jill auf. Bitte, bring sie zurück, um Connors willen.«

Aber was ist mit dir, Jack? Was soll ich für dich tun?

Für ihn selbst? Er hatte nicht die leiseste Ahnung.

Und dann fing er an zu weinen.

26

San Diego

Viv saß an ihrem Küchentisch, das Handy noch in der Hand, Jacks Stimme noch im Ohr. »*Ihr wart immer eine Einheit. Als ob ihr zum selben Team gehörtet.*«

»Okay.« Sie holte tief Luft und stieß sie geräuschvoll wieder aus. »Okay.«

Sie hatte ihrem Schwager gesagt, dass sie Schluss machen musste, weil sie es einfach nicht mehr ertrug, ihm zuzuhören. Als Nächstes würde Jill anrufen und ihre Version der jüngsten Entwicklungen in der Jack-und-Jill-Saga erzählen.

Kurz entschlossen klappte Viv ihr Handy auf und stellte es aus. Dann zog sie auch den Stecker des Festnetztelefons aus der Wand und murmelte: »Keine Galloways mehr heute Abend.«

»Viv?« Martys Stimme überraschte sie. Sie blickte auf und sah ihn in der Tür stehen – und nicht etwa in der Nähe des Fernsehers. »Ist mit dir alles in Ordnung?«

»Klar.« Doch ihr Blickfeld verschwamm, und sie wusste, dass er das nicht so einfach hinnehmen würde.

»War das Jack?«

»Mm-hmm.« Sie blinzelte ein paarmal.

»Ich hörte dich lachen und irgendetwas sagen wie ›kein Idiot sein‹. Was ist los?«

Viv schüttelte den Kopf. Im nächsten Moment stand Marty vor ihr, zog sie hoch und nahm sie fest in die Arme. Sie sagte in sein T-Shirt hinein: »Es tut so weh.«

»Ich weiß, Süße, ich weiß.«

Er hielt sie fest, rieb ihr den Rücken und fragte nichts mehr, bot keine Lösungen an, fragte nicht, was er tun könnte und rettete sich nicht vor den Fernseher.

Sie weinte, als hätte sie körperliche Schmerzen. Auf ihrem Platz in der vordersten Reihe in dem Schauspiel der scheiternden Ehe ihrer

Schwester war sie viel zu dicht am Geschehen dran. Die Scherben, die dabei flogen, schnitten ihr selbst ins Fleisch.

Aber Marty hielt sie weiterhin ganz fest.

Langsam wurde ihr bewusst, dass sie eine Einheit mit ihm war und dieses Bewusstsein durchdrang ihr ganzes Wesen. Seine Stärke wurde die ihre. Seine Berührung war wie ein Kuss auf alle Wunden, die er mit seiner Liebe zu schließen schien.

Sie beide waren tatsächlich im selben Team.

Vielleicht sollten sie die Radiosendung lieber Jack geben.

27

Sweetwater Springs

Drei Wochen waren vergangen seit dem Tag von Jacks unvorstellbarer Ankündigung und fünf Tage, seit sie von Connors Hochzeitsplänen gehört hatte. An diesem Morgen aß Jill Limettenkuchen zum Frühstück und ging anschließend mit ihrer Mutter zum Frisör.

Sie wand sich unbehaglich, während ihre Schenkel auf dem Plastikstuhl festklebten. Einen goldenen Frisierumhang um die Schultern, beobachtete sie im Spiegel die Szene, die sich hinter ihr abspielte. Sie verhieß ein Fiasko.

Doch sie hatte das Gefühl, dass das Verhängnis, das über ihr schwebte, nicht allein auf ihre persönliche Situation zurückzuführen war.

Auf dem Stuhl neben ihr saß ihre Mutter, hinter ihr stand Bella Carlson. Hinter Jill stand Stella Carlson, Bellas eineiige Zwillingsschwester. Oder war es andersherum?

Stella ließ Jills Haar durch ihre Hände gleiten. »Was machen wir denn heute, Süße?«

Jill betrachtete die Zwillinge, die inzwischen auch schon über sechzig waren. Die einzige Veränderung, die ihr auffiel, war, dass sie jetzt beide Brillen trugen, sehr ausgefallene, mit Glitzersteinen verzierte silberne Modelle. Und sie waren ein wenig fülliger geworden.

Doch manche Dinge blieben immer gleich. Keine der beiden Schwestern hatte geheiratet. Ihr Laden roch noch immer nach Fruchtkaugummi, White-Shoulders-Parfum und kräftigem Haarspray. Ihre leuchtend roten, ein wenig tuntenhaft wirkenden identischen Lockenfrisuren hatten sich, solange sie zurückdenken konnte, weder in Länge, Stil noch Farbe verändert – und sie war drei Jahre alt gewesen, als ihre Mutter sie zu ihrem ersten Haarschnitt mit hierhergenommen hatte.

»Waschen und föhnen?« Jill krümmte sich beim Klang ihrer Stimme, die sich am Ende jedes Satzes fragend hob, seit sie das Gewicht des Mülleimers auf dem Rücken spürte, dessen Gestank sie zu knebeln schien. Sie zweifelte an jedem einzelnen Wort, das sie äußerte, und überlegte ständig, ob ihre Worte oder Stimme wohl nörgelig klangen.

Hatte Jack sie vielleicht schon lange so wahrgenommen?

Daisy sagte: »Oh, Süße, du brauchst dringend einen neuen Schnitt. Du hast doch selbst gesagt, dass er längst überfällig ist.«

Das war vorher. *Bevor mein Mann mich verlassen hat. Bevor mein Sohn, ohne nachzudenken, beschlossen hat, eine Fremde aus* Frankreich *zu heiraten. Das war damals, als ich noch eine Karriere hatte und es eine Rolle spielte, wie ich aussah.*

Stella zupfte an ein paar Strähnen. »Ich glaube, ein paar neue Strähnchen würden auch nicht schaden.«

»Sie sind in Ordnung? Ich habe sie erst …«

»Ich fand schon immer, dass dir ein Kurzhaarschnitt ausgezeichnet stehen müsste.« Stella lächelte und sah ihre Schwester an. »Das haben wir schon immer gesagt, nicht?«

»Aber sicher«, bestätigte ihre Schwester.

Daisy glitt von ihrem Stuhl und folgte Bella zu den Waschbecken auf der anderen Seite des Ladens. »Als Teenager hätte es ihr nicht gestanden. Damals war sie noch zu pausbäckig und mit extrem kurzen Haaren wäre das noch viel auffälliger gewesen.«

Stella sagte: »Wenn ich es recht in Erinnerung habe, fand ein gewisser junger Arzt, dass es engelhafte Wangen waren.«

Diese beiden Frauen vergaßen aber auch rein gar nichts. Sie hatten sie für die Hochzeit frisiert, damals, als sie über nichts anderes als über Jack Galloway hatte reden können.

Stella tätschelte ihre Wangen. »Jetzt sind sie nicht mehr pausbäckig, meine Süße, aber du bist immer noch genauso hübsch wie damals.«

»Danke?«

Daisy rief herüber: »Ihr wisst doch, warum wir damals Vivian bekamen, oder?«

Stella stöhnte. »Daisy Wagner, diese Geschichte erzählst du nun schon, seit du mit ihr schwanger warst.«

Daisy gackerte.

Ja, ihre Mutter gackerte. Wie eine verrückte Henne.

Jill hoffte inständig, dass sie die Geschichte nicht noch einmal erzählen würde. Sie kannte sie schon ebenso lange wie die Zwillinge, seit sie auf der Welt war und ihre Mutter wieder schwanger wurde.

Daisy sagte: »Aber ich habe sie schon seit ewigen Zeiten nicht mehr erzählt. Das ist die reine Wahrheit: Als Jillian geboren wurde, sah sie genau aus wie ein Marsmensch.«

»Grün?«, fragte Bella.

»Nein, mach dich doch nicht lächerlich. Ich habe es doch schon so oft gesagt. Das ist ein Ammenmärchen. Marsmenschen sind nicht grün. Sie sehen einfach nur komisch aus, völlig fremdartig. Nicht menschlich eben. Deshalb dachten Skip und ich, dass wir es vielleicht lieber noch mal versuchen sollten; vielleicht würden wir es ja beim zweiten Mal besser hinkriegen.« Daisy hielt diese Geschichte für lustig. Sie wollte nicht, dass die Leute ihr zweites, nur zehn Monate nach dem ersten geborenes Kind für einen *Unfall* hielten. Vivian war nicht der Unfall. Jillian war der Unfall.

»Süße …«, Stella beugte sich über Jills Schulter und sah ihr im Spiegel in die Augen, »du weißt, wie lange ich schon Haare schneide. Ich habe das Foto auf dem Einband deines Buchs gesehen. Ich mache es genauso wie dein Frisör in Chicago, das ist überhaupt kein Problem. Du kriegst genau den schicken Schnitt, den du willst.«

»Gut?«

Stellas zu einem feinen Strich gezupfte Brauen hoben sich über ihre Brille.

»Ja.« Jill versuchte sich an einem entschiedeneren Ton und senkte die Stimme. »Gut. Machen wir es so.«

Stella lächelte.

Jetzt ging Daisy dazu über, die Einzelheiten von Jills gescheiterter Ehe und Connors Hochzeit zu verkünden.

»Mom.«

»Jetzt hab dich mal nicht so. Wir sind hier in einem Frisörsalon. Hier spricht man über alles und jeden, richtig, meine Damen?«

»Was auch immer hier gesagt wird, bleibt innerhalb dieser vier Wände«, versicherte Bella.

Jill schloss die Augenlider und wünschte sich, es gäbe so etwas wie Ohrenlider. Es gelang ihr, den Mund geschlossen zu halten – eine Verhaltensweise, die ihr allmählich zur Gewohnheit zu werden schien.

Ob sie Jack wohl damit glücklich machen könnte?

Hatte sie überhaupt die Verantwortung, ihn glücklich zu machen?

Die Zwillinge brachten das Gespräch geschickt auf andere Themen und Stella wirkte geschickt ihr Wunder.

»So, Jill.« Sie nahm ihr den Frisierumhang ab. »Wie findest du es?«

Jill öffnete die Augen und sah eine Fremde. Es war ihr Haar, aber ihr Gesicht passte nicht mehr dazu. Sie versuchte zu lächeln. Das half. »Perfekt, Stella. Danke.«

»Ich bin Bella, aber das macht nichts.« Sie lachte und fing an, die abgeschnittenen Haare zusammenzufegen.

Jill drehte sich zu ihrer Mutter um, die noch unter einer Haube saß, den Kopf voller Lockenwickler. »Mom, ich brauche ein bisschen Bewegung. Wir treffen uns dann zu Hause.«

»Geh ruhig schon vor.« Sie schrie, um das laute Geräusch der Haube zu übertönen. »Ich übernehme das. Eine Scheidung ist teuer, das wirst du noch merken.«

Jill überlegte, wie viel wohl eine Busfahrkarte kostete, die sie aus Sweetwater Springs herausbrachte.

Sie verließ das Frisörgeschäft, stolperte eine Seitenstraße entlang, bog um eine Ecke und war auf der Saguaro-Allee, der Hauptstraße im Stadtzentrum. Sie versuchte sich einzureden, dass ein bisschen körperliche Betätigung sie davon abhalten würde, ihre Sachen zu packen.

Sie hatte lange genug geweint, geschlafen, geschimpft und Trübsal geblasen. Nachdem sie sich das eingestanden hatte, hatte sie die Kraft gefunden, mit Daisy zusammen die Wohnung zu verlassen und zu den Carlson-Zwillingen zu gehen. Und jetzt trieb dieses Eingeständnis ihre Beine an.

»Einfach in Bewegung bleiben? Ich meine, ja, ich sollte in Bewegung bleiben. Gott, ich vertraue dir, egal, was kommt?«, murmelte sie, während sie über den Bürgersteig eilte. Als sie das Fragezeichen in ihrem Selbstgespräch hörte, fuhr sie fort: »Ich meine, ich vertraue dir wirklich. Ich muss unbedingt ein paar Entscheidungen treffen.« *Und ich habe einfach nicht mehr die Kraft, das allein zu tun.*

Sie stieß sich den Zeh an einem Spalt im Bürgersteig. »Aua.«

Trotz des überwältigenden Dranges, immer weiter zu rennen, verlangsamte sie bewusst ihren Schritt.

Und dann wurde sie noch langsamer. Sie zwang sich zur Aufmerksamkeit, zwang sich, ihre Heimatstadt richtig wahrzunehmen.

Bis auf den Verkehr, der natürlich zugenommen hatte, hatte sich hier in der Innenstadt nichts verändert. Sie ging an Läden vorbei, die sowohl die Bedürfnisse der Einheimischen als auch der Touristen befriedigten: Lebensmittel und Haushaltswaren neben Souvenirläden mit Töpferwaren, Gemälden und Skulpturen von einheimischen Künstlern. Ein mexikanisches Restaurant schien brechend voll, ebenso die altmodische Hamburgerbude.

Nirgendwo gab es einen freien Parkplatz. Hier in der Wüste brach der Frühling schon früh im Jahr an, mit Temperaturen um die zwanzig Grad und einer unermesslichen Blütenfülle – ein Paradies für Camper und Wanderer.

Hinter den flachen Gebäuden, hinter der flachen Landschaft aus Erde und Kakteen erhoben sich die Berge, die den gesamten Horizont einnahmen.

Ihre Energie verebbte und sie ging zum Hauptplatz am Ende der Straße. Hier gab es einen Kreisverkehr, den Verkehrsknotenpunkt der Stadt. An dieser Stelle trafen sich vier Hauptstraßen. Ampeln sah man keine, nur Verkehrszeichen.

Sie wartete auf eine Lücke im Verkehrsfluss, überquerte die Straße und ließ sich auf eine Parkbank sinken, die im Halbschatten eines frisch belaubten Ahornbaums stand.

Der quadratische Platz war alles andere als eine grüne Enklave, lediglich ein Rechteck aus nackter Erde. Kein Grashalm, nur ein paar Wildblumen in einer Steinlandschaft. Es gab ein paar Picknicktische und einen kleinen Pavillon. Auf dem winzigen Spielplatz in einer Ecke spielten ein paar Kinder und ihre Mütter.

Kinder und Mütter.

»Jillian war ein Unfall und dazu noch ein hässlicher.«

Die Worte ihrer Mutter waren das erste Klümpchen Müll gewesen, das in das Herz des kleinen Mädchens geworfen worden war. Jill war ein Fehler und deshalb nicht viel wert.

Erst viel später in ihrem Leben erkannte sie, dass Daisy sie nicht hatte verletzen wollen, dass ihr Scherz sie aber trotzdem tief gekränkt hatte.

Deshalb hatte Jill Sweetwater Springs mit achtzehn verlassen.

Deshalb hatte sie eigentlich keine Kinder haben wollen.

Deshalb hatte sie sich sterilisieren lassen.

Deshalb war sie eine geradezu besessene Perfektionistin.

Und letztendlich? Letztendlich war sie dennoch die Tochter ihrer Mutter: eine nörgelnde Ehefrau und schlechte Mutter. Jack wollte sich scheiden lassen und Connor war nicht in der Lage gewesen, ihr zu sagen, dass er heiraten wollte.

Sie hatte restlos versagt, in allem.

Mehrere Anflüge von Reue umhüllten sie wie eine Totendecke. Das zusammen mit der Nachmittagshitze, die ihr plötzlich unerträglich drückend vorkam, war nicht angetan, ihr Mut zu machen – es sei denn, sie beabsichtigte, das Atmen ganz aufzugeben.

Aber vielleicht wollte sie das ja.

»Gott, wenn du mich in diesem Augenblick zerschmettern willst – ich habe nichts dagegen. Tu's einfach. Ich verdiene es nicht zu leben und anderen zu sagen, wie sie leben sollen.«

Der Verkehr strömte unaufhaltsam an ihr vorüber. Die Kinder kreischten vergnügt. Eine winzige Eidechse flitzte über den Bürgersteig und auf einen Stein. Sie sah sich um, machte ein paar Liegestützen und schoss davon. An einer Kreuzung bog ein leuchtend gelber

Minivan, voll beladen mit einer Campingausrüstung, nach Norden ab.

Gott schien ihr Angebot nicht annehmen zu wollen.

»Bist du ganz sicher?«

Jill blickte dem Minivan nach, der die Straße hinunterfuhr. Der rechte Blinker ging an und die Bremslichter leuchteten auf. Das Fahrzeug fuhr langsamer und verschwand hinter einem großen weißen Zaun. Vielleicht brauchten die Camper Benzin, Luft oder Wasser oder eine Limonade oder einen Ölwechsel – sie waren nämlich an die alte Tankstelle ihres Vaters gefahren.

Die jetzt Ty Wilkins gehörte.

Reue plumpste in den Mülleimer. Plötzlich war sein Gewicht einfach zu viel für sie. Sie stand auf, blickte nach links und rechts, überquerte die Straße und ging auf die Tankstelle zu.

Ty Wilkins stand für die erste größere Entscheidung in ihrem Leben, getroffen mit der unvergleichlichen Weisheit einer Achtzehnjährigen.

Sie gelangte an den hohen weißen Zaun, blieb stehen und betrachtete die vertraute Szene dahinter. Das Anwesen war die Freude und der ganze Stolz ihres Vaters gewesen. Auf dem großen Schild über der Preistafel mit den Benzinpreisen stand noch immer in himmelblauen Lettern zu lesen: *WAGS Tankstelle und Werkstatt.*

Der neue Besitzer hatte nichts modernisieren oder auf Vordermann bringen müssen. Er brauchte einfach nur dafür zu sorgen, dass das weiße Stuckgebäude, die vier Zapfsäulen, die Überdachung, die Sodamaschine und die Eistruhe blieben, wie sie waren. Wie damals, als das Ganze ihrem Vater gehörte hatte, war auch jetzt alles geradezu unfassbar sauber für einen Ort, an dem mit Motoröl und Wagenschmiere hantiert wurde.

Wie sie gehört hatte, war es Ty gelungen, den ausgezeichneten Ruf, den die kleine Werkstatt genoss, zu bewahren. In den drei Buchten der Werkstatt standen Autos, zwei davon auf Hebebühnen, an denen mehrere Automechaniker arbeiteten. Nebenan parkten weitere Autos und warteten auf Ölwechsel oder Reparaturen.

Seit Ty ihrem Vater die Tankstelle vor sieben Jahren abgekauft hatte, war Jill nicht einmal mehr in ihre Nähe gekommen. Irgendwie saß sie nie im Auto, wenn getankt werden musste, schlug sie bei ihren Stadtbummeln nie diese Richtung auf der verkehrsreichen vierspurigen Straße ein und schien sie keinen Appetit mehr auf die Kaugummisorte zu haben, die es nur bei *Wags* gab.

Irgendwie schien sie nie das Bedürfnis zu haben, diese Erinnerungen dort aufzufrischen.

Zwei Männer kamen aus dem Gebäude heraus. Ty, immer noch groß und schlaksig, war leicht zu erkennen. Er half dem anderen Mann, ein paar Wasserbehälter in den Van zu laden. Dabei redeten die beiden die ganze Zeit.

Plötzlich blickte er in ihre Richtung und hörte auf zu reden. Er nahm die Baseballkappe ab, die er trug, fuhr sich mit den Fingern durchs Haar, setzte die Kappe wieder auf und stemmte die Hände in die Hüften.

Vielleicht sollte sie ihn begrüßen. Er war nicht der Erste, von dem sie sich entfremdet hatte, doch er stand ganz oben auf der Rangliste der wichtigen Menschen.

28
Chicago

Jack biss in ein Sandwich und schmeckte Erdnuss, Pumpernickel und Banane.

»Dr. G.« Sophie kam in den Pausenraum. Sie setzte sich auf den Stuhl ihm gegenüber an den Tisch und schüttelte den Kopf. »Wieder Erdnussbutter?«

Er schluckte den ersten Bissen hinunter. »Aber diesmal leicht abgewandelt. Bananenstückchen statt Marmelade und – die Krönung – Pumpernickel! *Selbst gebackenes* Pumpernickelbrot.«

Ihre Brauen über den eng stehenden Augen hoben sich. »Wann hatten Sie denn Zeit, Brot zu backen? Sie waren gestern Abend doch bis um acht hier.«

»Brotbackmaschine«, sagte er. »Das gilt als selbst gebacken.«

»Aber nicht als Ersatz für Gemüse.« Sie nahm eine Plastikdose aus einem Stoffbeutel und stellte sie vor ihn hin. »Nehmen Sie ein bisschen Salat.«

»Wieder Salat?«

Sie lächelte und holte weitere Sachen aus dem Beutel. »Diesmal Rucola mit Himbeervinaigrette.«

Er nahm die Gabel, die sie ihm anbot, hob den Deckel ab und protestierte nicht wie das erste Mal, als sie ihr Mittagessen mit ihm teilte. Das war letzte Woche gewesen, an dem Tag, nach welchem er ihr gesagt hatte, dass er sich von Jill getrennt und eine Wohnung genommen hatte. »Ich habe mir mein Essen schon immer selbst eingepackt, Sophie«, hatte er fast ein wenig zu aggressiv hinzugefügt.

Wie heute waren sie auch an jenem Tag allein im Pausenraum gewesen, da die Mitarbeiter versetzt Pause machten. Sie hatte nur ganz ruhig erwidert: »Bis jetzt war Ihr Essen aber immer ausgewogen.« Ende der Diskussion.

»Das bisschen Banane genügt nicht«, sagte sie jetzt. »Ich gebe Ihnen die Hälfte von meinem Apfel ab.«

Sie rollte einen Apfel in den Händen und suchte nach dem richtigen Ansatzpunkt. Dann brach sie ihn mit einer flinken Bewegung in zwei Hälften. »Voilà.«

»Bravo.«

»Danke, danke.« Sie reichte ihm seine Hälfte. »Und wie läuft es bei Ihnen?« Es war eine beiläufige Frage, ihre Art, ihn zu umsorgen, ohne ihn zu bedrängen.

»Gut.«

Genau genommen lief es großartig. Nach dem Heulanfall am Sonntagabend war es ihm besser gegangen; er hatte sich erleichtert gefühlt und frisch gestärkt. Darüber hinaus hatte dies ihm das Geheimnis der Frauen im Umgang mit Gefühlen offenbart: keine Angst vor Tränen, wenn sie nötig waren.

Doch das, so dachte er, würde er seiner Sekretärin nicht auf die Nase binden.

Stattdessen erzählte er von Connor. »Er ruft ständig an. Die Hochzeitspläne ändern sich stündlich. Er und Emma tanzen ganz eindeutig nach einer anderen Pfeife, nach einer, deren Name nicht Knigge ist oder wie immer der aktuelle Hüter der Etikette heißen mag.« Er nahm eine Gabel voll Salat, um nicht weiterplaudern zu müssen. *Jill wird einen Anfall bekommen. Con will nicht, dass Pastor Mowers die Trauung vornimmt. Vielleicht kommt sie nicht einmal. Was stimmt nicht mit ihr?* »Mmmm, der Salat schmeckt köstlich.«

»Danke. Versteht er sich mit Emmas Eltern?«

»Und wie! Sie scheinen recht interessant zu sein.«

»Kann ich Ihnen vielleicht irgendwie bei den Hochzeitsvorbereitungen helfen?«

Plötzlich schien ihm ein Stück Apfel im Hals stecken geblieben zu sein. »Äh, er scheint ganz gut selbst zurechtzukommen. Er hat schon sein Lieblingsrestaurant für den Empfang gebucht.«

»Das muss dann Giorgios Restaurant ein Stückchen weiter unten in unserer Straße sein.«

Er nickte.

Sophie lächelte. »Ich weiß noch, als er hier gearbeitet hat, hat er immer dort zu Mittag und zu Abend gegessen und nur bedauert, dass sie nicht auch Frühstück anbieten.«

»Ich habe schon immer gesagt, dass es eher das Essen als die Kunst war, das ihn nach Italien gezogen hat«, stimmte Jack ihr lachend zu. »Er hat es geschafft, sich den Festsaal bei Giorgio reservieren zu lassen. Können Sie sich das vorstellen? Für einen Samstag, obwohl es nur noch ein paar Wochen bis dahin ist.«

»Ich muss sagen, es überrascht mich nicht. Schließlich kennen sie ihn.«

»Und er kann sehr überzeugend sein.« *Wie seine Mutter. Vielleicht brauchte er Jill gar nicht, um irgendjemand zu irgendetwas zu bewegen.*

Nein, das stimmte nicht, er brauchte seine Mutter hier zu Hause verfügbar.

»Nun, ich bin Ihnen jederzeit gern behilflich, Dr. G. Ich kann Anrufe machen. Einladungen verschicken. Was auch immer.«

Vor einer Woche hätte Jack sich noch nichts bei Sophies Angebot gedacht. Es war ganz typisch für sie, sich solcher Aufgaben auf effiziente und selbstlose Weise anzunehmen, ganz gleich, ob es um berufliche, familiäre oder irgendwelche anderen Angelegenheiten vor Ort ging.

Doch Baxter hatte ihm die Augen geöffnet für weibliche Schliche, für die sich jetzt anscheinend auch die korrekte und zuverlässige Sophie Somerville nicht zu schade war.

Sein Freund hatte gesagt: »Sie ist verrückt nach dir, Jack, das solltest du eigentlich gemerkt haben.« Als Jack schwieg, hatte er überrascht gefragt: »Oder etwa nicht?«

Ehrlich gesagt, hatte er es nicht gemerkt.

Sophie war loyal und freundlich und die perfekte Sekretärin. Sie blieb stets im Hintergrund und überließ die Lorbeeren ihm, Baxter und den anderen Ärzten. Und sie war immer dezent und angemessen gekleidet.

Baxter waren fast die Augen aus dem Kopf gequollen. »Du hast also tatsächlich nicht gesehen, dass sie gestern extra den Knopf an der weichen roten Seidenbluse offen gelassen hat!«

Jack waren auch die Goldsprenkel in ihren haselnussbraunen Augen nicht aufgefallen, bis letzten Freitag, als sie ihn auf etwas aufmerksam machte, das er nicht beachtet hatte.

Dinge zu übersehen, schien charakteristisch für ihn zu sein.

»Dr. G.« Jetzt beugte sie sich über den Tisch zu ihm. Die Goldsprenkel leuchteten. Ihr dunkles Haar fiel nach vorn, über das linke Auge. »Sie sagen es mir doch, wenn ich Ihnen irgendwie helfen kann?«

Seit wann trug sie keinen Knoten mehr? Jahrzehntelang, so erinnerte er sich, hatte sie ihr Haar hochgesteckt getragen.

Jack räusperte sich, fand zu seinem leichten Ton zurück und flüchtete sich in einen alten Scherz zwischen ihnen: »Sie könnten damit anfangen, dass Sie mich Jack nennen.«

Jetzt müssten Sophies Wangen eigentlich erröten und ihre Hände müssten zittern. Dazu müsste sie flüstern: »Das – das kann ich nicht. Sie waren immer Dr. G. für mich und das werden Sie auch immer bleiben.«

Doch nichts davon.

»Jack.« Sie lächelte und stand mit einer geschmeidigen Bewegung auf. »Bitte sagen Sie es mir, wenn ich irgendetwas für Sie tun kann … Jack.«

»Klar.«

Sie packte ihre Sachen ein, winkte ihm lässig zu und ging hinaus.

Jack blickte auf den Tisch und zupfte an seinem Ohrläppchen. Es war nicht unbedingt immer positiv, etwas nicht zu übersehen.

»Ersticke es im Keim«, murmelte Jack vor sich hin, als er etwas später zum Empfangstresen ging. »Erstick es einfach gleich im Keim.«

Er schaffte es bis in den vorderen Warteraum, dann entdeckte Sophie ihn.

»Dr. G.! Gehen Sie schon?« Sie erhob sich.

Er blieb vor dem Tresen stehen. Hinter ihm warteten noch ein paar

Patienten, aber nicht auf ihn. Hinter ihr waren Schwestern und Büroangestellte fleißig bei der Arbeit.

»Ja, ich gehe«, antwortete er. »Ich muss ein bisschen Schlaf nachholen.«

»Nun, Sie haben eine Menge Papierkram aufgearbeitet und morgen früh haben Sie gleich um sieben Uhr eine Operation.« Sie warf sich mit einer anmutigen Bewegung das Haar über die Schulter. »Sie haben es sich verdient, heute ein bisschen früher Feierabend zu machen.«

Sein Lächeln fühlte sich matt an. »Bis morgen dann.«

»Vergessen Sie nicht.« Sie senkte die Stimme zu einem Flüstern. »Ich bin da, Jack.«

Wofür?, hätte er sie am liebsten angeschnauzt. *Wofür*?

Stattdessen sagte er ganz ruhig: »Danke, Sophie. Ich werde Ihr freundliches Angebot an Connor und Jill weiterleiten.«

Einen Augenblick später, während er zur Tür ging, überlegte er, ob Sophies niedergeschlagener Ausdruck bedeutete, dass die Operation »Erstick es im Keim« bereits Erfolg zeigte.

Er hoffte, dass sie nicht allzu verzweifelt war. Er mochte sie als Freundin und hatte allergrößte Hochachtung vor ihr als Sekretärin. Er wollte sie wirklich nicht verlieren.

Und was, wenn er sich nun von Sophie angezogen gefühlt hätte? Wäre er dann anständig genug gewesen, es ebenfalls zu beenden, bevor es begann?

Oder hätte er mit ihr geflirtet?

Doch diese Fragen waren müßig. Sie waren müßig, weil er sich beim besten Willen keine Frau – tot oder lebendig, Bekannte oder Fremde – vorstellen konnte, mit der er gern geflirtet hätte. Er konnte sich nicht vorstellen, jemals eine andere Frau anziehend zu finden als Jill.

Jill. Jillie Wagner. Mutig, hinreißend, überschäumend vor Freude, überzeugt, dass Gott sie genauso innig liebte wie ihr Vater Skip, bereit, sich voller Freude in jegliche Aufgabe zu stürzen, die vor ihr lag. Ebenso glücklich dabei, eine Gruppe Senioren durch Hollywood zu führen, wie eine Radiosendung aufzunehmen oder seine Gourmetrezepte zu kosten.

Oder seine Hosen zu waschen und seine Hemden zu bügeln.

Oder sich zu einem späten Abendessen mit ihm zu treffen oder ihn mit zu einer Geburtstagsfeier eines Kollegen beim Radio zu nehmen.

Oder eine Lesereise zu planen, zusammen mit ihm.

Er bezweifelte allerdings, dass es ihr gefallen hatte, die Lesereise abzusagen und stattdessen ihre Eltern zu besuchen.

Jack seufzte, stieg in sein Auto und lenkte seine Gedanken aufs Kochen.

29

Sweetwater Springs

Ty Wilkins erinnerte Jill an ihren Vater.

Er war nicht ganz so groß und nicht ganz so schlaksig, aber immerhin. Ihr Vater hatte breite Schultern und ein strahlendes Lächeln. Tys Brust war noch breiter und sein Grinsen reichte von einem Ohr zum anderen. Beide Männer trugen grundsätzlich Jeans, T-Shirts, Cowboyboots und Baseballkappen, doch die eigentliche Ähnlichkeit lag in ihrem Charakter – eine seltene Mischung aus Festigkeit und Großzügigkeit.

Der leuchtend gelbe Minivan fuhr weg und Jill ging über den Asphalt zu Ty hinüber, der im Schatten der Überdachung stand. »Hi.« Sie streckte die Hand aus.

Er lächelte sein strahlendes Lächeln und ergriff mit seiner abgearbeiteten Hand ihre feinen Finger. »Verlegen wie immer, hm?«

Sie lächelte bei dieser Anspielung auf frühere Klassentreffen. Bei diesen Gelegenheiten waren sie stets umeinander herumgeschlichen, nicht sicher, wie sie sich jetzt, da sie nicht mehr miteinander gingen, verhalten sollten.

Er ließ ihre Hand los. »Beim letzten Klassentreffen haben wir dich vermisst. Alle siebenundsechzig waren wir uns einig, dass es viel mehr Spaß gemacht hätte, wenn du dabei gewesen wärst.«

»O sicher.«

»Doch, das stimmt.« Er nahm seine rote Baseballkappe ab, fuhr sich mit dem Unterarm über die Brauen und strich ein paar schwarze Locken zur Seite. »Du hast immer Leben in die Partys gebracht.« Er setzte die Kappe wieder auf. »Wie geht es dir, Jillian?«

Sie fragte sich, nicht zum ersten Mal in den letzten achtundzwanzig Jahren, wie es kam, dass ein Gefühl, das längst einem anderen gelten sollte, sich noch immer meldete, wenn Ty Wilkins ihr nur eine völlig alltägliche Frage stellte.

»Es ging mir schon besser«, sagte sie.

»Tut mir leid zu hören. Nach dem, was Daisy mir erzählt hat, bist du beruflich wirklich ganz oben.«

»Das dachte ich jedenfalls.« Warum um alles in der Welt sprach ihre Mutter mit ihm über sie? »Und wie geht es dir?«

Seine Augen verengten sich, doch nicht genug, um das Weidengrün zu verbergen.

Plötzlich musste sie an eine Pyjamaparty in der achten Klasse denken. Sie und ihre Freundinnen hatte die halbe Nacht damit verbracht, die Augenfarbe jedes einzelnen Jungen in den Schulen zu diskutieren. Dabei kamen sie zu dem Schluss, dass Ty Wilkins der Einzige war, der Augen wie die Weiden im Canyon hatte – was wahrscheinlich erklärte, warum er, obwohl er weder besonders süß war noch sportlich hervorstach, den ersten Platz als Mädchenschwarm einnahm.

Das war noch, bevor die Mädchen abstrakte Eigenschaften wie Standhaftigkeit und Großzügigkeit bei Jungs zu schätzen wussten.

Ty sagte: »Ganz ordentlich. Das Geschäft läuft großartig.«

»Scheint mir auch so. Zwei Mechaniker?«

»Und zwei Schüler, die mir nachmittags aushelfen. Ab und zu springt sogar dein Dad ein.«

»Wie geht es Mandy? Und deinen Jungen? Ich habe gehört, sie gehen auf die *University of California*.«

»Jou.« Er rieb sich das Genick. »Hat es dir niemand gesagt?«

»Was gesagt?«

»Mandy und ich sind geschieden. Vor etwa acht Monaten.«

»O Ty!« Da erzählte ihre Mutter ihr so viel unsinnige Neuigkeiten und verschwieg ihr, was er durchmachte? »Es tut mir so leid.«

»Danke.« Er zuckte die Achseln. »War wahrscheinlich am besten so. Sie hat diesen Ort und das Motorenöl und den ganzen Dreck immer gehasst.« Er spreizte seine schwieligen Hände, deren Fingernägel immer schmutzig waren, wie die ihres Vaters. »Wenigstens ist es jetzt viel friedlicher zu Hause.«

»Es tut mir leid.«

»Wir haben uns auseinanderentwickelt. So was passiert, oder? Du müsstest das ja eigentlich wissen, du bist doch die Eheexpertin.«

Jetzt war es an ihr, die Achseln zu zucken. »Ich denke drüber nach, damit aufzuhören.« Sie schürzte die Lippen in dem Versuch, sie zusammenzupressen, doch sein Schmerz zog den ihren unausweichlich an die Oberfläche. Es platzte förmlich aus ihr heraus. »Jack hat mich verlassen. Er will sich scheiden lassen. Ich glaube, wir haben uns auch auseinanderentwickelt. Ich habe es nur nicht gemerkt.«

»Oh. Tut mir leid.«

»Danke.« Sie holte tief Luft. Die Erinnerungen an Sweetwater förderten eine weitere hässliche Warze aus ihrer Vergangenheit zutage. »Ty, es tut mir leid, dass ich so gemein zu dir war.«

Er sah sie an. »Das ist ewig her, und du hast dich schon dafür entschuldigt, als du die Stadt verlassen hast.«

»Das war damals nicht wirklich tief empfunden. Ich hatte einen Fuß auf der Bremse und den anderen auf der Kupplung.«

Er lachte. »Wir waren achtzehn. Zwei verrückte, dickköpfige Kinder mit unterschiedlichen Lebensentwürfen. Ich wollte Mechaniker werden, und zwar hier, nirgendwo anders. Und du wolltest überall anderswo sein und die Welt verändern.«

Das war immer der Hauptgrund für ihre Streite gewesen in den zwei Jahren, die sie miteinander gegangen waren.

Er sagte: »Ich hab nie erwartet, dass du hierher zurückziehst, aber eine Karte ab und zu wäre nett gewesen.« Seine Stimme klang scherzend, doch sein Gesichtsausdruck war zärtlich. »Nur dass du es weißt, ab dem zehnten Klassentreffen war ich dir nicht mehr böse.«

»Tatsächlich, so schnell?«

Er lächelte. »Mandy hatte allmählich die Nase voll davon.«

»Ich habe es verdient, dass du böse mit mir warst.«

»Na ja, du warst ein hochnäsiges, resolutes Mädchen, aber du hattest auch allen Grund, ebenso böse auf mich zu sein. Ich wollte nicht nach San Diego ziehen, obwohl ich dort genauso gut als Mechaniker hätte arbeiten können wie hier.«

»Aber es wäre nicht das gewesen, was du wolltest.«

»Nö. Es gibt keinen zweiten Ort wie Sweetwater. Ich glaube, ich wollte das Leben deines Vaters mehr, als ich dich wollte.«

»Du dachtest, ich könnte die Buchhaltung machen, wie meine Mutter.«

»Ich habe eine Weile gebraucht, aber dann habe ich begriffen, dass du besser mit Autos als mit Zahlen umgehen konntest.«

»Oder mit Kuchen. Ich kann noch immer nicht kochen.« Jack backte Kuchen und kochte. Er verbrachte viel mehr Zeit in der Küche als sie. War das ein Problem für ihn? Aber er hatte doch vor ihrer Heirat gewusst, dass sie in der Küche ein hoffnungsloser Fall war. Ganz zu schweigen davon, dass sie absolut kein Interesse …

»Jillian, das mit Jack tut mir leid.«

Sie schrak zusammen.

»Du hast plötzlich so geistesabwesend ausgesehen.« Er lächelte kurz, traurig. »So ging es mir am Anfang auch. Aber mit der Zeit wird es besser.«

Sie sollte sich Notizen machen. »Danke. Es tut mir auch leid mit Mandy.«

»Das weiß ich zu schätzen.« Er schwieg kurz. »Schön, dich zu sehen.«

Sie lächelte und atmete ein Danke aus. Ein bloßes Händeschütteln kam ihr plötzlich unangemessen vor. Sie trat einen Schritt näher und sie umarmten einander kurz. »Auf Wiedersehen, Ticonderoga.«

Er lachte über den alten Spitznamen.

Sie ging. Und fühlte sich sehr viel besser als noch vor Kurzem.

Vielleicht war das Geplänkel kürzlich mit Viv über Reha und Sucht gar nicht so absurd gewesen. Was auch immer ihr Problem war, offenbar unternahm sie gerade einen der zwölf Schritte: Wiedergutmachung leisten.

Sie hatte es nie bereut, Ty Wilkins oder Sweetwater Springs verlassen zu haben, aber ihr schlechtes Benehmen ihm gegenüber hatte ihr leidgetan. In der Highschool waren sie beste Freunde gewesen und hatten sich auch auf romantische Art zueinander hingezogen gefühlt. Sie trug seinen Ring; er trug ihren an einer Kette um den Hals. Sie gingen zusammen auf sämtliche Partys und Abschlussbälle. Alle glaubten, dass sie heiraten würden. Dann war sie gegangen, ohne sich ein einziges Mal umzusehen, und hatte ihren Freund zusammen mit allem anderen, das ihr an Sweetwater nicht gefiel, zurückgelassen.

Auf halbem Weg die Straße hinunter blieb sie plötzlich stehen und drehte sich um. Ty stand an der Zapfsäule und plauderte mit einem Fahrer. Wahrscheinlich säuberte er jungen Frauen, die ihn anlächelten, auch die Windschutzscheiben.

Er war ein guter Mann. Er wirkte glücklich.

Jack würde wahrscheinlich auch glücklich ohne Frau sein.

»Pops …« Jill ging neben dem roten Cabrio in die Hocke und sprach zu den Beinen ihres Vaters, die darunter hervorschauten. »Ich brauche mein Handy.«

»Immer sachte. Ich bin gleich fertig.«

Sie blickte auf ihr Handgelenk, auf die Uhr, die nicht da war, und rieb sich die Haut. Ihr fehlte das Gefühl des gold- und silberfarbenen Stretcharmbands. Nach dem schrecklichen Gespräch mit Jack über Connors Hochzeit am Sonntagabend hatte sie bei ihren Eltern geweint, nur um zu erfahren, dass sie es schon wussten. Sie hatten Connor schwören müssen, nichts zu sagen, weil er seinen Eltern die freudige Nachricht selbst hatte überbringen wollen.

Diese Freude hatte sie ihrem Sohn genommen.

Sie jammerte ihrem Vater vor, wie leid ihr das tue, bis er ihr drohte, sie auf der Stelle zurück nach Chicago zu bringen, wenn sie ihm nicht ihr Handy und ihre Uhr gab und endlich still war. Sie gab ihm beides, aber körperlich fand sie nicht zur Ruhe. Die nächsten drei Tage war sie unablässig in Bewegung, machte stundenlange Spaziergänge und ging joggen, wobei sie Wanderern, Steinen, Eidechsen und einmal sogar einer Klapperschlange auswich.

Irgendwann wurde sie dann doch ein wenig ruhiger.

»Pops, bitte.«

Skip kam auf dem Rollbrett unter dem Auto hervor und setzte sich auf. »Dein Haar sieht gut aus.«

»Danke.« Sie setzte sich auf den Betonboden. »Die Carlson-Zwillinge lassen dich grüßen.«

Er fuhr sich mit einem Taschentuch über das Gesicht und verwischte einen schmierigen Streifen. »Du meinst also, du bist wieder bereit für das Handy?«

»Ja, Sir.«

Er kniff ein Auge zusammen.

Jill lächelte über seinen verwirrten Gesichtsausdruck. »Ja, Sergeant.«

»Ach, komm schon. So schlimm war ich doch auch wieder nicht, oder?«

»Nein, Sir.« Sie lachte.

»Hör auf.«

»Ja, Sir.« Sie salutierte vor ihm. »Ich möchte jedenfalls Connor anrufen.«

»Na gut.« Er schwieg kurz. »Und wenn er den Anruf nicht annimmt?«

Ihr Lächeln erlosch und sie holte tief Luft. »Kein Problem. Ich will mich nur entschuldigen. Das kann ich auch auf den Anrufbeantworter sprechen.«

»Du hast doch gesagt, das hättest du bereits getan.«

»Pops, können wir das vielleicht ohne große Befragungen erledigen?«

Jetzt lächelte er. »Nö.«

»Ich war nicht ganz ehrlich. Ich meine, ich wollte ja, aber ich habe nicht an alles gedacht.« Sie biss sich auf die Lippe und hoffte, dass keine weiteren Erklärungen nötig waren.

»Du meinst, du hast ihm nicht die ganze Mutter-Problematik gestanden.«

Wie konnte sie jemals annehmen, dass ihrem Vater etwas entging? Sie zuckte die Achseln.

»Mein Schatz, ich wusste, dass du nach Connor keine Kinder mehr wolltest. Wahrscheinlich warst du nicht mal so scharf darauf, überhaupt eins zu haben. Du hattest Angst davor. Angst, dich als schlechte

Mutter zu entpuppen. Deine Mutter hat sich bei dir und Viv nicht so sonderlich bewährt.«

»Pops, ich will gar nicht Mom die Schuld geben.«

»Das tust du ja auch nicht. Es ist aber wahr und sie gibt es auch zu. Es ist schade, aber es war nun einmal so. Ich habe es doch selbst gesehen, ihre zögernde Art, wie sie sich von euch Mädchen zurückzog. Als Vater kann man da wenig tun, nur die Lücken ausfüllen, so gut man es eben vermag.« Er grinste. »Ich war nicht gerade der Renner, was Liebe und Zärtlichkeit betrifft.«

»Nein, aber …«

»Nee. Keine Entschuldigungen. Du und ich haben früher schon darüber gesprochen, und ich weiß, dass du uns vergeben hast. Vertrau einfach darauf, dass Connor dir deine Fehler ebenfalls vergibt, worin auch immer sie bestehen mögen. Er macht gerade die Erfahrung, dass Familienmitglieder einander unabsichtlich verletzen können. Früher oder später wird er herausfinden, was er gegen die Auswirkungen einer dysfunktionalen Mutter tun kann.«

»Ha, ha.«

»Bis dahin muss er eben einfach die bittere Pille schlucken.« Ihr Vater zwinkerte ihr zu. »Das Handy liegt bei den Schraubenschlüsseln.« Er legte sich wieder auf den Rollwagen, stieß sich ab und glitt unter das Auto.

Sie zögerte. »Pops, ich bin auch wieder bereit für meine Uhr.«

Er rollte wieder hervor. »Willst du irgendwohin gehen?«

»Auf eine Hochzeit. Wenn er mich dabeihaben will.«

»Er wird dich haben wollen.« Er lächelte. »Sie ist in der Küchenschublade bei den Kochlöffeln.« Schmunzelnd verschwand er wieder.

»He, Pops!«

»Ja, Jaws?«

Er klang genervt, aber sie wusste, dass das nur gespielt war. »Wenn ich Connor angerufen habe, darf ich dir dann ein bisschen helfen?«

Er antwortete nicht sofort. »Klar«, sagte er dann ruhig, »das wäre schön.«

Jill fand es auch schön.

30

Jill saß an dem kleinen Schreibtisch in ihrem Schlafzimmer, starrte auf ihr Handy und zog mit dem Finger seine schlanken Konturen nach.

Einundzwanzig entgangene Anrufe. Dreizehn neue Nachrichten.

Sie scrollte durch die entgangenen Anrufe. Da waren welche von Gretchen, von der Chefredakteurin des Radiosenders und von Kollegen. Kein einziger von Jack oder Connor.

Was hatte sie in ihrer letzten Nachricht zu Connor gesagt? »*Es tut mir leid, Con. Ich war grob zu dir und – und Emma. Aber ich war einfach so durcheinander. Weil dein Vater nicht an unserem ganz besonderen Ort aufgetaucht war, ganz zu schweigen von seiner überraschenden Ankündigung. Es lag nicht an dir. Bitte ruf mich an.*«

Kein Wunder, dass Connor sie nicht angerufen hatte. Es war gleichgültig, dass sie völlig verzweifelt gewesen war, er hatte nur gehört, dass seine Mutter seinem Vater die Schuld daran gab, dass sie nicht begeistert über ihn und Emma und ihre gemeinsame Überraschung war.

»Zeit, die bittere Pille zu schlucken, Mom.«

Jill drückte die Fünf und Verbinden. Einen Augenblick später klingelte Connors Telefon.

Als sich seine Mailbox meldete, klappte sie das Handy wieder zu.

Vielleicht sollte sie zuerst ihre Nachrichten abhören.

Noch während sie das Handy wieder öffnete, klingelte es. Auf dem Display erschien Connors Name.

»Connor.«

»Hey, Mom. Tut mir leid, das Handy war in meinem Rucksack vergraben.«

»Störe ich dich?«

Er lachte. »Wir sind in Napa in einem Café. Meine französische Verlobte und ihre französischen Eltern lästern gerade über die kalifornischen Weine.«

»Sie sind Franzosen, da trinken sie natürlich Wein.«

»Mom.« Seine Stimme klang genervt.

»Das war kein moralisches Urteil.«

»Bleib dran. Ich geh kurz raus.«

Jills Entschlossenheit geriet ins Wanken. Anscheinend waren sie irgendwie in eines dieser bestimmten Gespräche gerutscht, in denen er alles, was sie sagte, missverstand, weil er mit seinen Gedanken ganz woanders war.

»Okay. Hat Dad dir unsere Neuigkeit gesagt?«

»Ja.« Sie kratzte ein wenig Begeisterung zusammen und versuchte es erneut. »Ja! Das ist vielleicht eine Überraschung!«

»An eure reicht sie aber bei Weitem nicht ran.«

»Doch, das tut sie. O Schatz, ich weiß gar nicht, wo ich anfangen soll. Es tut mir so leid.«

»Dass ich heirate?« Offenbar hatte sie ihn wirklich auf dem falschen Fuß erwischt.

»Connor, gib mir doch eine Chance zu reden! Wie ich mich in Hollywood benommen habe, tut mir leid.«

»Das hast du mir schon auf die Mailbox gesprochen. Was wolltest du mir heute sagen?«

»Nichts. Ich wollte es dir nur noch persönlich sagen. Ich habe dich verletzt. Mein Benehmen war unentschuldbar.« *Und ich hoffe von Herzen, dass du mir vergeben kannst.* Das Offensichtliche sprach sie nicht aus.

Connor wusste, was sie dachte. Eins ihrer größten Anliegen war gewesen, ihm beizubringen, dass er andere nicht dafür verantwortlich machen konnte, ob es ihm gut ging oder nicht. Im Moment war eine weitere Lektion nicht angebracht, denn in der Verfassung, in der er sich befand, würde er alles lediglich als Zwang empfinden. Er musste selbst dahinterkommen.

»Liebling, du bist kein Kind mehr. Bitte, verhalte dich in dieser Situation auch wie ein Erwachsener. Dein Vater und ich stecken in einem üblen Chaos, das unser Leben von Grund auf verändert. Der Zeitpunkt könnte nicht schlechter sein, aber das ist nicht zu ändern. Wir lassen uns nicht unterkriegen. Ich freue mich für dich. Emma muss eine ganz außergewöhnliche junge Frau sein.« Sie presste die

Worte an einem Kloß in ihrer Kehle vorbei. Wie gern wäre sie richtig glücklich für ihn! Wie gern hätte sie das Mädchen ganz normal kennengelernt, das Wachsen der Beziehung zwischen ihr und ihrem Sohn mitverfolgt, den beiden Ratschläge gegeben.

Doch angesichts ihrer gegenwärtigen Situation war das wohl kaum angebracht.

Sie schluckte. »Also, was kann ich für dich tun? Dad sagte, du möchtest eine Hochzeit in ganz kleinem Rahmen.«

»Ja. Wir müssen zurück auf die Uni, und wir möchten gern heiraten, solange ihre Eltern hier sind.« Er ratterte die wirklich sehr, sehr kurze Gästeliste herunter und setzte sie über seinen Plan in Kenntnis, die Feier im Hinterzimmer seines italienischen Lieblingsrestaurants abzuhalten.

Es war mitnichten Jills Traumhochzeit als Mutter des Bräutigams. Nein. Nicht annähernd.

Er fragte: »Hat Dad dir von der Zeremonie erzählt?«

»Nein.«

»Okay. Jetzt flipp bitte nicht gleich aus.«

Sie zählte bis fünf.

Es war ein Reflex auf die Wendung, die stets einer Information vorausging, die sie lieber nicht hören wollte. »Liebling, das kann doch Pastor Lew machen. Wir können bestimmt die Kapelle bekommen. Sie ist kleiner …«

»Mom, wir möchten nicht, dass er uns traut.«

»Was? Was! Connor! Pastor Lew begleitet dich schon dein ganzes Leben lang! Warum …?«

»Warum rede ich überhaupt mit dir?«

Seine Stimme schwoll an. »Du willst, dass ich erwachsen reagiere, aber wenn ich eine Entscheidung treffe, die dir nicht behagt, gehst du sofort auf die Palme.«

»Du meine Güte, ich bin doch nur verwirrt, das ist alles. Hilf mir, dich zu verstehen. Magst du ihn nicht?«

»Nein. Eigentlich nicht.«

»Aber warum …?«

»Schau, ich kann dir das jetzt nicht erklären. Ich genieße gerade eine wunderschöne Zeit mit Emma und ihren Eltern. Und zu deiner Information, ja, sie trinken Wein und ich trinke übrigens auch Wein.«

»O Connor! Wie kannst du nur! Du spielst mit dem Feuer. Dein Urgroßvater Galloway …«

»War ein rumtobender Alkoholiker. Das weiß ich und ich kenne auch die genetischen Risiken.«

»Also warum …?«

»Wahrscheinlich, weil du mir mein Leben lang eingetrichtert hast: ›Tu es nicht.‹«

»Ich habe dir auch gesagt, dass du nicht über die Straße gehen sollst, ohne zu gucken.«

»Das ist nicht das Gleiche.«

»Connor, ich wollte dich doch nur schützen. Dich davor bewahren, etwas zu tun, was dir schadet oder was du später einmal bereust.«

»Aber es ist *mein* Leben. Ich muss meine eigenen Entscheidungen treffen und manche Dinge eben selbst herausfinden. *C'est la vie.*«

»Aber …«

»Aber nichts, Mom. Hör auf damit. Komm, wir sagen jetzt einfach *au revoir* und reden ein andermal darüber. Okay?«

Sie schlang ihren freien Arm um ihre Taille und hielt sich fest umklammert, um einen Gefühlsausbruch zu unterdrücken. »Ich entschuldige mich dafür, dass ich ausgerastet bin.«

Er stieß laut die Luft aus. »Und mir tut es leid, dass ich laut geworden bin. Gut so weit?«

»Wer soll die Trauung vornehmen? Und wo?«

»Später. Sag *ciao*, Mom.«

»*Ciao*, Mom.«

Er schnaubte. Es war ein Laut irgendwo zwischen einem leisen Lachen und den unschönen Wörtern, die man sonst nur in Umkleidekabinen hört.

Jill klappte das Handy zu und wünschte sich mit aller Kraft, ihren Sohn, sein Unabhängigkeitsstreben und sein Sprachengewirr für eine lange, lange Auszeit in eine Ecke stellen zu können.

Jill ging nicht zu ihrem Vater in die Garage. Stattdessen machte sie einen strammen Spaziergang. Voller Bedauern und Verwirrung stapfte sie mit schweren, zornigen Schritten über den felsigen Wüstenboden, bis sie völlig erschöpft war.

Was war nur los? Erst Jack, dann Connor. Zwischen ihr und den beiden Menschen, die ihr am nächsten standen, hatte sich eine Wand aufgebaut, und sie hatte keine Ahnung, wie sie sie einreißen sollte.

Es brauchte den ganzen fast fünf Kilometer langen Rundweg zum Wasserfall, plus den drei Kilometer langen Weg vom Haus zum Ausgangspunkt des Wanderwegs, bis sie ihr Gefühlschaos einigermaßen entwirrt hatte. Der Himmel über den Bergen im Westen war rosa und purpurn und die Sonne längst untergegangen, als sie schließlich wieder in der Stadt ankam.

Sie hatte den Rückweg nicht bewusst gewählt, stellte aber plötzlich fest, dass sie an der *Wags*-Tankstelle vorbeikam. Sie ging langsamer, blieb stehen.

Hinter den Zapfsäulen konnte sie durch die offene Tür und die Fensterfront Ty sehen. Er ging langsam durch die Regalreihen; wahrscheinlich füllte er die Lebensmittel nach, die man bei ihm kaufen konnte.

Erschöpft sah sie ihm zu. Ihr Atem kondensierte in der kühlen Abendluft.

Und in ihrer Fantasie lief ein Spiel ab.

Wie es wohl wäre, ihr Leben einfach hinzuwerfen? Ganz neu anzufangen. Sich mit der Scheidung einverstanden zu erklären. Connor tun zu lassen, was er ohnehin tun würde, ohne ihn weiter mit Ermahnungen zu nerven. Eine hübsche, kleine, günstige Wohnung in Sweetwater zu mieten. Die Wanderwege zu erkunden. Im Naturschutzzentrum zu helfen. Ihre alternden Eltern zu unterstützen. Alles zu tun, außer Vorträge zu halten. Nie, nie wieder eine Meinung über Kommunikation zu äußern oder eine Beziehung entwirren zu helfen.

Sich wieder in Ty Wilkins zu verlieben. Seine Küsse zu schmecken, die jetzt die ganze Männlichkeit enthalten würden, die damals, als sie Teenager waren, nur zu ahnen gewesen war. Seine rechte Hand an der Tankstelle zu sein.

Gerade trat er durch die Tür, einen Müllsack in der Hand. Als er sie sah, blieb er stehen.

Sie blickten sich aus dem Halbdunkel heraus an. Der Bereich zwischen ihnen war hell erleuchtet von den Lampen an der Überdachung. Die elektrisch aufgeladene Luft knisterte – das war nicht mehr ihre Fantasie.

Sie fragte sich, ob er wohl das gleiche gefährliche Spiel spielte.

So standen sie ein Weilchen, vielleicht ein oder zwei Minuten. Vielleicht eine halbe Stunde. Vielleicht länger. Sie hatte kein Zeitempfinden mehr.

Jill verweilte bei der aufreizenden Szene, die sich in ihrem Kopf abspielte. Ihr ganzer Körper prickelte. Sie fühlte sich wie ein Kind, das eine Rutschbahn runterrutscht.

Sie hörte das Schweigen, den Hauch der Wüste.

Und dann vernahm sie das Flüstern.

Sie wollte davor wegrennen, vor den Worten, die in ihr Herz drangen.

So fängt es an.

Nein!, erwiderte sie.

So fängt es an.

Nein. Ich bin nur … ich bin nur …

So fängt es an.

Die Welt verschwamm vor ihren Augen, die reale und die Welt ihrer Fantasie. Die Tankstelle. Der rosa Himmel. Tys Lippen auf ihren. Ein Abgrund löschte alles aus. Er gähnte vor ihr, eine tiefe Schwärze umgab sie und sickerte in jede Pore ihres Körpers.

»Nein«, flüsterte sie.

Jill drehte sich um und hastete eilig weiter. Sie fing an zu laufen. Ihre Muskeln protestierten, ihr Herz raste.

Sie wollte mit Ty schlafen.

So fängt es an.

Es geschah aus heiterem Himmel. Aus Schmerz und Einsamkeit. Aus der Tatsache, dass sie ein Mensch war. Aus dem Verhalten eines Ehemannes, der so sehr litt, dass er die Scheidung wollte. Aus der Zurückweisung durch den eigenen Sohn.

»O Gott«, stieß sie aus, während sie über den Asphalt rannte. »Ich hatte ja keine Ahnung.«

All die prägnanten Vorschläge, die sie von sich gegeben hatte, wie man Ehebruch vermeidet …

»Es ist zu einfach. Ich hätte fast … O Gott, ich wollte es tun. Hilf mir. Hilf mir. Hilf mir.«

Was glaubte sie eigentlich, wer sie war? Die Versuchung lauerte auch in der Wüste, im Herzen einer Frau, die andere verurteilte und glaubte, es besser zu wissen.

Der Mülleimer ächzte und quietschte, sein Gewicht war unerträglich.

»Kommt alle her zu mir, die ihr müde seid und schwere Lasten tragt.«

Jill wurde langsamer und fiel zurück ins Gehen, während sie über die vertrauten Worte nachdachte. Wieder und wieder sprach sie sie vor sich hin. Die kühle Nachtluft streichelte ihre Haut, und sie wusste, dass sie angenommen war.

Gott liebte sie, mit Warzen und allem, auch mit Mülleimer.

31

Chicago

»Jackson, Liebling.« Katherine Galloways Stimme trällerte durchs Handy. »Störe ich?«

Jack fasste sich an die Brust, um seinen Herzschlag zu beruhigen. Seine Mutter rief niemals wochentags an einem Vormittag an, es sei denn, sein Vater hatte einen Herzanfall. Doch die viermal, die das bisher passiert war, hatte nicht einmal die kultivierte Katherine gefragt, ob ihr Anruf ungelegen kam.

Er sagte: »Ich komme gerade von einer OP und bin auf dem Weg in mein Büro.«

»O bitte, erzähl mir – was hast du gemacht?«

Jack grinste über ihre Begeisterung. Sie glaubte noch immer, dass Ärzte auf Wasser laufen konnten. »Ich habe einen Knöchel rekonstruiert.«

»Wie wundervoll! Wird er oder sie wieder tanzen können?«

»Wenn er will.« Der Eishockeyspieler, den er operiert hatte, schien ihm nicht der Typ zu sein, der gern tanzte, doch Jack betete, dass er irgendetwas finden würde, das ihm Freude machte. Im Eishockey hatte der Junge jedenfalls keine Zukunft mehr. »Wie geht es dir?«

»Fabelhaft.«

Jack betrat einen wahren Kaninchenbau von Gängen und Fluren und beschloss, den kürzesten Weg in sein Büro zu meiden. Sophie zu meiden.

Seine Mutter fragte: »Wolltest du etwas Bestimmtes?«

Ähm. »*Du* hast *mich* angerufen.«

»Wirklich?«

»Geht es Dad gut?«

»Deinem Vater? Ja, es geht ihm gut. Jedenfalls so gut es einem wunderlichen alten Kauz eben gehen kann, diese Einschränkung muss ich leider machen. Er ist ein bisschen grantig heute. Ich glaube, er hat nicht gut geschlafen.«

Während seine Mutter weiterplauderte, betrat Jack sein Büro durch den Hintereingang.

Noch ein paar Schritte und er wäre in Sicherheit, in seinem privaten …

»Dr. G.«

Er fuhr auf dem Absatz herum, schenkte Sophie ein aufgesetztes Lächeln und deutete auf das Handy an seinem Ohr.

Sophie lächelte süß und deutete auf den Kaffeebecher in ihrer Hand. Sie ging an ihm vorbei in sein Büro. Ihr Haar war wieder zu einem Knoten aufgesteckt.

Sie kam zurück, jetzt ohne den Kaffeebecher, lächelte und ging wieder an ihm vorbei.

Der Kaffee würde auf seinem Schreibtisch stehen, weil sie oben im OP-Zimmer angerufen und gefragt hatte, wann er gegangen sei. Sie hatte den Zeitpunkt für den Kaffee genau abgepasst, weil sie wusste, wie sehr er seinen Kaffee nach einer Operation am frühen Morgen genoss.

Katherine ließ sich noch immer über seinen Vater aus.

Jack schloss die Tür und setzte sich an den Schreibtisch. »Mutter, weißt du noch, weshalb du angerufen hast?«

»Jackson, das solltest du mich wirklich nicht fragen! Es verwirrt mich. Ich habe das Gefühl, es löst einen Alzheimer-Schub aus.«

»Du hast kein Alzheimer und du bist weniger senil als achtundneunzig Prozent der Frauen in deinem Alter.«

»Ich glaube, das hat nicht viel zu bedeuten, wenn man mein Alter bedenkt. Hast du mir das schon mal gesagt? Ich kann mich nicht daran erinnern.«

Er lachte. »Sehr clever. Aber jetzt muss ich wieder an die Arbeit.«

»Ja, natürlich. Es dauert nicht lang. Dein Vater und ich haben gerade Jillians Sendung im Radio gehört. Bis jetzt haben sie zuvor aufgezeichnete Interviews gebracht, aber das heutige war schon mehrere Jahre alt. Woran liegt das?«

»Sie haben eben nur eine begrenzte Anzahl neue. Seit wann hört ihr beiden euch Jills Sendung an?«

»Aber Jackson, wir hören es schon, oh, ich weiß nicht, schon seit Ewigkeiten!«

»Das hast du mir nie gesagt.«

»Ich bin sicher, wir haben es erwähnt. Vielleicht wirst du ja selbst schon ein ganz klein wenig senil.«

Jack hätte den neuen Mixer, den er gestern Abend gekauft hatte, verwettet, dass seine Eltern noch am gleichen Tag, an dem er ihnen von der Trennung erzählt hatte, den christlichen Radiosender eingeschaltet hatten. Katherine rüstete sich zum Kampf und brauchte Munition, kleine Argumente, die ihre Position stärkten: »*Galloways lassen sich nicht scheiden.*«

»Auf jeden Fall«, sagte sie, »war es eine besonders gelungene Folge, die sehr gut in die gegenwärtigen Umstände passt. Es ging um Männer in der Midlife-Crisis. Der Experte, den sie interviewte, sagte, es seien genügend ähnliche Fälle dokumentiert, sodass die Ärzte mit Recht der Ansicht sind, dass es sich hier um ein echtes Phänomen handelt. Und dann haben Hörerinnen angerufen und wirklich herzzerreißende Geschichten erzählt. Jillian war einfach sehr liebevoll zu ihnen und wollte unbedingt Antworten von dem Experten, doch er schien keine zu haben.«

»Mutter, könntest du vielleicht zum Punkt kommen?«

»Oh, tut mir leid. Ich vergaß, dass es ja ein Arbeitstag für dich ist. Das Entscheidende ist, dass Jillian gefragt wurde, was sie selbst in dieser Situation tun würde. Sie sagte, der Schlüssel sei, miteinander zu reden, und dass sie beim ersten Anzeichen darauf bestehen würde, dass ihr beide alles stehen und liegen lasst, euch hinsetzt und miteinander redet. Und sie sagte, dass sie an deiner Seite sein würde, um dir zu helfen, und zwar als Freundin, nicht als Feindin.«

Jack kniff sich in den Nasenrücken.

»Und dann«, fuhr Katherine fort, »sagte sie, dass eine solche Situation sie auf jeden Fall überfordern würde und dass es ratsam sei, in diesem Fall eine Eheberatung zu machen. Ich glaube, das wollte ich dir sagen: dass du zu einem Eheberater gehen sollst.«

»Gehen Galloways zu Eheberatern?«

»Liebling, es ist ein neuer Tag. Gute Güte, es ist ein neues Jahrhundert. Hast du dir ein rotes Cabrio gekauft?«

»Nein, nur einen Mixer. Er ist weiß.«

»Vielleicht ist das dasselbe.«

Ein Mixer, um die Mädels zu beeindrucken? »Mutter …«

»Ich merke schon, du bist genervt. Gibst du uns ein Exemplar von Jills Buch?«

»Ich habe euch schon eins gegeben.«

»Wirklich? Wir werden im Bücherregal nachschauen. Ich erinnere mich nicht, es gesehen zu haben.«

»Ich bringe euch Sonntag eins mit. Tschüss.«

»Sie hat auch gesagt, dass die christlichen Eheberater in den Gelben Seiten aufgelistet sind. Tschüss, mein Liebling.« Klick.

Jack schüttelte den Kopf. Was war nur in seine Mutter gefahren?

Es klopfte an der Tür, gleich darauf wurde sie geöffnet. Sophie erschien. »Die Eingeborenen werden unruhig, Dr. G.«

»Ich komme.« Er stand auf und schüttete den noch immer heißen Kaffee hinunter. Sophie wusste tatsächlich, wie man den besten Kaffee der Welt machte.

Er würde ihr lieber nicht von seinem neuen Mixer erzählen, dann würde sie womöglich ihre Haare wieder offen tragen, ihn Jack nennen und vorschlagen, bei ihm zu Hause mit dem Mixer Smoothies zu machen.

Durch die Lautsprecher seines Laptops erklang Jills unverwechselbare, leicht atemlose Stimme und erfüllte Jacks kleine Wohnung.

Sie gehörte hier nicht hin.

Er klappte den Laptop zu und schalt sich selbst, weil er der Stimme in seinem Innern nachgegeben und sich wider besseres Wissen Jills archivierte Radiosendung angehört hatte.

Er wollte sie nicht hören – weder seine Mutter noch Jill.

Als Frischverheiratete hatten er und Jill sich einmal gestritten, weil er angeblich Katherines Ansichten und Gefühle über die von Jill stellte. Jill hatte ihm geholfen zu erkennen, dass er seine Frau über seine Mutter stellen musste. So gehörte es sich. Es entsprach Gottes Plan, »Vater und Mutter zu verlassen und einer Frau anzuhangen«. Mit Jills liebevoller Hilfe – Kommunikation war schon damals ihre Leidenschaft – hatte er langsam, aber sicher die Stimme seiner Mutter ausgeblendet.

Er hatte nicht gewusst, dass dieser Übergang ungewöhnlich schwierig gewesen war, bis er es in Jills Buch gelesen hatte.

Hatte er sich statt der Stimme seiner Mutter einfach Jills Stimme eingehandelt? Der Gedanke hatte sich ihm schon mehrmals aufgedrängt. Es schien eigentlich unmöglich. Schließlich hatte er sich doch zuallererst in Jills Stimme verliebt und zwar, weil sie weder herablassend noch schrill noch herrisch war.

Doch irgendwie war ihre Stimme im Laufe der Jahre lauter geworden als seine eigene.

Ich lebe das Leben meines Vaters. Dabei hatte er genau das sorgfältig vermieden.

Hatte er jedenfalls gedacht.

Jack blickte zur Uhr an der Mikrowelle hinüber. Es war schon nach zehn, aber sein Vater war eine Nachteule, im Gegensatz zu seiner Mutter.

Jack betastete prüfend seinen Kopf. Die Stelle, die er sich bei dem Unfall angeschlagen hatte, pochte, als wäre dort eine neue Wunde und keineswegs ein roter Streifen neue Haut. Er sollte es Baxter sagen, doch der konnte auch nichts tun, wenn es ein psychosomatisches Symptom war. Jack hatte Jills Stimme gelauscht, als er die Kontrolle über seinen Wagen verloren hatte. Ende der Geschichte.

Oder der Anfang.

Er rief seinen Vater an, der schon beim zweiten Klingeln abnahm.

»Jack, ich bin so wütend auf den Bürgermeister. Rate mal, was er heute gesagt hat.«

»Die Nachrichten anzugucken, tut dir nicht gut, Dad.«

»Ja, ja. Du klingst wie deine Mutter.«

»Tut mir leid.«

»Was?«

»Dass ich wie Mutter klinge.«

»Wie meinst du das?«

Jack seufzte heimlich. »Schläft sie schon?«

»Ist der Papst katholisch?«

»Dad, ich habe eine ernste Frage. Hör mir eine Minute zu. Warum lässt du zu, dass sie der Herr im Haus ist?«

»Sie? Der Papst ist eine Frau?«

Jack wartete.

»Schon gut, schon gut. Fernseher ausmachen und ernst werden. Also, mein Sohn, was ist los? Ich höre.«

Er konnte sich nicht mehr beherrschen und konnte auch die Worte nicht sorgfältig wählen. »Ich bin plötzlich so wütend auf dich, Dad. Furchtbar wütend. Ich hätte eine Männerstimme gebraucht, als ich klein war, und alles, was ich bekam – und noch immer bekomme –, ist ihre Stimme in meinem Kopf.«

Plötzlich hatte er einen Frosch im Hals. Er liebte seinen Vater. Wie konnte er auch nur andeuten, dass er von ihm im Stich gelassen worden war?

»Ich habe dich Angeln und Golf spielen gelehrt.«

»Dad, bitte. Verstehst du mich nicht?«

»Nein. Versuchs noch mal.«

»Du hast zugelassen, dass Mutter der Herr im Haus ist.«

»Ja. Und? Sie war besser dafür geeignet. Stimmlich. Geradezu brillant. So wie Jill.«

»Genau. Ich habe meine Mutter geheiratet.«

»Mein Sohn, das klingt ein wenig krank.«

»Ich meine damit, dass Jill mich zu allem überreden kann, so wie Mutter dich.«

»O nein! Das kannst du überhaupt nicht vergleichen. Du gehörst einer ganz anderen Generation an. Zu meiner Zeit haben sich Ehemänner nicht damit befasst, welche Tapete an die Wand kommt oder wo es gerade günstigen Schweinebraten zu kaufen gibt. Unsere Aufgabe war es, Kohle zu scheffeln. Worüber bist du eigentlich so wütend?«

Jacks Frustration verpuffte; er musste lachen. »Das weiß ich selbst nicht. Ich glaube, ich würde einfach gern mehr von dir wissen. Ich wollte, ich hätte dich das schon viel früher gefragt.«

»Danke. Ich wusste auch nicht gerade viel von meinem Vater, weißt du. Wenn ich's mir recht überlege, habe ich eigentlich auch meine Mutter geheiratet. Meine Mutter war eine starke Frau, die ihre Familie mit links stemmte und es jederzeit mit einem betrunkenen Idioten aufnehmen konnte. Du liebe Güte, willst du vielleicht sagen, dass die Geschichte sich wiederholt?«

»Dad, du warst nie betrunken und du hast immer gut für uns gesorgt.«

»Mal abgesehen davon – es tut mir leid, wenn ich dich irgendwann enttäuscht habe.«

Jack lächelte. »Ich weiß. Ich lasse einfach nur Dampf ab. Ich will aus meiner Ehe raus, aber ich fange es völlig falsch an. Ich weiß aber auch nicht, wie ich es besser machen kann. Vielleicht kann man es gar nicht richtig machen, was meinst du?«

Charles räusperte sich, unbehaglich wie immer, wenn ein Gespräch schwierig wurde. »Ich habe Jill immer geliebt und bewundert. Sie ist offen und ehrlich und ein Schatz. Aber ich kann mir auch vorstellen, dass sie dich völlig verbogen hat.«

»Das ist eine ausgezeichnete Beschreibung. Hast du vielleicht noch so ein paar Weisheits-Perlen für mich? Mir ist aufgefallen, dass du dich verändert hast, Mutter gegenüber.«

Sein Vater lachte kurz auf.

»Doch, wirklich! Du lässt sie eure Zänkereien immer öfter gewinnen.«

»Das liegt daran, dass wir jetzt in diesem Acht-Quadratmeter-Mäuseloch von Wohnung leben und ich mich nicht mehr ins Büro zurückziehen kann und sie nicht mehr durch ihre Klubs in Atem gehalten wird.«

Jack lächelte über die Übertreibungen. Die Wohnung hatte zwei

Schlafzimmer, und seine Eltern nahmen an zahllosen Aktivitäten teil, die die Einrichtung anbot.

»Jack, ich lasse sie gewinnen, weil mir das Leben einfach nicht mehr wichtig ist. Ich bin müde. Das ist die Perle der Weisheit, die ich dir heute geben kann. Du bist zu jung, um müde zu sein. Kämpfe für alles, was wichtig ist – und das ist wahrscheinlich nicht die Tapete.«

Er sagte zögernd: »Das ist eine gute Weisheit, Dad.«

»Und frag mich nicht, wie du das machen sollst, ich weiß es nämlich nicht. He! Was ist mit meinem Enkel? Er will doch heiraten! Wie ist das Mädchen?«

»Emma macht einen guten Eindruck. Sie wirkt besonnen und taktvoll.«

»Sie könnte eine Wölfin im Schafspelz sein.« Er lachte.

Jack glaubte das nicht. Andererseits … hätte er es damals von Jill geglaubt?

»Jackson, du grübelst zu viel. Werd endlich erwachsen und finde dich mit den Dingen ab.«

»Und das soll mir helfen?«

»Ich weiß nicht, aber es hat gutgetan, es auszusprechen.« Er lachte wieder.

Jack fiel ein. Nach kurzer Zeit hatte er Seitenstechen und musste sich nach vorn beugen. Aus dem Telefon hörte er das brüllende Lachen seines Vaters.

Er hatte das Lachen seines Vaters immer geliebt.

Gott, ich brauche ihn noch eine Weile. Bitte mach, dass er nicht noch einen Herzanfall bekommt.

32

Sweetwater Springs

Viv erblickte ihre Schwester am anderen Ende der weiträumigen Lobby und winkte.

Jill winkte zurück. Ein gutes Zeichen; also redeten sie immerhin wieder miteinander.

Schwestern. Viv musste lächeln. Sie gehörten zusammen, nur weil sie dieselben Eltern hatten. Was für eine verrückte Grundlage für eine Beziehung! Kein Wunder, dass sie an einem Tag unzertrennlich und am nächsten erbitterte Feindinnen sein konnten.

»Hey.« Viv ließ sich von Jill umarmen. »Ich habe Mom gesagt, dass ich vorbeischaue.«

»Ich konnte es nicht erwarten, die *Casitas*-Bande wiederzusehen.« Sie zwinkerte. »Und dich.«

»Du siehst großartig aus.« Sie betrachtete Jills locker sitzende Caprihose und ihre schimmernde Haut. »Kuchen scheint dir zu bekommen.«

»Pekannuss heute Morgen.« Sie blies die Wangen auf. »Ich hab Energie, um zum Mond hin- und zurückzulaufen. Wollen wir uns setzen?«

Sie gingen zu einer Eckcouch, die mit einem Stoff in den leuchtenden Farben des Südwestens bezogen war. Überall standen künstliche Kakteen in bunten Tontöpfen. Sie befanden sich in der Lobby des *Sage Resort Hotels.* Viv hatte eine kleine Reisegruppe hergefahren, die ein paar Tage in der Wüste verbringen wollte. Sie hatte sie eingeladen, zur Feier ihres neuen Busses und als kleines Dankeschön für ihre Treue.

Jill sagte: »Mom findet es völlig verrückt, dass du den vielen Leuten einen viertägigen Aufenthalt hier spendierst.«

»Vielleicht hat sie ja recht. Aber ich habe ihnen einen kleinen Betrag für die Fahrt berechnet und ich habe einen guten Preis für die Zimmer bekommen. Es kostet mich wirklich nicht viel.« Sie rechnete rasch im Kopf nach und lächelte. »Jedenfalls nicht sehr viel. Dustin macht zu Hause Überstunden. Und das Benzin für den Bus kommt durch die sieben Damen natürlich nicht ganz wieder rein.«

»Sieben?« Jill lachte. »Der Bus hat vierzehn Plätze.«

»Bis zu vierzehn.« Sie grinste. »Das ist nicht nur ein Dankeschön für meine ganz besondere Bande. Wir feiern damit meinen neuen Bus. Ich musste ihn doch einweihen. Also.« Sie betrachtete ihre Schwester genauer. »Wie geht es dir?«

Jill hob den Daumen. »Gestern habe ich den Ganz-okay-Zustand hinter mir gelassen. Es geht mir gut, richtig gut. Mom und Pops und Kuchen sind eine prima Kombination. Aber das hast du bestimmt gewusst.«

Viv schüttelte den Kopf. »Absolut nicht – bis nach meinem Aufenthalt. Ich bin damals hierhergekommen, weil ich verzweifelt war und kein anderer mich aufgenommen hätte. Eltern müssen ja, es ist ihr Job.«

»Ja.« Sie kniff die Nase zusammen. »Es tut mir so leid, dass ich dich gekränkt habe, Viv.«

Unsicher, wie sie reagieren sollte, zuckte Viv nur die Schultern. Seit ihrer Kindheit waren ihre gegenseitigen Entschuldigungen stets spontan, eine selbstverständliche Reaktion auf einen Streit unter Geschwistern, keine große Sache. Diese hier war … eine tief empfundene Erwachsenenversion.

»Jill, und mir tut es leid, dass ich dir nicht vertraut habe.«

»Ach, lass nur. Warum solltest du mir vertrauen? Ich traue mir ja selbst nicht. Ich habe immer gleich für alles Antworten parat, Schwarz-Weiß-Antworten. In meinem Weltbild gibt es keine Grautöne, keinen Raum für Geheimnisse oder Unbekanntes oder einfach nur die Natur des Menschen. Du hast bestimmt gedacht, wenn du es mir erzählst, sage ich dir, dass dein Verhalten moralisch verwerflich sei und du es hättest besser wissen müssen.« Sie schwieg kurz. »Wow. Ein solches uneingeschränktes Geständnis hatte ich gar nicht machen wollen. Ich wollte dich eigentlich nur um Entschuldigung bitten.«

Viv lächelte. »Gewährt.«

»Danke.« Jill rieb sich nervös mit den Händen über die Hüften. »Da ich schon mal beim Gestehen bin, kann ich auch gleich alles sagen. Vor ein paar Tagen habe ich mir eine Affäre mit Ty Wilkins gewünscht.«

»Ty Wilkins?« Viv hörte auf zu lachen und wäre beinahe erstickt. Der große, schlaksige Ty, der zwei unglaublich linke Hände hatte, wenn er nicht einen Schraubenschlüssel in der Hand hielt. »In Sweetwater Springs ist es ziemlich einsam.«

»Viv! Es ist mir bitterernst! Ich habe mit Connor geredet und etwas die Beherrschung verloren. Er will übrigens heiraten.«

Sie nickte. »Jack hat angerufen und es mir gesagt, gleich nachdem er es dir gesagt hat.«

»Nach den Gesprächen mit Jack und Connor wurde mir klar, dass ich eine miserable Ehefrau und Mutter war. Wozu strenge ich mich überhaupt noch an? Ich war bereit … wusstest du, dass Ty geschieden ist?«

Viv schüttelte den Kopf. Ihre Augen wurden weit.

»Es ist nichts passiert, aber ich war tatsächlich bereit, Ehebruch zu begehen. Ich hätte alles getan, nur damit es mir besser geht. Ich schwöre, dass ich nie mehr irgendjemand für irgendetwas verurteilen werde. Ich werde nie, nie wieder sagen, dass Gott nicht in den Grautönen dieser Welt lebt. Er weiß, dass sie ein schrecklicher, verwirrender Ort ist, und er wird uns nicht verlassen, auch dann nicht, wenn wir uns von ihm abwenden!« Sie gestikulierte wild. »Er ist in der Luft, die wir atmen. Wie willst du dem entkommen?«

»Du wirkst ein wenig fiebrig, mein Schatz.«

Jill ließ die Arme sinken und entspannte sich. »Ich bin ein bisschen aufgebracht über mich selbst.«

Viv lächelte. »Das ist nur recht und billig.«

Jill runzelte die Stirn.

»Aber immerhin fühlt die Expertin Jill Galloway jetzt mit mir mit und auch mit all den anderen Menschen. Sie ist nun eine von uns, halleluja!«

»Viv, das ist nicht lustig!«

»Nun bleibt nur zu hoffen, dass sie auch noch lernt, fröhlich zu sein.« Sie hob die Hand, um den Protest abzuwehren. »Schon gut, ich bin ja schon still. Gibt's was Neues von Jack?«

»Ich weiß nicht. Ich muss so schnell wie möglich nach Hause. Ich muss eine Hochzeit planen und ihn überzeugen, dass er eine Eheberatung mit mir macht. Wir schaffen das einfach nicht allein. Vorausgesetzt natürlich, Jack möchte es überhaupt. Wenn er mich lieber los sein will, wie er gesagt hat, dann … nun …« Sie blinzelte die Tränen zurück.

Viv nahm ihre Hand und drückte sie. »Immer einen Schritt nach dem anderen, Jillie.«

»Das sagt Pops mir schon die ganze Zeit. Apropos, er hat mir die Post gegeben, die du geschickt hast.«

Ein großer Karton voll mit Briefen an Jill adressiert, die der Radiosender an Viv weitergeleitet hatte. »Ich hatte keine Ahnung, dass dir so viele Menschen schreiben, mein Schatz, und das sind doch nur die Briefe aus den letzten paar Monaten, die handschriftlichen. Ich kann mir gar nicht vorstellen, wie viele E-Mails du noch zusätzlich bekommst!«

Jill holte tief Luft. »Dabei geht es nicht um mich, sondern um die Arbeit. Ich beobachte Ehen und sage anderen, was ich daraus lerne. Das bringt eine Saite in ihnen zum Schwingen. Es berührt die Menschen irgendwie. Aber ich kann jetzt zugeben, dass ich Formeln und Garantien aufgestellt habe, die nicht immer hilfreich, ja, manchmal sogar schädlich sind. Ich muss das unbedingt in Ordnung bringen, Viv. Ich muss den Menschen sagen, dass man mit pedantischen Dogmen nicht automatisch alles richtig macht.«

»Damit wirst du sie wieder berühren, vielleicht sogar noch stärker.«

»Vielleicht. Ich habe alle Briefe gelesen und mir die Nachrichten auf dem Anrufbeantworter angehört. Eine kam von einer Frau, die den Vortrag besucht hat, bei dem ich zusammengebrochen bin. Sie war so unglaublich freundlich. Sie sagte, dass sie für mich gebetet haben. Zuerst hat mich das alles in meiner Arbeit bestätigt. So viel Bewunderung, ja, Fürsorge von Menschen, die genau wissen, worum es geht.« Sie hielt kurz inne und fuhr dann fort: »Aber dann habe ich darüber nachgedacht, wie ich Tausenden von Fremden so tief verbunden sein und mich gleichzeitig meinem Mann und meinem Sohn entfremden kann. Ich bin ganz genau wie Mom.«

Viv setzte sich auf, überrascht über diese Aussage. »Das bist du nicht.«

»Doch. Überleg doch mal. Die Nachbarn lieben sie. Die Kunden an der Tankstelle haben sie geliebt. Die Stadt liebt sie. Du und ich haben mit ihr zusammengelebt und konnten es jedes Jahr kaum erwarten, dass wir in den Sommerferien zu Großmama fahren und endlich achtzehn werden und von zu Hause weggehen konnten. Und bis auf den heutigen Tag möchten wir lieber nicht zu viel mit ihr zusammen sein.«

»Das ist durchaus nichts Ungewöhnliches. Mütter und Töchter sind selten einer Meinung.«

»Viv, wir haben keine tiefe Verbindung zu unserer Mutter. Wir reden nicht wirklich mit ihr. Bestimmte Dinge würden wir ihr nie sagen.«

»Sie kann manchmal ganz schön kratzbürstig sein.«

»Das kann ich auch, Jack und Connor und dir und Marty und wer weiß wie vielen anderen gegenüber.«

Viv zuckte die Achseln. »Ich habe dir schon immer gesagt, dass du eine Nervensäge bist, und ich habe es auch nicht scherzhaft gemeint. So bist du nun einmal, aber du bist nicht wie Mom.«

»O Viv. Du hast mich schon immer akzeptiert.«

»Nicht immer. Du kannst sehr schwierig sein.«

»Und ich wette, du dankst Gott jeden Tag, dass wir nicht zusammenleben. Armer Jack. Er musste mit mir leben. Er ist so gütig und großzügig, genau wie Pops. Aber jetzt hat er die Nase voll. Und er will ganz offensichtlich nicht weiter durchhalten, so wie Pops bei Mom.«

»Du biegst das schon gerade, Jillie.«

»Ich will es aber nicht geradebiegen. Ich will eine Veränderung. Ich will anders werden. Ich will ein ganz neuer Mensch werden.«

Viv starrte sie an. Sie sah den neuen Haarschnitt, die klaren Augen, die ruhigen Hände. »Ich würde sagen, du bist auf dem besten Weg.«

»Wirklich?«

Sie nickte. »Man sieht es, Schatz.«

Jill lächelte, nicht ihr professionelles Medienlächeln, sondern ihr Lächeln aus der Kindheit, ein bisschen schief, bei dem auf einer Seite ihrer Nase Falten erschienen. Sie sagte: »Das ist etwas, was ich hier in der Wüste gefunden habe.«

33

Der Tisch in der Wagner-Küche war ausgezogen, um Platz für die *Casitas*-Bande, Viv, Jill, Daisy und vier Kuchen zu bieten.

Jill hob die Brauen und sah Viv vielsagend an. *Siehst du? Was hab ich dir gesagt? Miss Seelenverwandte.*

Viv zwinkerte nur.

Unweigerlich drehte sich das Gespräch zwischen den geschwätzigen älteren Frauen, alles Mütter, um ihre Kinder und Geburtsgeschichten. So blieb es auch nicht aus, dass Daisy ihre dumme Geschichte über nicht existente Außerirdische aus dem Weltraum erzählte, die nicht grün waren.

Der dänische Apfelkuchen in Jills Mund verwandelte sich in Essig.

Daisy schloss ihre Geschichte und lächelte. »Und deshalb haben wir Vivian bekommen.«

Zwei Frauen lachten höflich.

Zwei berührten ihre Ohren, eine elegante Geste, die besagte, dass ihre Hörgeräte wieder einmal nicht funktionierten.

Eine gab einen plötzlichen Anfall von Demenz vor, indem sie ihr Kinn nach unten fallen ließ und mit leerem Blick an die Zimmerdecken-Ecke starrte, eine ebenso geschickte Art, sich aus der Unterhaltung zu ziehen.

Eine andere sagte mit einer Heftigkeit, die eines großen Schauspielhauses würdig gewesen wäre: »Es gibt keinen Beweis, dass auf anderen Planeten Außerirdische leben!«

Und Agnes sagte leise, aber fest: »O Daisy, Sie sind ein Spaßvogel. Ich wette, Jillian war so vollkommen, dass Sie es kaum erwarten konnten, noch ein Kind zu bekommen.«

Jill wechselte einen Blick mit Viv und hatte das Gefühl, dass sie das Gleiche dachten. *Können wir bitte Agnes als Mutter adoptieren?*

Als Daisy in Lachen ausbrach, sah Jill ihre Schwester wieder an. *Was soll das jetzt?*

Daisy sagte: »Wissen Sie, Agnes, das kleine Ding hat mich zu Tode erschreckt. Sie war so kostbar. Sich vorzustellen, dass so etwas von mir abstammen konnte. Es klingt verrückt, aber jedes Mal, wenn ich Skip sah, wurde ich ganz heiß und bedrängte ihn. Ich ließ nicht locker, bis wir noch eins machten.«

»Mom!«, schrie Viv und schlug sich die Hände vor die Ohren.

Daisy sagte: »Ich finde, ihr seid jetzt alt genug, um diese Version der Geschichte zu hören. Immerhin seid ihr beide schon über vierzig.«

Viv sagte: »Ich werde nie alt genug sein, um diese Version zu hören!«

Jill lachte, bis ihr die Tränen über die Wangen liefen. »Bitte, bleib lieber bei der Geschichte von den grünen Marsmännchen!«

»Wie oft muss ich es dir eigentlich noch sagen, Jillian? Marsmenschen sind nicht grün!«

Danach plätscherte das Gespräch angeregt weiter; die Mütter unterhielten sich über Babys. Und auf einmal beteiligten sich sogar die Tauben und Demenzkranken mit erstaunlicher Präsenz und Klarheit.

Als Jill ihren Lachanfall überwunden hatte, wusste sie, dass sich zwischen ihr und Daisy etwas geändert hatte. Die Erklärung ihrer Mutter, dass sie ihr kostbar gewesen war, war Musik in ihren Ohren. Sie hatte alles Frühere ausgelöscht. *Ich war ein Unfall, ungewollt, hässlich, etwas, das man lieber nicht gehabt hätte*. Doch nun hatte sie erfahren, dass sie angebetet wurde. Von ihrer Mutter. Mit Gott war das eine andere Sache, aber mit ihrer Mutter? Die verschlossene, kratzbürstige Daisy Wagner?

Bis zu diesem Augenblick war Jill nicht bewusst gewesen, wie tief der *Unfall* sich in ihre Seele eingegraben hatte. Jetzt, als er seinen Griff lockerte, spürte sie, wie Frieden seinen Platz einnahm.

Sie fing Agnes' Zwinkern und Lächeln auf. Agnes, die Urheberin lebensverändernder Gespräche.

Was auch immer diese Frau haben mochte, Jill wollte es auch.

Zwölf Tage nach ihrer Ankunft verließ Jill Sweetwater Springs erstmals mit einem leichten Anflug von Trauer.

Sie war allerdings sicher, dass es nichts mit dem Anblick von Ty Wilkins zu tun hatte, der vor der Tankstelle stand und ihr nachwinkte.

Viv hupte, und die sieben Seniorinnen winkten, als könnte er sie hinter den getönten Scheiben sehen.

Agnes' sagte: »Ihr Freund aus der Highschool scheint ein netter Mann zu sein, ein *sehr* netter Mann.«

Jill starrte ihre Sitznachbarin an. »Woher wissen Sie das?«

»Wir sind ihm gestern begegnet, meine Liebe. Gestern. Wir hatten Viv gebeten, dass sie uns die Orte ihrer Kindheit zeigt. Natürlich kamen da an vielen Stellen auch Ihre Erinnerungen mit ins Spiel.« Agnes wasserblaue Augen funkelten. »Er erinnert mich an Ihren Vater. Ist Ihr Jack der gleiche Typ wie Skip und Ty? Ist er ein netter Mann, ein *sehr* netter Mann?«

»Ja, er ist ein sehr netter Mann. Seine Patienten und Angestellten vergöttern ihn.«

»Und Sie bestimmt auch.«

»Abgesehen von seinem Verhalten in den letzten Wochen, ja.«

Sie tätschelte Jill den Arm. »Sie beide haben sehr schnell geheiratet. Sagten Sie nicht, dass es nur sechs Monate war, nachdem Sie sich kennengelernt hatten?«

»Ja. Und meine und Jacks Eltern waren damals genauso außer sich, wie ich es jetzt wegen Connor bin. Ich sollte mir wirklich in Erinnerung rufen, wie völlig verrückt vor Liebe auf den ersten Blick wir waren. Jack war etwas schüchtern, so süß und sah einfach toll aus. Er wollte Arzt werden und Menschen helfen. Ich fühlte mich geborgen bei ihm.«

»Sie haben seinetwegen Ihre Firma mit Vivvie aufgegeben.«

»Großmutter Ellies Firma war für mich von Anfang an mehr eine Möglichkeit, aus Sweetwater herauszukommen, als ein echter Lebensinhalt. Es hat Spaß gemacht, aber ich wollte es nicht für den Rest meines Lebens tun. Für Viv hingegen war es eine echte Leidenschaft. Und das ist es bis heute geblieben.«

»Bereuen Sie es?«

»Du meine Güte, nein. Mein Leben war ein Traum.« Sie runzelte die Stirn. »Vielleicht ist das ja gerade das Problem. Ich habe ganz in meiner Märchenwelt gelebt und keinen Blick mehr für die Realität gehabt. Warum habe ich diese Midlife-Crisis oder wie man es auch nennen will, nicht kommen sehen?«

»Meine Liebe, Sie wissen doch sicher, dass eine Ehe wie ein Auto ist. Sie muss regelmäßig zur Inspektion. Wann haben Sie das letzte Mal den Vergaser nachsehen lassen? Die Zündkerzen gewechselt? Luft nachgefüllt?«

Jill lachte. »Sie haben mit meinem Vater gesprochen.«

Agnes zuckte auf ihre ganz besondere Weise die Achseln, eine rasche Auf- und Abbewegung der Schultern bis zu den Ohren. »Setzen Sie und Jack sich regelmäßig hin und reden miteinander?«

»Die ganze Zeit. Auf diese Weise teste ich die verschiedenen Kommunikationstheorien. Mein Buch basiert auf unseren persönlichen Erfahrungen.«

»Hm.«

Agnes, die neben dem Gang saß, ließ ihre Augen über Jills Schulter aus dem Fenster wandern.

»Hm was?«

Sie sah Jill wieder an, doch ihr Blick war unstet und schien abzuschweifen. »Für mich klingt das, als führten Sie und Jack die persönlichen Gespräche anderer Leute. Wie Ärzte in einer Leichenhalle, die eine Autopsie vornehmen und untersuchen, wie es zu einem Leberversagen kam, in der Hoffnung, etwas über ihre eigene Leber herauszufinden. Aber über Ihre eigene Leber finden Sie nur etwas heraus, wenn Sie Ihre eigene Leber untersuchen. Und trotzdem sagen Sie anderen Menschen, wie deren Leber beschaffen ist.«

»Jede Leber erfüllt bestimmte grundlegende Funktionen auf die gleiche Weise.«

»Trotzdem muss man die Variablen berücksichtigen. Alter, Gewicht, Ernährung, genetische Disposition …«

»Aber die Grundlagen ändern sich nicht.«

»Und wohin haben diese Grundlagen Sie gebracht?« Agnes lächelte. »Ich glaube, ich brauche ein Schläfchen.« Sie lehnte sich zurück und schloss die Augen.

Wie gewöhnlich provozierten Agnes' Worte unbequeme Fragen bei Jill.

Kannte sie Jacks Leber? Kannte sie sie wirklich?

»Übrigens«, sagte Agnes mit geschlossenen Augen, »früher galt die Leber als Sitz der Gefühle.«

Gut. Okay. Sie würde also ein ehrliches Leber-zu-Leber-Gespräch mit Jack führen, gleich, wenn sie wieder zu Hause war. Bevor sie irgendwelche Hochzeitspläne machten, würden sie und Jack reden, richtig reden. Ihre Ehe hatte Vorrang vor allem anderen. Sie würden sich auch um Connor kümmern, aber erst, wenn sie ihre eigenen Probleme gelöst hatten.

Der Bus brummte über die zweispurige Autobahn. Hin und wieder drangen aus dem Lautsprecher vorn neben Vivvies Sitz ein paar Fetzen Rockmusik an ihr Ohr. Sie nahm die Achterbahnhöhen und -tiefen in vernünftiger Geschwindigkeit. Vor ihnen erstreckte sich die Landschaft, ein Teppich aus Wildblumen und Kakteen in voller Frühlingsblüte. In der Ferne erhoben sich steile felsige Berge. Langsam verwandelte sich ihre Farbe in der Morgensonne von schattigem Purpur in ein helles Braun.

Doch das nahm Jill plötzlich nicht mehr wahr, als sie sich ein Gesprächsszenario nach dem anderen zwischen sich und Jack vorstellte. Er war immer bereit gewesen, sich auf ein Gespräch mit ihr einzulassen, manchmal sogar auf ein Rollenspiel, wobei er sogar bereitwillig mitten im Satz innegehalten hatte, damit sie sich Notizen über ihr Gespräch machen oder es gar aufnehmen konnte.

Vielleicht sollte sie sich diesmal keine Notizen machen und auch nichts aufnehmen. Vielleicht sollte sie Jack sagen, dass dieses Gespräch ganz allein für sie beide bestimmt war. Sie würde es weder für einen Vortrag noch für eine Sendung verwenden.

Was ärgerte ihn nur mit einem Mal so? Er hatte ihr doch immer gesagt …

Was hatte er ihr gesagt? Was sie gern hören wollte?

»Engelchen.« Agnes griff nach Jills Arm und rutschte an die Kante ihres Sitzes. »Wenn Sie ein Gespräch im Voraus orchestrieren, wird es kein vertrauliches Gespräch.«

Die Fähigkeit dieser Frau, Gedanken zu lesen, war geradezu nervtötend.

»Aber«, sagte Jill, »es gibt ein paar Punkte, die bedacht werden wollen. Wenn ich nicht …«

»Unsinn. Sie brauchen nur zu beten, zu warten, dass der Heilige Geist kommt, und dann zuzuhören, statt zu jammern. Dann wird für alles gesorgt werden.« Sie lächelte. »Sie haben hier in der Wüste etwas gelernt, sonst würden Sie noch nicht zurückfahren.«

Jill lachte. »Wie machen Sie das?«

Agnes zuckte die Achseln. »Ich höre zu, statt zu jammern. Sie nehmen mir doch nicht übel, dass ich das sage, oder?«

»Nein. Ich habe erfahren, dass meine Mutter mich immer geliebt hat. Und das bedeutet, dass ich aufhören kann, ihr beweisen zu wollen, dass ich liebenswert bin.«

»Ihr und allen anderen. Ihre Mutter und Gott lieben Sie für das, was Sie sind, nicht für das, was Sie erreicht haben.«

»Ich bin nicht, was ich tue. So habe ich mich übrigens nie gesehen.«

»Ein befreiendes Gefühl, nicht wahr? Am liebsten würden Sie hingehen und absichtlich etwas schlampig machen.«

Jill musste kichern. »Wie mein Notizbuch nicht mehr ordentlich führen.«

Agnes hüpfte auf ihrem Sitz auf und ab und klatschte in die Hände, ein kleines Mädchen am Weihnachtsmorgen. »Ja. Erzählen Sie mir, was noch passiert ist.«

»Was meinen Sie mit ›was noch passiert ist‹?«

»Ich habe etwas in Ihren Augen gesehen, als wir ankamen, ein paar Tage, bevor Ihre Mutter ihre Geschichte erzählt hat.«

Hatte man ihr das mit Ty angesehen?

»Etwas Gutes, Jill. Eine neue Erkenntnis.«

Der Mülleimer. »Ich habe mir eingestanden, dass ich nicht vollkommen bin.«

»War es ein langer Weg dahin?«

»Anscheinend. Natürlich dachte ich, ich wüsste es, aber eigentlich war es mein Leben lang nur ein vager Verdacht. Doch seit ich dieses Warzenschwein gesehen habe, fällt es mir laufend wie Schuppen von den Augen; andauernd finde ich nun neue scheußliche Eigenschaften an mir.«

»Halleluja.«

»Das habe ich noch nicht gesagt.«

»Versuchen Sie es.«

Jill holte tief Luft. »Halleluja! Ich bin voreingenommen, dogmatisch, pedantisch, zimperlich, nörglerisch und vertrete ein Schwarz-Weiß-Weltbild. Und so weiter und so weiter.«

»Sehr gut. Und jetzt?«

»All das lag in einem Mülleimer, der auf meinen Rücken gebunden war. Aber jetzt halte ich ihn nur noch mit einer Hand. Gott hilft mir, ihn zu tragen.«

Agnes starrte sie an, ein leichtes Lächeln deutete sich an. »O meine Liebe.«

»Das ist ein Halleluja wert, oder nicht?« Jill grinste. In der Erkenntnis der bedingungslosen Liebe und der Gewissheit, dass sie ihre Lasten nicht allein zu tragen brauchte, hätte sie am liebsten die ganze Zeit getanzt. Sie war bereit, alles in Angriff zu nehmen, was ihr in den Weg gelegt wurde. Jack und Connor würden sie nicht wiedererkennen.

Agnes lachte, erst leise, dann brach sie in ein richtiges Lachen aus. »Jill, Gott will, dass Sie ihn ihm ganz geben.«

»Was?« Jill hätte die Frau am liebsten in ihren Koffer gepackt und mit nach Chicago genommen.

»Gott will nicht, dass Sie den Mülleimer weiter mit sich herumschleppen. Darum geht es doch beim Kreuz, oder? Kippen Sie ihn aus, meine Liebe. Er hat Ihnen jedes Wort, jeden Gedanken und jede Handlung gegen ihn und gegen Sie selbst vergeben.«

»Auskippen?«

»Leer machen, ganz leer.«

»Aber er erinnert mich an …«

»An den Menschen, der Sie waren.« Agnes nahm ihren Arm und schüttelte ihn sacht. »Sie sind ein neuer Mensch, Jillian Galloway. Bleiben Sie nicht im Alten stecken. Kippen Sie diesen Mülleimer auf der Stelle aus!«

»Agnes, ich lerne gerade erst, ehrlich mit mir selbst zu sein. Ich brauche noch ein wenig Zeit, um über alles nachzudenken.«

»Zeit ist knapp.« Die wasserblauen Augen verloren erneut ihren Fokus. Sie richteten sich nach oben; es schien, als beobachte Agnes etwas, das sich über Jills Kopf abspielte. Sie neigte den Kopf und berührte ihr Ohr. Sie schien zu lauschen. Ihre Haut wirkte flaumig weich. »Ja, die Zeit ist fast vorüber.«

»Geht es Ihnen gut?«

»Es ist mir nie besser gegangen.« Ihr Blick kehrte zurück, sie sah Jill an. Dann lächelte sie. »Das war großartig, meine Liebe. Ich bin so froh, dass ich Sie kennengelernt habe, aber jetzt muss ich nach Hause gehen.«

Jill empfand ein jähes Gefühl der Bedrohung angesichts des plötzlichen Anfalls von Senilität. »Agnes, wir sind im Bus.«

»Ja, das weiß ich.« Sie küsste Jills Wange, löste ihren Gurt und trat rasch in den Gang.

Jill schnallte sich ebenfalls ab und wollte Agnes am Arm packen. Doch in diesem Moment machte der Bus einen Schlenker und Jill griff in die Luft.

Plötzlich lief alles wie in Zeitlupe ab. Ein Augenblick entfaltete sich. Eine Stunde verstrich. Ein weiterer Augenblick öffnete sich wie eine Blüte, die die Sonne willkommen heißt. Jills Verstand zeichnete alles genau auf.

Viv stand beinahe auf der Bremse, ihre Ellbogen stachen seitlich heraus, ihre Hände umklammerten das Lenkrad.

Agnes drehte sich um sich selbst, eine anmutige Drehung in narzissengelbem Nicki.

Frauen schrien.

Der Bus prallte auf etwas auf, hüpfte hoch in die Luft. Fiel wieder herunter. Hüpfte wieder hoch. Und herunter. Ohrenbetäubende, scheppernde Stöße.

Agnes' Körper knallte gegen die silberne Stange vor der Ausstiegstreppe, prallte gegen die vordere Trennwand und fiel zu Boden.

Der Bus setzte ein drittes Mal auf. Wamm!

Die Gepäckablage löste sich, ihr grauer Rahmen krachte gegen Jills Stirn.

Die Welt wurde schwarz.

34

Viv hatte einen Heidenrespekt vor Sandstürmen. Den ersten hatte sie erlebt, als sie sechs war und allein im Hof spielte, nicht weit vom Haus entfernt. Er traf sie ohne jede Vorwarnung und viel zu schnell, als dass ihre Mutter sie noch hätte hineinholen können. Mehrere Minuten lang prügelte er auf sie ein, füllte ihr Augen und Mund mit Sand, stach sie in Arme und Beine. Sie suchte blind nach dem Haus, ihre Schreie verloren sich im Wind, sie fand weder die Hintertür noch hörte sie die Stimme ihrer Mutter, bis der Sturm vorüber war.

Diese Erfahrung hatte sie geradezu übervorsichtig gemacht, was Fahrten mit ihrem Tourenbus durch die Wüste betraf. Außer auf der Achterbahnstrecke kurz vor Sweetwater – in ihrem eigenen Auto – fuhr sie wie eine alte Dame, die nicht eine einzige kleine Eidechse überrollen wollte. Ganz gleich, ob der Himmel klar war und völlige Windstille herrschte, sie hörte sich jede Wettervorhersage an.

Genau wie an diesem Morgen.

Das Problem war: Sandstürme kündigten sich nicht immer an.

Es war ein wunderschöner Frühlingstag, trocken, nicht zu heiß, klarer Himmel, windstill. Neben der zweispurigen Straße erstreckte sich ein gelber Teppich von Wildblumen.

Viv genoss die Fahrt. Lebhafter Verkehr machte ihr nichts aus, doch lange leere Straßen durch eine Landschaft, die sich ständig veränderte, waren etwas ganz Besonderes. Ihr gefiel vor allem die Weite der Sweetwater-Wüste, ein vielfältiges Puzzle aus Tälern, trockenen Bachbetten, Canyons, Aussichtspunkten und Bergrücken.

Niedrige, struppige Büsche, Kakteen, Felsen und heller Sand füllten die Weite, so weit das Auge reichte. Drum herum erhoben sich Hügel wie große Haufen ungefalteter Wäsche, weiche Handtücher in Erdfarben. Und dahinter ragten die Berge hervor, auf dem Kopf stehende Eistüten mit Tausendergipfeln. Es herrschte eine tiefe Stille, die ihr lauter in den Ohren klang als ihre Musik.

In dieser Umgebung fühlte sie sich klein und groß zugleich, eine Ameise, die über die Windungen von Gottes Fingerspitzen krabbelte.

Das Band der Straße tauchte, schlängelte und quetschte sich so zwischen den Felswänden hindurch, dass sie das Gefühl hatte, sie bräuchte nur die Hand aus dem Fenster zu strecken, um sie zu berühren. Manchmal öffnete sich die Felswand rechts oder links neben ihr zu felsübersäten Hängen hin und gewährte einen weiten Blick auf Täler und Berge, so herrlich, dass es ihr den Atem verschlug.

Der Red Gulch Canyon war ein solcher Pass. Viv verlangsamte das Tempo, während sie die von Felswänden gesäumten S-Kurven nahm, und freute sich schon auf die Explosion von Schönheit, die sie rechts nach der letzten Kurve erwartete.

Rums.

Ohne jede Vorwarnung fiel der Sturm über sie her. Er traf den Bus mit einer Geschwindigkeit von fast fünfzig Stundenkilometern. Die Wolken aus Staub- und Geröllmassen türmten sich Hunderte von Metern hoch und wogten bis ins Tal hinunter.

Die Sichtweite sank augenblicklich auf null.

Viv trat sofort mit aller Kraft auf die Bremse.

Automatisch registrierte sie mehrere Dinge gleichzeitig. Der Sturm selbst würde wahrscheinlich nur wenige Minuten dauern. Hinter ihr waren keine Autos gewesen, aber sie musste trotzdem so schnell wie möglich von der Straße hinunter, über den schmalen Seitenstreifen, und die Rücklichter ausschalten, damit ihnen niemand folgte.

Wo war der Seitenstreifen?

Viv drehte ganz leicht am Steuerrad. Der Bus geriet ins Schleudern. *O Gott!* Er hüpfte und knallte und schlitterte die Böschung hinunter. Immer weiter und weiter.

Eine Ewigkeit verging. Die Schreie der Frauen und das Rat-a-tat-a-tat des Sandes, der gegen das Fenster schlug, erfüllte ihren Kopf. Schließlich kam das Fahrzeug mit einem plötzlichen, heftigen Ruck zum Halten.

Und blieb so. Dach oben, Räder unten. Kein Schaukeln. Kein Schwanken. Kein Knarren. Unbeweglich auf dem Boden.

Sie waren nicht gegen eine Felswand gefahren. Sie waren nicht einen der steilen Abhänge hinabgestürzt. Sie waren nicht auseinandergebrochen oder umgestürzt oder gegen die Felsen geprallt.

Danke, Gott, danke! Viv zog die Bremse an, stellte den Motor aus und hätte beinahe gelacht. *Als ob ich auf einem Parkplatz halte! Danke. Danke.*

Sie löste den Sicherheitsgurt und wollte sich umdrehen. Ein scharfer Schmerz schoss durch ihren linken Arm und riss sie zurück. Das Handgelenk hing in einem seltsamen Winkel herunter und verfing sich im Gurt, sodass sie nicht so schnell loskam, wie sie wollte. Schließlich zerrte sie sich los und krabbelte über die Konsole in den hinteren Raum des Busses.

Sechs ihrer Damen versuchten sich loszuschnallen, während sie einander irgendetwas zuriefen. *Danke, Gott, dass sie angeschnallt waren.* Jill kam auf Viv zugekrochen oder vielmehr auf eine Gestalt, die zusammengekrümmt im Gang lag, fast schon am Ausstieg.

Eine gelb gekleidete Gestalt.

Agnes.

Was machte sie dort?

Jill erreichte sie als Erste und berührte sie ganz zart an der Wange. »O Agnes!«

Viv kniete neben ihr nieder und nahm den reglosen Arm in die Hand. Sie fühlte den Puls. Jills Finger lagen auf Agnes' Hals.

»Jillie?«

Ihre Schwester sah sie an und nickte. Ein kleines Rinnsal Blut lief über ihre Stirn und verschwand in ihrem Kragen. »Ich glaube, sie ist mit dem Kopf gegen die Trennwand geprallt.«

»Sie hat nicht einmal einen Kratzer.«

»Aber ihr Genick …«

Da sah Viv, dass Agnes' Körper seltsam verkrümmt dalag, der Kopf war unnatürlich abgeknickt. »O Gott! Das tut mir so leid!«

Jill fasste über Agnes hinweg und drückte sie. »Sie hat es gewusst, Viv.«

»Was gewusst?« Wieder fuhr ein scharfer Schmerz durch ihren Arm. »Au!«

»Du bist verletzt.«

»Wir müssen hier raus! Wir müssen hier raus!«

Jemand berührte ihren Rücken. Als sie sich umdrehte, sah sie Martha, groß, mit grau meliertem Haar. »Mein Handy hat keinen Empfang. Zeigen Sie mir Ihr Handgelenk, Vivvie.« Sie kniete sich hin und tastete vorsichtig den Arm ab. »Es könnte gebrochen sein. Versuchen Sie, sich zu entspannen. Wir haben genügend Erste-Hilfe-Ausrüstung und Nahrungsmittel und Wasser für eine ganze Armee. Wir kriegen das hin, meine Liebe. Sie wissen doch, ich war Krankenschwester und Iris war Pflegerin.«

Viv fing an zu schluchzen. »Agnes.«

»Meine Liebe, Agnes geht es gut. Sie wissen doch, wohin sie gegangen ist. Sie ist einfach in die unsichtbare Welt eingetreten, und sie ist glücklich, dort zu sein. Das friedliche Lächeln auf ihrem Gesicht sagt doch alles, meinen Sie nicht?«

Viv brach in Marthas Armen zusammen.

35

Chicago

Jack zog einen Stift aus der Brusttasche seines Arztkittels und nahm sich einen Block vom Schreibtisch. »Folgendes.« Er drehte sich mit dem Schreibtischstuhl zu seiner Patientin um, die auf einem Sessel im Untersuchungszimmer saß und fing an zu zeichnen.

Die junge Frau lachte. »Was ist das denn?«

»Ihre Beinknochen. So sind sie wahrscheinlich schon immer gewachsen. Sehen Sie, wie Sie das aus dem Gleichgewicht bringt? Die Einlagen werden das korrigieren. Keine Schmerzen mehr in den Füßen.«

Die Tür flog auf, Sophie kam herein.

Beim Anblick ihres angespannten Gesichts hatte Jack das Gefühl, die Wände des Zimmers stürzten über ihm ein.

»Mein Vater?«

»Ihr Schwager.« Ihre Stimme klang leise, ihre Worte überstürzt.

Jack konnte kaum noch denken. Sein Schwager? Wer?

Sophie bedeutete ihm aufzustehen und entschuldigte ihn gleichzeitig bei seiner Patientin. »Tut mir leid, Mrs Collins. Er muss den Anruf leider sofort annehmen. Eine Schwester ist aber gleich bei Ihnen.«

In die Halle zu gehen war, wie durch Sirup zu schwimmen. Irgendetwas stimmte nicht. Irgendetwas stimmte ganz und gar nicht. Er hatte einen Schwager, der in Kalifornien lebte. Warum sollte er ihn mitten am Tag anrufen? Warum sollte er von Jacks Vater wissen?

Sophie gab ihm den Hörer und schloss die Tür hinter ihm. »Jack, es hat einen Unfall gegeben«, flüsterte sie. »Marty ist dran.«

Marty. Sein Schwager. Er legte den Hörer ans Ohr. »Marty?«

»Hey, Jack. Hör zu. Viv und Jill hatten einen Unfall. Sie sind unversehrt. Es ist gerade eben passiert. Sie sind noch im Bus.«

»Bus?«

»Vivs Reisebus. Sie sind unversehrt.«

Er klang, als müsse er sich selbst davon überzeugen. »Ich bin ziemlich sicher, dass es ihnen gut geht. Viv hat mich angerufen … warte mal kurz.«

Sophie schob Jack in Richtung seines Büros. Durch das Telefon kam das Geräusch eines Martinshorns, gefolgt von fluchendem Gemurmel.

»Marty!«

»Ja, ja. Viv hat angerufen, vor … vor etwa zwanzig Minuten. Ein Sandsturm. Der Bus ist von der Straße abgekommen. Gott sei Dank nicht neben einem Abhang. Er steht aufrecht. Neun Personen waren drin. Es geht allen gut. Fast allen. Warte noch mal.«

Wieder kamen die Geräusche. Sophie drückte ihn in einen Sessel und setzte sich auf den anderen Stuhl in seinem Büro.

»Blödmänner! Aus dem Weg, du Idiot! 'tschuldigung.«

»Du hast ›fast‹ gesagt!«

»Agnes. Eine der alten Damen aus …«

»Jill! Was ist mit Jill?«

»Viv sagt, es geht ihr okay.«

»Was heißt *okay*?« Jack kreischte beinahe.

»Sie kann gehen und sprechen, Jack. Mehr weiß ich auch nicht. Aber ich denke, wenn sie gehen und sprechen können, sind sie unverletzt.«

»Okay. Okay.« Er beugte sich vor, die Ellbogen auf den Knien, die Hand gegen die Stirn gepresst.

Sophie berührte ihn an der Schulter.

Jack senkte die Stimme, versuchte zu verstehen, was Marty sagte. »Wo bist du?«

»Neunzig Minuten entfernt.«

»Neunzig!«

»Ich schaffe es in fünfundvierzig.«

Jack stellte sich Marty in seinem schweren Geländewagen mit den großen Reifen und dem starken Motor vor und wie sich der Verkehr wie ein Vorhang vor ihm teilte.

Marty sagte: »Sie sind beim Red Gulch Canyon.«

Jack schüttelte den Kopf. Er hatte noch nie vom Red Gulch Canyon gehört. Es klang wie ein verlassenes Wüstenloch. Wo war Jill? Als sie zuletzt miteinander gesprochen hatten, war sie bei ihren Eltern gewesen. Was machte sie in Vivs Bus? Viv hatte einen Bus?

Es war einfach scheußlich, so unwissend zu sein.

Marty fuhr fort. »Sie sind also näher bei Sweetwater als bei der Stadt. Die ersten Rettungswagen sind schon von dort losgefahren. Die meisten Helfer sind Freiwillige, aber sie kennen das Terrain.«

»Skip ist ein Freiwilliger!«

»Ja. Das heißt, dass unsere Mädchen in guten Händen sind. Aber ich muss dich trotzdem warnen. Es wird eine Weile dauern, bis sie beim Bus sind. Der Sturm hat möglicherweise die Straße mit Geröll blockiert. Es könnten sich noch weitere Unfälle auf der Strecke ereignet haben. Und …« Er schwieg.

Jack wartete.

Marty räusperte sich. »Viv konnte nicht sagen, wie weit sie abgestürzt sind. Manche Hänge fallen ziemlich steil ab. Aber sie sind mit nichts Größerem zusammengeprallt.«

»O nein. Und was ist mit der Frau? Wie hieß sie noch mal?«

»Agnes. Sie …« Pause. »Sie ist tot. Anscheinend war sie nicht angeschnallt. Mehr weiß ich auch nicht. Der Handyempfang ist nicht besonders gut. Viv hat mir nur das Nötigste gesagt, damit ich die Notrufzentrale anrufen und losfahren konnte.«

»*Du* hast die Notrufzentrale angerufen?«

»Ja. Vertrottelte Tusse.« Das konnte nur Martin Kovich auf die Art und Weise sagen, dass man spürte, wie sehr er seine Frau liebte. »Sie konnte weder klar denken noch reden. Ich glaube, in der Notrufzentrale hätten sie kein Wort verstanden. Ich muss ein bisschen auf die Straße achten. Ich ruf dich wieder an, sobald ich mehr weiß.«

»Danke. Danke, Marty.«

Jack blickte auf das Telefon. Er konnte die Taste zum Auflegen nicht finden.

Sophie nahm es ihm ab. »Ist mit Jill alles in Ordnung?«

»Er, äh, er glaubt es.«

»Was ist passiert?«

Er blinzelte und sie rückte in sein Blickfeld. Er wiederholte, was Marty ihm gesagt hatte.

Als er fertig war, presste er die Hand vor den Mund. Bilder von Jill erschienen vor seinem geistigen Auge. Verletzt? Verängstigt? Im Schockzustand?

Sterbend?

Er war Arzt. Er hatte häufig mit Notfällen zu tun. Er stoppte Blutungen und nähte Wunden. Er richtete Knochen.

Aber es war Jill gewesen, die Connors blutüberströmte Wunden und verschrammte Knie versorgt hatte. Einmal hatte Connor sogar Jill verpflastern müssen, als sie sich in den Finger geschnitten hatte. Damals war er fünf Jahre alt. Jack hatte zugesehen. Ihm war übel gewesen.

»Jack, das dürfen Sie nicht denken.«

»Was?« Wieder sah er Sophie.

Sie stand auf. »Sie dürfen sich nicht das Schlimmste ausmalen. Versuchen Sie, sie anzurufen. Wenn Marty mit Viv geredet hat …« Sie zuckte die Achseln. »Sie müssen es auch Connor sagen. Ich sage Ihre Termine ab.« Sie ging hinaus.

Er hatte seiner Frau nie etwas Böses gewünscht. Er hatte sich nie gewünscht, dass sie nicht mehr lebte.

Er hatte nur nicht mehr mit ihr zusammen sein wollen.

Er griff nach seinem Handy.

36

Red Gulch Canyon

Jill hockte zusammengekauert in Reihe fünf, Sitz eins, auf der linken Seite des Busses, die Lehne zurückgestellt. Sie war in eine Decke gewickelt und hatte ein Kühlpack auf der Stirn.

Ebenfalls in Reihe fünf, auf der rechten Seite, lag Viv, quer über beiden Sitzen, mit hochgelegten, in den Gang ragenden Beinen.

In Reihe eins, auf der linken Seite, beide Sitze ganz zurückgestellt, lag der Leichnam von Agnes Smith. Sie war von Kopf bis Fuß mit einer Decke zugedeckt.

Mehr hatten sie nicht für sie tun können.

Die sechs anderen Frauen der *Casitas*-Bande saßen überall verstreut. Martha, Iris, Ruthie, Cynthia, Yolanda und Lila hatten es ihr und Viv bequem gemacht. Martha hatte Vivs Arm auf ein Brett gebunden, um ihn zu stabilisieren. Irgendwie war es ihnen gelungen, Agnes auf den Sitz zu heben. Dann hatten sie gebetet, wobei verschiedene Traditionen, der Verstorbenen zu gedenken, miteinander verschmolzen.

Jetzt sangen sie, plauderten munter und erzählten sich Geschichten über Agnes.

»Viv.« Jills Kopf schmerzte von der Anstrengung, die sie das Sprechen kostete, doch sie wollte wissen, wie es ihrer Schwester ging, auch wenn die anderen sich um sie kümmerten. Ihre Schwester war in der schlechtesten Verfassung.

»Mm.«

»Wenn ich auf einer einsamen Insel gestrandet wäre und mir sechs Menschen aussuchen dürfte, die bei mir sind, würde ich diese hier nehmen.«

»Du hast mich nicht mitgerechnet.«

»Nein. Du hast gekniffen. Keiner sonst hat eine Verletzung. Meine Beule nicht mitgerechnet.«

»Warum bist du aufgestanden?« Viv hatte sie das schon zweimal gefragt. Entweder lag es am Schock oder sie konnte einfach nicht fassen, dass ihre Schwester etwas derartig Dummes getan hatte.

»Ich wollte hinter Agnes her.« Sie alle hatten über die seltsamen Worte der Frau gesprochen, die die Bande allerdings nicht im Geringsten seltsam fand. »Das war ein großartiges Timing von dir, ausgerechnet in dem Moment eine Vollbremsung hinzulegen und ins Schleudern zu kommen, in dem sie aufstand.« Der Witz kam nicht so recht an. »Du weißt doch, dass ich nur Spaß mache.«

»Mm.«

»Bitte, sprich mit mir.«

»Kann nicht.«

Jill fing Marthas Blick auf. Die Frau langte über die Rückenlehne, legte Viv ihre Hand auf die Stirn und murmelte etwas. Nach dem zu urteilen, was Jill die letzten beiden Stunden beobachtet hatte, betete sie wahrscheinlich, dass der Schock nachließ und die Rettungswagen bald kämen.

Viv hatte durchgehalten, so lange sie konnte. Ihr Handy war das Einzige, das Empfang hatte, und sie hatte Marty angerufen. Jill hatte aufgestöhnt, als sie mitbekam, dass Viv mit ihm und nicht mit einem Rettungsdienst sprach. Doch als sie ihr zusammenhangloses Gestammel hörte, hielt sie es für das Beste so. Dann hatte auch dieses Handy keinen Empfang mehr. Auch nicht bei erneuten Versuchen.

Aber auf Marty konnte man sich verlassen.

Jack war … weit weg.

Draußen war der Sturm längst vorüber. Sandstürme waren so. Sie waren urplötzlich da, wirbelten alles durcheinander und waren genauso plötzlich wieder verschwunden. Chaos anrichten, jeden losen Stein, Erde und Pflanzen aufwirbeln und gegen alles schleudern, was im Weg lag. Im einen Moment heulte der Sturm in einer Lautstärke, die einen fast taub machte, im nächsten war alles wieder ruhig.

Die Frauen blieben, wo sie waren. Der Bus war zwischen zwei Felsen, so groß wie der von Viv so geliebte Turtle Top zum Stehen gekommen. Die Fahrertür ließ sich nicht mehr öffnen. Das Fenster des Hinterausgangs war völlig mit Erde und Steinen bedeckt. Nach der Größe der Steine zu schließen, türmten sich nicht nur Staubtrümmer vor dem Fenster. Die Tür wurde durch irgendein großes Hindernis blockiert. Cynthia und Lila bestätigten die Vermutung, als sie versuchten, sie zu öffnen; sie ließ sich keinen Millimeter bewegen.

Eine jüngere Frau hätte vielleicht die Fensterscheibe eingetreten, doch Jill hatte keine Lust dazu. Es würde bedeuten, dass sie zur Straße hochklettern und dort statt hier warten müssten – und keiner wusste, wie weit die Straße entfernt war. Ihr tat der ganze Körper weh, weil sie herumgeschleudert worden war.

Außerdem wusste Marty, wo sie waren. Viv hatte es ihm zwar in ihrer Aufregung nicht beschreiben können, aber sie hatte ihm die Koordinaten vom GPS vorgelesen. Selbst wenn der Bus von der Straße aus nicht zu sehen war, wusste er doch genau, wo sie sich befanden, und hatte sicher sofort den Rettungsdienst von Sweetwater Springs alarmiert.

Jack war … weit weg.

Jill schloss die Augen. Was sollte sie nur ohne Agnes machen?

Sie hatten sie gefunden.

Skip war der Erste, der hineinkroch, sobald sie die Fahrertür freigelegt hatten – mehr angstvoller Vater als freiwilliger Rettungshelfer. Ty folgte ihm, dann kamen zwei weitere Männer – ausgestattete Sanitäter und Feuerwehrmänner, mit völlig unprofessioneller Sorge im Gesicht. Sie alle kannten Jill und Viv.

Und dann, Wunder über Wunder, kletterte Daisy herein. Ihr Gesicht war tränenüberströmt.

»Daisy!« Ty bellte beinahe. »Warte draußen!«

»Das sind meine Babys. Geh mir aus dem Weg.«

Er trat auf die Ausstiegstreppe hinunter.

Skip und Daisy schlossen Viv und Jill abwechselnd in die Arme.

»Es geht mir gut, Mom, es geht mir gut.«

»Aber sieh doch nur die Schwellung auf deinem Kopf, Kind.«

»Sie sollen sich um Viv kümmern. Sie hat sich irgendwas gebrochen. Ihr Handgelenk oder ihren Arm. Mach schon, Pops. Mir geht's gut.«

Alle redeten gleichzeitig. Von draußen hörte man Rufe und das Geräusch von Schaufeln. Über ihnen brummte ein Hubschrauber. Sirenen heulten. Marty tauchte auf, platzte herein wie ein Bulle.

Jill wusste nicht so recht, ob sie das alles als Rettung empfand. Der Friede während des Wartens war ihr fast lieber gewesen.

Ty kam zu ihr und setzte sich neben sie auf den Fensterplatz. »Ihr Wagner-Schwestern und eure sensationellen Abgänge aus Sweetwater.« Er nahm ihre Hand in seine behandschuhten Hände.

»Viv braucht Hilfe.«

»Keine Sorge. Wir haben uns schon um sie gekümmert.« Er nickte zu ihrer Schwester hinüber. »Siehst du? Der Infusionsschlauch ist schon gelegt. Wir bringen sie als Erste raus in den Krankenwagen, sobald der Ausgang frei ist. Wie geht es dir?«

Die weidengrünen Augen verschwammen vor ihrem Blick. Ihre Stimme funktionierte plötzlich nicht mehr. Sie zitterte, als sei sie an einem Januarmorgen in den Lake Michigan gefallen.

»Nicht so gut, hm? Du kommst als Zweite raus. Wie hast du dir den Kopf angestoßen?«

Sie gab auf und fing an zu weinen. Ihre Tränen durchnässten Tys marineblaues T-Shirt. Sie legte den Kopf an die Schulter, die auch früher schon für sie da gewesen war.

37

Chicago

Jack erreichte Jill erst viele Stunden später.

Er hatte Connor angerufen und es ihm gesagt. Angesichts der Reaktion seines Sohnes auf seinen eigenen Autounfall bestand kein Zweifel, dass er ihn diesmal unbedingt auf dem Laufenden halten musste.

Connor war mit Emma und ihren Eltern in Idaho zum Skifahren und bot an, sofort zu kommen, doch Jack sagte, dass es im Moment nichts für ihn zu tun gäbe.

Später am Abend rief Marty ihn aus einem Krankenhaus in San Diego an. Viv war in Behandlung wegen eines gebrochenen Handgelenks. Alle sechs Seniorinnen wurden noch zur Beobachtung dabehalten. Der Bus würde nach Sweetwater Springs gebracht werden, sobald er ausgegraben war, und dort würde man in Skips ehemaliger Werkstatt nachsehen, ob er noch zu reparieren war.

Und Jill?

War wieder bei Skip und Daisy.

Bei Skip und Daisy? Nachdem sie gerade erst eine ganze Woche dort verbracht hatte?

Marty erinnerte ihn daran, dass der Unfall in der Nähe von Sweetwater passiert war. Wieder hatte er das Gefühl, dumm und unwissend zu sein.

Sie kam ans Festnetztelefon. »Hallo?«

»Jill!« Er seufzte auf vor Erleichterung. »Wie geht es dir?«

»Mir geht's gut.«

»Ich versuche seit Stunden, dich zu erreichen. Marty hat mir gesagt, dass du bei deinen Eltern bist, aber es war immer besetzt. Und an dein Handy bist du auch nicht gegangen.«

»Ich habe mit Connor gesprochen. Er hat seinen Großvater, den berühmten freiwilligen Rettungssanitäter von Sweetwater, angerufen, und mich ausfindig gemacht. Vielleicht findet er auch mein

Handy. Es muss noch irgendwo im Bus sein, aber der steckt immer noch knietief in Geröll und Erde.«

Sie redete wie ein Wasserfall, also musste sie ziemlich mitgenommen sein. »Geht es dir wirklich gut?«

»Du bist ja richtig besorgt.«

»Natürlich bin ich richtig besorgt. Wie könnte es anders sein? Ich bin außer mir vor Sorge. Du sitzt in einem Bus, der mitten im Nirgendwo einen Abhang hinunterstürzt, und eine Frau kommt dabei ums Leben.«

»Jack, beruhige dich. Es geht mir wirklich gut. Na ja, abgesehen von der Beule auf meiner Stirn. Ich glaube, jetzt bin ich auch hingefallen und habe meine Mütze zerrissen, wie in dem Lied. Ich wusste nicht, dass Jill sich auch ihre Mütze zerrissen hat. Ich dachte immer, das sei nur Jack passiert.«

»Wie konnte das passieren? Marty hat gesagt, ihr seid alle angeschnallt gewesen, weil Viv darauf bestanden hat.«

»Ja, das hat sie. Aber Agnes ist aufgestanden … aber das ist eine andere Geschichte. Wie auch immer, ich habe mich ebenfalls losgeschnallt, um ihr zu helfen, und dann … dann weiß ich nicht. Wir sind von der Straße abgekommen und herumgehüpft und mein ganzer Körper wurde herumgeschleudert.«

»Warst du bewusstlos?«

»Erinnert man sich an so was? Ich weiß es nicht.«

Déjà vu. »Jill! Du musst unbedingt ein paar Tests machen lassen. Du solltest in einem Krankenhaus sein. Du könntest eine Gehirnerschütterung haben. Eine innere Blutung. Alles Mögliche! Warum bist du nicht im Krankenhaus wie alle anderen?«

»Die Rettungswagen mussten erst einmal Agnes und Viv transportieren. Arme Viv. Ihr Handgelenk ist gebrochen. Wusstest du das? Sie musste stundenlang mit gebrochenem Handgelenk in dem Bus ausharren. Und … wo war ich stehen geblieben?«

»Nimmst du Schmerzmittel?«

»Ja.«

»Du bist ein bisschen verrückter als sonst.«

Sie kicherte.

Er grinste. Jill hatte eine alberne Seite, die sich genau so äußerte. »Wenn du Medikamente nimmst, heißt das, du warst bei einem Arzt, stimmt's?«

»Stimmt.«

»Aber du bist nicht mit den anderen nach San Diego gefahren?«

»Nein. Es kam ein Van, aber mit der *Casitas*-Bande und ihrem Gepäck war er voll. Mom und Pops sind gekommen, wusstest du das? Aber sie waren absolut keine Hilfe. Warte mal kurz, Jack. So hab ich's nicht gemeint, Mom. Ich meinte, was die medizinische Versorgung betraf. Deine Umarmungen waren eine riesige Hilfe.«

Jack verdrehte die Augen.

»Wie auch immer«, fuhr sie fort, »Ty hat gesagt, ich könne mit ihnen nach Hause fahren, wenn ich versprechen würde, mich in der Notfallambulanz untersuchen zu lassen. Was ich auch getan habe, Dr. Galloway. Und Pops wird mich nachts aufwecken. Bis dahin füttert Mom mich. Sie hat mich aufs Sofa gelegt und häuft tausend Decken auf mich. Sie macht den wunderbarsten heißen Kakao.«

»Ty?«

»Tyler Wilkins. Das ist der, der Pops Werkstatt gekauft hat, erinnerst du dich?«

Der Highschool-Freund. Zurückhaltender Typ.

»Er ist auch ein freiwilliger Sanitäter.« Sie gähnte.

»Jill, wie geht es dir wirklich? Bitte, sag es mir.«

»Ich soll mit dir reden?«

Jack stöhnte. Gestern hätte er noch Nein gesagt. »Ja. Erzähl mir, was mit Agnes passiert ist.«

Sie schniefte. »O Jack, ich bin noch nie einer so warmherzigen, weisen Frau begegnet. Wenn ich groß bin, möchte ich sein wie sie.«

Er lächelte. Jill traf andauernd Frauen, denen sie nacheifern wollte, als sei sie nicht selbst der Inbegriff von Warmherzigkeit und Weisheit. »Was war so Besonderes an Agnes?«

Und dann redeten sie eine lange Weile.

»Es tut mir so leid, Jill.«

»Danke, dass du mir zugehört hast. Mom und Pops sind allmählich müde, es zu hören.«

»Das sind sie bestimmt nicht. Du bist in guten Händen. Weißt du schon, wann du nach Hause kommst?«

»Äh – nein. Darüber habe ich noch gar nicht nachgedacht.«

»Natürlich nicht. Klar. Nun, du musst dich ja erst einmal erholen. Connor wird noch eine Weile wegbleiben, also mach dir deswegen keine Sorgen. Brauchst du mich dort draußen?«

Sie antwortete nicht.

Und er wusste, dass er es vermasselt hatte. Irgendwie hatte er irgendetwas gesagt, das sie gekränkt hatte.

Er wartete, dass sie etwas sagte.

Eine Welle von Ärger stieg in ihm auf, doch dann wurde er wütend auf sich selbst. Die Umstände waren alles andere als normal. Sie stand unter unglaublichem Stress, nahm Medikamente und war Tausende von Meilen von zu Hause entfernt. Vielleicht war er ja gar nicht in Ungnade gefallen.

Schließlich sagte sie: »Nein. Nein danke. Ich *brauche* dich nicht. Danke für den Anruf. Ich muss jetzt gehen. Moms Lieblings-Polizeiserie fängt an, und sie will, dass ich sie mit ihr angucke.«

»Klar. Wir reden später.«

»Tschüss. Hab dich lieb.« Die Leitung war tot.

»Hab dich lieb«, sagte er zu seiner Küche.

Was ging da vor? Das Letzte, was er sich von Jill hätte vorstellen können, war, dass sie ihren Besuch in Sweetwater verlängern und mit Daisy zusammen fernsehen würde.

Aber sie hatte eine Kopfverletzung. Er hatte ebenfalls eine Kopfverletzung und wollte sich scheiden lassen.

Sie hatte gesagt, dass sie ihn nicht brauchte. Bedeutete das, dass es nicht nötig war, dass er zu ihr kam?

Oder dass sie ihn … überhaupt nicht brauchte?

38

Sweetwater Springs

»Jillian.« Daisy saß im Ohrensessel. Ihre Stimme klang barsch. »Warum hast du deinem Mann nicht gesagt, dass er herkommen und dich holen soll?«

»Die Sendung fängt an. Mach lauter.« Jill schob das Kissen unter ihrem Kopf zurecht.

»Du bist noch immer das dickköpfigste Mädchen, das ich je gesehen habe.« Daisy stellte den Ton lauter, während sie Jill erklärte, worum es in der Serie ging.

In der ersten Werbepause flitzte Daisy in die Küche und bereitete ihnen Popcorn in der Mikrowelle. In der nächsten holte sie Jills Schmerzmittel. Dann stopfte sie die Decke um Jill herum wieder fest und murmelte etwas davon, was für ein besonderer Mensch Agnes gewesen sei.

Jill trauerte tief um ihre neue Freundin. Diese Frau würde für immer einen Platz in ihrem Herzen behalten. Sie hatte unzählige neue Lektionen von ihr gelernt, die sie an andere weitergeben konnte. Die Wichtigste war, wie Agnes das Verhältnis zwischen Daisy und ihr in Ordnung gebracht hatte.

Agnes würde wollen, dass sie diese Zeit voll auskostete.

Und so ließ Jill sich darauf ein. Sie badete förmlich in der neuen Beziehung zu ihrer Mutter. Bis jetzt war ihr Vater der Inbegriff ihres Zuhauses gewesen, doch diese neue Seite ihrer Mutter war lindernd wie warmes Öl und weichte alte Schutz-Schwielen auf.

Als die Sendung vorüber war, setzte Daisy sich zu ihr auf die Sofakante. Jill blickte in ein von Falten durchzogenes Gesicht, das eines Tages das ihre sein würde, und lächelte.

»Jillian, ich muss dich etwas fragen, und es ist mir bitterernst damit. Fängst du wieder etwas mit Ty an?«

Sie grinste. »Keine Chance. Er ist nur ein alter Freund.«

»Aber du hast darüber nachgedacht, oder?«

»Es kam mir in den Sinn und ging vorbei.«

»Du bist ein gutes Mädchen.«

»Ich bin deine Tochter.«

»Warum hast du Jack nicht gesagt, dass du *willst*, dass er kommen soll?«

»Weil ich ihm schon seit fünfundzwanzig Jahren sage, was er tun soll.«

Daisy räusperte sich und nickte dann. »Wird Zeit, dass er es selbst herausfindet.«

»Ganz genau.«

»Könnte ein Weilchen dauern.«

Das war das Schlimme. Jill betete, dass es nicht ein Leben lang dauern mochte.

Teil Zwei

39

Chicago

Jill sah zum x-ten Mal auf ihre Armbanduhr. Jack war spät dran. Sie stand nun schon achtundzwanzig Minuten in der kalten Nachtluft auf dem Bordstein vor dem Flughafen, ihr Gepäck ordentlich neben sich aufgestapelt.

Sie hätte ihm sagen sollen, dass sie lieber den Zug nehmen wollte. Nein. Sie hätte in San Diego bleiben und auf Agnes' Beerdigung gehen und diese Wiedervereinigung noch ein wenig hinausschieben sollen.

»O Gott.« Das Stoßgebet half ihr, als sie erneut von einer Welle der Unsicherheit und des Zweifels überrollt wurde. Seit sie die Wüste verlassen hatte, hing das bevorstehende Wiedersehen mit Jack über ihr wie eine schwarze Wolke.

Sie glaubte, dass sie sich geändert hatte. Aber würde Jack es merken? Würde es ihn überhaupt interessieren? Heute waren sie genau fünf Wochen getrennt.

Würde er jetzt mit ihr über sie beide reden, wie er versprochen hatte?

Die Wolke überschattete all das Gute, das sie von den anderen erfahren hatte. Ihre Eltern hatten sie zu Viv gefahren – zwei Stunden der Ermutigung und des liebevollen Zuspruchs. Viv hatte da weitergemacht, wo sie aufgehört hatten. Sogar Marty war rücksichtsvoll gewesen.

Jill presste die Hand gegen ihren Kehlkopf. Die Unfähigkeit, mehr als zwei Worte zu beten, schmerzte wie ein Schraubstock, der ihre Stimmbänder knebelte. »O Gott.«

Agnes wäre stolz auf diese Kürze gewesen, darauf, dass sie Gott nicht genauestens darüber informierte, was als Nächstes zu geschehen hätte, darauf, dass sie das Gespräch mit ihrem ihr entfremdeten Ehemann nicht Wort für Wort vorausplante.

Entfremdet. Welch ein hässliches Wort! Wie konnten sich Menschen, die seit fünfundzwanzig Jahren so innig auf so vielen Ebenen miteinander vertraut waren, einander entfremden?

Seine Frage, ob er kommen solle, hatte sie als einen Schlag ins Gesicht empfunden. Sie hätte sterben können. Viv hätte sterben können. Agnes war gestorben. Und er hatte gefragt, ob sie ihn nach einem solchen Albtraum brauche?

Zwei Tage nach dem Unfall war sie wieder bei Viv und Marty in San Diego gewesen, hatte in ihrer Küche gesessen und mit Jack telefoniert. Er wiederholte seine Frage. Fassungslos und verletzt, sagte sie abermals nein danke.

Als sie aufgelegt hatte, starrte Viv sie an, die Augen fast unsichtbar in den tiefdunklen Schatten, die sie umgaben. Sie nahm ihren Gipsarm aus der Schlinge und legte ihn auf den Tisch; es klang wie ein entschiedener Schlag. »Ich möchte, dass du etwas hier draufschreibst.« Sie deutete auf ihren Gips. »Schreib: Jack kämpft nicht um mich, weil ich es nicht zulasse. Ich bin dickköpfig und dumm und muss immer die Oberhand haben und bleibe lieber verletzt und selbstgerecht. Alles Liebe, Jill.«

Marty hatte Viv zugestimmt und ihr einen bestimmenden Blick zugeworfen. »Er würde es vielleicht versuchen, wenn du ihm nur den Hauch einer Chance geben würdest.«

Jetzt krümmte Jill sich über dem Griff ihres Koffers zusammen. »O Gott.«

Sie hätte es geradezu verzweifelt gebraucht, dass Jack zu ihr kam und ihr Ritter in schimmernder Rüstung war. Warum hatte sie es sich selbst kaputt gemacht?

Weil ein wahrer Ritter in schimmernder Rüstung diese Entscheidung selbst getroffen hätte, ohne sie zu fragen. Sie wollte, dass es seine Wahl wäre, seine Entscheidung, seine spontane Reaktion.

Kreischende Bremsen lenkten ihre Aufmerksamkeit auf die Straße. Ein schwarzes Auto war vor ihr zum Halten gekommen. Die Tür ging auf und Jack stieg aus.

»Jill!« Er lief um das Auto herum, das sie nicht kannte.

Er hatte ein neues Auto. Aber es war nicht rot.

Natürlich hatte er ein neues Auto. Sein altes war seit dem Unfall letzten Monat ein Totalschaden.

»Jill!« Er nahm sie in die Arme und hielt sie ganz fest. »Der Verkehr war … geht es dir gut?«

Sie hob das Kinn, wollte nicken und brach in Tränen aus.

Nachdem die Umarmungen und Erleichterungsbeteuerungen vorüber und Jills Tränen getrocknet waren, fuhren Jack und Jill nach Hause. Angesichts all dessen, was in den letzten fünf Wochen geschehen war, tröstete es sie, dass sie noch immer ein Gefühl der Kameradschaft mit ihm empfand.

Vielleicht war das Busunglück schuld. Jack hatte zwar ihre lächerliche Prüfung seines Ritterstatus nicht bestanden, hatte aber dennoch seine liebenswürdigenden Qualitäten bewiesen. Er hatte Blumen geschickt, immer wieder angerufen, war überaus besorgt um ihr Wohlergehen gewesen und hatte mit dem Arzt gesprochen, der sie versorgt hatte.

Der angestrengte Ton, der aus allem, was er sagte, herauszuhören gewesen war, war verschwunden, als dächte er nicht mehr über die Scheidung nach. Vielleicht hatte der Unfall ihm einen Schubs versetzt und ihn mit einem Schlag durch die Midlife-Crisis katapultiert.

Dieser Gedanke wärmte sie. Die Erinnerung an seine Zärtlichkeit, als sie geweint hatte, und an seinen Willkommenskuss gaben ihr neue Hoffnung.

Sie wandte den Kopf und sah ihn an, während er fuhr, die Wange an das weiche Leder geschmiegt. »Das ist ein hübsches Auto.«

»Es ist ein fahrbarer Untersatz.« Er langte hinüber und berührte im Dunkeln ihre Hand. »Jill, ich bin so froh, dass du sicher und gesund wieder zu Hause bist. Ich kann dir gar nicht sagen, was für eine Angst ich hatte, als Marty anrief.«

»Er hätte warten sollen, bis er mehr wusste.«

»Nein, ich musste es gleich wissen, als er es erfahren hatte. Und er hat mich die ganze Zeit auf dem Laufenden gehalten.« Jack drückte ihre Hand. »Es war der längste Tag meines Lebens. Ich kann mir gar nicht vorstellen, wie schlimm es für dich gewesen sein muss.«

»Es war wirklich schlimm. Aber es geschahen auch erstaunliche Dinge. Ich kann immer noch nicht fassen, dass keine einzige der Frauen auch nur ein Pflaster brauchte. Aber Viv …« Jills Stimme erstarb.

»Es wird wieder gut werden. Ein gebrochenes Handgelenk. Ein paar Schrammen. Sie wird bald wieder wie neu sein. Kopfverletzungen sind eine völlig andere Sache. Wir müssen noch immer aufpassen wegen etwaiger Folgen.«

Etwaige Folgen. Ty hatte das gleiche Wort gebraucht, als er neben ihr im Bus saß und ihre Stirn untersucht hatte.

Er hatte gesagt: »Die Haut ist nicht verletzt, aber da ist eine Beule, ich würde sagen, so groß wie ein Ei. Keine Käfighaltung, keine Hormonzusätze im Futter.«

Sie hatte über Jack gesprochen, hatte direkt in Tys weidengrüne Augen geblickt und über ihren Ehemann gesprochen. »Jack hatte vor ein paar Wochen einen Autounfall; er hatte eine offene Kopfverletzung. Sie musste genäht werden.« *Jack fiel hin und zerriss sich seine Mütze.*

Und jetzt war Jill ihm nachgestürzt. Es war doch noch passiert, was sie unter allen Umständen hatte verhindern wollen.

»Irgendwelche Folgen?«, hatte Ty gefragt.

Er will sich scheiden lassen. »Er, äh, er ist seither nicht ganz er selbst.«

»Hoffentlich geht es dir nicht genauso. Ich mag dich nämlich so, wie du bist.« Ty hielt ihre Hand, die Finger an ihrem Puls. Prüfte er ihn oder versuchte er, sie zu beruhigen? »Bis auf das Zittern, aber das wird bald aufhören.«

Jill betrachtete Jack im Licht des Armaturenbretts. Sie erinnerte sich daran, wie oft er sie im Laufe der Jahre allein durch seine Berührung beruhigt hatte. Er kannte irgendwelche besonderen Fußgeheimnisse und konnte ihre Sohlen so massieren, dass Stress und Leid verschwanden.

»Ich glaube, ich brauche eine deiner Fußbehandlungen.«

Er warf ihr ein unsicheres kleines Lächeln zu.

Dann hielten sie vor dem Haus, und sie wusste sofort, dass es unter keinen Umständen dazu kommen würde.

Sie wusste es, weil das Haus dunkel war. Es war dunkel, weil Jack nicht da gewesen war, um die Willkommenslichter einzuschalten. Er war nicht da gewesen, weil er nicht mehr hier wohnte.

Jill wurde blass vor Unbehagen. Ihre Ehe war am Zerbrechen – das war eine Tatsache, die ihr in diesem Moment unvermittelt, rücksichtslos und in voller Hässlichkeit mitten ins Gesicht sprang.

Während sie hineinging, prallte diese Tatsache auf sie ein wie ein zerberstendes Symbol: Das Pendel der Wanduhr tickte nicht.

Sie machte Licht. Jack setzte ihre Taschen ab und ging ins Badezimmer im Erdgeschoss.

Sie stieg die Treppe in ihr Schlafzimmer hinauf, zu ihrem Schrank, dann zu ihrem Badezimmer. Sämtliche Spuren von Jack waren fort. Sein Eau de Toilette, seine Haarbürste, seine Zahnbürste, seine Kleidung …

»O Gott«, schrie sie auf. Ihr wurde eng um die Brust.

Sie ging wieder hinunter, in die Küche. Das Regal über dem Herd war leer. Seine Lieblingstöpfe und Pfannen waren ebenfalls fort.

»Jack!«

»Hier«, antwortete er.

Sie fand ihn in dem kleinen Wohnzimmer hinter der Küche. In dem gemütlichen Raum standen nur zwei Sessel, ein Fernsehgerät und ein Bücherregal. Es hatte ihnen als Rückzugsort gedient, als sich zeigte, dass das Haus zum Haupttreffpunkt Connors und seiner zwölfjährigen Freunde geworden war.

Jack stand vor dem Gaskamin. Er sah müde aus, seine Kleidung war zerknittert, sein hellbraunes Haar musste dringend geschnitten werden. Das Licht fiel auf seine linke Hand, die auf dem Kaminsims lag.

Der goldene Ehering war fort.

Die Flammen hinter dem Glas spendeten genügend Hitze, um das kleine Zimmer schnell anheimelnd warm zu machen, doch die Wärme drang nicht bis zu der plötzlichen Eiseskälte vor, die sich in ihrem Herzen breitmachte.

»Setz dich«, sagte er. »Hast du Hunger?«

Sie sah ihren Sessel an. Auf dem Tischchen daneben stand eine Tasse frisch aufgebrühten Tees. Sie sah seinen Sessel an. Auf seinem Beistelltisch hätte ein Stapel Bücher liegen müssen.

»Jack, ich kann das nicht.«

»Was kannst du nicht?«

»Hier leben ohne dich.«

»Setz dich. Lass uns reden.«

Sie schüttelte den Kopf. Ihre Brust schmerzte. Sie fand keine Worte. Die Worte starben in ihr, totgeprügelt von den Schlägen, die ihr einer nach dem anderen sagten, dass Jack aus ihrem Haus, aus ihrer Ehe ausgezogen war.

»Jill, ich weiß, es ist unendlich schwierig, aber wir müssen reden und Connors …«

»Wie kannst du es wagen! Wie kannst du das wagen! Raus hier! Verschwinde, Jack, sofort!«

Seine Arme hingen kraftlos herunter. »Es tut mir leid.«

»Jetzt sofort!« Sie drehte sich auf dem Absatz um und rannte durch die leere Küche zurück in das leere Schlafzimmer.

Tief eingewurzelte, oft wiederholte Wendungen fielen ihr ein. *Lass die Sonne nicht über deinem Zorn untergehen. Hol dir deine Ehe zurück. Nimm deine Beziehung in Besitz.*

Sie hatte nicht die leiseste Vorstellung, wie eine Ehe zu heilen war.

Die drohende schwarze Wolke legte sich über sie. Sie kroch ins Bett, vollständig bekleidet, krabbelte unter die Decke und fragte sich, ob sie je wieder würde aufstehen können.

40

Jack saß auf seinem Stuhl am Fußende der Untersuchungsliege, knetete Mrs Bengstens rechten Fuß und lächelte in sich hinein. Mit dem Fuß eines Patienten vor sich war sein Leben in Ordnung. Er konnte so Jills gerechten Zorn verdrängen. Er konnte sich auf Connors Rückkehr freuen. Er konnte sogar über seine Befürchtungen wegen Sophie lachen.

Heute Morgen war ihm aufgefallen, dass sie ihr Haar wieder offen trug. Er wollte jemanden umrunden, der vor ihrem Schreibtisch stand, war aber nicht schnell genug gewesen.

»Dr. G.! Sie erinnern sich doch sicher an David?«

Er blieb stehen und begrüßte einen ihm entfernt bekannt vorkommenden Pharmavertreter.

Sophie hatte sich über die Theke gelehnt. Ihre Hand lag auf dem Unterarm des Typen, seine Hand auf ihrer. Sie flüsterte ihm zu: »David, das ist der, der wie ein Vater zu mir ist.«

Später bestätigte Baxter Jacks Verdacht.: Sophie und der Pharmavertreter waren ein Paar, schon seit geraumer Zeit. Baxter hatte ihm auf die Schulter geklopft. »Verklag mich, weil ich dachte, dass du es bist.«

Jack wandte seine Aufmerksamkeit wieder den geschwollenen Knöcheln und Füßen zu, die unter schwarzen Wollhosen hervorschauten. »Eine solche Massage, ein paar Minuten jeden Tag. Das bringt die Blutzirkulation wieder in Gang.«

»Aber Olie hasst es, meine Füße zu berühren, Dr. G. Sie sind ja auch wirklich nicht gerade hübsch. Vielleicht sollte ich ihm ein Paar Latexhandschuhe kaufen, dann wäre es ihm vielleicht nicht ganz so zuwider.«

»Das wäre vielleicht nicht schlecht.« Jack sah die grauhaarige Frau an, die sich wieder aufgesetzt hatte. Ihr Gesicht war die Landkarte eines schwierigen Lebens. War das Olies Schuld? Würde Jills Gesicht eines Tages durch seine Schuld auch so aussehen? »Manche Menschen sind so, was Füße betrifft.«

»Aber Sie nicht, Dr. G.«

»Füße haben mich schon immer fasziniert.« Er lächelte. »Sie tun so viel für uns und wir nehmen sie einfach als gegeben hin.«

»Ich sollte ihm vielleicht sagen, dass wir meine nicht als gegeben hinnehmen können, oder? Wegen dem Diabetes.«

»Ganz richtig.«

»Ich werde meine Enkel bezahlen. Sie tun alles für ein paar Dollar, sogar Omas alte Füße anfassen.« Sie lachte.

Jack lächelte und hoffte, dass der Depp Olie eine gute Rente hatte. »Wir werden diese Schwielen wegkriegen und …«

Ein lautes Klopfen an der Tür unterbrach ihn. Auf der anderen Seite hörte man erregtes Getuschel.

Er entschuldigte sich und öffnete die Tür. Baxter und Sophie standen einander gegenüber und diskutierten laut flüsternd miteinander.

»Was geht hier vor?«

»Jack!« Baxter packte seinen Ellbogen. »Eine Minute.«

Sophie runzelte die Stirn. »Das ist völlig unprofessionell. Sie beide haben …«

»Ja, ja.« Baxter zerrte Jack schnell durch den Gang in sein privates Büro und schloss die Tür.

»Was …?«

»Schhhhhh. Hör zu.« Baxter langte über den Tisch und schaltete sein Radio ein.

Jills Stimme erfüllte den Raum.

»Bis auf die Beule auf meiner Stirn geht es mir gut, sehr gut sogar.«

Sie klang allerdings nicht gut. Das *Engelhafte* an ihrer Stimme fehlte. An seine Stelle war ein erschöpfter, gestresster, überarbeiteter, greller Ton getreten.

Eine vertraute männliche Stimme sagte etwas. Sie gehörte entweder Sam oder Don, den Jungs von der Morgensendung, zwei Brüdern in den Vierzigern. Sehr sympathisch im Radio und auch in persona.

»Ja«, sagte sie. »Ich werde nächste Woche ein paar Liveinterviews machen. Wir werden einige ortsansässige Eheberater zu Besuch im Studio haben, die über ihre jeweiligen Erfahrungsbereiche sprechen.«

»Jill, ich habe gehört, Sie hoffen, dass einer von ihnen auch weiß, wie man Hochzeiten ausrichtet.«

»Don, Bruder…«, Sams Stimme klang vorwurfsvoll, »manchmal quatschst du einfach zu viel.«

»Was?«

»Sieh sie dir doch an.«

Jill musste im Studio sein, nicht nur mit ihnen telefonieren.

Sam fuhr fort. »Jillian Galloway ist sprachlos. Diese Hochzeitsinfo war Geheimsache. Wirklich toll gemacht, Donno!«

»Ups!«, sagte Don. »Ehrlich, das wusste ich nicht, Jill. Tut mir leid. Zu persönlich.«

Sie lachte, ein angestrengtes, gequältes Lachen. »Ich bin immer sehr persönlich. Ihr Jungs habt mir nur den Wind aus den Segeln genommen, das ist alles.«

»Wenigstens haben wir nicht gesagt, *wer* heiraten wird«, meinte Sam. »Sie sind es nicht, oder? Und da verlässt sie uns auch schon. Tschüss!«, rief er, als ginge Jill gerade aus dem Studio. »Das war Jillian Galloway, Leute, gerade erst zurück aus ihrem Heimatstaat Kalifornien und Autorin des Buches *Sie redete, er hörte zu*, das in allen Buchläden zu kaufen ist.«

»Sie wird nächste Woche hier am Mikro sein«, fügte Don hinzu. »Am Montag, um elf Uhr vormittags. Bis dahin erholt sie sich von einem Busunglück, danke für alle Gebete. He, Sam, ein Hurra auf die freiwilligen Helfer in Sweetwater Springs, Kalifornien.«

Baxter langte über den Schreibtisch und stellte das Radio aus. »Spaßvögel.«

Jack begegnete dem Blick seines Freundes. »Würdest du mir bitte sagen, warum ich mir das anhören sollte?«

»Ich dachte, das interessiert dich.«

»Warum sollte es?«

»Sie klingt gar nicht gut.«

»Sie war völlig erschöpft gestern Abend. Gute Güte, sie war bei einem Busunglück dabei, bei dem eine Frau ums Leben kam. Sie hätte heute zu Hause bleiben sollen.«

»Was wirst du tun?«

Jack seufzte. »Waffenstillstand schließen. Connor verheiraten. Danach werden wir reden. Wir werden uns etwas überlegen.«

»Tssss! Falsche Antwort. Du brauchst einen Schlachtplan. Du musst ihr sagen, was Sache ist.«

»Und was soll ich sagen?«

»Sag ihr, was du willst. Jedenfalls kannst du sie nicht länger in diesem Niemandsland lassen. Es ist mir völlig egal, wie viele Hochzeiten du ausrichten musst. Was willst du eigentlich, Jack?«

»Mrs Bengstens Schwielen beseitigen.« Damit drehte er sich um und verließ das Zimmer.

41

Jill stocherte mit der Gabel im Salat und ging den besorgten Blicken, die ihr über den Tisch hinweg zugeworfen wurden, aus dem Weg. Die sichtlich betretenen Frauen, die ihr gegenübersaßen, waren Gretchen und die Chefredakteurin des Senders, Nan Zimmer.

Jill hatte ihnen soeben von ihrem Schreieulen-Überfall letzte Nacht auf Jack erzählt.

»Willst du meine Meinung wissen?« Nan sprach als Erste.

Jill begegnete den goldbraunen Augen. Nan war etwa zehn Jahre älter als sie, die gefassteste Person, die man sich vorstellen konnte, mit mokkafarbener Haut und einem Kopf voller kurz geschnittener natürlicher Löckchen. Ihre modische Kleidung wallte um einen schlanken und gepflegten Körper. Unter dem schönen Äußeren schlug ein noch schöneres Herz.

»Jill«, fuhr Nan fort, »du hast dir zu viel aufgeladen. Das passiert uns allen, sogar dir. Superwoman ist die Schöpfung eines Frauenhassers, der seine Freude daran hat, uns Riesenschuldgefühle zu machen. Es ist keine Sünde, wenn man es nicht schafft, seine Ehe zu retten, eine Hochzeit auszurichten, die künftigen Schwiegereltern zu unterhalten, ein Buch zu vermarkten, Liveinterviews zu führen, mit Hörern zu korrespondieren und sich von einer Verletzung und einem Trauma zu erholen – und das alles auch noch innerhalb einer einzigen Woche.«

»Bis zur Hochzeit sind es noch zwei Wochen.«

»Jillian.« Nans Stimme klang vorwurfsvoll. »Ich habe dir gerade gesagt, dass du dich in dieser Situation weder schuldig zu fühlen noch zu schämen brauchst. Irgendetwas muss zurückstecken.«

»Die Arbeit.«

Nan nickte.

»Aber die Arbeit ist das Einzige, das verhindert, dass ich den Verstand verliere.«

Gretchen lachte laut. »Dein Verstand befindet sich in einem Rekordtief. Ich würde sagen, du stehst kurz vor der Einweisung. Aber mach dir keine Sorgen. Nan und ich versprechen hiermit, eine besonders schöne Einrichtung für dich zu auszusuchen.«

Jill blinzelte die Tränen zurück. Gretchen hatte ja keine Ahnung, wie nahe sie der Wahrheit kam, beziehungsweise, dass Jill die für sie passende Einrichtung bereits ausgewählt hatte. Sie war in Sweetwater, bei ihrer Mutter und ihrem Vater und den Bergen und den Frisör-Zwillingen. Aber … »Ich kann doch nicht einfach aufhören zu arbeiten.«

Nan sagte: »Dann entlasse ich dich. *Vorübergehend*, Jill. Du wirst alles andere erledigen, was auf deiner Liste steht, und dann zurückkommen, besser denn je, weiser denn je.«

Gretchen nickte. »Mit ganz vielen Zitronenlimonaden-Geschichten. Wie Gott dir einen ganzen Scheffel Zitronen gab, als du als Erwachsene bei deinen Eltern in Backwater Springs leben musstest.«

»Sweetwater Springs.«

»Was auch immer für Wasser. Hauptsache Wüste. Warum heißt es überhaupt Wasser? Egal, es ist wie bei Mose, der aus Ägypten verbannt war und vierzig Jahre mitten im Nirgendwo für seinen Schwiegervater arbeiten musste. Dann sieht er einen brennenden Dornbusch und hört Gottes Stimme. Und schon hast du es!«

»Hast du was?«

»Limonade!«

Nan lachte laut auf. »Und wo bleibt der brennende Dornbusch in dieser höchst anschaulichen Analogie? Wo soll Jill den herbekommen?«

Gretchen sah Nan hochmütig an. »Sehe ich vielleicht aus wie Gott? Woher soll ich das wissen?«

Nan grinste und wandte sich an Jill. »Sie hat recht. Wir wissen nur eins: dass Gott treu ist. Er wird dir deinen eigenen brennenden Dornbusch zeigen. Er wird dich mit einem Geschenk aus der Wüste belohnen, einer Geschichte, die du anderen erzählen kannst, um ihnen Mut zu machen für ihre eigene Reise.«

Gretchen beugte sich vor. »Auf Reisen sind die Wege immer mit Zitronen übersät, das weißt du ja.«

»Das hast du von mir geklaut.«

»Verklag mich doch, mein Schatz.«

Jill versuchte, in diesem Geplänkel, warm umhüllt von der liebevollen Fürsorge ihrer Freundinnen, zur Ruhe zu kommen.

Sie wussten nichts von der lähmenden Angst, die sie heute Morgen überfallen hatte, aber sie boten ihr trotzdem einen Ausweg. Sie gewährten ihr eine Auszeit, ohne Schuldgefühle und ohne Bedingungen. Auf einmal fiel ihr das Atmen wieder leichter.

Anfangs war es ihr richtig gut gegangen. Wenn man die Tatsache bedachte, dass sie ihren Mann ausgerechnet in dem Moment aus dem Haus geworfen hatte, in dem er bereit war, sich mit ihr zusammenzusetzen und über *sie beide* zu reden, grenzte es an ein Wunder, dass sie am nächsten Morgen mit klarem Kopf aufgestanden war.

Dazu kam noch die Panne in der Garage. An jedem anderen Tag hätte der zerquetschte Mülleimer unter dem rechten Hinterreifen sie vor Wut zum Schäumen gebracht. Doch mit ihrem gesteigerten Bewusstsein für die Rolle von Mülleimern fragte sie sich diesmal nur ganz ruhig, was das zu bedeuten hatte, und kam zu dem Schluss, dass sie im Moment nicht hinter ein Lenkrad gehörte. Sie nahm den Zug in die Stadt.

Sie traf rechtzeitig beim Sender ein, um vor dem Lunch mit Nan und Gretchen noch ein paar Sachen aufzuarbeiten. Während sie mit der Empfangsdame plauderte, hatte eine der Ansagerinnen sie mit einer liebevollen Umarmung begrüßt.

In dem Moment war es mit ruhig und besonnen vorbei gewesen. Ihr Realitätssinn begann zu schwanken und lähmende Angst umkreiste sie und wollte sich einen Weg nach innen bahnen.

Sam und sein Bruder Don waren die Plaudertaschen vom Dienst im Team und ihre Morgensendung ein langjähriger Favorit der Hörer. Sam hatte gesehen, dass sie da war, und einen Augenblick später hörte sie auch schon über die Lautsprecher in der Lobby, wie die beiden über sie sprachen.

»Rate mal, wen ich gerade in der Lobby gesehen habe. Los, komm, wir holen sie rein!«

Bevor sie protestieren konnte, hatten sie sie schon vor ein Mikrofon gesetzt und ihr ein Headset übergestreift. Ihre Augen flogen zum Bedienpult; beinahe hätte sie einen Panikanfall bekommen. Alles, was sie tun konnte, war, still zu sitzen und nicht zu zetern.

In diesem Moment wusste sie ohne jeden Zweifel, dass sie in ihrer gegenwärtigen Situation unter gar keinen Umständen zu ihrem Job beim Radio zurückkehren konnte. Wie sollte sie sich je wieder auf diesen Stuhl setzen, Schalter umlegen, die Uhr im Auge behalten und darüber reden, wie man eine gute Ehe führte?

Jetzt sagte sie zu ihren Freundinnen: »Gut. Ich brauche eine Auszeit. Ich nehme sie.«

Gestärkt von Nans und Gretchens Vertrauen, dass gerade ein Rezept für Limonade für sie in Arbeit war, telefonierte Jill etwas später mit dem Mann, dem sie bis jetzt aus dem Weg gegangen war.

»Jill, wie geht es Ihnen?« Lew Mowers war für sie immer der Inbegriff eines Pfarrers gewesen – gütig, fürsorglich, freundlich, nie herablassend oder kurz angebunden und sehr viel weiser als normal mit fünfzig Jahren. Warum hatte sie nur so lange gezögert, mit ihm zu reden? Es lag, wie bei ihrem Vater, allein an ihrem dummen Stolz.

»Ich … ich … ich weiß nicht genau, wie es mir geht.«

Sogleich wandte sich das Gespräch in höchst beiläufiger Weise den jüngsten Ereignissen und ihrem Befinden zu. Gretchen hatte ihn in groben Zügen informiert, also wusste er von ihrer und Jacks Trennung und dem Unfall. Nur das von Connor wusste er noch nicht.

Jill sagte: »Ich kann ihn ganz bestimmt überreden, dass er die Trauung von Ihnen vornehmen lässt.«

»Moment mal, Jill. Connor ist ein wunderbarer junger Mann. Ich kenne ihn schon sein ganzes Leben, aber das muss nicht heißen, dass er sich von mir trauen lassen muss. Ich bin nicht im Geringsten gekränkt deswegen. Er und Emma müssen ihre eigenen Entscheidungen treffen und Sie, Frau Mama, müssen die beiden machen lassen.«

Das weitere Gespräch war eine einzige Talfahrt. Sie vermutete, dass das der einzige Weg war, am Ende wieder hochzukommen. Gottes komplizierte Art, das Beste aus einem Menschen herauszuholen, kam ihr nachgerade fast pervers vor. Lews Worte schnitten ihr ins Herz, zerrissen ihre Seele.

Schließlich kam das Gespräch auch auf Jack. Sie sagte, vielleicht etwas zu hitzig: »Er will nicht zu Ihnen zur Beratung kommen.«

»Auch das ist kein Problem, Jill. Nur weil Sie Gott durch mich hören, müssen noch lange nicht alle Menschen ihn durch mich hören. Vertrauen Sie einfach darauf, dass Gott andere Menschen zu Jack schicken wird. Wenn Sie mit mir und Lindsay sprechen möchten«, Lindsay war seine Frau, »sind wir jederzeit gern dazu bereit. Das wissen Sie. Und Sie wissen auch, dass wir für Sie und Jack und Connor und Emma beten.«

»Mm-hmmm.«

»Eins noch: Was haben Sie in Bezug auf Ihre Frauengruppe geplant?«

Plötzlich sah sie das Bild einer anderen Frauengruppe vor sich. Sie stand vor ihren Zuhörerinnen und platzte damit heraus, dass ihre Ehe gescheitert war.

Lew sagte in ihre Gedanken hinein: »Möchten Sie vielleicht eine längere Auszeit nehmen?«

Sie schüttelte den Kopf und nickte und schüttelte ihn wieder.

Als sie schwieg, beantwortete er seine Frage selbst. »Ja, ich glaube, das ist eine gute Idee. Sie melden sich, wenn Sie wieder so weit sind.«

42

Jill sah Connor auf dem Bürgersteig vor dem Flughafen stehen, fast an derselben Stelle, an der sie am Abend zuvor gewartet hatte. Sie hielt an und sprang aus dem Auto.

»Mom!« Er kam ihr entgegengelaufen und umarmte sie. »Geht es dir gut?«

Sie sah zu ihm hoch. »Das habe ich dir doch gesagt. Du hättest noch nicht nach Hause zu kommen brauchen.«

Er studierte ihr Gesicht genauso, wie sein Vater, der Arzt, es getan hatte. »Geht es dir wirklich gut?«

»Ja, es geht mir gut.« Sie blickte hinter ihn, wich den blauen Augen aus, die sie allzu gut kannten. »Wo ist Emma?«

»Sie und ihre Eltern sind noch in Denver. Sie wollen noch etwas Sightseeing machen.«

»O Connor.« Jills Stimme war voller Bedauern. »Warum bist du nicht bei ihnen geblieben?«

»Ich dachte, es sei Zeit, mal nicht immer nur an mich zu denken. Schließlich ist nicht mehr zu übersehen, dass du und Dad so schnell wie möglich moralische Unterstützung braucht. Mom, was den Anruf neulich betrifft, es tut mir leid, ich war einfach …«

»Ehrlich? Realistisch?« Sie schüttelte den Kopf. »Ich bin dankbar für deine Ehrlichkeit.«

»Aber an meiner Art, sie zum Ausdruck zu bringen, muss ich noch arbeiten.«

»Und ich an meiner Art, sie aufzunehmen.«

»Ich weiß, dass du nicht gut findest, was ich mache, aber es ist mein Leben.« Offenbar musste er ein paar Dinge sofort, hier und jetzt, auf dem Bürgersteig vor dem *O'Hare*-Flughafen, loswerden.

»Ja, es ist dein Leben, Connor. Und du brauchst dir meine Liebe oder Zustimmung nicht zu verdienen, okay?«

Langsam stahl sich ein Grinsen auf sein Gesicht. »Okay.«

Sie lächelte und gab ihm die Autoschlüssel.

Er machte große Augen und öffnete den Mund: »Niemals!«

Jill zuckte die Achseln und ging zum Auto, wobei sie ihn ganz bewusst sein Gepäck selbst tragen ließ, ohne ihm Anweisungen zu geben oder ihm zu helfen. Wie die Tatsache, dass sie ihn ans Steuer ließ, war auch dies ein Akt des Loslassens von der alten, ständig alles kontrollierenden Jill. Baby-Schritte, sicher. Aber doch immerhin etwas.

Seine alberne Reaktion auf die Schlüssel zeigte, dass ihm ihr Bemühen nicht verborgen blieb – doch das war kaum verwunderlich. Abgesehen von der Zeit, als er Fahrpraxis brauchte, um seinen Führerschein zu machen, hatte sie ihr Kind seit dreiundzwanzig Jahren herumgefahren.

Kind? Connor war ein junger Mann. Er wollte in Kürze heiraten. Sein Blick verunsicherte sie, weil er mitten in sie hineinsah und jeden mütterlichen Fehler registrierte.

Aber er hatte *sie* früher an diesem Tag angerufen und nicht seinen Vater. Er hatte sie gebeten, ihn am Flughafen abzuholen, nachdem er sieben Monate von zu Hause fortgewesen war. Vielleicht war das eine Geste der Vergebung gewesen.

Vielleicht hieß es, dass es noch nicht zu spät für sie war, eine bessere Mutter zu werden.

»Mom, bist du eigentlich mit Obstkuchen zum Frühstück groß geworden?« Connor legte das Wellholz hin und betrachtete sein Werk, einen papierdünnen Kuchenboden.

Jill lachte. »Nein.« Sie legte den Obstschäler aus der Hand und beugte die steifen Finger. »Wie viele Äpfel brauchen wir eigentlich?«

»Großmutters Rezept sieht noch fünf mehr vor. Du kannst also noch nicht aufhören.« Er grinste und nahm den Schäler. »Ich mach das. Du kannst ja schon mal mit achteln anfangen.«

Sie standen einander gegenüber am Ende der langen Arbeitsplatte, dort, wo die L-Form die Küche in Arbeits- und Essbereich unterteilte, und waren dabei, sein Lieblings-»Daisy-Frühstück« zu machen.

Es war schon spät. Sie waren erst nach zehn Uhr abends vom Flughafen gekommen. Obwohl sie gleich zu Anfang reinen Tisch gemacht hatten, mieden sie dann doch erst einmal das Offensichtliche: Jacks Abwesenheit. Wie sollte Connor sich mit ihm treffen, dem Vater, der nicht mehr zu Hause wohnte? Sollten sie ihn einladen? Musste Jack überhaupt auf eine Einladung warten? Sollte Connor ihr Haus verlassen und Jack allein besuchen? All diese Fragen blieben unausgesprochen.

Es war Neuland für sie beide.

Jill fragte sich, ob sie dieses Neuland wohl eines Tages erkunden würde, ob sie Lehren aus ihrer persönlichen Erfahrung ziehen und eine Sendung daraus machen würde. Bei dem Gedanken daran krümmte sie sich erneut zusammen.

Sie biss sich auf die Zunge und sagte nichts.

Schließlich lösten Jack und Connor das Problem ohne ihr Zutun. Connor telefonierte mit Jack und sagte, dass sein Vater frühmorgens eine Operation gehabt habe, dass es schon spät sei und sie sich am nächsten Tag treffen würden.

Jill biss sich ein weiteres Mal auf die Zunge. Sie hasste all diese neuen Komplikationen. Was dachte Jack sich eigentlich, Connor nach den vielen Monaten nicht einmal willkommen zu heißen?

»Voilà!« Connor hatte einen Apfel an einem Stück geschält und hielt triumphierend die spiralförmige Schale hoch. »Das wären dann noch mal vier.«

»Con, du weißt doch, dass das Rezept bei deiner Großmutter morgen wieder völlig anders klingen wird. Sie ändert ihre Rezepte dauernd.«

»Ja, das hat sie mir gesagt, aber ich habe sie dazu gebracht, die grundlegenden Fakten aufzuschreiben. Was ist das überhaupt mit ihr und ihren Kuchen?«

»Tante Viv und ich glauben, dass sie auf diese Art ihre Liebe zeigt. Sie investiert viel Energie in ihre Backerei und bietet dann jedem etwas an.« Jill setzte sich auf einen Stuhl – sie war erschöpfter, als sie zugeben wollte – und fing an, Äpfel zu achteln. »Und wenn man dann nichts von ihrem Kuchen isst, ist sie gekränkt und denkt, man liebt sie nicht mehr.«

»Emma hat nur ganz wenig gegessen, aber sie hat es ihr offenbar nicht übel genommen.«

»Das liegt daran, dass Emma deine Verlobte ist und jung und schön. Großmutter versteht, dass sie für dich schlank bleiben will, deshalb nimmt sie es in diesem Fall nicht persönlich.«

»Glaubst du wirklich?«

»Ich kenne deine Großmutter schon sehr lange und ...«

»Nein, ich meine das über Emma. Findest du sie schön?«

»Natürlich. Sie sieht aus wie ein Model. Ihre Haut ist völlig makellos. Ihr französischer Akzent klingt sehr hübsch. Andererseits ist sie bereit, deinetwegen Englisch zu lernen, was zeigt, dass sie dich anbetet. Sie wirkt selbstsicher und freundlich.«

Jill sah ihn durch die Wimpern hindurch an und überlegte, wie offen sie mit ihm sein konnte. »Trotzdem mag ich sie nicht.«

Connor grinste. »Jetzt schwindelst du.«

»Ein bisschen.« Sie seufzte. »Erst verlässt dein Vater mich, und bevor ich mich daran gewöhnen kann, verlässt du mich auch noch. Ja, es ist irrational. Ich weiß, dass es der Lauf der Dinge ist, dass du mich verlässt, aber meine erste Reaktion ist *chhhhhhh*!« Sie stieß ein katzenhaftes Fauchen aus und krümmte die Finger zu Krallen. »Ich muss einer anderen Frau Platz machen.«

»Ja. Es gibt einen Gott.« Seine Augen funkelten vergnügt.

Sie lachte. »Du hättest wahrscheinlich schon lange lieber eine andere als mich gehabt.«

»Nur hin und wieder.« Sein Grinsen wurde weicher. »Ich bin froh, dass du sie schön findest.«

Sie betrachtete ihn einen Augenblick. Seine langen Finger hantierten anmutig mit dem Obst. Er hatte Jacks Hände, Künstlerhände. »Connor, Schönheit zieht Schönheit an. Du würdest nie jemand heiraten wollen, der ein vertrocknetes Herz hat.«

»Danke.« Er warf die Schalen in den Mülleimer. »Mom, äh, wegen Dad. Hat er, du weißt schon, äh ...«

»Eine andere?« Jill schob ihm die Schüssel mit den Apfelschnitzen hinüber. »Ich glaube nicht.«

»Ich hoffe nicht.«

Sie zuckte die Achseln. Wenn eine andere Frau ihren Platz eingenommen hatte, dann wollte sie sich nur noch hinlegen und sterben. »Ich freue mich, dass du Emma gefunden hast, und ich verspreche, das nächste Mal nett zu ihr zu sein.«

»Du bist eine weise Frau.«

»Ha, ha. Und jetzt zeig mir, wie du diesen Teig hochnimmst und in die Form legst.«

Es gelang ihm ohne Probleme. »Was wirst du tun, wenn du alt und grau bist und deiner Liebe Ausdruck verleihen willst? Wirst du auch backen?« Er bestreute die Apfelstücke mit Zucker und gab eine Prise Zimt und Muskat zu, alles ohne abzumessen. Dann fing er an, das Ganze mit den Händen zu vermischen.

Sie sagte: »Ich glaube nicht, dass ich backen werde. Ich rede gern. Ich könnte eine neue Sendung machen. Eine Anruf-Sendung.« Jill senkte ihre Stimme und sagte in ihrem schönsten Ansageton: »Rufen Sie 1-800-Liebst-du-mich-lieb-ich-dich an. Sagen Sie mir, wie wundervoll ich bin, und ich sage Ihnen, wie wundervoll Sie sind.«

Connor musste so lachen, dass er sich an der Tischkante stieß und ihm die Tränen kamen. So hatte sie ihn lange nicht mehr erlebt.

Es erinnerte sie daran, wie oft sie früher miteinander gelacht hatten. Sie hatten wunderbare Augenblicke tiefer Verbundenheit von Mutter und Sohn erlebt. Vielleicht nicht genug, um die Tatsache, dass sie ihn mit ihren Anweisungen und Vorschriften fast erstickt hatte, etwas abzumildern, aber es hatte solche Augenblicke zweifellos gegeben.

Wie sie zu Daisy war auch Connor zu ihr zurückgekehrt. Wie sie brauchte auch er eine gute Dosis von Gottes mitfühlender, mütterlicher Seite. *Kommt alle her zu mir. Ich will euch Ruhe schenken.*

Sie betete darum, dass er einen Vorgeschmack dieser Ruhe, wie sie selbst auch, bei einer nicht ganz idealen menschlichen Mutter finden würde.

43

»Deine Mutter hat *was*?«, Jack schrie beinahe ins Telefon. »Sie hat *aufgehört*?«

»Beruhige dich, Dad.« Connor lachte. »Es geht doch nicht ums Geld, oder?«

»Nein, es geht nicht ums Geld.« Jills Einkommen war immer für Urlaube und Notzeiten zurückgelegt worden – doch bisher hatte man es nicht gebraucht. Zwei genügsame Workaholics machten keine Kreuzfahrten und hatten auch keine Zeit für Notzeiten. »Es ist nur – was ist mit ihrer Frauengruppe?«

»Die gibt sie auch auf. Sie wird auch keine Vorträge mehr halten.«

»Wie kann sie das alles einfach aufgeben?«

»Es ist nur vorübergehend. Soweit ich es beurteilen kann, braucht sie diese Auszeit dringend. Du weißt doch selbst, dass sie sie eigentlich schon länger nötig hat.«

»Aber diese Dinge sind ihr *Leben*.«

»Sie hat gesagt, wenn man bedenkt, dass ihre eigene Ehe in die Brüche gegangen ist, hat sie nicht mehr viel zu diesem Thema zu sagen.«

»Das hat sie gesagt?« Schon wieder schwebte eine schwere Schuldenlast über ihm, bereit, sich auf ihn herabzusenken und ihn zu ersticken. Alles war seine Schuld.

»Dad, ich gebe dir keine Schuld.«

»Aber ich war der Auslöser.« Er bemühte sich, einen neutralen Ton anzuschlagen. »Es tut mir leid, Con. Du bist da in eine sehr unschöne Sache hineingeraten.«

»Dad.« Cons Stimme enthielt einen leichten Vorwurf. »Ihr musstet mich da mit hineinnehmen. Ich bin schon groß.«

Jack blickte auf das Foto auf seinem Schreibtisch, sein Lieblingsfoto, das er nie durch ein neueres ersetzt hatte. Auf dem Bild war Connor fünf, sein blondes Haar fast weiß. In der pummeligen Hand hielt er einen dicken Stift, sein Blick war fest auf das Zeichenbuch gerichtet, das auf seinem Schoß lag. Jack wusste sogar noch, was der kleine Kerl gesagt hatte, als das Foto gemacht worden war. *»Mommy sagt, ich kann ein Künstler sein.«*

Mommy sagt …

Jill sagt, die Patienten werden mich lieben. Jill sagt, ich wirke vertrauenswürdig. Jill sagt …

Jill sagte viel.

»Also, was meinst du, Dad?«, fragte Connor. »Heute Abendessen hier? Und wir reden über die Hochzeit?«

»Ist das in Ordnung für deine Mutter?«

»Es war ihre Idee. Wir haben Apfelkuchen gebacken.«

Jack lachte. »Gibt's auch noch was anderes?«

»Was Schnelles von unterwegs?«

»Ich bring was mit.«

Jack bugsierte einen Karton durch die Vordertür und kam sich dabei lächerlich vor. Sie hätten in ein Restaurant gehen sollen.

Connor schloss die Tür hinter ihm und schnüffelte. »Ich rieche gar nichts!«

»Wir müssen es noch in den Backofen schieben.« Er stellte die Schachtel auf den Boden und nahm seinen Sohn für einen stillen Augenblick in die Arme. Sieben Monate waren eine lange, lange Zeit. Er klopfte Connor auf die Schulter, ließ ihn wieder los und blickte auf, um ihm in die Augen zu sehen. »Du bist gewachsen.«

»Mein Taillenumfang ist gewachsen. Das liegt an der Pasta.« Er grinste und bückte sich zu der Schachtel hinunter.

Jack sah sich im Wohnzimmer um. Alle Lampen waren an. Das riesige Pendel der Uhr schwang hin und her. Aus der Küche hörte man klassische Rockmusik.

Die Henne war zurück in ihrem Stall.

Seine Gefühle – normalerweise reagierte er nicht so rasch – variierten von Verlegenheit, dass er eine Mahlzeit in sein eigenes Haus mitbrachte, bis zu Ärger darüber, dass man ihn in eine derart missliche Lage brachte, die ihn in eine solche Spannung versetzte, dass jeder einzelne Nerv in seinem Körper bis zum Zerreißen gespannt schien.

Da war wieder dieses Gummibandgefühl. Er hatte es seit … Wochen nicht mehr gehabt.

Das ist nicht gut.

Jack stieß die Luft aus. Er folgte Connor in die Küche, plauderte mit ihm und ließ sich die letzten Neuigkeiten mitteilen. Als sie das Essen auspackten, kam Jill herein.

»Hi.«

»Hi.«

Connor stieß einen leisen Pfiff aus. »Kleiner Moment der Verlegenheit zwischen den Herrschaften.«

Jill legte den Kopf schief.

Jack zuckte die Achseln.

Er fragte sich, ob sein Gesicht wohl ebenso maskenhaft wirkte wie Jills. Sie waren zwei Fremde in einer Küche voller gemeinsamer Erinnerungen, mit dem Kind, das sie gemeinsam großgezogen hatten, und wussten nicht, wie sie miteinander umgehen sollten. Jäh überfiel ihn der gleiche Gedanke wie vor einigen Wochen, nachdem er ihr seinen Entschluss mitgeteilt hatte: Was hatte er nur getan?

Connor hob den Deckel der Auflaufform und betrachtete Jacks Kreation: Thunfisch mit Nudeln. »Mmm. Lecker, Dad.«

Jill spähte über seine Schulter. »Dein Lieblingsessen.« Sie strahlte Jack an.

Gut. Solange ihr Sohn da war, konnten sie also ziemlich normal sein.

»Äh.« Connor wirkte plötzlich leicht betreten. »Nun. Hm. Peinlicher Moment zwischen dem Kind und seinem überaus fürsorglichen Vater, dem Gourmetkoch, der problemlos zwischen zwei Patienten rasch ein *Boeuf bourguignon* hätte zubereiten können.«

»Du hast das doch immer so gern gegessen,« sagte Jack.

»Das habe ich nur gesagt, weil es mir immer noch lieber war als der Schleim, den Mom zusammengerührt hat.«

Jill kicherte. Connor grinste. Jack zog eine Grimasse.

Connor sagte: »Es ist ja nicht so, dass ich es überhaupt nicht mag, Dad. Danke für das selbst gekochte Essen. Ich weiß es echt zu würdigen.«

»Möchtest du lieber Pizza?«

»Ich gehe schnell zu *Giorgio's*. Holen geht schneller als bringen lassen.« Weg war er.

Jill sagte: »Ich hatte keine Ahnung, dass das nicht sein Lieblingsessen ist. Sollen wir schon mal reden, während er weg ist? Wir müssen doch die Hochzeit planen.«

Jack seufzte.

»Was ist?«, fragte sie.

Er musste laut geseufzt haben. »Nichts.«

»Sag nicht ›nichts‹. Das bringt uns nichts. Was hatte das Seufzen zu bedeuten?«

Er hätte beinahe wieder geseufzt.

»Jack.«

Er hob einen Finger und schloss die Augen. Er wollte, dass Connor fort war, bevor sie weitermachten. Als er hörte, wie die Vordertür zuschlug, sah er sie an.

Und hätte beinahe aufgegeben, offen zu sein.

Jill war die beste Freundin, die er je gehabt hatte. Sie war noch immer hübsch, ihre Stimme noch immer sinnlich. Er mochte ihren sportlichen Haarschnitt. Wie nannte sie es? Keck. Es stand ihr. Ihre blauen Augen, die sie fest auf sein Gesicht gerichtet hielt, weckten noch immer Verlangen in ihm.

Doch dann öffnete sie den Mund.

»Jack.« Die Stimme war nicht mehr sinnlich, sondern hatte auf Befehlsmodus umgeschaltet.

»Es bedeutet«, sagte er, »dass ich dein autoritäres Gehabe satthabe.«

»Mein autoritäres Gehabe? Ich habe doch nur gesagt …«

»Was du immer sagst. ›Machen wir es so, Jack. Bringen wir ein System hinein, damit ich es aufschreiben kann. Dann kann ich es später verwenden. Du hast doch nichts dagegen, Jack? Ich mache mir nur ein paar Notizen, während wir reden. Oder ich stelle mein ach so praktisches, handtellergroßes, sprachaktiviertes Aufnahmegerät an.‹«

Sie blinzelte.

»Sag mir, wenn ich falschliege«, sagte er, »aber lief unser Leben in den letzten zehn Jahren nicht genau so ab? Alles, was wir tun, ist eine Art wissenschaftliches Experiment. Wir essen, reden, amüsieren uns, streiten, gucken einen Film und lieben uns in einem Labor. Du arrangierst alles und machst dir Notizen. Ich bin die Ratte, die ihren Weg durch das Labyrinth findet. Oder auch nicht.«

»Du hast nie gesagt, dass du etwas dagegen hast.«

»Und Connor hat nie gesagt, dass er Thunfisch mit Nudeln nicht mag.« Er schwieg kurz. »Er wusste erst, wie wichtig das ist, als er nach Monaten nach Hause kam, feststellte, dass man ihm zu Ehren einen Auflauf gemacht hatte, und sich betrogen fühlte.«

»Du kannst einen Thunfischauflauf nicht mit einer Ehe vergleichen.«

Er spürte, wie ihm das Kinn runterklappte. »Du vergleichst sieben Rezepte mit einer Ehe und hast das Ganze auch noch veröffentlicht! Deine Radiosendung heißt *Rezepte für die Ehe!*«

Sie runzelte die Stirn. »Das ist etwas anderes.«

Jack fuhr fort. »Es war mir egal, dass ich in einem Labor gelebt habe, bis ich in einer Buchhandlung – einer landesweiten Buchhandlungskette – die intimsten Dinge über mein Sexleben lesen musste!«

»Darum geht es also? Ich erwähne Kerzen und Musik – im Übrigen absolut übliche Mittel, um ein romantisches Ambiente zu schaffen – in einem Satz zusammen mit deinem Namen, womit du, wenn ich dich daran erinnern darf, einverstanden warst, und du willst dich scheiden lassen?«

»Nein.« Er suchte nach Worten und senkte die Stimme. »Nein. Es war der Autounfall. Ich hörte deine Radiosendung. Hörte die Werbung für das Buch. Ich öffnete das Fenster, weil ich so aufgebracht war, dass ich glaubte, ersticken zu müssen. Ich fuhr ein wenig durch die Gegend, fuhr viel zu schnell auf der glatten Fahrbahn. Und dann schlitterte ich über das Eis und schlug mir den Kopf an.«

»Du warst aufgebracht über die Werbung?«

»Nein. Ich war aufgebracht, weil ich, als ich deine Stimme hörte, erkannte, dass ich dafür nicht angetreten war.«

»Für mich im Radio?«

»Du machst es nicht richtig.«

»Was mache ich nicht richtig?«

»Du solltest zuhören, nicht unterbrechen und reagieren, wenn ich versuche, etwas zu erklären.«

»Ja, na ja, aber es sind doch schließlich wir beide, kein künstliches Szenarium, das als Beispiel für richtiges Kommunizieren dienen soll.«

»Genau.« Er verschränkte die Arme und wünschte, er könnte seinen arroganten Gesichtsausdruck abstellen, doch es ging nicht. Sie hatte sich selbst in die Ecke manövriert, indem sie ihm zugestimmt hatte.

Jill sah ihn an.

Keiner von ihnen sagte etwas.

Schließlich meinte sie: »Wozu bist du nicht angetreten?«

»Zu einer Frau, die auf alles eine Antwort weiß. Die jede Situation und jeden Menschen als richtig oder falsch, vollkommen oder unvollkommen bewertet. Sogar mich. Ich kann nicht mehr mit dir mithalten. Ich will es auch gar nicht.«

»Wir müssen zu einem Eheberater gehen.«

»Damit er mir sagt, was ich schon die ganze Zeit zu hören kriege? Wir beherrschen die Kommunikationstechniken, Jill. Wir haben sie bis zum Erbrechen praktiziert. Ich könnte sie im Schlaf aufsagen.«

»Aber das hast du mir nie gesagt!«

»Ich wusste es nicht, bis jetzt. Es war der Unfall. Irgendetwas hat klick gemacht. Ich brauchte Zeit, um herauszufinden, was eigentlich läuft. Meiner Meinung nach haben wir das wirkliche Ziel der Ehe, das Zusammenleben, verfehlt.«

»Dann finden wir eben heraus, wie wir es besser machen können!« Sie klang zu aufgedreht.

Er verbiss sich die sarkastische Bemerkung, dass dieser Versuch sicherlich hübsches Anschauungsmaterial für eine weitere Radiosendung liefern würde. »Jill, du bist eine öffentliche Person geworden. Selbst wenn du nur vor deinen Frauengruppen redest, kannst du gar nicht anders, als eben so zu sein, wie du bist.«

»Ich bin zuallererst Ehefrau!«

»Die alle Antworten hat und einen Ehemann, der sie nicht mehr hören will. Du hast meine Erlaubnis, die Schuld an allem auf mich zu schieben. Das, was du lehrst, ist nicht falsch.«

»Warum sind wir dann an diesem Punkt?«

Jack zwang sich, ruhig zu atmen. Er sah sich in der Küche um, sah die Türen, die in die anderen Räume und in die Garage führten. Es war ein gutes Haus, ein Zuhause voller Erinnerungen an über zwanzig Jahre Familie und Freunde, Freuden und Schwierigkeiten und Alltag.

Wo und wann hatten sich ihre Wege getrennt?

Er sagte: »Wir sind hier, weil wir einander über all dem Reden verloren haben. Wir haben unsere Freundschaft verloren. Und die, glaube ich, hätte von Anfang an unser Ziel sein sollen.«

Jill fuhr auf dem Absatz herum und ging aus dem Zimmer.

Jack lehnte sich gegen die Arbeitsplatte. Er hatte gesagt, was ihm durch den Kopf ging, ohne auf die leise Stimme zu hören, die ihm immer sagte, was Jill hören wollte.

Es fühlte sich … seltsam befreiend an.

44

»Viv.« Jill legte sich aufs Bett, den Telefonhörer am Ohr. »Viv!«

Die Reaktion ihrer Schwester bestand in einem erstickten Weinen.

Jill blinzelte ihre eigenen Tränen weg. »He, ich weiß dein Mitgefühl ja zu schätzen, aber es ist absolut nicht das, was ich im Moment brauche!«

Viv schniefte laut. »Du musst mit einem Eheberater reden, nicht mit mir. Ich dachte, du magst euren Pfarrer so sehr. Sprich mit ihm!«

Jill hatte ihrer Schwester gerade den ganzen Abend geschildert. Jacks schreckliche Erklärung, dass sie ihre Freundschaft verloren hatten. Die ängstlichen Blicke, die der arme Connor ihnen während des Essens zugeworfen hatte. Jacks Fröhlichkeit und seine ungebrochene Fähigkeit, Pizza zu essen, während Jill mit pochenden Kopfschmerzen kämpfte.

Jill sagte: »Ich kann es ihm nicht sagen, Viv. Er würde mir nur erklären, dass Jack recht hat. Und das will ich nicht hören. Tatsache ist nämlich, dass Jack wirklich recht hat.«

»Schon, mein Schatz, aber er hat auch unrecht. Und du hast auch gleichzeitig recht und unrecht. Warum gebt ihr es nicht beide zu? Du bist einfach über ihn hinweggetrampelt und er war ein Schlappschwanz. Ich weiß, du kannst schrecklich eingebildet und selbstgefällig sein, und es ist nicht leicht, dich zu lieben, aber das war schließlich Jacks Aufgabe, und er hat sie nicht erfüllt. Er hätte dir sagen müssen, dass du zu weit gegangen warst, als er das Gefühl bekam, eine Laborratte zu sein.«

»Er hat gesagt, es sei ihm erst bei seinem Autounfall klar geworden, vor fast sechs Wochen.«

»Da hat er es nur zugegeben. Er konnte es so lange ignorieren, weil er sich schon vor ewiger Zeit ausgeklinkt hat, wo er eigentlich hätte wachsam sein müssen.«

»Ich habe ihn von mir weggetrieben.«

»Du sollst nicht die ganze Schuld auf dich nehmen. Marty hat mich auch von sich weggetrieben, als seine Arbeit und der Sport ihm wichtiger waren als ich, als er aufhörte, mich wirklich wahrzunehmen. Aber ich war es, die beschlossen hat, ein Verhältnis mit einem anderen Mann anzufangen.«

Jill stöhnte.

Jack hatte sie weggestoßen und sie hatte Ty Wilkins plötzlich mit anderen Augen gesehen.

Viv sagte: »Hör auf mit den Schuldzuweisungen. Ihr müsst beide zugeben, dass ihr im Unrecht wart, müsst einander vergeben und neu anfangen.«

»Er will aber nicht neu anfangen.«

»Dann fall auf die Knie, Mädchen. Nur Gott kann Jacks Sinn ändern.« Viv lachte. »Das habe ich in einem Buch gelesen. Es hatte etwas mit *Rebellischem Roastbeef* zu tun.«

Jill brach erneut in Tränen aus. Wie hatte sie nur jemals dermaßen ignorant sein können?

Am nächsten Morgen unterhielten sich Jill und Connor, während er sie beide durch ein Stadtviertel unweit von ihrem Wohnort chauffierte. Der zinnfarbene Märzhimmel hing so tief, dass er die Hausdächer zu berühren schien. Es konnte jeden Augenblick wieder anfangen zu schneien.

»Du meine Güte, was für ein Wetter!«, rief sie aus. »Ich vermisse die Wüste – und das habe ich in den ganzen fünfundzwanzig Jahren, die ich nun im Mittleren Westen lebe, noch nicht ein einziges Mal gedacht.«

»Du hast einfach im Moment ein paar Dinge zu verarbeiten, Mom.« Er warf einen Blick auf das GPS. »Versprich mir, dass du nicht ausflippst.«

»Warum habe ich bloß das Gefühl, dass ich gleich noch mehr Dinge verarbeiten muss?«

Er lächelte und bog auf einen Parkplatz ein. »Weil du mich kennst.«

Jill blickte aus dem Fenster auf matschbedeckten Asphalt, kahle

Bäume, eine schöne alte Steinmauer und ein Schild. Sie blinzelte, doch die Schrift blieb. *Grace Community Church.* »Das ist … das ist …«

»Die *Rivalin*«, flüsterte Connor in verschwörerischem Ton und stellte den Motor ab.

Sie räusperte sich und sah ihm in die Augen. »Es gibt keine rivalisierenden Gemeinden.«

»Bist du da ganz sicher?« Er flüsterte immer noch und zog finster die Brauen zusammen. »Ihre Jugendarbeit war immer sehr viel umfangreicher als bei uns. Hierher kommen Kinder aus der ganzen Stadt.«

Jill wand sich. Früher hatte man es in ihrer Gemeinde gar nicht gern gesehen, wenn die Teenies die GCC besuchten. Connor war mit seinen Freunden hingegangen, sooft sie es ihm erlaubt hatte – was nicht sehr oft gewesen war.

Connor lächelte und redete mit seiner normalen Stimme weiter. »Ich weiß, dass du nicht viel von ihnen hältst.«

»Habe ich das gesagt?«

Er nickte. »Du hast ihre Lehre als Milch bezeichnet.«

Sie wäre am liebsten unter den Sitz gekrochen. »Oh. Na ja. Das ist lange her.« Es hätte letzte Woche sein können. Wieder fielen ihr Unmengen von Schuppen von den Augen. Sie hatte das Gefühl, als tippe Gott ihr in letzter Zeit bei jedem Gedanken, den sie hatte, auf die Schulter. *Das ist jetzt aber ein wenig voreingenommen, Jill. Ein bisschen zu schablonenhaft. Vergiss nicht, ich bin ein Geheimnis. Ich gebe nicht auf alles eine Antwort. Und von dir erwartet das ebenfalls niemand.*

Sie sagte: »Die Menschen beten Gott in vielen unterschiedlichen Gemeinden an und dienen ihm. Ich weiß nicht, ob es für ihn die große Rolle spielt, wo oder wie sie es tun. Wir bringen unseren Glauben auf die Art und Weise zum Ausdruck, die unserem Wesen entspricht. Unserer Persönlichkeit. Unserer Kultur.«

»So denke ich auch. Emma und ich fühlen uns in dieser Gemeinde wohler. Sie wurde christlich erzogen. Sie hat eine Beziehung zu Christus, die man als gesetzestreu bezeichnen würde, was mir jedoch nicht so liegt. Darin erinnert sie mich ein wenig an dich.«

»O Con, du willst doch wohl nicht, dass sie dich an mich erinnert!«

»Gerade das bewundere ich an ihr am meisten.« Er grinste. »Sie ist darin allerdings wesentlich zurückhaltender als du.«

»Gott sei Dank.«

Er lachte.

Heute Morgen hatte Connor sie gefragt, ob sie mitkommen wolle; er müsse noch ein paar Vorkehrungen für die Hochzeit treffen. Da sie noch damit beschäftigt war, sich von der gestrigen Begegnung mit Jack und Gottes Schultertippen zu erholen, hatte sie ganz vergessen zu fragen, was er vorhatte.

Im Moment zählte für sie nur, dass Connor sie gefragt hatte und dass sie verfügbar war.

Verfügbar in jeder Hinsicht – körperlich, geistig und auch noch emotional.

Wenn sie nicht schon aus anderen Gründen aufgehört hätte zu arbeiten, hätte sie es heute getan. Sie mochte ihrem Sohn bis jetzt nicht immer richtig zugehört haben, aber im Moment würde ihr das ganz bestimmt nicht passieren.

Und ganz gleich, was passieren würde, sie würde nicht ausflippen.

Sie versuchten es ein zweites Mal, diesmal in einem überfüllten Coffeeshop am späten Nachmittag.

Es war Jacks Idee gewesen. Da es nicht von ihr gekommen war, war es offenbar in Ordnung. Jedenfalls war es kein Laborexperiment.

Jill wartete am Tisch, während er ihre Getränke holte. Sie massierte sich die Stirn und überlegte, wie sie seine Unfairness zur Sprache bringen sollte.

»Kopfschmerzen?« Jack stellte zwei Pappbecher mit Deckel auf den kleinen Tisch und setzte sich auf einen Stuhl.

»Ja.« Sie nahm einen Schluck von dem süßen Kaffeegetränk. Untypischerweise hatte sie folgende Dosierung gewählt: Kaffee, Sahne, Karamell und Schokoladensirup, gekrönt von Schlagsahne. Schon der ganze Tag war anders als gewohnt verlaufen, doch diese Wahl war eine reine Bewältigungsstrategie.

»Hängt es mit dem Unfall zusammen?« Sein Arztton ärgerte sie.

»Nur ganz gewöhnliche Spannungskopfschmerzen.«

»Ist mit Connor alles gut gegangen?«

Jill versuchte, sich zu konzentrieren. Es gab zu viele andere Dinge, über die sie reden musste. Jacks Ton und Verhalten hatten keinesfalls Priorität.

Sie sagte: »Wir hatten einen guten Tag.« Während sie ihm erzählte, welche Hochzeitsvorbereitungen sie und Connor getroffen hatten, versuchte sie, seine Körpersprache zu lesen.

Und konnte plötzlich nur noch daran denken, wie gut er aussah. Seine Augen waren gerötet und ganz klein vor Müdigkeit, doch das Haselnussbraun war so attraktiv wie immer. Sein gestreiftes langärmeliges Hemd betonte seine Schultern. Er hatte schöne Schultern. Ideale Schultern.

Wann hatte sie ihn das letzte Mal auf diese Weise wahrgenommen?

Jack lächelte. Ihre pikant servierten Neuigkeiten über die Hochzeitsvorbereitungen schienen ihn zu amüsieren. »Wie ist Reverend Nelson denn so?«

Jill lächelte. »Jung und frech, aber zuverlässig. Nicht die verwässerte Form von Pfarrer, die ich mir vorgestellt hatte. Und das sage ich jetzt nicht etwa, weil er meine Sendung anderen Paaren empfohlen hat.«

»Ein wichtiger Punkt.«

»Aber das Beste kommt noch. Er besteht darauf, dass Con und Emma sich vor der Hochzeit mit ihm zu einer Ehevorbereitung treffen.«

Sie berichtete Jack die weiteren Einzelheiten. Zeitplan, Musik, Blumen, Menüfolge, Gästeliste, Dresscode. »Smoking ist nicht erforderlich.«

Er zupfte an seinem Ohrläppchen – das Zeichen, dass er über etwas nachdachte.

»Worüber grübelst du nach?«

»Hm?«

Sie berührte ihr eigenes Ohr.

Er ließ die Hand sinken. »Die Gästeliste. Kommen nur Angehörige?«

»Bis auf zwei von Cons College-Freunden und ihre Frauen, die hier leben. Viv hat versprochen zu kommen. Mom und Pops bemühen sich zu kommen, sind aber eigentlich nicht in der Verfassung für eine so weite Reise. Ich vermute, sie schaffen es nicht. Und Emma hat hier natürlich niemand außer ihren Eltern.«

»Was ist mit unseren Freunden?«

»Connor und Emma möchten eine Hochzeit im kleinen Kreis. Wo würden wir anfangen, wo aufhören? Gemeinde, Nachbarn, Sender«, sie zuckte die Achseln, »es sind einfach zu viele.«

»Und meine Praxis?«

Jill fror plötzlich. Es gelang ihr, zu schlucken und nichts zu sagen.

Jack rutschte auf seinem Stuhl herum. »Denk darüber nach. Con hat drei Sommer und Schulferien bei uns gearbeitet.«

Connor kannte nur zwei Personen gut genug, um sie einzuladen. Baxter war ein alter Schuft, der Frauen lediglich für Spielzeug hielt. Sophie war … Jills Problem, eine Quelle kleinlicher Eifersucht, einzig und allein, weil sie so viel Zeit in enger Zusammenarbeit mit Jack verbrachte. Kindisch, ja, aber so war es eben. Unter den gegebenen Umständen war Jill nicht in der Stimmung, Partei für Sophie oder Baxter zu ergreifen.

Sie schluckte wieder. »Da musst du ihn selbst fragen.«

»Wenn ein paar von den Angehörigen nicht kommen, können doch stattdessen ein paar Freunde kommen; dann ist es trotzdem noch ein kleiner Kreis.«

Aber nicht dasselbe. Nicht intim.

Sie wurde allmählich richtig gut darin, sich auf die Zunge zu beißen. »Frag ihn.«

Jack nickte. »Hat er dir gesagt, wen er als *best man* will? Wer soll sein Trauzeuge sein?« Plötzlich sahen seine Augen nicht mehr so müde aus.

»Ja.« Sie war unwillkürlich gerührt.

Jack sagte: »Es ist doch naheliegend; schließlich hält sich sein bester Freund in Japan auf und kann das nicht übernehmen.«

»Mach dich nicht selbst klein, Jack. Er will dich als *best man*, weil du der beste Mann in seinem Leben bist.«

Er sah sie an. »Danke. Wir haben einen ganz besonderen Sohn.«

Sie nickte.

»Wir haben es geschafft, Jill. Wir haben das Gespräch unversehrt überstanden. Ich möchte gerne, dass es so bleibt, um Connors willen. Ich bin sicher, darin bist du mit mir einig.«

»Und wie sollen wir das machen? Heucheln?« Während sie das sagte, fühlte sie einen Schlag, als ob ein Elefant gegen sie gerannt wäre. »Sollen wir so tun, als sei es ganz normal, getrennt zu leben und sich mitten am Tag in einem Coffeeshop zu treffen?«

»Es ist fünf Uhr nachmittags. Bei uns war heute nicht viel los.«

Diesmal biss sie sich auf die Zunge, bis es wehtat.

»Ich weiß, was du meinst, Jill. Es wird nicht einfach sein, sich normal zu verhalten, wenn im Moment nichts normal ist. Aber wir heucheln nicht. Wir meiden einfach die Themen, über die wir uns aufregen könnten, Dinge, die wir später noch besprechen sollten.«

»Wirst du mit mir zu Lew gehen?«

»Nein.«

»Wirst du wieder zu Hause einziehen, solange Emmas Eltern bei uns wohnen?«

»Nein. Ich kann nicht.«

Aufgebracht, wie sie war, sah sie zwar die Gewitterwolke auf seinem Gesicht, machte aber trotzdem weiter. Er würde gleich gehen. Sie musste es einfach wissen. »Wirst du die Scheidung einreichen, noch bevor er heiratet?«

Bevor sie die Frage ganz ausgesprochen hatte, war Jack schon aufgestanden, hatte den Mantel von der Rückenlehne seines Stuhl genommen und redete.

»Jill, diese Dinge lassen wir erst einmal außen vor. Wir reden erst über uns, wenn Connor wieder weg ist. Wir stellen keinerlei Spekulationen an. Wir werden das Thema unserer Ehe einfach ein paar Wochen vertagen. Okay? Okay.« Er ging.

Sie blieb ganz still sitzen, die Hände im Schoß, völlig erstarrt. Ihr Gesicht fühlte sich heiß an. Bestimmt war sie knallrot.

Das Gespräch hatte sie beide nicht unversehrt gelassen.

45

Die Trudeaus fielen ins Haus der Galloways ein wie ein frischer Märzwind, der die Verheißung von Wärme und süßen Düften nach grünem Gras und roten Tulpen mit sich brachte.

Oder war es Chanel No. 5?

Jill roch den klassischen Parfumduft, als Emmas Mutter sie umarmte wie eine lang vermisste Freundin. Einen Augenblick lang war sie richtiggehend sprachlos.

Emma und ihre Eltern, Michelle und Philippe, waren wirklich reizend. Charmant. Liebenswürdig. Sie sprachen alle gleichzeitig, lächelten, umarmten sie und überschütteten sie mit Komplimenten über Connor und das Haus, ihre Gastfreundschaft und ihr Haar. Und sie waren ganz und gar nicht so, wie sie erwartet hatte.

Ganz und gar nicht die antiamerikanischen, Wein trinkenden Snobs, die sie vor ihrem inneren Auge heraufbeschworen hatte.

Arrrrrgh! Trotz Connors gegenteiliger Versicherungen hatte sie genau dieses Bild von den Fremden gehabt, die das Herz ihres Sohnes gewonnen hatten. Es war ja nicht nur die Tatsache gewesen, dass eine andere Frau ihre Stelle im Leben ihres Sohnes eingenommen hatte – nein, da war plötzlich eine ganze neue Familie, die nun viel Raum in seiner Welt beanspruchte. Jill hatte sich schlicht und einfach beiseitegeschoben gefühlt.

Und missachtet, übergangen. Sie war böse mit Connor gewesen, weil er ihr nicht schon vor Monaten von dieser Entwicklung seines Liebeslebens erzählt hatte. Ganz zu schweigen davon, dass sie sich leidgetan hatte, weil sie, die Eheexpertin, von ihrem Göttergatten verlassen worden war und nun ganz allein das Haus hatte vorbereiten und die Gäste – eine scheinbar intakte, glückliche Dreipersonenfamilie – willkommen heißen musste.

Wieder roch sie das Parfum. Es war nicht die Marke ihrer Großmutter, erinnerte sie aber trotzdem an Ellie. Und es stimmte sie friedlich.

»Jill.« Michelle verwandelte ihren Namen in einen entzückenden

Laut mit einem weichen G und einem langen I. »Ich bin so glücklich, dich endlich kennenzulernen.«

Michelle und Emma sahen einander sehr ähnlich. Auch Michelle hatte dunkle Augen und glattes schwarzes Haar. Sie war sehr schlank, ihr Make-up war makellos. Roter Lippenstift. Beide würden sogar in einem ausgeleierten alten Sweatshirt elegant aussehen.

Michelle nahm Jills Hand. »Es tut mir so leid. Connor hat uns alles erzählt. Ich möchte dir nur sagen, dass Philippe und ich seit zweiunddreißig Jahren verheiratet sind, aber durchaus auch unsere schwierigen Zeiten hatten. Du brauchst dich nicht zu schämen. Und du darfst die Hoffnung nicht aufgeben.«

Es war bemerkenswert, dass Jill, nachdem sie die Trudeaus kaum drei Minuten kannte, sich in ihrer Gegenwart so völlig entspannen konnte.

Michelle hängte ein kleines Schwarzes in den Schrank im Gästezimmer. »Es ist so freundlich von dir, uns hier wohnen zu lassen. Ich muss zugeben, dass ich die Hotelzimmer allmählich herzlich satthabe.«

»Ich hoffe, ihr habt es bequem.« Früher hatten sie drei Schlafzimmer gehabt – mehr als genug, doch irgendwann hatten sie eines umgewandelt in ein Arbeitszimmer für sie. Sie klopfte auf das Futonbett, das normalerweise als Sofa diente. Connor hatte ihr geholfen, es auszuziehen, und ihren Schreibtisch in die Ecke geschoben. Sie hatten Unmengen von Papieren, Büchern und Ordnern in ihr Schlafzimmer hinübergetragen. Connors Besitztümer nach unten in den Hobbyraum im Keller zu schaffen, damit Emma sein Zimmer haben konnte, hatte nicht halb so lange gedauert.

Ein Gefühl des Versagens lastete auf ihr. Sie geriet mit ihrer Arbeit immer stärker in Verzug. Ihre Radiosendung aufzugeben, bedeutete unzählige E-Mails, Anrufe, Briefe und dergleichen mehr. Leider konnte sie nicht die kleinste Kleinigkeit an ihre Assistenten beim Sender delegieren, ehe sie sich nicht selbst damit befasst hatte.

Und sie hatte sich, seit sie wieder zu Hause war, noch mit gar nichts befasst, außer dem zunehmenden Stress wegen Jack.

Michelle setzte sich neben sie. »Ich habe eine Lösung.«

»Wofür?«

»Für deinen Kummer.«

»Ist er so offensichtlich?«

Michelle lächelte. »Warum sollte er nicht offensichtlich sein?«

»Weil Christen keine Angst haben.« Sie blinzelte. »Oder?«

Die andere lachte. »Diesem Missverständnis begegnet man nach wie vor, auch unter meinen Freunden. Paulus schreibt, wir brauchen keine Angst zu haben, also tun wir so, als hätten wir keine. Das ist – wie sagst du immer? – das ist so lächerlich, dass mir nichts dazu einfällt.«

Jill lachte. »Woher weißt du, dass ich das immer sage?«

»Weil ich es so oft höre! Connor hilft mir, deine Sendungen anzuhören. Dein Sohn ist sehr klug. Er hat irgendwie alte Aufnahmen auf dem Computer gefunden. Er kennt sich mit Computern aus wie Philippe und in der Kunst ist er bewandert wie meine Emma.«

»Aber du kennst dich doch auch mit Kunst aus.«

»O nein. Unsere Kinder sind die Kunstexperten. Ich habe gerade mal ein bisschen Ahnung davon.«

»Aber du arbeitest doch im Louvre.«

»*Oui*. Ich trainiere mein Englisch und mein Deutsch. Ich erzähle Besuchern, welches Kunstwerk sich in welcher Ausstellung befindet und wo sie die *Toilette* finden.«

»Ich bin sicher, du stellst dein Licht unter den Scheffel.«

»Dann musst du einmal nach Paris kommen und dich selbst davon überzeugen.« Michelle lächelte. »Aber noch mal zur Lösung. Ich weiß, warum du Angst hast. Du erzählst den Leuten, wie sie eine glückliche Ehe führen können, und jetzt führt das Verhalten deines Mannes alles, was du je gesagt hast, ad absurdum.« Sie schüttelte den Kopf. »Du musst einfach nur ehrlich sein bei deinem öffentlichen Auftreten, Jill. Frauen respektieren Ehrlichkeit, Realismus. Sie wollen keine Perfektion. Wer kann schon mit Perfektion umgehen?«

Jill nickte. Das konnte sie akzeptieren. »Danke, Michelle. Du hast recht, das ist die Lösung. Es wäre besser, wenn ich echter wäre.«

»Oh, das ist nicht meine Lösung. Nein, nein, nein. Die Antwort auf deinen Kummer ist, dass du mit uns zusammen Chicago erkundest. Es ist unser erster Besuch hier und wir haben noch zwei Wochen bis zur Hochzeit. Genügend Zeit, um uns etwas zu vergnügen, *n'est-ce pas?*«

Jill dachte an die Arbeit, die sich auf dem Boden in ihrem Schlafzimmer stapelte. Zeit zum Vergnügen? Sie krümmte sich innerlich. Diese Vorstellung widersprach allem, was sie dachte und fühlte.

Aber … was hatte sie in der Wüste gelernt? Dass sie für ihre Mutter kostbar war und kein Unfall. Dass sie sich die Anerkennung ihrer Mitmenschen nicht dadurch zu verdienen brauchte, dass sie sich in Arbeit vergrub, Korrespondenz erledigte, Vorträge plante oder eine Themenliste für ihre Radiosendung erstellte. Dass Gott nicht von ihr verlangte, dass sie perfekt war.

Sie lächelte. »*Oui*, Michelle. Genug Zeit, um uns zu vergnügen.«

46

San Diego

Die Glocken über der Tür von *Vivvie's Tours* schepperten heftig und verkündeten das Eintreten eines Kunden.

Viv, die an ihrem Schreibtisch hinten im Büro mit Dustin ein paar Zeitpläne durchsprach, verstummte. »Was ist aus dem hübschen Glockenspiel geworden?«

Er zuckte die Achseln. »Muss ein etwas rauer Geselle sein, der da gekommen ist. Du solltest vielleicht besser mal nachgucken.«

»Du machst heute die Rezeption.« Sie stocherte mit einem Stift im Innern ihres Gipsarms herum. Das Jucken machte sie noch verrückt, wie an ihrer schlechten Laune zu sehen war. »Geh schon hin!«

»Klopf, klopf.« Marty erschien in der Tür.

Dustin lachte. »Reingelegt, Tante Viv!«

Marty klopfte seinem Neffen auf die Schulter und setzte sich auf den Stuhl, von dem dieser sich soeben erhoben hatte. »Schließ ab, wenn du rausgehst.«

»Klar. Tschüss.«

Viv blickte von einem zum anderen, unsicher, was da ablief. »Er wusste, dass du es bist. Außerdem hat er mir die ganze Zeit dämliche Fragen gestellt, sodass ich einfach nicht wegkam.«

Marty grinste. »Du solltest mal über eine Gehaltserhöhung für ihn nachdenken.«

»Gut.« Sie lächelte. »Hi. Ich dachte, du wolltest Softball spielen.«

»Nö.« Er legte einen braunen Umschlag vor sie auf den Schreibtisch, beugte sich vor und gab ihr einen Kuss. »Ich wollte hier sein und sagen: Herzlichen Glückwunsch zum Jahrestag.«

Sie blinzelte. »Heute ist der siebenundzwanzigste März. Was für ein Jahrestag?«

»Heute vor sechsundzwanzig Jahren haben wir uns kennengelernt.«

»Das hast du dir ausgedacht.«

Er schüttelte langsam den Kopf, ein kleines Lächeln im Gesicht. »Im Gegenteil, ich habe es ausgerechnet.«

»Unmöglich. Gut, vielleicht haben wir uns damals im März zum ersten Mal gesehen. Wenn ich es recht in Erinnerung habe, war es nicht lange nach meinem allerlangweiligsten St.-Patricks-Tag.«

»Es war am siebenundzwanzigsten März. Ich wurde am Einunddreißigsten vom Militärdienst entlassen und habe das schon früher, am Siebenundzwanzigsten, mit ein paar Kumpels gefeiert. Am Achtundzwanzigsten hatte ich einen Kater, am Neunundzwanzigsten dachte ich über dich nach. Am dreißigsten März, dem Tag vor meinem letzten Tag, fragte ich meine Kumpels, wo wir waren, als ich die fantastische Mieze mit dem langen lockigen Haar und den leuchtenden braunen Augen getroffen habe, die mir seitdem in meinen Träumen erschien.«

Ein wohliger Schauer lief ihr über den Rücken. Das mit der fantastischen Mieze und den leuchtenden Augen hatte sie seit einer Ewigkeit nicht mehr gehört.

Sie und Marty waren damals in einer Restaurantbar im wahrsten Sinne des Wortes zusammengestoßen. Sie war zum Abendessen mit Kunden dort gewesen, einem reizenden älteren Paar, das eine besondere Tour für die ganze Familie buchen wollte und darauf bestanden hatte, sie zum Essen einzuladen.

Es war einer dieser Glücksfälle oder auch eine göttliche Fügung gewesen – wie ihre Schwester es bezeichnet hätte, wenn es nicht in einer Bar stattgefunden hätte. Während sie auf ihre Kunden wartete, plauderte Viv mit der Freundin eines Freundes, die dort als Bedienung arbeitete. Marty ging gerade hinter ihr vorbei, als sie einen Schritt zurücktrat. Er fing sie auf, bevor sie hinfiel. Sie sahen sich in die Augen und das war's.

Nur dass er sie weiter anstarrte, bis es der Bedienung und einem seiner Kumpane, der ein Auge auf sie geworfen hatte, auffiel. Es war nicht allzu schwierig für Marty gewesen, ihre Spur zurückzuverfolgen.

Marty rief sie an. Sie erinnerte sich an den netten, etwas rauen

Typen, der zu betrunken gewesen war, um sie zu interessieren. Sie lehnte höflich ab. Er blieb hartnäckig. Wochenlang.

Viv sagte: »Marty, es war Sommer, bis wir uns dann wirklich *getroffen* haben.« Sie hatte ihn nicht treffen wollen, doch er hatte erfahren, dass ein paar Typen, die sie beide kannten, eine Fahrkolonne bei einem Baseballspiel der *San Diego Padres* veranstalteten, ein Ereignis, zu dem sie unbedingt hingehen wollte.

Er grinste. »Das erste Mal ist das erste Mal.«

»Und du glaubst wirklich, es war der Siebenundzwanzigste?«

»Absolut. Ich habe meine Entlassungspapiere herausgekramt und zurückgerechnet.«

Sie lächelte lauernd. »Was du nicht sagst. Du bist wirklich ein schlaues Kerlchen.«

»Nein. Nur wirklich, wirklich dankbar, dass dir nichts weiter passiert ist.« Seit dem Busunfall war er manchmal richtig rührselig.

»Heißt das, dass ich was kriege?«

»Natürlich.« Er öffnete den braunen Umschlag und zog etwas heraus, das wie der Ausdruck einer Website aussah. »Tickets nach Chicago zur Hochzeit deines Neffen. Reservierungen für uns beide im Hotel *InterContinental*, drei Nächte.«

Tränen traten ihr in die Augen. Sie dachte, sie hätte allein hinfliegen und dann zwei Nächte bei Jill bleiben müssen.

Sie würde nicht protestieren.

Marty sagte: »Aber das zählt nicht, weil es ja noch eine Woche dauert, bis es so weit ist. Deshalb habe ich für heute, den Siebenundzwanzigsten, das genaue Datum unseres Kennenlernens, ein Zimmer für uns in dem schicken neuen Hotel in Sweetwater reserviert. Wir werden die Nacht dort verbringen und dann«, er lächelte, »morgen deinen Bus holen.«

Sie schnappte nach Luft. »Ist er etwa fertig?«

»Mist! Ich wusste, dass der Bus dich mehr freuen würde als die Aussicht auf ein aufs Zimmer geliefertes Abendessen mit anschließendem Sex.«

»Mit dem Bus mitzuhalten, ist nicht einfach.« Sie grinste. »Aber du hattest das mit dem Abendessen und dem Sex auch noch nicht erwähnt.«

Er zuckte nonchalant die Achseln. Seine Augen lachten sie an. »Erwischt, Viv.«

»Tja.« Sie seufzte. »Wow. Was für ein Geschenk!«

47

Chicago

Was Jack als Erstes an den Trudeaus auffiel, war ihre Authentizität. Sein Eindruck, dass sie völlig normale, echte Menschen waren, vertiefte sich bei jeder Begegnung mit ihnen.

Und es gab viele Begegnungen. Anscheinend wollte keiner auch nur einen einzigen Tag der kurzen Zeit verpassen, die die beiden Familien miteinander verbringen konnten. Sogar Baxter und Sophie lagen ihm in den Ohren, sich freizunehmen, und verlegten ohne sein Wissen einige Termine für ihn. Er stellte fest, dass er plötzlich Zeit hatte, und war dankbar dafür.

Die Tage waren ein bunter Reigen aus Besichtigungen, Einkaufsbummeln, Essengehen und gemütlichen Gesprächen zu Hause.

Bei Jill zu Hause.

Jack vergaß beinahe, dass er nicht mehr dort wohnte.

Er vergaß beinahe, dass er sich scheiden lassen wollte.

Hin und wieder überraschte er sich dabei, dass er sie beobachtete. Sie schien wie früher, aber doch anders. Allerdings kam er nicht darauf, was genau anders war.

Sie machte ihrem Spitznamen Jaws alle Ehre. Sie plauderte ungezwungen, gab den Besuchern das Gefühl, zu Hause zu sein, und zeigte ihnen Chicago, als hätte sie ihr ganzes Leben als Reiseführerin in dieser Stadt verbracht.

Sie organisierte kleine Ausflüge – von der Flussfahrt mit den architektonischen Sehenswürdigkeiten über einen Besuch bei ihrem Radiosender bis zum *Art Institute* und verschiedenen Kunstgalerien. Sie schlenderten zusammen durch die Stadt, wie sie es seit Jahren nicht mehr getan hatten. Sie aßen mitten am Tag Eis und Linguini um Mitternacht.

Und die ganze Zeit über war sie höflich, ja, warmherzig ihm gegenüber, wahrte jedoch stets eine gewisse Distanz.

Was er ihr nicht zum Vorwurf machen konnte.

»Jill, können wir reden?«

Es war Samstagabend, nach elf Uhr. Alle anderen waren auf ihre Zimmer gegangen, erschöpft nach einem ausgefüllten Tag. Jack lungerte noch herum, half ihr, die Küche aufzuräumen, und bereitete die Kaffeemaschine für Philippe vor, der gewöhnlich beim ersten Morgengrauen aufstand.

Jill nahm ihre Ohrringe ab und legte sie auf das Fensterbrett neben der Spüle. »Dein Timing fürs Reden stinkt, Jack.«

Aha. Das also war anders gewesen. Er war seit Tagen nicht mehr zurechtgewiesen worden.

Er sagte: »Ich bin ein Idiot.«

Sie ging an ihm vorüber und berührte ihn rasch am Arm. »Tut mir leid. Es ist schon spät.«

Ihre Entschuldigung klang aufrichtig. Der Druck ihrer Hand war vertraut.

Angenehm vertraut.

Er sah ihr nach, als sie die Küche verließ, hörte ihre Schritte auf der Treppe. Die Lichter unten hatte sie angelassen. In dem kleinen Fernseher auf der Arbeitsplatte liefen noch die Nachrichten. Er hörte die Heizung und bezweifelte, dass sie den Temperaturregler runtergedreht hatte. Es war immer seine Aufgabe gewesen, alles im Haus für die Nacht auszuschalten. Er fragte sich, ob überhaupt noch jemand nach diesen Dingen sah.

Plötzlich war er der Umstände, die er selbst geschaffen hatte, müde und lief ihr nach, nahm immer zwei Stufen auf einmal die Treppe hinauf. Er schlich auf Zehenspitzen an den anderen Schlafzimmern vorbei zum Ende des Flurs und blieb vor der geschlossenen Tür des großen Schlafzimmers stehen.

Ihrer beider Schlafzimmer.

Ihrem Schlafzimmer.

Seinem und ihrem.

Sie waren immer noch verheiratet.

Er konnte sich nicht vorstellen, nicht mit ihr verheiratet zu sein. Nicht wirklich.

Er klopfte einmal, trat ein und schloss die Tür hinter sich. »Jill.«

Sie war im Badezimmer und antwortete nicht. Er machte den Fernseher im Schlafzimmer aus, schob die Kleidung, die über dem Stuhl lag, beiseite, setzte sich hin und wartete.

Es war ein hübsches Eckzimmer. Die Ostfenster ließen die Morgensonne herein, die Südfenster sorgten dafür, dass es den Tag über hell und sonnig war. Es war groß genug für ein breites Doppelbett, zwei Nachttischchen, eine große Kommode und einen kleinen Sekretär, der normalerweise nicht wie jetzt unter Aktenbergen begraben war.

Die Vorhänge waren zugezogen. Sie passten zur Tagesdecke – abstrakte Muster in den Pastellfarben des amerikanischen Südwestens. So sehr Jill auch immer beklagte, dass sie in der Wüste aufgewachsen war, sie hatte diese Kindheit doch nie ganz hinter sich lassen können.

»Jack!« Jill kam herein. Ihr Haar war gekämmt, ihr Gesicht abgeschminkt. Sie trug einen Flanellpyjama.

Sie würde frieren in einer Märznacht ohne ihn, auch wenn die Heizung an war.

»Du hast mich erschreckt!«

»Entschuldigung. Ich habe gerufen, aber … ich weiß, dass mein Timing stinkt, aber ich muss mit dir reden. Hör mir nur eine Minute zu. Bitte.«

Sie murmelte etwas, schlug die Bettdecke nach hinten, türmte die Kissen aufeinander und krabbelte ins Bett. Dann lehnte sie sich zurück, zog die Decke hoch und verschränkte die Arme.

Es war eine vertraute Pose.

Unangenehm vertraut.

»Jack, was willst du? Wir haben morgen ein volles Programm. Wir wollten das Gespräch doch verschieben, bis …«

»Weißt du, was ich an Philippe und Michelle so mag? Dass sie authentisch sind. Echt. Sie spielen niemandem etwas vor. Ich fühle mich wie ein Heuchler.«

»Warum denn? Wir haben ihnen nichts verheimlicht. Sie wissen, dass wir Probleme haben. Dass du nicht hier wohnst.«

»Ich fühle mich vor allem deshalb wie ein Heuchler, weil du mich immer als den perfekten Ehemann hingestellt hast.«

Sie löste die Arme, schlang sie um ihre Knie und beugte sich vor. »Aber das bist du doch, Jack. Du bist insofern vollkommen, als du ein gutes, höchst korrektes Rollenvorbild für einen Ehemann bist. Bis vor Kurzem jedenfalls.«

»Wir beide wissen, dass ich alles andere als perfekt bin. Und alles andere als ein Vorbild.«

»Warum willst du mir nicht glauben?«

»Weil ich ganz privat eine Laborratte bin.«

Sie setzte sich aufrechter hin. »Ich wollte nie …«

»Jill, ich will dir keine Vorwürfe mehr machen. Ich übernehme die Verantwortung dafür, dass ich all diese Jahre durch das Labyrinth gelaufen bin. Es war meine Entscheidung, *Zucchini-Zerwürfnisse* immer zu meiden. Ich bedaure sehr, dass ich nicht darauf geachtet habe, dass unsere Lebensweise einen Keil zwischen uns getrieben hat. Wir haben uns seit Jahren in unterschiedliche Richtungen entwickelt.«

Auf ihren Wangen glitzerten Tränen.

Er trat zum Bett und setzte sich auf die Bettkante.

»Ich bin die Heuchlerin, Jack. Ich lebe nun schon so lange hinter dieser öffentlichen Person, dass ich meine Maske gar nicht mehr wahrnehme.«

»O mein Schatz.« Er schloss sie in die Arme. »Du siehst hinreißend aus in diesem Licht. Es muss jemand geben, der auf all das Antworten hat.«

»Hör auf.« Sie fuhr sich mit seinem Ärmel über die Augen.

»Ich meine es ernst.« Er legte einen Finger unter ihr Kinn und hob ihr Gesicht an. Ihre Haut war weich. »Es tut mir leid, dass ich dich verletzt habe. Dass ich uns verletzt habe.«

»Es tut mir leid …«

»Schhhhhh. Jetzt bin ich dran mit Reden.«

Sie sah ihn mit weit geöffneten blauen Augen an. Ihre Lippen waren entspannt, pressten sich nicht zusammen, um weitere Wörter zu produzieren.

»Jill«, flüsterte er, »es tut mir leid. Verzeihst du mir?«

Sie blinzelte einmal. Zweimal.

Sie würde ihm nicht einfach leichtfertig verzeihen. Sie hielt Vorträge über Vergebung. Sie verstand die Nuancen und Implikationen. Es bedeutete, dass sie Jack vom Haken ließ und niemals mehr eine Entschuldigung für sein Handeln verlangte. Sie müsste vergessen, dass er jahrelang die Augen verschlossen und zugelassen hatte, dass die Kluft zwischen ihnen sich verbreiterte.

Er würde sich noch öfter entschuldigen, ganz sicher. Aber sie würde sich dann fragen, wovon er sprach. Sie würde vergessen. Das gehörte zu echter Vergebung.

Jill nickte. »Ich verzeihe dir.«

Er seufzte. »Danke.« Er küsste ihren schönen Mund, anfangs noch sanft.

Doch sie war viele Wochen fort gewesen und davor hatte sie lange, lange Zeit sehr viel zu tun gehabt. Sehr, sehr lange Zeit.

»Jack.«

»Hm?« Er sah sie an.

»Wir haben Gäste«, flüsterte sie.

»Mm.« Er räusperte sich. »Und?«

»Wir leben nicht mehr zusammen.«

»Wir sind immer noch verheiratet.«

»Aber was, wenn …«

»Jill. Wir machen uns heute Nacht keine Notizen.«

Sie schluckte. »Tut mir leid.«

»Kannst du heute Nacht nicht einmal alles und jeden vergessen, außer uns?«

Sie lächelte. »Ich kann es versuchen.«

»Vielleicht kann ich dir dabei helfen.« Er küsste sie wieder.

Sie erwiderte seinen Kuss.

Sein Denken verwirrte sich. Er hatte um Vergebung gebeten und sie hatte sie ihm gewährt. Wohin führte sie das? Wieder zusammen? Er wusste es nicht. Er wusste nur, dass die Liebe zu seiner Frau ihn plötzlich überwältigte.

Sie berührte sein Ohr. »He, wo warst du?«

»Äh, bei *Erdnuss-Saté Extrascharf*, glaube ich.«

Ihr Lächeln wischte allen Zweifel fort.

»Jill, darf ich heute Nacht bleiben?«

Sie nahm sein Gesicht in die Hände. »Jack, du bist mein Mann. Du brauchst nicht zu fragen, ob du mein Ritter in schimmernder Rüstung sein darfst.«

Er lächelte. Vergebung war schön.

48

Jill beobachtete Jack, während er schlief. Sein Kopf lag neben dem ihren auf dem Kissen.

Die Morgensonne fiel auf ein paar graue Strähnen, die sein braunes Haar jedoch nur heller wirken ließen. Es war gewachsen und bedeckte beinahe die ungleichmäßige rote Naht, die von seinem Unfall zurückgeblieben war. Würde diese Narbe sie immer an seine verletzenden Worte erinnern? *»Ich öffnete das Fenster, weil ich so aufgebracht war, dass ich glaubte, ersticken zu müssen … Als ich deine Stimme hörte, erkannte ich, dass ich dafür nicht angetreten war.«*

Er war nicht für das angetreten, was aus ihrer Ehe geworden war.

Sie musste den Schmerz loslassen, ohne die Wahrheit zu leugnen. Ihre Ehe brauchte eine Generalüberholung.

Gott, bitte, hilf uns. Bitte schenk uns Einsicht. Bitte, verlass uns nicht.

Die Lachfältchen um Jacks Mund waren tiefer geworden. Sie nannte sie seine Arztfalten, weil er so oft lächelte, glücklich darüber, dass er seine Patienten von Schmerzen befreien konnte. Er hatte ein völlig selbstloses Lebensziel, das sie immer bewundert hatte.

Nach fünfundzwanzig Jahren akzeptierte sie, dass die Liebe einer Ehefrau eher ein Verb war als ein Gefühl, über beide Ohren verliebt zu sein. Letzte Nacht war es beides gewesen.

Dennoch war er zögerlich, vorsichtig gewesen. Wie üblich. Wie üblich, seit wann?

Seit sie angefangen hatte, sich Notizen dazu zu machen?

Gott, es tut mir leid.

Er schlug die Augen auf. Das Haselnussbraun leuchtete. »Hi.«

Sie lächelte. »Hi.«

»Engelchen.«

Ihr Lächeln nahm ab. Wann hatte er sie das letzte Mal Engelchen genannt?

Als sie angefangen hatte, ihm zu erklären, wie er durch das Labyrinth laufen sollte.

»Stimmt etwas nicht? O nein!« Er schnappte nach Luft. Seine

Brauen gingen in die Höhe. Er zog scharf die Luft ein, mit weit geöffnetem Mund und sagte melodramatisch: »Das Spiel ist aus! Jetzt merken die Hausgäste, dass ich die Nacht hier verbracht habe.«

Sie musste einfach lachen. Wie dumm, sich wegen der Meinung der Trudeaus aufzuregen. Michelle würde ihr wahrscheinlich zur Versöhnung gratulieren. »Wenn du diesen Raum verlässt, werden sie es wissen. Ich habe gehört, wie sie aufgestanden sind. Ich rieche Schinken.«

»Und trotzdem bist du noch hier?«

»Ich wollte diesen Augenblick nicht verpassen.«

Er lächelte. »Danke.«

»Ich danke dir.«

»So, und jetzt?«

Ihr Herz sank ein wenig. *Mich küssen? Wieder zu Hause einziehen? Sagen, dass du ohne mich nicht leben kannst?* »Schinken?«

»Okay.«

Schweigend blickten sie einander einen Moment lang an.

Sie sagte: »Dann Kirche?«

Er blinzelte langsam. »Okay.«

»Connor sagte, sie würden mitkommen, damit ich mit ihm und Emma angeben kann.«

»Ja.«

»Es ist weitläufig genug. Wir lassen die Einzelgruppen sausen und mischen uns unter die Menschenmenge vor dem Elf-Uhr-Gottesdienst.«

»Mm-hmmm.«

»Meinetwegen brauchst du nicht zu gehen.«

»Was sagst du dazu, dass ich meinetwegen gehen will, um Gott für dich zu danken?«

Sie lächelte. Er hatte so ein gutes Herz. Trotzdem würden bestimmte Leute mit bestimmten Haltungen ihn sicher behelligen. »Du weißt, dass sie sicher über uns reden. Vielleicht sollten wir über die möglichen Reaktionen sprechen.«

»Kein Problem. Ich kann damit umgehen.«

»Okay.« Sie schwieg kurz. Dann sagte sie: »Jack, es tut mir leid, dass ich dir das Gefühl gegeben habe, eine Laborratte zu sein. Dass ich dich zur Schau gestellt habe. Verzeihst du mir?«

»Ja.«

»Das kam aber schnell. Offenbar hast du schon darüber nachgedacht.«

Er lächelte.

»Wirst du … wirst du …?« Die Fragen brannten in ihr. Würde er wieder nach Hause kommen? War seine Krise – ob Midlife-Crisis oder andere Krise – vorüber? War das, was letzte Nacht passiert war, einfach nur eine Männersache gewesen, etwas, das er gebraucht hatte? Oder war es das Siegel der Versöhnung, das Versprechen, dass er an ihrer Ehe arbeiten wollte? »Jack, wo stehen wir?«

Er hob ihre Hand vom Laken und küsste sie. »Ich weiß es nicht, Jill. Für heute stehen wir vor Schinken, Kirche, der Begegnung und dem Gespräch mit meinen Eltern, Mittagessen hier, vorbereitet durch meine Wenigkeit. Wir machen einen Schritt nach dem anderen.«

Wir machen … Es war eine Aussage, keine Frage gewesen, nicht einmal ein Vorschlag. Doch in gewisser Hinsicht war es eine gute Nachricht. Es bedeutete, dass er aus dem Labyrinth ausbrach und eigene Entscheidungen traf, ohne zu versuchen, ihr zu gefallen.

Die schlechte Nachricht war, dass er den anderen Ausbruch, den Beschluss, der die Scheidung betraf, nicht zurückgenommen hatte.

Am Ende kamen sie überein, dass Jack den Schinken auslassen und sie alle später in der Kirche treffen würde. Seine morgendliche Anwesenheit in den gleichen Kleidungsstücken, die er am Abend zuvor getragen hatte, mochte ein wenig zu viel sein für ihren Sohn, der, wie die meisten Kinder, wahrscheinlich lieber nicht darüber nachdachte, was seine Eltern taten, wenn sie allein waren.

»Oh, das hätte ich beinahe vergessen!« Jack stöhnte. »Ich muss ja noch die Katze füttern.«

»Katze?«

»Sie gehört Sophie. Ich habe angeboten, auf sie aufzupassen, während sie einen Streuner wieder gesund pflegt. Die zwei Tiger waren nicht miteinander ausgekommen.«

Sophie. Sophie. Sophie.

Mit einem Kopfschütteln schob Jill die Sekretärin und die Tatsache, dass Jack nichts an Katzen lag, beiseite. Sie wollte lieber an die letzten Tage mit Jack denken. Und vor allem an die letzten acht Stunden, die sie mit ihm verbracht hatte.

Ein wohlig-warmes Gefühl überlief sie und doch … es war auch für sie fast ein wenig zu viel. Hatten sie etwas Falsches getan? Wie benahmen sich entfremdete Eheleute miteinander? Sie hatte sich bis jetzt immer auf Verheiratete konzentriert, die zusammenlebten. Dies war Neuland für sie. Welcher Spezialist oder Berater konnte ihr und ihren Hörern Erkenntnisse darüber anbieten?

Das klang schon wieder sehr nach Notizen machen.

Sie trottete hinter Jack her, als er die Treppe hinunterging. Michelle war die Einzige, die sah, wie er aus der Vordertür schlüpfte.

Sie lächelte Jill an. »Fortschritte, nein?«

»Fortschritte, *oui*.«

Hoffe ich jedenfalls. Jill war sich nicht ganz sicher. Sie hatten einen Schritt getan, kein Zweifel. Einen erfreulichen, wunderschönen, bejahenden, heilenden Schritt. Aber war es ein Schritt zur Versöhnung? Oder einfach ein kurzer Abstecher von dem Weg, den sie eingeschlagen hatten?

49

Sie gingen zur Kirche. Es war ihr erster Sonntag seit jenem schrecklichen Tag, an dem Jills Welt auf den Kopf gestellt worden war.

Sie wurden freudig begrüßt und umarmt. Jill bemühte sich um ein harmloses Gesicht und beobachtete auch Jack ganz genau. Einer von ihnen beiden könnte aufgrund all der Aufmerksamkeit zusammenbrechen.

Sie sah keinerlei scheele oder besorgte Seitenblicke. Lew schien Jack zwar eine Spur länger zu umarmen als sonst, doch dieser trug es mit Anstand.

Connors und Emmas Gesichter strahlten – zwei junge Leute, die ihre Verliebtheit an sich zu tragen schienen wie eine zweite Hautschicht. Man hörte auch keinerlei missbilligendes Zungenschnalzen angesichts der Eröffnung, dass Pastor Mowers sie nicht trauen würde. Die Trudeaus, die ebenfalls mitgekommen waren, machten freundlich Konversation und gewannen dadurch alle Herzen.

So weit, so gut.

Nach dem Gottesdienst fuhren sie zu Charles und Katherine. Jacks Eltern liebten Connor und waren genauso kontaktfreudig wie Philippe und Michelle. An einen kurzen Besuch war überhaupt nicht zu denken. Schließlich fuhren Jill und Jack los, um für alle etwas zu essen zu holen.

Sie saßen draußen vor dem Restaurant auf einer sonnigen Bank und warteten auf ihre Bestellung. Die Bäume hatten noch keine Knospen, doch die wärmeren Temperaturen hatten Tauwetter gebracht; in der Luft lag der Duft nach Erde, man hörte das leise Geräusch tropfenden Wassers in den Abflussrohren.

Jill sagte: »Deine Mutter …«, sie schloss den Mund und öffnete ihn wieder, »… sieht gut aus.«

»Ja, das tut sie.« Jack schwieg kurz. »Ich habe gehört, was sie zu dir gesagt hat.«

»Oh.« Jill hatte gedacht, sie hätte sich gerade noch rechtzeitig beherrscht, sodass er nichts merkte, aber er kannte sie zu gut.

Sie hatte beschlossen, Jack diesmal nicht wegen des Verhaltens ihrer Schwiegermutter zu nerven. Katherine mochte Jill nicht besonders, eine Tatsache, die Jill akzeptiert hatte, seit Connor fünf Jahre alt war und zum ersten Mal für ein Mädchen schwärmte. Trotzdem war sie ein Problem für Jill geblieben und Jill pflegte normalerweise ihre Frustration über seine Mutter bei Jack loszuwerden.

Er sagte: »Dasselbe hat sie mir vor ein paar Wochen gesagt – dass es an mir sei, das wieder in Ordnung bringen. Ich weiß nicht, wie sie es geschafft hat, die Verantwortung dafür jetzt dir aufzubürden, aber es ist ihr gelungen.«

Jill wusste genau, wie sie es gemacht hatte. Katherine hatte gesagt: *»Jill, du weißt, dass eine Ehe keine zweispurige Straße ist. Man ist nicht in unterschiedliche Richtungen unterwegs. Wenn du einfach kehrtmachst und in die gleiche Richtung gehst wie er, dann wirst du auch auf ihn eingehen können. Er kann das nicht ohne deine Hilfe in Ordnung bringen, er braucht deine Unterstützung.«*

Das war ein wörtliches Zitat aus *Sie redete, er hörte zu*, Kapitel zwei, *Einfache Eierstichsuppe*. Wortwörtlich.

Jack antwortete: »Erzähl mir von den Rittern in schimmernder Rüstung. Wie kann ich einer werden?«

Sie starrte ihn an. Er hatte das Gesicht nach oben gewandt, der Sonne entgegen, die Augen geschlossen und den Rücken an die Backsteinwand gelehnt.

Tiefe Selbstzweifel packten sie. Diese Zweifel waren immer stärker geworden, seit er ihr gesagt hatte, dass er sich scheiden lassen wollte. Die letzte Woche und vor allem die letzte Nacht hätten ihr eigentlich ihr Selbstvertrauen zurückgeben müssen. Richtig?

Falsch.

Stattdessen hatte seine Zärtlichkeit lediglich zur weiteren Entzauberung von Jillian Galloway, Lehrerin, Radiomoderatorin, Buchautorin, Eheexpertin beigetragen. In der Kirche war es weitergegangen. Die Umarmungen alter Freunde und ihre geflüsterten Ermutigungen hatten nicht geholfen. Loblieder dem Gott zu singen, der ihr vergeben hatte, dass sie ihr Heim in ein Labor verwandelt hatte, hatte nicht geholfen. Katherines Echo ihres eigenen Geschwafels schließlich hatte ihren Untergang besiegelt.

Was glaubte Jill eigentlich, wer sie war?

»Jill.« Jetzt sah Jack sie an. »Ich möchte nicht, dass du mit dem Reden aufhörst. Das passt einfach nicht zu dir.«

»Ich glaube, es ist höchste Zeit, dass ich auch einmal still bin. Ich habe Gott heute Morgen gesagt, dass ich aufhören werde, auf alles eine Antwort zu haben – als wir das Lied gesungen haben, dass wir alles ihm überlassen.«

»Ich wüsste nicht, dass er dich darum gebeten hat.«

»Du hast mich darum gebeten.«

»Das ist nicht dasselbe. Absolut nicht.« Er seufzte frustriert auf. »Ich wollte ganz einfach keine Antworten auf Fragen, die ich nicht gestellt habe. Aber jetzt frage ich dich etwas. Wie packe ich es an, ein Ritter zu sein?«

Sie blickte zum Parkplatz hinüber. Schmutzige Schneehäufchen waren im Schmelzen begriffen. Die gesamte Fläche war mit Pfützen übersät.

»Jill, gestern Abend hast du gesagt, ich sei dein Ritter, weil ich dein Mann bin. Aber ich habe das Gefühl, in dieser Sache versagt zu haben. Ich meine – du musstest es mir extra sagen, also habe ich es wohl nicht gewusst.«

»Ich glaube, es gehört zu den Dingen, die wir unterwegs verloren haben. Jack, ich weiß nicht, was zuerst kam: Ob du es aufgegeben hast oder ob ich es dir genommen habe, durch meine Laborexperimente.«

»Ritterschaft ist also eine Rolle, die ein Ehemann aufgeben kann?«

Sie sah ihn an. »Möchtest du eine Sendung dazu hören? Ich kann dir sagen, wann sie ausgestrahlt wurde. Wahrscheinlich habe ich sogar eine CD zu Hause.«

Er lächelte sanft. »Nein, ich möchte es aus erster Hand hören.«

Sie sah ihm ins Gesicht. »Du siehst nicht aus wie eine Ratte, die durch ein Labyrinth läuft.«

»Das bin ich auch nicht. Ich möchte wirklich eine Antwort von dir haben.«

»Okay.« In ihrer Kehle bildete sich ein Kloß. Er hatte sie unwissentlich zurückversetzt nach Hollywood, hatte ihr den Grund bewusst gemacht, warum sie diesen Ort so unbedingt hatte wiedersehen wollen. Sie hatte schon lange, bevor er ihr gesagt hatte, dass er sich scheiden lassen wollte, geplant, dorthin zu fahren, weil sie wusste, dass sie beide das brauchten.

Sie schluckte. »An dem Tag, an dem wir uns kennengelernt haben, warst du ein Ritter in schimmernder Rüstung für mich. Du hast mich wahrgenommen. Du hast mit mir gesprochen. Du hast einen Scherz darüber gemacht, dass meine Hände nicht in die Abdrücke von Shirley Temple passten, aber später hast du verstanden, dass hinter dem Wunsch, so zu sein wie sie, mehr steckte. Du hast gelächelt, als bedeutete ich dir etwas, und in deinen Mundwinkeln sind Grübchen erschienen. Und dann – das größte Wunder – hast du mich einfach gefragt, ob ich mit dir essen gehe. Du wusstest genau, was du wolltest, und hast es dir genommen. Du warst selbstsicher, aber nicht arrogant.«

»Was habe ich denn gewollt?«

Sie unterdrückte einen verzweifelten Seufzer. »Was glaubst du denn?«

»Du hast ausgesehen wie ein Engel. Ich wollte dich kennenlernen.«

»Ja. Und deshalb habe ich mich wie etwas ganz Besonderes gefühlt. Begehrt. Wie ein Burgfräulein in Bedrängnis.«

»Und das ist etwas Gutes?«

»Ja. Irgendwie ja. Ich war damals unabhängig und habe im Prinzip glücklich mit Viv gelebt und gearbeitet. Aber dann bist du aufgetaucht, und plötzlich gingen die Alarmsirenen los. Ja, irgendwie war ich tatsächlich in Bedrängnis.«

»Liebe auf den ersten Blick. Aber so bleibt es nicht, bei niemand.«

»Nein.«

»Also, wie kann es einem Mann gelingen, der strahlende Ritter zu bleiben?«

Sie holte tief Luft. »Er nimmt seine Frau wahr. Er redet mit ihr. Er lächelt sie an, auf ganz besondere Weise, nur sie. Er kennt sie, ihre tiefsten Wünsche, ihre geheimsten Träume. Er tut immer, was das Beste für sie ist. Er weiß intuitiv, dass sie immer in Bedrängnis ist, denn so ist das Leben. Doch er allein kann sie trösten und das Leben leichter für sie machen.«

Jack starrte sie einen Augenblick an. »Das ist eine ganz schön beängstigende Arbeitsplatzbeschreibung.«

»Eine schimmernde Rüstung und ein weißes Pferd helfen.« Sie zuckte die Achseln. »Ich mache dir keine Vorwürfe, Jack. Wie du sagtest, wir sind unsere getrennten Wege gegangen, und so hat sich die Kluft zwischen uns aufgetan. Kein Ritter mehr und auch kein Burgfräulein.«

»Und wie kriegen wir sie wieder zurück?«

Etwa sechzehn Ideen wären beinahe aus ihr herausgeplatzt. *Eheberatung! Komm wieder nach Hause! Sag mir, dass du mich liebst! Mach mit mir Urlaub!* Doch Jill presste die Lippen zusammen. Sie glaubte nicht, dass Jack diesmal eine Antwort haben wollte.

Er nahm ihre Hand und drückte sie. »In den letzten fünfundzwanzig Jahren ist viel Wasser den Berg hinuntergeflossen. Ich gehe jetzt lieber rein und hole unser Essen.«

Genau genommen gab es wohl nur eine einzige Antwort: Sie beide mussten die Kluft zwischen ihnen beseitigen *wollen*.

»Mom.« Connor sah Jill über den Esstisch hinweg an. Dann wandte er sich an Jack. »Dad.«

Beide hörten auf, mit Michelle und Philippe zu reden.

Connor lächelte. »Versprecht mir, nicht auszuflippen, Leute.«

»Auwei«, sagte Jill. Er hatte noch nie seinen Vater in diese Bitte mit eingeschlossen und ganz bestimmt nicht andere. Es musste also eine größere Sache sein.

Sie legte die Gabel mit dem letzten Bissen Kirschkuchen auf ihren Kuchenteller.

Emma stützte die Ellbogen auf den Tisch und sah sie mit großen braunen Augen an. »*Maman et Papa*, bitte, flippt nicht aus. Versprecht es.«

Ihre Eltern tauschten verblüffte Blicke, wechselten ein paar Worte auf Französisch und zuckten die Achseln.

Connor lächelte. »Eigentlich ist es eine gute Nachricht.«

Emma nickte enthusiastisch.

Du meine Güte. Sie bekommen ein Kind. Jill sah das Mädchen an. War sie dicker geworden? Schwer zu sagen bei dem schlabberigen Rollkragenpulli, den sie trug.

»Man hat uns Jobs für Anfang August angeboten.«

Die Begeisterungsrufe der Eltern übertönten die gemeinsamen Erleichterungsseufzer. Kein Baby! Ein geregeltes Einkommen, wenn die Zuschüsse und Stipendien endeten!

Connor fuhr fort. »Als Museumskuratoren.«

Emma zog eine Schnute.

Er lachte. »Ich will doch nur nicht, dass sie sich Sorgen machen.«

Sie schüttelte den Kopf und küsste ihn auf die Wange. »Red weiter.«

»Na gut, nicht direkt Kuratoren. Unsere offiziellen Titel sind so eine Art Assistenten der Juniorassistenten. Wahrscheinlich machen wir Besorgungen und bedienen das Telefon. Ich habe einen Halbtagsjob, Emma ist Vollzeitkraft. Aber wir haben einen Fuß in der Tür, und es hat mit Kunst zu tun und es ist in New York.«

Das glückliche Geschnatter verstummte plötzlich. »New York?«

Emma nickte, ein traurig-glückliches Lächeln auf dem hübschen Gesicht.

Connor sagte: »Wir hatten Vorstellungsgespräche ausgemacht, bevor wir Italien verlassen haben. New York war unser erstes Ziel in den Staaten. Beim *Cloisters Museum and Gardens*. Es gehört zum *Metropolitan* und ist spezialisiert auf Mittelalterliche Kunst und Architektur.« Er seufzte. »Wir haben es am Freitag erfahren. Und wir haben angenommen.«

Michelle schob ihren Stuhl zurück und lief um den Tisch herum, um ihre Tochter zu umarmen. »Glückwunsch!« Sie nahm auch Connor in die Arme. »Es ist nicht Paris oder Chicago, aber immerhin auch nicht Moskau oder Sydney!«

Jack lachte. »Ja, das stimmt.«

Jill stellte sich hinter den Vätern auf, um ebenfalls zu gratulieren. Sie hoffte, dass ihr schweres Herz sich nicht auf ihr Lächeln auswirkte.

Connor nahm sie fest in die Arme. »Danke, dass du nicht ausgeflippt bist.«

»O Con, ich freue mich so für dich. Es ist genau das, was du immer wolltest, auf dem Gebiet der Kunst zu arbeiten und malen. Durch den Teilzeitjob kannst du vielleicht beides.«

Er nickte. »Du hast mir immer gesagt, ich könnte alles, was ich wirklich will.«

Ihr Lächeln fühlte sich gezwungen an. Der Sohn, den sie am liebsten für immer festgehalten hätte, würde nicht mehr nach Hause zurückkommen.

Jill füllte Spülmittel in die Spülmaschine, schloss die Tür und drehte sich um. Jack stand neben ihr und trocknete gerade eine Pfanne ab. Sie sah, wie er auf das leere Gestell über dem Herd schaute, als überlegte er, ob er die Pfanne dort hinhängen sollte oder nicht. Es war eine seiner Lieblingspfannen, die er für das Abendessen aus seiner Wohnung mitgebracht hatte.

Schließlich stellte er sie in ein Regal. Es wirkte, als wolle er eine unverfängliche Entscheidung treffen.

Er sagte: »Ich glaube, Con und Emma sind immer noch im vorderen Wohnzimmer und reden.«

»Mm-hmm. Wir hätten schon vor Jahren eine Hintertreppe einbauen sollen.«

Er lächelte sie flüchtig an. »Jill, ich denke, ich werde nach Hause – äh, in die Wohnung gehen. Morgen ist Montag. Ich muss diese Woche arbeiten. Du hast gesagt, du müsstest auch arbeiten. In ein paar Tagen kommen Viv und Marty. Die Kinder haben noch mehrere

Termine für den Ehevorbereitungskurs. Die Trudeaus haben gesagt, sie kümmern sich selbst um sich.«

»Und am Samstag ist die Hochzeit.« Sie und Jack hatten den Wochenplan schon durchgesprochen. Aber darum ging es ihm gar nicht. »Was möchtest du eigentlich sagen?«

Er faltete das Geschirrtuch zusammen, ohne ihr in die Augen zu sehen. »Ich will sagen, dass es ein paar sehr schöne Tage waren. Wir haben viel Schönes und Anstrengendes erlebt. Aber in den nächsten Tage haben wir viel zu tun. Es ist wahrscheinlich kein guter Zeitpunkt, um Entscheidungen in unserer Sache zu fällen.« Er legte das Geschirrtuch auf die Arbeitsplatte und sah sie an. »Tut mir leid, dass wir das Gespräch über unsere Situation noch einmal vertagen müssen, aber ich glaube, es ist das Beste so.«

Jill legte die Handflächen hinter sich auf die Arbeitsplatte und lehnte sich dagegen. Sie wirkte völlig entspannt und offen. »Was ich dich sagen höre, ist … hast du etwas dagegen, wenn wir diese Übung machen?«

Er schüttelte den Kopf.

»Es würde mir helfen.«

»Ich weiß.«

»Okay.« Sie sammelte ihre ungeordneten Gedanken, willens, sich zusammenzunehmen und nicht auszuflippen. »Was ich dich sagen höre, ist, dass im Moment zu viele andere Dinge unsere Aufmerksamkeit beanspruchen, sodass wir uns nicht angemessen um unsere ehelichen Bedürfnisse kümmern können. Richtig?«

»Ja.«

»Ist da noch etwas?«

»Nein.«

»Du willst also sagen, dass du nicht zurück nach Hause kommst.«

Er zögerte kurz, bevor er antwortete: »Nein. Ich meine, ja, das sage ich.«

»Sagst du – sagst du gleichzeitig, dass das Ganze noch nicht vorüber ist?«

»Ich glaube, ja – ja, das sage ich.« Er trat zu ihr und umarmte sie.

»O Jill, es tut mir leid. Das ist nicht das, was ein Ritter zu einem Burgfräulein in Bedrängnis sagt.«

Sie machte sich steif in seinen Armen.

Er hielt sie ganz fest und flüsterte in ihr Haar. »Es tut mir leid. Verzeih mir, Jill.«

Sie hatte ihm doch schon verziehen. Oder etwa nicht?«

Ja. Aber sie hatte ihm das verziehen, was vor diesem Augenblick geschehen war, vor dieser erneuten Verletzung. Bevor er ihr letzte Nacht neue Hoffnung geschenkt hatte, die er nun mit einem Dolch aus ihrem Herzen schnitt.

Vergib deinem Bruder siebzig mal sieben Mal. Mit anderen Worten, vergib immer wieder, egal, wie oft. Galt das auch für Jacks wiederholte Absagen an sie und ihre Ehe?

Sie wusste es nicht.

Sie legte die Arme um ihn und drückte ihr Gesicht an seine Schulter. »Dass es dir leidtut, ist keine große Hilfe, Jack.«

Die Umarmung half aber. Ein bisschen. Vielleicht genug, um sie durch die kommende Woche zu bringen.

50

Am Montagmorgen schreckte Jill hoch.

Ein Burgfräulein in Bedrängnis, das darauf wartete, dass der Ritter sein Pferd sattelte?

Von wegen.

Sie mochte Jack zwar vergeben, doch sein Verhalten würde nicht das Ihre bestimmen. Sein Hin und Her zwischen dem zärtlichen, um Verzeihung bittenden und besorgten Ehemann und dem egoistischen Trottel verwirrte sie nur noch. Es war wie der Versuch, einen Stepptanz zu einer völlig verrückten Melodie aufzuführen.

»Gott, er ist restlos durcheinander. Wenn du ihm nicht den Kopf zurechtrückst, besteht keine Hoffnung für unsere Ehe. Zeig ihm, worin sein Problem besteht. Bitte. Ich glaube, von dir wird er es annehmen – von mir jedenfalls nicht.«

Sie spürte ein *Oouuu* in ihrem Herzen und hörte jäh auf zu beten. Manche Menschen bezeichneten diesen Laut als kleine leise Stimme. Für sie klang es eher wie eine Zunge, die einen Zischlaut in kosmischer Lautstärke machte.

»Schon gut, schon gut, ich hab's ja verstanden.«

Sie stand auf, kniete vor dem Bett nieder und sang leise, bis die tönende Stimme in ihrem Innern sich wieder beruhigt hatte. »Heiliger Gott, ich bin ebenfalls völlig durcheinander. Ich schaffe das nicht allein. Bitte, mach mich zu einer besseren Ehefrau. Und bitte, bitte, mach unsere Ehe wieder heil.« Sie blinzelte und glättete eine Falte auf der Decke, wo ihr Kinn gelegen hatte. »Oder mach sie vielleicht zum ersten Mal überhaupt heil.«

Jill ließ das bedrängte Burgfräulein an diesem Montagmorgen auf dem Bettvorleger sitzen und stürzte sich in die neue Woche. Sie heulte nicht und klagte nicht und weinte sich in den folgenden Nächten nicht einmal in den Schlaf. Sie suhlte sich nicht im Zorn auf Jack und auch nicht in ihrem Schmerz darüber, dass er sie verlassen hatte. Wann immer diese hässlichen Gefühle ihre Häupter in ihr erhoben, befahl sie ihnen, wieder zu verschwinden.

Sie machte sich daran, die Berge von Briefen und E-Mails, die sich in den vergangenen Wochen angesammelt hatten, abzuarbeiten, und las eins der Bücher von ihrem Stapel. Es handelte von einem Ehepaar, das in einem Friedenskorps in Afrika arbeitete, und hatte wunderbarerweise absolut nichts mit ihr zu tun.

Sie unternahm einen therapeutischen Einkaufsbummel mit Michelle. Die Französin verlieh diesem Wort einen völlig neuen Inhalt. Die Grenze zwischen Begehren und Brauchen hatte für einen ganzen herrlichen Nachmittag lang keinerlei Bedeutung mehr.

Sie schnappte sich Connor eine Stunde lang zum Mittagessen, nur sie beide. Sie sprach mit ihm wie mit einem ihrer Interviewpartner und gewann überraschende, völlig neue Einblicke in das Herz ihres Sohnes.

Sie verliebte sich in ihre zukünftige Schwiegertochter. Es geschah eines Abends, als sie zusammen einen Frauenfilm ansahen und dazu Popcorn aßen. Anschließend redeten sie miteinander bis in die Puppen. Emma erzählte ihr von ihrer Kindheit in Paris als Einzelkind – ein seltsames Mädchen, das mit drei Jahren angefangen hatte zu malen.

Emma bat sie um ihren Rat als Ehefrau. Jill meinte, damit könne sie nicht dienen. Emma sagte, *au contraire*. Connor habe ihr etwas völlig anderes erzählt. Er hatte gesagt, seine Mutter sei ein Hort der Weisheit.

Was war das Wichtigste? Emma ließ nicht locker. Was durfte sie nie aus den Augen verlieren?

Die Antwort war: Das, was sie und Jack aus den Augen verloren hatten.

»Seid Freunde«, sagte sie zu Emma. »Bleibt einander die besten Freunde.«

All das – und Jill rastete kein einziges Mal aus, in keiner Weise, nicht einmal andeutungsweise.

Dann besuchten sie am Donnerstag alle miteinander Jacks Praxis, weil die Trudeaus natürlich seinen Arbeitsplatz kennenlernen wollten, und Sophies Augen füllten sich mit Tränen, als sie Jill begrüßte.

Sophie. Die unverheiratete, ergebene, begabte, attraktive jüngere Frau, die alle Ärzte liebten, weil sie sie so gut dastehen ließ. Die Frau, die Jack dazu gebracht hatte, auf eine Katze aufzupassen.

Eine Katze.

»Mrs G.«

Der affektierte Spitzname hatte Jill immer gewurmt. *Dr. und Mrs G.*

Sophie nahm sie beiseite, während Connor die anderen in Jacks privates Büro führte. »Es tut mir so leid.«

Das mit der Katze? Oder war da noch mehr? Zum Beispiel, wie die Katze in Jacks Apartment gekommen war? Das erforderte eine Übergabe – entweder bei Jack oder bei ihr. Oder etwa nicht?

An Sophies Wimpern glitzerten Tränen. Sie beugte sich dicht zu Jill hinüber und flüsterte: »Ihre Ehe hat immer allen Menschen Hoffnung gemacht. Bitte, geben Sie nicht auf. Ich bete, dass Sie wieder zueinanderfinden.«

Jills Augen wurden weit. »Wirklich?«

Sophie nickte heftig.

»Oh.« Es klang wie ein Wimmern. »Sagen Sie bitte Connor, dass ich im Auto warte?« Ohne die Antwort abzuwarten, lief Jill weg, durch die Klinikflure und die Haupttür hinaus auf den Parkplatz vor dem Haus.

Dort versuchte sie erst einmal, sich zu beruhigen und wieder zu Atem zu kommen.

Von allen verrückten Dingen in diesen Wochen war das das Verrückteste. Ausgerechnet von Sophie!

Sie hätten sie zur Hochzeit einladen sollen.

Jill erinnerte sich an den Abfalleimer, diesen bis zum Überquellen gefüllten Behälter mit ihren Fehlern und Irrtümern. »Eifersüchtig auf Sophie« hätte sie schon vor langer Zeit hinzufügen sollen.

Sie setzte sich ins Auto, verschränkte die Arme und legte den Kopf aufs Lenkrad. Ein heftiger Schmerz schoss durch die Beule, die sie noch von dem Busunfall an der Stirn trug. Sie richtete sich wieder auf.

»Es tut mir leid, Gott. Kannst du mir nicht bitte alles auf einmal reinwürgen, statt mir eins nach dem anderen hinzuhalten nach dem Motto: ›Ach guck mal, da ist noch eine kleine Monstrosität für deinen Mülleimer‹?«

»*Gib es an ihn ab*«, hörte sie plötzlich Agnes' Stimme. »*Darum geht es doch beim Kreuz, oder? … Wirf den Müll einfach auf ihn.*«

Jill schloss die Augen. Ihr Herz hämmerte. Sollte sie den ganzen Müll denn nicht mit sich herumtragen, als Erinnerung daran, was sie in Wirklichkeit war?

Das klang ja beinahe, als sei sie stolz auf ihre Last.

»Ach nein, Gott, das bin ich nicht. Ich bin nicht stolz darauf. Ich lade es vor dir ab.«

Sie stellte sich vor, wie sie den Mülleimer schräg hielt und der Inhalt herauskippte und sich zu einem schwarzen schmierigen Haufen auftürmte.

»Okay. Da ist es. Ich gebe es alles dir. Eifersucht. Stolz. Scham. Zorn. Eigenschaften, die nicht zu deiner Tochter passen. Dass ich nicht auf Jacks Herz geachtet habe. Dass ich ihn und Connor tyrannisiert habe. Dass ich meiner Mutter nicht vergeben habe. Dass ich schlecht von Marty gedacht habe.«

Die Liste ging immer weiter.

Und weiter.

Sie zwang sich, wirklich alles auszusprechen, was ihr in den Sinn kam.

Und es war viel.

Irgendwann beruhigte sich ihr Atem wieder und sie fand keine Worte mehr.

Und in diesem Augenblick zwischen dem Noch-Geschlossen-Halten ihrer Augen und ihrem Öffnen meinte sie, ein Flüstern zu hören: »*Es ist vollbracht.*«

51

»Er ist über Nacht geblieben?« Viv hatte das Gefühl, dass ihr die Augen aus dem Kopf quollen. »Er hat die Nacht hier verbracht? Hier in diesem Zimmer?«

Jill wandte sich von dem großen Spiegel ab und sagte leise: »Glaubst du, das war falsch?«

Viv fing an zu lachen.

Sie war in Jills Schlafzimmer und half ihrer Schwester, sich für die Hochzeit am Nachmittag anzukleiden. Es war die erste Gelegenheit der beiden, wieder über die Krise mit Jack zu sprechen.

Jill fuhr herum. »Vergiss, dass ich gefragt habe! Mach mir einfach den Reißverschluss zu. Das ist das Mindeste, was du tun kannst. Wirklich, ich kann es aber einfach nicht fassen, dass du schon zwei volle Tage in der Stadt bist und bis jetzt noch keine Zeit für mich hattest.«

»Hör auf, mir die Ohren vollzuheulen! Ich mache eine zweite Hochzeitsreise mit dem Mann meiner Träume und wir wohnen in einem phänomenalen Hotel.« Sie kämpfte mit dem Reißverschluss an Jills Kleid, weil die Finger an ihrer linken Hand noch vom Gips behindert waren. »Eigentlich ist es unsere erste Hochzeitsreise, wenn man das Wochenende im Wohnwagen auf dem Parkplatz am Strand nicht mitzählt. Im Vertrauen gesagt, habe ich das nie wirklich gelten lassen. Jill, ich kriege den Reißverschluss einfach nicht zu mit einer Hand.«

Jill langte selbst nach hinten und wand und drehte sich in dem Versuch, ihn hochzuziehen. »Das Kleid ist zu eng.«

»Es ist perfekt. Gut sitzend, aber keinesfalls zu eng.« Viv bewunderte das Etuikleid aus flamingoroter Seide. »Es sieht sehr nach Paris aus. Ich hole Michelle.«

Jill seufzte. »Danke.«

Viv ging zur Tür. »Und nein, Dummchen, ich finde nicht, dass der körperliche Ausdruck von Liebe zwischen dir und Jack falsch war. Soweit ich es verstanden habe, ist *Erdnuss-Saté Extrascharf* die geheimnisvolle Vereinigung von Körper und Seele.« Sie öffnete die Tür. »Eine wunderbare Erfüllung von – o Jack! Hi!«

»Hi.« Ihr Schwager begrüßte sie mit einer Umarmung. »Du siehst großartig aus, wie immer, sogar mit dem Gips.«

»Danke.« Sie begegnete seinem Blick und las eine weitere Bitte um Entschuldigung darin. Doch die hatte sie während ihrer Ferngespräche schon oft genug gehört und würgte sie sogleich ab. »Du siehst fantastisch aus.«

Er zwinkerte. »Die wunderbare Erfüllung eines schwarzen Anzugs.«

Wunderbare Erfüllung? Hatte er etwa gehört, was sie gesagt hatte? Sie hätte beinahe gekichert. »Deine Krawatte! Sie passt genau zu Jills Kleid!«

»Emma hat einen Blick für Farben. Sie hat sie ausgesucht.«

Viv lächelte. Jack sah so gut aus wie immer, war so freundlich und gütig, wie ein Mann nur sein konnte. Trotz allem.

»Darf ich reinkommen?«

Viv trat beiseite. »Wie gut bist du mit Reißverschlüssen?«

Jack kam herein und – darüber bestand kein Zweifel – starrte Jill an. »Wow!«

Jill hörte auf, mit dem Reißverschluss auf ihrem Rücken zu kämpfen, und legte den Kopf schief. »Selber wow.«

»Du siehst fantastisch aus.«

»Die wunderbare Erfüllung von Seide.«

Er schüttelte den Kopf. »Weniger.« Er lockerte den Knoten seiner Krawatte. »Sie sitzt nicht. Connor und ich haben zwei linke Hände. Kannst du sie mir binden?«

»Natürlich.« Sie fummelte noch immer hinten an ihrem Kleid herum und versuchte, es zuzuhalten. Das Spiegelbild zeigte jedoch, dass es ihr nicht gelang.

»Dreh dich um.« Er berührte ihre Schulter. »Ich mach dir zuerst deinen Reißverschluss zu.«

Jill rührte sich nicht. »Ist Michelle noch da?«

»Nein. Marty hat die Trudeaus schon zur Kirche mitgenommen.

Viv, du kannst mit uns fahren, okay? Die Kinder wollten es ganz traditionell haben und einander vor der Zeremonie nicht sehen.«

»Gut.« Sie beobachtete Jill. Ihre Schwester war völlig verlegen und aufgeregt. Der Effekt von Jack im Anzug war nicht zu übersehen.

»Ich schaffe das schon«, sagte Jill und zerrte wieder an dem Reißverschluss herum.

Jack stemmte die Hände in die Hüften und blickte in den Spiegel, der Jills Rücken zeigte.

Viv sagte gar nichts. Waren die beiden wirklich die halsstarrigsten, ahnungslosesten Menschen auf dem Erdboden, oder was sollte das?

Und dann tat ihr Schwager etwas, das sie beinahe ein Rad schlagen ließ. Ohne ein Wort setzte er Jill einfach schachmatt. Er trat um sie herum, schob sanft ihre Hände beiseite und zog mit Leichtigkeit den Reißverschluss hoch.

Es war nur eine kleine Geste, die viele Menschen nicht einmal wahrgenommen hätten. Doch Viv kannte Jill, und sie kannte Jack, und sie wusste auch, dass Jack viel zu lange bei Jills Sturheit nachgegeben hatte. So gesehen, war es ein Riesenschritt.

Viv hätte beinahe geweint, so schön fand sie es.

52

Jill saß in einer Kirchenbank neben Jacks Eltern, vor Viv und Marty, einen dicken Bräutigamsmutter-Kloß im Hals.

Der Tag war der Inbegriff eines neuen Anfangs, eine wahre Explosion frischen, neuen Lebens. Draußen schien die Sonne auf Krokusse, Tulpen und hellgrüne Blätter, die im Begriff waren, ihr Wintergewand abzustreifen.

Die Schönheit der Natur ergoss sich bis in die Kapelle hinein und spiegelte sich in ihrer schlichten Schönheit und auf den Gesichtern der kleinen Gruppe.

Jack stand vorne als Trauzeuge seines Sohnes und fing Jills Blick ein. Bestimmt bildete sie sich nicht nur ein, dass ihre Herzen in diesem Augenblick zueinander sprachen.

Connor trug einen schwarzen Anzug, ein weißes Hemd und eine weiße Krawatte. Emma hatte ein schlichtes weißes Seidenkleid an, wadenlang, ärmellos, und weiße Blumen im Haar.

Michelle, die Trauzeugin, war genauso hübsch wie die Braut in ihrem mintgrünen, ausgestelltem langen Kleid. Philippe, der bei Connors Freunden in der Kirchenbank saß, trug eine Krawatte, die farblich zum Kleid seiner Frau passte.

Der ganze Gottesdienst bestand aus einer seltsamen Mischung aus Alt und Neu. Pastor Nelson und seine Frau waren jung. Er war traditionell gekleidet, in Anzug und Krawatte, redete jedoch in der entspannten Art eines Typen in Jeans. Sie spielte klassische Stücke auf dem Klavier, aber ließ ebenso, ohne mit der Wimper zu zucken, Connors Rapmusik von seinem iPod abspielen. An den Wänden hingen Kopien alter Gemälde neben bunten selbst gemachten Fahnen, die auf Spanisch, Englisch und in anderen, Jill unbekannten Sprachen verkündeten, dass Jesus Gott war.

Kein Wunder, dass Connor und Emma sich für diesen Ort entschieden hatten. Er war – wie ihrer beider Vereinigung – ein Begegnungsort der Kulturen.

Als sie Jack ansah, wusste sie, dass er, genau wie sie, in diesem

Augenblick an ihre Gespräche über Connors Hochzeitspläne dachte. Es spielte keine Rolle, dass sie den Pfarrer nun tatsächlich sympathisch fanden – sie hätten diese Kirche nicht für die Hochzeit ihres Sohnes ausgewählt. Jacks Blick sagte ihr, dass dieser Moment gleichsam ein letztes Kreisen des Jungvogels über dem Nest war, das er gerade erst verlassen hatte. Traurig und übereinstimmend erwiderte sie sein Lächeln.

Jill dachte zurück an ihre und Jacks Hochzeit, die Charles und Katherine schier um den Verstand gebracht hatte. Sie hatten in Sweetwater Springs geheiratet. Es war eine höchst bodenständige Angelegenheit in der beschaulichen kleinen Ortskirche gewesen – in der sich an guten Tagen vielleicht hundert Gläubige zum Gottesdienst einfanden – mit anschließendem Büfett im Veteranen-Klubhaus, zu dem jeder etwas mitgebracht hatte. Die Klimaanlage ächzte und hustete, genauso wie der Pfarrer während der Zeremonie. Die meisten der anwesenden Männer trugen Cowboystiefel und die Frauen waren leger gekleidet.

Sie langte hinüber zu ihrer Schwiegermutter und drückte ihr die Hand, dankbar, dass Katherine sie auf ihre ganz eigene Weise schließlich doch noch akzeptiert hatte. Katherine lächelte sie verständnisvoll an.

Jill hörte aufmerksam zu, als Connor und Emma das Ehegelübde sprachen. Das Paar hatte sich für die altehrwürdige Hochzeitsliturgie entschieden, die Worte, die sie so gern wieder hören wollte, die Worte, die auch sie und Jack gesprochen hatten.

Die Worte, die ihnen unterwegs verloren gegangen waren.

»Ich verspreche, dir treu zu sein in guten wie in schlechten Zeiten, in Krankheit und Gesundheit. Ich will dich lieben und ehren alle Tage, bis dass der Tod uns scheidet.«

Ich verspreche es.

Es war eine Entscheidung.

Jill starrte Jack an, wartete darauf, seinen Blick ein zweites Mal einzufangen.

Doch diesmal sah er sie nicht an.

53

Jack lauschte Mrs Stantons Klagen über ihre Füße und machte sich im Geist eine Notiz, sie nie mehr an einem Montagmorgen als erste Patientin zu bestellen.

»So ist das.« Die zweiundsechzigjährige Frau mit dem strengen Pagenschnitt breitete die Hände aus. Mehrere große Diamanten fingen das Licht der hellen Deckenlampen ein. »Und deshalb möchte ich bitte innerhalb der nächsten beiden Wochen operiert werden; später geht es nicht, weil wir wie jedes Jahr nach Palm Springs reisen.«

»Ich dachte, Sie hätten sich gegen eine Operation entschieden?«

Sie seufzte genervt. »Warum macht ihr Ärzte und Schwestern euch eigentlich so ausführliche Notizen, wenn ihr dann keinen zweiten Blick darauf werft? Sie haben es doch selbst aufgeschrieben, als ich das letzte Mal hier war. Es steht in meiner Akte.«

Jack nahm den Ordner vom Schreibtisch und schlug ihn auf. Er war sicher, dass sie auf keinen Fall eine Operation gewollt hatte. Sie redeten nun schon mehrere Jahre darüber.

Sie war verärgert. »Ich habe doch gesagt, ich denke noch einmal darüber nach. Nun, das habe ich inzwischen getan. Ich möchte wieder hübsche Sandalen tragen. Ich will keine hässlichen Füße mehr haben.«

Jack blätterte die Seiten durch. Normalerweise kannte er die Patienten, die er regelmäßig sah, recht gut, auch wenn sie nur unregelmäßig kamen. Menschen und ihre Füße waren seine Leidenschaft. Er wusste, dass diese Frau absolut keine Lust gehabt hatte, die Unannehmlichkeiten einer Operation auf sich zu nehmen.

»Mrs Stanton, wann waren Sie das letzte Mal bei mir?«

»Woher soll ich das wissen? Es war noch kalt draußen. Es war im Winter. Wir hatten einen Eissturm.«

Er fand die Seite. Sein Herz setzte einen Schlag aus. »Am 10. Februar.«

»Wenn Sie es sagen.«

Am 10. Februar.

Er las die Notizen, die er sich damals gemacht hatte. Sie waren keineswegs umfangreich. *Will vielleicht eine Operation!!* Die Ausrufezeichen hatte er gemacht, weil Mrs Stanton ihm jahrelang gesagt hatte, dass sie sich niemals operieren lassen würde. Sie kam gut mit den Schmerzen zurecht, wenn sie bequeme Schuhe trug und sich die Schwielen regelmäßig entfernen ließ. Sie verabscheute, ja, sie hasste den Gedanken an eine Operation.

Am 10. Februar.

Jack entschuldigte sich bei Mrs Stanton und schickte sie zu dem Mädchen, das die Operationstermine plante. Er selbst ging schnurstracks zu Sophie an den Empfang, stützte die Ellbogen auf die Theke und beugte sich darüber. »Geben Sie mir bitte die Akten vom 10. Februar!«

Sie starrte ihn an. »Der Tag, an dem Sie den Autounfall hatten.«

»Ja!« Er sprach viel zu laut, zu eindringlich, doch er konnte nicht anders. »Bitte! Ich brauche die Akten. Können Sie sie mir gleich raussuchen?«

»Natürlich.«

»Jetzt.«

»Sie möchten darauf warten?«

»Ja, ich möchte darauf warten!«

»Dr. G., es wird eine Weile dauern. Ich muss erst den Terminplan für den Tag heraussuchen und dann …«

»Ich brauche sie jetzt. Sofort. *Gestern*.«

Sie blickte über seine Schulter und rief: »Dr. Baxter!«

Jack griff nach der Schreibtischkante. Er spürte, wie Baxter neben ihn trat.

Sophie deutete mit dem Kopf zu Jack hinüber. »Wir haben hier ein Problem.«

»Okay.« Baxters Stimme war die des Arztes am Bett des Patienten. »Was ist los, Kumpel?«

Jack fragte sich, wie lange er wohl hyperventilieren und sich noch aufrecht halten konnte. Es gab bestimmt eine Formel dafür. Größe mal Gewicht mal …

Baxter nahm seinen Arm und führte ihn den Flur hinunter.

»Ich habe den Tag verloren, Baxter.« Er stieß die Worte förmlich heraus, eins nach dem anderen. »Ich habe den ganzen, gesamten, blöden Tag verloren.«

Jack saß auf dem Sofa in Baxters Büro, den Kopf zwischen den Knien. Seine Atmung war fast wieder normal, doch das Zimmer schien sich immer noch zu drehen.

»Jack, hast du das denn nach dem Unfall überhaupt nicht gemerkt? Dieses riesige Loch in deiner Erinnerung?«

»Nein. Aber ich habe auch gar nicht über den Tag nachgedacht. Ich ging davon aus, dass er war wie alle anderen Tage in der Praxis.« Er schloss die Augen und richtete sich auf. »In den Tagen nach dem Unfall war ich mit Kopfschmerzen beschäftigt und damit, dass ich die Stadt verlassen würde. Dann damit, dass ich sie nicht verlassen wollte. Und dann damit, dass ich sie tatsächlich nicht verlassen hatte.« Er schlug die Augen auf. Das Zimmer stand wieder. »Ich habe nicht weiter über den Tag nachgedacht. Meines Wissens gab es nichts, worüber ich hätte nachdenken müssen.«

»Aber woran *kannst* du dich noch erinnern?« Baxter blieb hart. »Und sag mir diesmal bitte die Wahrheit.«

Jack seufzte. »Ich erinnere mich an Jills Stimme im Radio, während ich fuhr. Ich erinnere mich, dass sie mich aufgeregt hat.«

»Das ist mir neu. Wann ist dir das wieder eingefallen?«

»In der Nacht, als wir beide in meiner Wohnung darüber gesprochen hatten. Es fiel mir später ein, als du schon fort warst. Am nächsten Tag war die Kernspintomografie.«

»Du erinnerst dich also nicht daran, dass du zur Reinigung gefahren bist, und auch nicht an den Unfall selbst?«

»Nein, nur an das, was nach dem Unfall war. Ich habe die Kleidungsstücke im Auto gesehen und mir zusammengereimt, wo ich war.«

Baxter fluchte. »Jack, warum hast du mir das nicht früher gesagt? Oder dem Arzt in der Notfallambulanz? Was ist los mit dir? Immer schön die Fassade wahren. Mit den Galloways ist alles in Ordnung; frag sie nur.«

Wir sind perfekt, ein Vorzeigeehepaar, der Inbegriff eines glücklich verheirateten Paares. Da können Sie fragen, wen Sie wollen.

Baxter war noch nicht fertig. »Du kannst nicht einmal zugeben, dass du wütend auf Jill bist. Stattdessen haust du einfach ab.«

Jack blendete ihn aus. Als er seine eigene Handschrift in Mrs Stantons Akte gelesen hatte, ohne sich an den Eintrag zu erinnern, hatte er einen furchtbaren Schreck bekommen. Hatte sein Hirn womöglich doch Schaden genommen?

Baxter redete immer noch. »So etwas kommt vor. Der Tag kann dein ganzes Leben lang ein schwarzes Loch bleiben. Immerhin haben wir die Akten, was deine Patienten betrifft, rein beruflich ist also alles in Ordnung. Und was du zu Mittag gegessen hast, ist eigentlich egal.« Er blieb vor Jack stehen. »Oder?«

»Ja, wohl schon.«

»Richtig. Du erinnerst dich an dein Leben vor diesem Tag. An deine Kindheit, deine Mutter und deinen Vater, deine Frau, deinen Sohn?«

»Ja.«

»Gut denn.« Er klopfte Jack auf die Schulter. »Es wird schon alles in Ordnung kommen.«

»Was du da gerade gesagt hast, klingt aber gar nicht in Ordnung. Ein schwarzes Loch?«

Die Tür ging auf und Sophie kam mit einem Stapel Akten herein. »Dr. G., das müsste alles sein.«

Jack nahm sie ihr ab. »Danke. Tut mir leid, dass ich Sie angeschrien habe.«

»Ist schon gut. Es muss Sie sehr erschreckt haben.« Sie setzte sich neben ihm aufs Sofa. »Auf dem Blatt ganz oben stehen Ihre Termine für den Tag. Sie hatten außerdem noch eine außerplanmäßige Konsultation mit irgendjemand, aber ich finde keine Notizen dazu, nur das da.« Sie deutete auf eine Zeile. »Ich habe sie eingeschoben zwischen Mrs Stanton und Mr Childers. Sie hat keinen weiteren Termin ausgemacht. Ich nehme an, es war keiner mehr nötig, deshalb haben Sie keine Akte über sie angelegt.«

Jack fand das Blatt nicht. »Wo ist es?«

»Hier.« Sophie griff nach dem Blatt. »Um elf Uhr zwanzig. Mrs Dena Wilson.«

Die Erinnerung kehrte zurück, durchfuhr ihn wie ein Blitz, erleuchtete jede Windung seines Verstands, löschte das schwarze Loch aus. Ihm blieb die Luft weg.

»Ratatouille.« Er sah Baxter an. »Das habe ich an diesem Tag zu Mittag gegessen.«

Baxter starrte ihn an.

»Es war von Sonntag übrig geblieben. Ein neues Rezept. Hat sehr gut geschmeckt. Ich werde es noch einmal machen und mit euch beiden zusammen essen.«

Sophie sagte: »Dr. G., Sie sind weiß wie ein Laken. Sie sollten nach Hause gehen.«

Er nickte. Das Zimmer fing wieder an, sich zu drehen. »Ja, das sollte ich wohl.«

Sie wollten ihm nicht erlauben zu fahren. Baxter fuhr Jacks Auto; Sophie folgte ihnen in ihrem eigenen.

Baxter brachte ihn bis vor seine Wohnungstür. »Soll ich Jill anrufen?«

»Nein. Nein danke. Noch nicht. Ich muss mich erst daran gewöhnen, dass … äh …«

»Dass deine Erinnerung zurückgekehrt ist?«

»Ja.«

»Jack, wer ist Dena?«

»Mein Weckruf.« Er brachte ein schiefes Lächeln zustande. »Oder auch meine Totenglocke.«

»Jack …«

»Das war nicht wörtlich gemeint. Es geht mir gut. Wirklich. Ganz bestimmt.«

»Du sagst das nicht nur, weil ich es hören möchte?«

»Ich verspreche es. Damit ist Schluss.«

Damit ist Schluss.

Jack wiederholte den Satz, während er seinen Freunden beim Wegfahren nachblickte. Dann ging er hinein. Nie mehr Jill sagen, was sie seiner Ansicht nach hören wollte. Überhaupt niemanden gegenüber jemals mehr auf diese Weise reagieren.

Jack begrüßte Sophies Katze, die mit ihrem gelben Schwanz zuckte und ihn stehen ließ. Er machte sich eine Tasse Assamtee, setzte sich in seinen schlammbraunen Sessel und legte die Füße hoch.

Und ließ jeden einzelnen Augenblick des 10. Februar in seinem Gedächtnis Revue passieren.

54

Am Montagnachmittag saß Jill am Esszimmertisch vor einem Meer von Briefen, die sich über den Tisch bis auf den Boden ergossen. Ihr Laptop zeigte die andere Art von Post – die, die durch den Cyberspace kam, unberührt von Menschenhänden über ihr schwebte und nur auf den Klick des Touchpads wartete, um über ihr zusammenzuschlagen.

»Ehrlich, Gretchen«, murmelte sie ins Telefon, »wer hat eigentlich Bestandsaufnahmen erfunden? Er sollte eingesperrt und gezwungen werden, morgens, mittags und abends Erbsen mit Leber zu essen.«

»Diese Gefühle hast du dir ganz allein selbst zuzuschreiben.«

»Soll das eine Aufmunterung sein?«

»Ich versuchs noch mal. Jedes Unglück hat auch sein Gutes. Kurz vor dem Morgengrauen ist es am dunkelsten. Nichts ist erfolgreicher als das Versagen. Wenn du eine Wiese voller Mist hast, weißt du, dass irgendwo ein Pferd ist.«

»Schon viel besser.«

Gretchen lachte. »Ruf mich an, wenn du mehr brauchst.«

»Mach ich.« Sie legte den Hörer auf und griff nach ihrer Kaffeetasse. Sie war leer. Brauchte sie eine dritte Tasse?

Sie war selbst schuld, Gretchen hatte recht. Bestandsaufnahmen schlugen immer auf diese Weise über ihr zusammen, weil sie sie nicht regelmäßig vornahm.

»Komm schon, Jaws«, sagte sie laut, »das stimmt so nicht. Die Wahrheit ist, du hast noch gar nie eine gemacht. Du glaubst nur, dass du sie machst, weil du sie mit Notizen über deine Ehe gleichsetzt.«

Wuiiiiii.

Diese ständigen Schläge ins Gesicht waren alles andere als leicht zu ertragen. Doch sie sah keinen anderen Weg, mit ihrem Leben weiterzumachen. Sie wusste nicht, ob es mit Jack oder ohne ihn sein würde. Sie musste einfach weitermachen und nach sich selbst schauen.

Die Trudeaus, Viv und Marty und die Neuvermählten waren am Sonntag abgereist. Bevor die Leere sie überwältigen konnte, machte sie sich daran, das Haus wieder in Ordnung zu bringen. Sie zog die Betten ab und stopfte die schmutzige Wäsche in die Waschmaschine, brachte ihre Arbeitssachen zurück in ihr Büro und warf Essensreste fort, die sie nicht aufheben wollte. Zum Schluss holte sie noch Jacks Pfanne aus dem Schrank und stellte sie raus.

Falls er sie holen und wieder mit in seine Wohnung nehmen wollte.

Die körperliche Arbeit setzte Glückshormone frei. Oder vielmehr Hormone, die ihr das Gefühl gaben, dass alles nicht so schlimm war, wie es schien; mit Glück hatte es weniger zu tun.

Jack hatte nicht angerufen – und das lag nicht etwa daran, dass der Akku ihres Telefons leer war oder dass es keinen Empfang hatte. Das wusste sie genau, weil sie ein- oder zweimal nachgesehen hatte.

Am Montagmorgen wurde sie von Connors Anruf geweckt. Er und seine Frau waren in Rom und schienen überglücklich zu sein.

In diesem Augenblick beschloss Jill, an diesem Tag eine offizielle, waschechte Bestandsaufnahme zu machen und sich nicht mehr hinter außerhäuslichen Erledigungen oder bei einem Mittagessen mit Gretchen zu verstecken. Ihr Sohn lebte in Italien. Ihr Mann lebte in einer getrennten Wohnung. Sie musste sich endlich um ihr eigenes Leben kümmern.

Und so fing sie an, die aufgelaufenen Mails zu lesen.

Und diesmal würde sie nicht – wie sonst – die negativen beiseitewerfen oder löschen.

Sie las, zuckte zusammen, führte laute Selbstgespräche und erklärte sich den unsichtbaren Menschen, die mit dem Finger auf sie zeigten, doch sie löschte die Mails nicht, sondern druckte sie aus und legte sie in einen Plastikkorb zu der übrigen Post. Sie hob jede unmissverständliche Erklärung, dass ihre Arbeit wertlos sei, dass das, was sie lehrte und schrieb, der blanke Unsinn war, auf.

Unsinn? Eher ein Gräuel. Oder noch Schlimmeres.

Das schnurlose Telefon, das neben ihrem Ellbogen lag, klingelte. Sie schrak zusammen, drehte es um und schaute aufs Display.

Es war Jack.

Jack. Der lebende Beweis dafür, dass ihre Arbeit tatsächlich bedeutungslos war.

Das Telefon klingelte wieder.

Nicht jetzt, Jack. Nicht jetzt. Ich habe schon genug am Hals.

Sie legte das Telefon hin. Er hätte ja auch vierundzwanzig Stunden früher anrufen können, als sie mit dem leeren Haus gekämpft hatte. Im Moment wollte sie nichts von ihm hören.

Es klingelte zehnmal, dann verstummte es. Noch zweimal und der Anrufbeantworter hätte sich eingeschaltet.

Jill brachte ihren Becher in die Küche, stellte ihn in die Spüle und sah einen weiteren Brief, den sie auf dem Fensterbrett liegen gelassen hatte. Schon der adrette Umschlag, erst recht aber die verschnörkelte Handschrift in lavendelblauer Tinte oben und unten ließen an einen freundlichen, nachdenklichen Absender denken. Doch als sie las, bohrte sich der Inhalt in ihr Herz und nistete sich Wort für Wort darin ein, für immer unvergesslich.

Liebe Mrs Galloway,
ich bin eine Ihrer treuesten Hörerinnen, von Anfang an – wie lange ist das nun schon her? Acht Jahre? Ich erinnere mich noch an Ihre Stimme, frisch, jung, eifrig und ein wenig unsicher. Ich bewunderte die hinreißende Mischung aus Mut und Verletzlichkeit, die ich darin wahrnahm. Ich spürte, dass ich Ihnen vertrauen konnte.

Und ich vertraute Ihnen tatsächlich. Wenn Sie sich der Meinung eines Experten, den Sie interviewten, anschlossen, tat ich das ebenfalls. Wenn Sie anderer Ansicht waren, war ich es ebenfalls. Sie pflegten Ihre Überzeugungen stets mit Zitaten aus der Heiligen Schrift zu untermauern. Wie hätte ich Ihnen nicht glauben können?

Ich fand es erst vor Kurzem heraus.

Es war die Botschaft, die Ihrer Sendung zugrunde liegt. Sie haben es nie eindeutig ausgesprochen, doch es war immer da: »Wenn Sie dies oder jenes tun, wird Ihr Mann glücklich und treu sein.«

Mein Mann hat mich verlassen. Er war nicht glücklich. Ich mache Ihnen keine Vorwürfe deswegen. Ich mache auch mir selbst keine Vorwürfe. Und ich mache Gott keine Vorwürfe. Ich mache nicht einmal meinem Mann Vorwürfe.

Vorwürfe mache ich lediglich Ihrer subtilen, unterschwelligen Aussage, dass eine Frau für das Glück ihres Mannes und damit auch für das Gelingen ihrer Ehe verantwortlich ist. Für mich ist das eine Verdrehung der Berufung einer Ehefrau, ihren Mann zu achten und zu ehren in eine Berufung, ihren Mann, sich selbst und Gott zu manipulieren. Wenn ich mich auf eine bestimmte Weise verhalte, muss Gott diesen Mann glücklich machen und dafür sorgen, dass er so ist, wie ich ihn haben will: Dass er weiß, wie er alle meine Wünsche und Bedürfnisse erfüllt.

Aber Gott ist größer, meinen Sie nicht?

Ich bete darum, dass Sie nie auch nur einen Hauch der Verzweiflung kennenlernen, die nun mein Leben ist.

Anonym

Anonym, ohne Absender, mit unleserlichem Poststempel.

Sie sollte Gott dafür danken.

»Danke, Gott«, flüsterte Jill. Dann versuchte sie es lauter. »Danke, Gott, für diesen anonymen Brief.«

Und für die anderen. Die vielen anderen.

Sie seufzte.

»Gut. Ja. Und für die anderen. Ich danke dir für sie alle. Gesegnet seien sie, jeder einzelne von ihnen, der versucht, mir zu zeigen, dass ich im Irrtum war oder unrecht hatte oder doch zumindest falschlag. Ich danke dir, dass du durch sie zu mir sprichst, dass du meine Ansichten korrigierst und mir ein klareres Bild des großen Gottes gibst, der du bist. Es tut mir leid ...«

Das Telefon klingelte wieder.

Jill schloss die Augen. »Es tut mir leid, dass ich deine Größe aus den Augen verloren hatte. Es tut mir leid, dass ich geglaubt habe, deine Wege erklären zu können, als hätte ich eine besondere innere Kompassnadel. Es tut mir leid, dass ich so unglaublich selbstgerecht bin und auf hochmütige Art schwarz-weiß gedacht habe.«

Das Telefon hörte auf zu klingeln.

»Ich erwarte nicht, dass mir alle recht geben – na ja, früher habe ich das vielleicht schon erwartet. Aber jetzt nicht mehr. Und ich sage dir auch nicht, wie du die Dinge regeln sollst. Ich will auch Jack und meine Arbeit nicht mehr kontrollieren. Ich überlasse alles und jeden ganz und gar dir.«

Das Telefon klingelte.

Jill ließ sich auf den Boden sinken und presste die Hände auf die Ohren. Sie musste von Gott hören, dem heiligen Gott, der sie liebte und sie nicht aufgeben würde – bevor sie von ihrem unglücklichen Ehemann hörte.

Später am Nachmittag ihres Bestandsaufnahme-Tages wusch Jill sich das Gesicht. Ihr Spiegelbild zeigte mindestens fünf extra Jahresspuren an Tränensäcken, teigiger Haut und strähnigem Haar. *Hilf mir, Gott.*

Ihr Magen rumorte. Sie ging in die Küche hinunter, entschlossen, den Tag ihrer Bestandsaufnahme mit einem einsamen Mahl zu beschließen. Gretchen und Nan hatten gefragt, ob sie sich mit ihnen in einem Restaurant treffen wollte, doch sie hatte das Bedürfnis, den Tag so zu beschließen, wie sie ihn begonnen hatte: allein. Jetzt war die beste Zeit, sich an diese neue Realität zu gewöhnen.

Es klingelte an der Tür.

Sie erstarrte in gebeugter Haltung, die Augen auf Höhe eines Milchkartons im Kühlschrank geheftet.

Es war draußen schon früh dunkel, ein kalter früher Aprilabend. Vielleicht waren es Kinder, die etwas verkaufen wollten, weil sie für ein Schulprojekt sammelten. Vielleicht brauchte eine Nachbarin eine Tasse Mehl. Vielleicht wollte der Junge von gegenüber, dass Jack sich noch einmal seinen Knöchel anschaute.

Ein ganz neues Unbehagen ergriff sie. Sie war allein im Haus, ein ideales Opfer für Räuber.

Musste sie an die Tür gehen?

Sie würde auf gar keinen Fall an die Tür gehen.

Alle Nachbarn hatten ihre Telefonnummer. Vielleicht sollte sie das Telefon wieder anstellen.

Plötzlich hörte sie ganz schwach das Öffnen eines Türschlosses.

Jemand hatte den Schlüssel!

Die Tür ging auf.

»Jill!« Es war Jacks Stimme.

»Oh.« Mit klopfendem Herzen schlug sie die Kühlschranktür zu und lehnte sich dagegen. »Oh!«

»Jill?«

»In der Küche.« Sie presste eine Hand auf ihre Brust und versuchte, wieder normal zu atmen.

Warum benutzte er die Vordertür? Er ging doch sonst immer durch die Garage.

Er kam durch das Wohnzimmer in die Küche. »Ich wusste nicht, ob … Tut mir leid. Habe ich dich erschreckt?«

Sie sah ihn nur an.

»Ich habe versucht anzurufen, aber du hast nicht abgenommen.«

»Was willst du?«

»Dich sehen.«

»Und wenn ich dich nicht sehen will?« Ihr Herz schlug wieder härter gegen ihre Hand. »Hm? Was ist, wenn ich nicht mit dir reden will? Du ziehst aus und rufst nicht an und beschließt, *irgendwann* mit mir zu reden. Ich bin hier in unserem Haus, in dem du nicht mehr lebst, aber du hast einen Schlüssel und kannst kommen, wann dir danach ist.«

»Ich komme ein anderes Mal wieder.«

»Tu es nicht, Jack! Verlass mich nicht!«

»Ich verstehe nicht …«

»Was gibt es da zu verstehen? Unsere Ehe ist den Bach runtergegangen und du gehst wieder. Bleib hier und rede mit mir.« Ihr Hals fühlte sich an wie zugeschnürt. »Bleib und rede mit mir über uns – was immer das heißt.«

»Du hast doch gerade gesagt, du willst mich nicht sehen und nicht mit mir reden.«

Jill hätte am liebsten geschrien. »Nein, das habe ich nicht gesagt, Jack.«

Er breitete die Arme weit aus. »Ich verstehe es nicht. Erklärst du es mir?«

»Ich drücke einfach meine Gefühle aus. Deshalb macht es keinen Sinn. Du darfst gern die Stimme der Vernunft übernehmen.«

Er ließ die Arme sinken. »Das hätte ich eigentlich wissen müssen.«

»Kapitel 2, *Einfache Eierstichsuppe.*« *Frauenalltag. Wir drücken unsere Gefühle aus.* Es war sinnlos.

Er kam zu ihr herüber und berührte sanft einen feuchten Fleck auf ihrer Wange. »Ich versuche es.«

Was auch immer. Plötzlich fiel ihr auf, dass er Jeans und einen naturfarbenen Zopfmusterpullover trug. »Warum hast du keinen Mantel an? Es hat Minusgrade draußen.«

Er blickte an sich herunter, als wollte er nachschauen, was er anhatte. »Es war ein seltsamer Tag. Ich würde dir gern davon erzählen.«

Sie holte zitternd Luft in dem Gefühl, dass sie lieber nicht hören wollte, was seine Stimme der Vernunft ihr zu sagen hatte.

55

Jack und Jill saßen einander gegenüber in ihren Ruhesesseln, die in aufgerichteter Position gestellt waren; jeder hatte eine Tasse Tee auf seinem Beistelltisch stehen. Der Gaskamin gab Wärme ab, während der Kamillentee kalt wurde.

Er fragte sie nach ihrem Tag. Sie lehnte es ab, mit ihm darüber zu reden. Er war nicht ganz sicher, inwieweit es angebracht war, in diesem besonderen Fall die Regeln der Höflichkeit zu beachten.

Er erzählte ihr von seinem Tag, angefangen mit Mrs Stanton, seinem Ausbruch gegenüber Sophie, seiner Angst, der Szene in Baxters Büro … und dem Auslöser, der bewirkt hatte, dass seine Erinnerung wiederkam.

Jill sagte: »Dena. Deine alte Flamme vom College?«

»Ja.«

»Das hast du mir gar nicht erzählt.«

»Ich habe mich erst heute daran erinnert.«

»Ach ja, stimmt ja.«

»Es ist ein bisschen verwirrend.«

»Was wollte sie?«

»Hier wird es richtig verwirrend.«

»Ich höre.«

Er nickte. »Jill, es gibt da etwas, das ich dir nie über Dena erzählt habe.«

Sie starrte ihn an. Er konnte fast sehen, wie ihre Fantasie hinter den blauen Augen Purzelbäume schlug.

Jack hatte Jill fast alles über Dena erzählt. Sie waren als Studenten an der Universität von Illinois ein Paar gewesen. Dena hatte Krankenschwester werden wollen; das Interesse an Medizin hatten sie also geteilt. Für eine kurze Zeit hatten sie zusammengelebt, doch im dritten Jahr an der Uni verliefen sich ihre Wege. Er war am Fachbereich für Fußorthopädie in Nordchicago angenommen worden, und sie ging während der Semesterferien zurück nach Ohio, um sich um ihre kranke Mutter zu kümmern.

Das hatte er Jill erzählt.

»Was hast du mir nicht erzählt?«, fragte sie.

»Dena war schwanger. Sie hat eine Abtreibung vornehmen lassen.«

Jill setzte sich aufrechter hin, ihre Augen weiteten sich. »Deine Freundin hatte eine Abtreibung und du hast es mir nie gesagt?« Sie klang ungläubig.

»Ich konnte es nicht. Zuerst schämte ich mich einfach zu sehr. Dann verging die Zeit, und ich vergrub es immer tiefer in mir, bis ich mir eingeredet hatte, dass es nichts mit uns zu tun hätte.«

»Ein solcher Entschluss, ein solcher Schmerz in deinem Leben, und er hatte nichts mit uns zu tun?«

»Mit zwanzig war es eher eine große Erleichterung.«

»Jack, ich kann nicht fassen, dass du es mir nicht gesagt hast.«

»Ich *konnte* nicht. Du kannst das nicht verstehen. Wann hast du je etwas getan, was du so tief bereust, dass du es nicht einmal vor dir selbst zugibst? Nie. Also urteile jetzt nicht über mich.«

»Das tue ich nicht, aber ich empfinde es als Verrat.«

»Das ist es auch und es tut mir sehr, sehr leid.«

Jill hatte die Lippen zusammengepresst. Er hatte sie noch nie so zornig gesehen.

Die Last, die dieses Geheimnis für ihn bedeutet hatte, hob sich ein wenig, doch er war so von Gewissensbissen für alle Beteiligten erfüllt, dass es wehtat. »Dena ist deswegen von der Schule abgegangen. Wir haben danach nie wieder versucht, Kontakt aufzunehmen. An dem Tag, an dem ich den Unfall hatte, sagte sie mir, dass sie geheiratet hatte und keine Kinder bekommen konnte. Der Arzt, zu dem ich sie gefahren und den ich bezahlt hatte, hatte schlechte Arbeit geleistet. Sie und ihr Mann haben schließlich drei Kinder adoptiert.«

»Warum ist sie zu dir gekommen?«

»Sie musste die Sache zu Ende bringen. Wir haben uns nie richtig voneinander verabschiedet. Das Komische ist, dass sie gesagt hat, sie sei wegen dir gekommen. Sie hört deine Sendung. Es hat ihr Leben verändert, vor allem das, was du über Vergebung gesagt hast. Sie wollte mir sagen, dass sie mir vergeben hat.«

»Gut für sie. Gut für dich.« Der bittere Ton sprach Bände. Vergebung stand im Moment nicht auf Jills Tagesordnung.

Er beugte sich vor, die Ellbogen auf den Knien, und wünschte sich, er könnte der Ritter sein, den sie erträumte, wünschte sich, er könnte sie trösten. »Denas Besuch hat mich zur Vernunft gebracht. Ich habe erkannt, was für ein Narr ich war, das Versuchskaninchen zu spielen. Warum konnte ich es dir nicht sagen? Es lag nicht daran, dass ich Angst hatte, du würdest mir nicht vergeben. Ich hatte Angst, was du daraus machen würdest.«

»Was ich daraus machen würde?«

»Du hättest eine Vortragsstunde daraus gemacht.«

»Das ist unfair, Jack!«

»Wirklich? Hättest du es denn nicht getan? Tatsache ist doch, jedes Mal, wenn du uns als Beispiel anführst, werde ich daran erinnert, dass ich dir nicht genüge, dass ich kein Ritter in schimmernder Rüstung bin. Dass ich es nie war und nie sein werde.«

Sie starrten einander an, stumm.

»Jack, was willst du?«

»Ich will nicht immer weiter bis zum Zerreißen angespannt leben; ich will nicht zerreißen. Wir hatten etwas Gutes, aber es ist vorbei. Ich kann nicht mehr leben mit dem, was wir jetzt sind. Es ist vorbei. Ich möchte heraus aus unserer Ehe.«

Jill stand auf. »Bitte lass den Schlüssel hier, wenn du gehst.« Ihre Stimme war kalt. Ruhig verließ sie den Raum.

56

Jill verfolgte das Vorrücken des Sekundenzeigers auf der großen Wanduhr und formte mit den Lippen das Ticken nach.

Fünf, vier, drei, zwei, eins.

Der Minutenzeiger rückte auf die Zwölf.

»Guten Morgen und willkommen bei *Rezepte für die Ehe*. Ich bin Jill Galloway, Ihre Gastgeberin. In unserer heutigen Sendung geht es darum, wie wir unsere Ehemänner achten und ehren können. Die Sendung ist eine Aufzeichnung, deshalb können wir Ihre Anrufe im Moment nicht annehmen.

Apropos Ehemänner, ich möchte meinem Mann heute, am siebenundzwanzigsten April, etwas sagen: Herzlichen Glückwunsch zum Geburtstag, Jack. Diese Sendung ist für dich, mein Liebling.«

Je länger Jill ins Mikro sprach, desto weniger trällerte sie. Und je weniger sie trällerte, desto sicherer fühlte sie sich. Vielleicht beherrschte sie diese Aufgabe ja wirklich, trotz allem.

Viv, Gretchen, Nan und auch Pastor Lew – sie alle glaubten daran, dass sie es konnte, dass sie jetzt wieder eine Sendung aufnehmen konnte. Es war ihre erste seit der Geschichte mit Jack. Es würde auch ihre letzte sein.

Vor neun Tagen hatte Jack ihre Ehe verlassen. Im Gegensatz zu seiner ersten Ankündigung im Februar war es diesmal endgültig gewesen. Im Gegensatz zu damals war es innerhalb von fünf Stunden nach ihrem Gebet geschehen. *Ich will Jack und meine Arbeit nicht mehr kontrollieren. Ich überlasse alles und jeden ganz und gar dir.*

Manchmal ergaben Gottes Antworten einfach keinen Sinn.

In den verzweifelten Tagen danach dachte sie an Agnes' Worte: *»Gott liebt es, uns immer näher zu sich zu ziehen, so nah, dass wir seinen Herzschlag hören.«*

Um einen Herzschlag zu hören, musste ihr Ohr ganz nah bei der Quelle sein. Sie stellte sich vor, wie sie an Gottes Brust lag, in den Armen des Allmächtigen und wie er ihr ein Schlaflied ins Ohr summte.

Gestärkt von diesem ungewöhnlichen Bild tat Jill einen Schritt nach dem anderen. Und nun saß sie hier, vor ihrem Mikrofon.

»Heute sind zwei liebe Freundinnen bei mir im Studio. Nan Zimmer ist die Chefredakteurin und Gretchen MacKelvie ist meine Agentin. Wir drei haben zusammen sechzig Jahre Eheerfahrung. Herzlich willkommen, meine Damen.«

Jill lauschte dem Geplauder ihrer Freundinnen und fummelte am Bedienungspult herum. Sie sah den Techniker draußen, einen leichtfüßigen Mann, der etwas Großväterliches an sich hatte. Sie alle standen bereit, sie aufzufangen, wenn sie abstürzte.

Doch sie selbst konzentrierte sich nur auf einen einzigen Menschen. Die nächste Stunde würde sie ganz allein zu ihr sprechen. Die anonyme Briefschreiberin hatte keinen Namen, doch Jill hatte ihr einen Pferdeschwanz verliehen, ein hübsches Gesicht in den Vierzigern, drei Kinder im Teenageralter und die Entschlossenheit, weiterzumachen.

Jetzt sprach sie von Connors und Emmas Ehegelöbnis. Sie fragte Gretchen und Jill nach ihren Gelöbnissen. Sie sagte, dass sie Jack das Versprechen gegeben hatte, ihn zu ehren.

»Diejenigen von Ihnen, die meine Sendung regelmäßig hören, wissen, dass ich immer sehr persönlich bin. Dass ich auch mal einen Fehler zugebe. Auf diese Weise wird eine Radiosendung lebendig und interessant, aber ich glaube, es hat auch dazu geführt, dass ich meinen Mann nicht mehr geehrt habe.

Ich möchte mich hiermit in aller Öffentlichkeit dafür entschuldigen, dass ich ihn wie ein Versuchskaninchen behandelt und die Testergebnisse dann in dieser Sendung und in meinem Buch verarbeitet habe. Jack, es tut mir leid, dass ich dich nicht geehrt habe, in unserem Privatleben und in der Öffentlichkeit.«

Ihr fiel kein angemessener Übergang ein. *»Ich hoffe, du vergibst mir, während wir eine Auszeit voneinander nehmen?«*

»Okay.« Es klang wie ein Aufatmen. »Zeit für unsere erste Unterbrechung. Wenn wir wieder da sind, widmen wir uns der anderen Seite. Wie können wir unsere Ehemänner ehren?«

Gretchen nahm ihren Kopfhörer ab und seufzte laut auf.

Nan zog die Brauen hoch.

Jill zuckte die Achseln.

Nan nickte. »Prägnant und aufrichtig.«

Gretchen sagte: »Schlicht und einfach perfekt.«

Nans Augen verengten sich.

Gretchen grinste. »Was? Das Mikro ist aus.«

Jill sah auf die Uhr. Sie musste konzentriert bleiben, weiterarbeiten, als sei sie live auf Sendung.

Nan berührte ihre Hand. »Ich übernehme das Blabla.«

»Okay. In fünf, vier, drei, zwei, eins.«

Jill überließ Nan die Einleitung in den nächsten Teil und konzentrierte sich. *Also, Anonyma. Hörst du zu?*

Sie sprachen über Definitionen des Begriffs *ehren* zwischen Eheleuten: den anderen achten, wertschätzen, Rücksicht nehmen.

»Inwiefern erfüllt ihr diese Verpflichtung euren eigenen Ehemännern gegenüber?«

Gretchen sagte: »Achten kann heißen, ihn einfach wie einen Freund zu behandeln. Ich höre ihm zu, sehe ihm in die Augen, nehme ernst, was er sagt, mache ihm hin und wieder ein Geschenk, lasse ihn manchmal das Restaurant auswählen. Ich sage ihm, dass er wundervoll ist.«

Nan sagte: »Ich führe eine Liste seiner guten Eigenschaften.«

»Wirklich?«, unterbrach Jill sie, überrascht über diese Eröffnung. Das hatte ihre Freundin bisher noch nie erwähnt.

Nan lachte. »Nach fünfunddreißig Jahren nimmt man einander leicht als selbstverständlich hin. Ich muss mir regelmäßig seine positiven Eigenschaften ins Gedächtnis rufen, sonst sehe ich irgendwann nur noch seine Unvollkommenheiten.«

Als Nächstes spielte Jill aufgezeichnete Antworten von Frauen ab, die ebenfalls auf diese Frage geantwortet hatten. Sie hatten im Laufe der vergangenen Woche angerufen, nachdem sie den Hörerinnen auf ihrer Adressliste eine Mail geschickt hatte. Die Vielfalt der Antworten hatte sie zum Lachen und zum Weinen gebracht, sodass sie sich wünschte, sie hätte dieses Thema doch schon vor Jahren in einer Sendung vertieft.

Sie hatte noch so einiges darüber zu lernen, wie man als Ehefrau seinem Mann Achtung erwies.

Gretchen hatte eine Tafel mit einer Frage hochgehalten: *Was ist mit Schlafzimmer-Reizen?*

Nan war vor Lachen fast unter den Tisch gefallen.

Sie hatten eine ungeplante Pause machen müssen.

Schließlich stellte Jill die Frage für ihre anonyme Schreiberin: »Warum wollen wir unsere Männer überhaupt ehren?«

Gretchen sagte: »Warum nicht? Schließlich leben wir mit ihnen. Ich möchte lieber ein harmonisches Zusammenleben, als mich ständig mit ihm zu streiten.«

»Mit anderen Worten, du tust es, um ihn glücklich zu machen?«

Gretchen blinzelte. »Nein. Das geht gar nicht, weil ich ihn gar nicht glücklich machen kann. Das ist nicht meine Aufgabe.«

»Dann ehrst du ihn also, um den Frieden zu wahren?«

Nan sagte. »Es ist auch kein Garant für Frieden. Er kann sich trotzdem wie ein Ekel verhalten. Wir reden hier nicht von so drastischen Dingen wie Missbrauch, aber Menschen sind Menschen, und sie sind nun einmal nicht vollkommen.«

Jill spielte auch die Antworten ihrer Hörerinnen auf diese zweite Frage vor. Es waren nicht ganz so viele wie auf die erste; die meisten hatten einfach gesagt: »Weil Gott es so will.«

Ihre Lieblingsantwort hatte sie sich bis zuletzt aufgehoben.

Die Stimme der Frau war nachdenklich und selbstsicher. »Ich ehre ihn, weil ich ihn liebe. Auf diese Weise bestätige ich ihn als Mann. Ich glaube, dass das meine ganz besondere Aufgabe als Ehefrau ist. Ich habe die beste Position, um ihn so sehen zu können, wie Gott ihn sieht: voller Potenziale und vollkommen in Christus. Manchmal verstört ihn das, weil es ihm sein Versagen vor Augen stellt. Nein, ich ehre ihn nicht in der Hoffnung, dass es ihn glücklich macht oder dass er sich deshalb auch nur gut fühlt. Ich ehre ihn, weil es das ist, was ein Freund tut.«

Jill sagte: »Bleibt mir nur noch zu sagen, dass ich mich der Ansicht dieser Hörerin anschließe. Als Ehefrau habe ich wie kein anderer die besondere Möglichkeit, meinen Mann zu ehren. Ich bin nicht zu der unerfüllbaren Aufgabe berufen, ihn glücklich zu machen oder seine Schwächen zu ignorieren. Ich muss keinerlei Art von Missbrauch akzeptieren. Ich soll ihn einfach, so gut ich kann, immer wieder daran erinnern, dass er ein Mensch ist, der wertgeschätzt ist. Was er damit anfängt, liegt dann ganz allein bei ihm.«

Es könnte sogar bedeuten, dass er die Scheidung will. Ich kann ihn ehren und lieben und ihm vergeben, aber ich kann ihn nicht davon abhalten auszuziehen.

Nan übernahm und fasste zusammen: »Bevor wir schließen, möchte ich noch etwas sagen, das mich persönlich sehr traurig macht, und ich weiß, dass es vielen von Ihnen genauso gehen wird. Das war Jills letzte Sendung *Rezepte für die Ehe.* Sie nimmt sich eine Auszeit vom Sender. Wir werden dich vermissen, Jill.«

»Danke, Nan. Ich werde euch alle hier und natürlich meine Hörerinnen ebenfalls vermissen. Ich danke euch für eure Liebe und Hilfe in all den Jahren. Herzlichen Glückwunsch zum Geburtstag, Jack. Ich liebe dich, mein alter Freund.«

Jill ging nach Hause, erleichtert, dass sie die letzte Sendung, den tränenreichen Abschied von den Mitarbeitern und ein letztes Abendessen mit Nan hinter sich gebracht hatte. Sie hatte ihre Schwiegereltern besucht, eine seltene Stunde der Ehrlichkeit und Aufrichtigkeit genossen und ihren Segen, nebst Katherines Tränen, für ihre Pläne erhalten. Sie hatte den schwierigen Anruf bei Connor gemacht, der mit einer ganz neuen Reife sagte, wie leid ihm alles tue.

Wenn nicht ein Überraschungsanruf von Jack käme, in welchem er ankündigte, sie zu küssen und alles wiedergutzumachen, blieb ihr nur noch eines zu tun.

Sie rief Sophie zu Hause an.

»Sophie, hier ist Jill. Galloway.«

»Mrs G.! Wie geht es Ihnen? Ich mache mir solche Sorgen um Sie.«

»Äh – danke.« Was für ein Trottel war sie doch gewesen, dass sie all die Jahre eifersüchtig auf diese Frau gewesen war, einfach nur, weil sie zufällig in Jacks Praxis arbeitete und mehr mit ihm zusammen war als seine Frau. Jill hätte ebenfalls in Jacks Praxis arbeiten können, wenn sie gewollt hätte. Sie hatte es nicht gewollt.

»Sophie, ich möchte Sie um einen Gefallen bitten, für Jack.«

»Was immer Sie wollen. Sie beide sind mir, nun, sie sind mir einfach sehr wichtig.«

Ein riesengroßer Trottel. »Danke. Ich habe heute eine Sendung aufgenommen und hätte gern, dass Jack sie hört. Sie wird am siebenundzwanzigsten ausgestrahlt.«

»An seinem Geburtstag, um elf Uhr?«

Wieder war Jill überrascht. Sophie kannte das Datum natürlich, aber den Zeitpunkt ihrer Sendung? »Genau. Glauben Sie, Sie bekommen es hin, dass er sie hört?«

»Kein Problem.«

»Wow. So einfach ist das?«

»Hey, ich leite die Praxis, Mrs G.« In ihrer Stimme lag ein Lächeln, keine Arroganz. »Ich mache den Terminplan. Wenn er an diesem Tag um diese Zeit in seinem Büro sein soll, allein, und das Radio an und auf Ihren Sender eingestellt sein soll, dann betrachten Sie das als erledigt.«

Jill seufzte. »Ich kann Ihnen gar nicht sagen, wie viel mir das bedeutet.«

»Möchten Sie versuchen, es mir zu sagen?«

Sie hörte den Kummer in Sophies Stimme. »Was hat er Ihnen erzählt?«

»Nicht viel. Als er letzten Montag nach Hause ging, sah er sehr schlecht aus. Er sagte, dass er sich wieder an den Tag des Unfalls erinnere. Dr. Baxter und ich hielten das für gut, auch wenn es ihm offensichtlich sehr zu schaffen machte. Am Dienstag hat er sich krankgemeldet. Am Mittwoch vor einer Woche hat er sich mit mir und Dr. Baxter getroffen. Er hat uns mitgeteilt, dass er ... dass er nicht wieder ...«, durch den Hörer hörte sie ein Schniefen, »nach Hause ziehen würde. Danach war er wieder wie immer. Jedenfalls beinahe. Es ist schwer zu erklären.«

Das war eine gute Zusammenfassung. Es war schwer zu erklären. Jill hatte seit jenem Abend nicht mehr mit Jack gesprochen. Er hatte ihr noch eine Nachricht hinterlassen, hatte ihr gesagt, wenn sie einverstanden sei, würde er vorerst lieber nicht über die Einzelheiten der Scheidung mit ihr sprechen. Er hatte ein eigenes Bankkonto eröffnet, sein Gehalt würde er jedoch nach wie vor auf ihr gemeinsames Konto überweisen. Er nannte nur eine kleine Summe, die er für seine Miete und seine eigenen Auslagen zurückbehalten wollte.

Seine Stimme war so unbeteiligt gewesen, als spräche er lediglich über ein Bankkonto und nicht über das Auseinanderbrechen des Lebens, das sie seit beinahe fünfundzwanzig Jahren zusammen geführt hatten.

Jill sagte: »Diese Sendung war meine letzte.«

»O Mrs G.«

»Bitte nennen Sie mich doch Jill.«

»O...okay.«

»Danke. Wissen Sie, ich kann nicht darüber reden, wie man eine gute Ehe führt, wenn meine eigene Ehe misslungen ist.«

»Ich dachte immer, dass es Ihnen eigentlich darum geht, wie man besser kommuniziert.«

Jill spürte, wie ihre Augen groß wurden.

»Ich meine, Sie wissen ja, dass ich Single bin. Aber ich habe trotzdem viel von Ihnen gelernt. Darüber, wie ich ein besseres Verhältnis zu meinen Eltern und Freunden und sogar zu unseren Patienten haben kann. Und inzwischen treffe ich mich auch mit einem Mann und ich möchte mich gern bei Ihnen bedanken.«

»Sie hören sich meine Sendung an?«

»Manchmal. Nicht immer. Ich muss zugeben, dass ich etwas Angst hatte, Sie im Radio zu hören, zu wissen, dass Ihre Stimme in ganz Chicago und noch weiter weg zu hören war, und dann ganz schlicht

Nachrichten von Ihnen entgegenzunehmen, die ich Dr. G. ausrichten sollte.«

»Hm.« Sie wusste nicht, was sie darauf antworten sollte.

»Was werden Sie jetzt machen?«

Das war die Frage, die sie immer wieder mitten in der Nacht hochschrecken ließ. Die Antwort darauf veränderte sich nie. Wie Nan gesagt hatte – sie würde sich eine Auszeit nehmen. Sie konnte nicht in Chicago bleiben, in ihrem Haus – ohne Arbeit, ohne Connor, ohne Jack.

Sie räusperte sich. »Das bleibt unter uns, nicht wahr? Ich muss es Jack selbst sagen.«

»Kein Problem. Sie haben ja keine Ahnung, was ich ihm alles nicht sage. Zu seinem eigenen Besten.«

Jill musste lächeln. »Ich gehe zurück nach Kalifornien. Für unbestimmte Zeit.« Aber sie würde auf keinen Fall länger als zwei Wochen bei Viv und Marty wohnen. Sie suchte bereits online nach einer Wohnung. »Ich helfe meiner Schwester eine Weile in ihrem Reisebüro.«

»Das klingt nach der Auszeit, die Sie wahrscheinlich brauchen, aber ich hoffe, Sie werden irgendwann wieder Radiosendungen machen und schreiben. Ihr Buch ist fantastisch. Und das sage ich nicht nur, weil Sie die Frau meines Chefs sind.«

Jill schüttelte überrascht den Kopf und lächelte. Sie hatte eigentlich sämtliche Exemplare verbrennen wollen, doch der Verleger hatte sich geweigert, auch nur ein einziges aus den Regalen zu nehmen. Es verkaufte sich gut. Gretchen war der Ansicht, dass das nicht zuletzt an den im Netz gebloggten Gerüchten über die Scheidung der Galloways lag, jedenfalls zum Teil.

Sophie sagte: »Ich habe angefangen, eine eigene Rezeptsammlung für meine Gespräche mit den Patienten zusammenzustellen.«

»Sie arbeiten an einem Kochbuch?« Jill lachte. »Das hört sich spannend an.«

Sie plauderten. Die alten Barrieren der Eifersucht auf der einen und der Schüchternheit auf der anderen Seite waren verschwunden.

57

Jack blickte auf die Nummer des Anrufers auf seinem Handy, sah Jills Namen und prüfte kurz, wie er sich dabei fühlte.

Dieser emotionale Temperaturcheck war ihm schon zur Gewohnheit geworden.

Das Gummibandgefühl hatte er schon eine ganze Weile nicht mehr gehabt. Ob es daran lag, dass er jetzt seit zwei Monaten von Jill getrennt lebte und auch längere Zeit nicht mehr mit ihr gesprochen hatte? Oder daran, dass er ihr alles gestanden hatte und weder sie noch Gott ihn erschlagen hatten?

Er stellte den Fernseher leise. »Hallo.«

»Hi, Jack.«

Schweigen – auf beiden Seiten.

Er kratzte sich am Kopf.

»Ein peinlicher Moment zwischen den Herrschaften.« Aus gutem Grund. Wo sollten sie auch weitermachen nach ihrem letzten Gespräch, in dem er gesagt hatte, dass er aus der Ehe herauswollte, und sie geantwortet hatte: »Lass die Schlüssel hier.«?

Sie sagte: »Wie geht es dir?«

»Okay. Und dir?«

»Okay. Das mit dem Schlüssel tut mir leid. Es lag daran, dass du mich in dieser Nacht so furchtbar erschreckt hast.«

»Ich weiß. Ich habe übrigens immer noch den Garagenschlüssel.«

»Oh.«

Die häuslichen Details nahmen einfach kein Ende und trieben ihn schier zur Verzweiflung. Bankkonten, Rechnungen, Kreditkarten, ein Teil seiner Kleidung noch in ihrem Haus, einige Kochutensilien, Werkzeug, Stiefel, Golfschläger.

Er sagte: »Ich werde nicht mehr einfach reinkommen, ohne es dir vorher zu sagen.«

»Es ist immer noch genauso dein Haus. Ich hatte einfach nur Angst.«

»Gut.«

»Ich, äh, ich rufe an, um dir zu sagen, dass ich in San Diego bin. Gerade angekommen. Du kannst also ins Haus, wann immer du willst.«

»San Diego? Warum …? Was …?« Er begriff nicht so recht, was sie ihm da sagte.

»Die Wahrheit ist, Jack, du kannst wieder ins Haus ziehen. Ich möchte nicht darin wohnen.«

»Aber wo wohnst du dann?«

»Hier. Ich bleibe hier – für eine Weile. Ich kann bei Viv arbeiten. Sie wird in nächster Zeit viel zu tun haben.«

»Jill, warum tust du das?«

»Warum nicht? Du lebst nicht mehr bei mir. Und Connor zieht nach New York.«

»Aber deine Arbeit hier …«

»Ändert sich gerade. Es ist nicht deine Schuld. Es wird Zeit, dass ich weniger rede und mehr zuhöre. Jack, ich möchte noch einmal, ein für alle Mal, sagen, dass ich dir verziehen habe, dass du mir nichts von der Abtreibung gesagt hast. Ich verstehe, dass du es mir nicht erzählen konntest. Ich wollte dir nie das Gefühl geben, dass du perfekt sein musst, aber ich habe es getan, das weiß ich. Ich hoffe, du kannst mir auch vergeben. Ich liebe dich trotz allem, aber ich werde auch die Scheidungspapiere unterschreiben. Schick die Unterlagen zu Viv. Und … das ist alles. Auf Wiedersehen.«

Er fühlte sich wie betäubt, als drehten sich ihre eilig herausgestoßenen Worte in seinem Kopf und suchten nach einem Landeplatz.

»Ich sagte auf Wiedersehen, Jack.« Sie hatte noch nicht aufgelegt.

»Äh, äh …«

»Ich muss gehen. Viv ist gerade gekommen.«

»Äh, okay. Tschüss.«

Jetzt legte sie auf.

»Ich verzeihe dir … ich hoffe, du kannst mir vergeben … ich liebe dich.«

Jack legte das Handy hin. Er spürte das zum Zerreißen gespannte Gummiband noch immer nicht. Er wusste überhaupt nicht, was er fühlte, außer einer großen Leere.

Er drückte die Lautstärketaste auf der Fernbedienung und konzentrierte sich wieder auf die Sendung über die Tierwelt am Mississippi.

Im harten Morgenlicht traf ihn Jills Nachricht dann wie der sprichwörtliche Holzhammer auf den Kopf.

Ihre Ehe war vorbei.

Das Gefühl der Endgültigkeit erschreckte ihn zutiefst. Seine Adern füllten sich mit Eiswasser.

Beim Rasieren schnitt er sich zweimal. Er ließ seine volle Kaffeetasse fallen. Sie zerbrach, die Flüssigkeit ergoss sich über den Küchenboden. Er ging einfach hinaus und setzte sich aufs Sofa. Dort blieb er mindestens eine Stunde sitzen, bewegungslos, ohne etwas zu denken.

Und dann rief er Lew Mowers an.

Jetzt saß er im Büro des Pfarrers. Jill Galloways Ehemann hatte nicht auf einen Termin warten müssen. Lew und seine Frau bewunderten Jill, ebenso wie Hunderte seiner Gemeindemitglieder.

Warum bewunderte Jack sie nicht?

Lew war ein großer Mann, ein männlicher Typ mit stahlgrauem, ganz kurz geschnittenem Haar, der dennoch ein fast weibliches Mitgefühl ausstrahlte. Im Moment war allerdings nichts von seinem fröhlichen Lächeln zu sehen. Er nickte nur und gab zustimmende Laute von sich, während Jack seine Geschichte erzählte.

Jack schloss mit Jills Anruf. »Ich wollte es so. Aber es ist nicht das, was ich wollte. Ich klinge wie ein Teenie.«

»Oder, wie manche sagen würden, wie in Mann in der Midlife-Crisis. Ich mag solche Etikettierungen eigentlich nicht, aber Sie sind in der Lebensmitte und machen eine Identitätskrise durch.« Er zuckte die Achseln. »Noch einmal zu der Zeit, als Sie und Jill Connors Hochzeit vorbereitet haben. Wie war es da zwischen Ihnen?«

Jack spürte, wie er rot wurde. Sie waren intim gewesen. War es ein körperliches Bedürfnis gewesen oder eine liebevolle Reaktion auf ihre lange gemeinsame Zeit? »Äh – wir haben die Scheidungsfrage erst einmal hintangestellt und uns auf andere Dinge konzentriert.« Die betreffende Nacht einmal beiseitegelassen. »Und, äh, Jill hat einen recht guten Eindruck gemacht.«

»War sie wie immer?«

Wie immer. Das hieß ausflippen, die anderen nerven und bevormunden, alle möglichen Leute interviewen und ausfragen, sich Notizen für Sendungen und Vorträge zu machen. War sie so gewesen? Nein.

»Nein, sie war nicht wie immer. Sie war irgendwie ... sanft. Sie war entspannt.«

»Sie hatte gerade eine Menge durchgemacht. Ihre Ankündigung, sich scheiden lassen zu wollen. Connors und Emmas Überraschung. Der Unfall, der Tod ihrer Freundin. Die Planung einer Hochzeit, bei der Frauen gewöhnlich völlig aus dem Häuschen geraten. Wie kam es also, dass sie entspannt war?«

»Ich habe keine Ahnung.«

»Stress wie der, den sie erlebt hat, bringt normalerweise die schlechtesten Eigenschaften eines Menschen zum Vorschein. Es sei denn, er bricht ihn und Gott kann ihn heilen.«

Jack blinzelte. Jill hatte nicht ihre schlechtesten Eigenschaften gezeigt, aber ... »Das trifft vielleicht ein bisschen zu.«

Lew zuckte wieder die Achseln. »Wie auch immer, das ist Jills Geschichte, nicht Ihre. Gott kann Jill heilen bis zum Sankt Nimmerleinstag, doch das ändert nichts an Ihrer Geschichte, richtig?«

Jack erwiderte seinen Blick eine Weile. »Meine Geschichte ist, dass ich ihr die Schuld an meinem Leben als Versuchskaninchen gebe. Und jetzt ist es auch noch ihre Schuld, dass das einzige Gefühl, das ich ihr entgegenbringe, das bis zum Zerreißen gespannte Gummiband ist.«

»Aber das Gummiband ist doch schon gerissen, Jack. Das ist vorbei. Die Vergangenheit ist aus und vorbei. Von jetzt an haben Sie die Wahl. Wählen Sie ein Leben mit oder ein Leben ohne Gottes Vergebung und Heilung.«

Jack traten Tränen in die Augen. »Wie soll ich diese Wahl treffen?«

Lew lächelte. »Verbringen Sie einige Zeit auf den Knien und tun Sie dann, was Gott Ihnen sagt. Möchten Sie, dass ich Ihnen helfe, den Anfang zu machen?«

»Dr. G.!« Sophie sprang von ihrem Stuhl auf, als er die Praxis betrat, und rief über die Empfangstheke hinweg in den Wartebereich: »Wo waren Sie denn? Es ist schon Viertel vor elf!«

»Ich habe eine Nachricht hinterlassen …«

»Das war vor Stunden!« Sie verhielt sich schon wieder völlig Sophie-untypisch.

Jack warf einen verstohlenen Blick auf die Patienten, die die Szene interessiert mitverfolgten, und ging durch die Tür nach hinten. »Ist mit Ihnen alles in Ordnung?«, flüsterte er.

Ein paar Strähnen hatten sich aus ihrem Knoten gelöst und hingen ihr um das fleckige Gesicht. »Und wo ist Ihr Handy? In Ihrer Tasche, oder? Und natürlich ausgeschaltet!«

»Ups.« Er zog das Handy aus der tiefen Tasche seines Regenmantels und warf einen Blick darauf. Acht entgangene Anrufe, höchstwahrscheinlich von Sophie. »Tut mir leid. Was brauchen Sie denn?«

»Sie! Jetzt gehen Sie schon!« Sie scheuchte ihn den Flur hinunter. »Ach ja: Herzlichen Glückwunsch zum Geburtstag!«

»Geburtstag – stimmt, ich habe ja heute Geburtstag. Daran hatte ich gar nicht gedacht. Danke.«

Sophie deutete auf sein Büro. »Schnell.«

Lächelnd ging er den Flur entlang. Sophie war nervös, weil er Geburtstag hatte und sie den Zeitplan für ihre Überraschung nicht hatte einhalten können. Sie vergaß nie einen Geburtstag und hatte stets für jeden eine besondere Überraschung vorbereitet. Er rechnete mit Ballons, die an seinem Stuhl festgebunden waren, mit einem exquisit verpackten Geschenk und mit einem Kuchen auf seinem Schreibtisch, einem selbst gemachten Rüblikuchen.

Er ging in sein Büro. Es war alles wie immer, nichts Außergewöhnliches. Komisch. Aber schließlich war alles ein bisschen seltsam, seit er sich vorhin mit Lew zusammen hingekniet hatte. Die Welt sah anders aus, irgendwie aus dem Lot geraten und gleichzeitig doch richtiger denn je. Er wäre nie imstande gewesen, es Baxter zu beschreiben.

Jack wusste nicht so recht, wie er jetzt in den Arzt-Modus umschalten sollte. Er hängte seinen Mantel auf und zog seinen weißen Kittel an. Vielleicht half das ja.

»Klopf, klopf.« Baxter trat ein, ein Radio in der Hand. Sophie kam gleich hinter ihm herein.

Sie schloss die Tür. »Herzlichen Glückwunsch zum Geburtstag, Dr. G.«

»Ja«, sagte Baxter, »Glückwunsch, alter Freund.«

»Danke. Ist das mein Geschenk?« Er nickte zum Radio hinüber.

»Möglich.« Baxter lächelte und stellte es vor ihm auf den Tisch.

»Setzen Sie sich, Dr. G.« Sophie drückte ihn auf den Stuhl, während Baxter den Stecker des Radios einsteckte. »Und jetzt«, sie holte tief Luft und strich sich das Haar zurück, »da Sie so spät dran sind, müssen wir die Geschenke der Mitarbeiter auslassen und uns gleich diesem Präsent zuwenden.« Sie deutete auf das Radio. »Das ist ein Geburtstagsgeschenk von Mrs G. Sie hat mich gebeten, dafür zu sorgen, dass Sie ihre heutige Sendung hören.«

Jack sank auf seinen Stuhl. Jill hatte etwas für ihn vorbereitet? Und er hatte gedacht, sein Besuch bei Lew sei schon Überraschung genug gewesen!

Baxter stellte das Radio an und drehte den Ton lauter. »Wir hören es uns mit dir zusammen an.«

Jack warf ihnen einen verwirrten Blick zu.

Sophie setzte sich und strich ihren Rock glatt. »Weil wir nicht wissen, ob es etwas Gutes ist oder nicht. Das hat sie mir nicht gesagt.«

Jack lächelte. »Natürlich ist es etwas Gutes. Es ist von meiner Frau.«

Es war gut und gleichzeitig auch nicht.

Jacks Lächeln schwand ein wenig, als er Sophies Tränen und Baxters ernsten Gesichtsausdruck sah. Er sagte: »Sie liebt mich.«

»War das wirklich ihre letzte Sendung?« Sophie klang, als könnte sie ihren Ohren nicht trauen.

Jack sagte: »Sie hat es ernst gemeint. Sie liebt mich, trotz allem.«

»Ihre letzte Sendung?«

Baxter sagte: »Sophie, Sie wiederholen sich. Veränderung gehört zum Leben. Wenn wir uns nicht mehr ändern, dann heißt das, dass wir tot sind und uns irgendjemand begraben sollte.«

Sophie runzelte die Stirn.

Jack sagte: »Sie hat mir gestern gesagt, dass ihre Arbeit sich ändere und dass es nicht meine Schuld sei. Das, was ich getan habe, sei zwar mitverantwortlich dafür, aber für sie sei es in Ordnung, etwas Neues zu machen.«

»Und was ist mit dir?«, fragte Baxter. »Was wirst du jetzt tun?«

Sein Lächeln kehrte zurück, unfreiwillig, eine Reaktion auf eine unfassbare, tiefe Heiterkeit und Gelassenheit. »Erinnert ihr euch an den Urlaub, den ich nicht genommen habe?«

Baxter lachte. »Dann wird es aber Zeit!«

58

San Diego

Daisy schlug ein Bein über das andere und ließ fröhlich den Fuß baumeln. »Meinst du, er hat es schon gehört?«

Jill sah ihre Mutter über Vivs Küchentisch hinweg an. »Mom, du bist absolut in der Lage, den Zeitunterschied zwischen hier und Chicago auszurechnen. Wenn es zehn Uhr Pacific Time ist, dann ist es in Chicago zwölf Uhr.«

»Jillian, ich weiß, dass die Sendung bereits ausgestrahlt wurde. Danach habe ich nicht gefragt.«

Jill biss sich auf die Lippen und sah zu der Tür hinüber, die auf die Terrasse hinausführte. Ihr Vater ging auf dem sonnigen Hof auf und ab, hin und her, die Baseballkappe tief in die Augen gezogen.

Viv brachte drei Gläser mit Eistee von der Anrichte herein. »Nach allem, was ich in den letzten Jahren über Sophie erfahren habe, verwette ich meinen Kopf, dass Jack Jills formelle Entschuldigung und ihre Liebeserklärung gehört hat.«

Daisy sagte: »Und warum hat er dann nicht angerufen?«

»Weil die Sendung erst seit zwei Minuten zu Ende ist!«

Jill sagte: »Ich erwarte gar nicht, dass er anruft.«

Daisy schüttelte den Kopf. »Und dabei warst du immer die Optimistische in der Familie!«

Jill bemühte sich, nicht die Augen zu verdrehen.

Als Viv Skip und Daisy gesagt hatte, dass Jack und Jill sich offiziell getrennt hatten, waren sie von Sweetwater herübergefahren, um da zu sein, wenn sie eintraf. Zuerst war Jill dankbar für diese liebevolle Geste, doch sie erkannte rasch, dass sie sie zwar trösten wollten, in erster Linie jedoch selbst Trost benötigten. Sie fühlte sich erschöpft und ausgelaugt.

Daisy tätschelte ihr den Arm. »Und du warst schon immer auch diejenige in der Familie, die am quietschfidelsten war.«

»Mir geht's gut, Mom. Ich brauche nur ein bisschen Ruhe.«

»Indem du bei Viv arbeitest? Das würde ich kaum Ruhe nennen. Du solltest mit uns nach Hause kommen. Dein Vater und ich würden dich liebend gern ein wenig verhätscheln.«

»Ich brauche ein bisschen Bewegung.« *Oder besser: schnelles Vorankommen.*

Jill ging durch die Schiebetür hinaus und schloss sie hinter sich. Sie sah den Stapel Papiere auf dem Tisch auf der Terrasse. Die obersten hoben sich in der leichten Brise.

Es war das Transkript ihrer letzten Sendung. Sie hatte es Viv gegeben. Die hatte es gelesen und ihren Eltern gezeigt, bevor sie es verhindern konnte.

»Pops.«

Skip unterbrach sein Umhergehen, stemmte die Hände in die Hüften und wartete, dass sie zu ihm kam.

»Du hast nachgegeben, Jaws. Du hast zugelassen, dass er dir deine Stimme weggenommen hat.«

»Nein, das habe ich nicht.«

»Du hast deine Berufung aufgegeben.«

»Ich habe die Sendung aufgegeben, dieses eine, ganz bestimmte Format, die achtjährige Konzentration auf Kommunikation in der Ehe.«

»Du wurdest dazu gezwungen, weil deine Ehe gescheitert ist.«

»Ich wurde nicht gezwungen, Pops. Nicht wirklich. Es ist gar nicht so sehr meine Ehe, die gescheitert ist, sondern meine Arbeit. Ich habe nur noch vom Einhalten von Regeln, von Manipulation und Garantien gesprochen. Ich hätte genauso gut behaupten können, wenn du deinem Mann zweimal am Tag sagst, dass er der wundervollste und klügste und tüchtigste Mann auf der ganzen Welt ist, wird er erfüllt und zufrieden und wahrscheinlich auch glücklich sein, oder wenn du ihn an der Haustür mit Lippenstift und sonst nichts empfängst, wird er dir zu Füßen sinken und tun, was du willst.«

Skip fiel die Kinnlade herunter; er schielte beinahe. »Letzteres wäre eigentlich gar nicht zu verachten.«

»Das ist hart an der Grenze zu Prostitution.«

»Was hast du denn? Nein, sag es mir nicht. Du und Jack, ihr habt Probleme mit … mit … du weißt schon. Ich habe gehört, dass es da Medikamente gibt …«

Sie verkniff sich ein Lächeln. Er war hinreißend, wenn er verlegen war. Sie sagte: »Das letzte Mal, als ich die Lippenstift-Nummer bei Jack ausprobiert habe, sagte er, er hätte Kopfschmerzen und absolut keine Lust, Connor in Italien zu besuchen.«

»So genau wollte ich es gar nicht wissen.«

Sie grinste. »Pops, beruhige dich!«

»Ha, ha! Ich glaube, du bist hier diejenige, die sich beruhigen sollte! Jaws, manchmal redest du einfach zu viel.«

»Dann hör mir nur noch einmal zu. Das ist nämlich mein Lieblingsthema. Wenn ihr jeden Sonntag in die Kirche geht, den Zehnten gebt, zusammen betet und zivilisiert streitet, kann eurer Ehe nichts geschehen. Dann gehört ihr ein Leben lang zusammen, glücklich bis ans Lebensende.«

Er schürzte die Lippen und blinzelte.

O nein. Er weinte beinahe.

»Jillie, das beschreibt ganz genau dich und Jack. So habt ihr gelebt.«

»Ja, und ich habe alle Eheleute aufgefordert, genauso zu leben. Und es scheinen ja tatsächlich gute Ratschläge zu sein. Sie können eine Beziehung bereichern. Aber sie sind nicht die Garantie, als die ich sie hingestellt habe. Wir sind fehlerhafte menschliche Wesen, Pops. Das habe ich bisher nie zugeben wollen. Und ich wollte auch nicht, dass Jack es zugibt.«

Er nickte. »Gut. Verstanden.«

»So.« Sie legte den Kopf schräg. »Und soll ich dir ein Geheimnis sagen?«

»Nein danke. Geheimnisse habe ich heute schon genug gehört.«

Sie lächelte über die Antwort, die kam, wie aus der Pistole geschossen, aber er war ihr Vater, der einzige Mensch, der immer Mitgefühl mit ihren schwierigen Seiten gehabt hatte. »Ich fing an, mich mit der Sendung zu langweilen.«

»Seit wann?«

»Ich weiß nicht genau. Das war auch etwas, das ich nicht zugeben wollte. Ich hatte zu viel Angst. Was sollte ich statt der Sendung tun? Wer wäre ich denn noch, ohne die Sendung?« Sie zuckte die Achseln. »Jetzt bin ich wieder da, wo ich angefangen habe, arbeite mit Viv zusammen, eine der Wagner-Schwestern, die Senioren durch Südkalifornien kutschiert.«

»Jack wird sich wieder fangen. Ihr beide werdet wieder glücklich werden.«

»Besser, wir rechnen nicht damit, Pops. Ich habe die Sendung gemacht, um mich öffentlich für die Art zu entschuldigen, wie ich ihm öffentlich seine Ehre genommen habe. Ich glaube, er wird es würdigen, aber es wird wohl kaum unsere Ehe retten. Wir sind schon zu lange in unterschiedliche Richtungen unterwegs.«

»Willst du denn nicht in die gleiche Richtung gehen wie er?«

Sie breitete die Arme aus. »Pops, was kann ich denn tun? Er hat mich verlassen.«

»Ich habe gefragt, willst du in die gleiche Richtung gehen wie er?«

Sie runzelte die Stirn. »Natürlich will ich. Aber er will nicht!«

»Dann beten wir weiter, dass er seine Meinung ändert.« Skip nahm sie in die Arme, gerade rechtzeitig, bevor sie anfing zu weinen.

59

Jill blickte in den Seitenspiegel und lenkte den Zwölfsitzer auf die linke Spur. Das Manöver auf der Autobahn löste kein Hupkonzert aus. »Halleluja!«

»Hm?« Viv, die neben ihr saß, klappte ihr Handy zu.

»Ich habe gefragt, wie Dustin mit dem Bus zurechtkommt.«

»Gut.«

»Du solltest ihm lieber keine SMS schicken, während er fährt.«

»Er sollte nicht zurückschreiben, während er fährt.«

Jill stöhnte unhörbar. Vivs Nerven lagen bloß, weil ihr Neffe ganz allein, ohne ihre Begleitung, eine Ausflugsfahrt in den Safaripark machte. Dabei hatte sie es selbst vorgeschlagen, obwohl es nach Jills Ansicht völlig unnötig war.

Doch das sagte sie ihrer Schwester nicht. Sie genoss nun schon mehrere Tage Vivs und Martys großzügige Gastfreundschaft und hielt sich nicht für berechtigt, die Motive von Vivs Tourenplanung zu hinterfragen.

Dennoch – mit der heutigen Tagesplanung stimmte irgendetwas nicht.

Jill wäre durchaus fähig gewesen, die Handvoll abenteuerlustiger Senioren, die unbedingt die Seilrutsche ausprobieren wollten, in den Van zu packen und in den Park zu fahren. Es hätte ihr erster selbstständiger Ausflug werden können, eine einfache Fahrt von fünfundvierzig Minuten Dauer.

Dann hätte Dustin für die sechs Mitglieder der *Casitas*-Bande, die jetzt im Van saßen, den Bus nehmen können. Viv – inzwischen ohne Gips, aber noch nicht wieder in der Lage zu fahren – hätte ihn begleiten und bei der Fahrt durch das verkehrsreiche Los Angeles auf ihn aufpassen können und …

»O nein! Ich bin ja so blöd!« Das war nicht nur so dahergesagt; Jill konstatierte einfach eine Tatsache. Es hatte in den letzten Tagen immer wieder Anzeichen gegeben, dass sie mit ihren geistigen Fähigkeiten nicht ganz auf der Höhe war. Ohne ihre gewohnte Arbeit und ganz darauf konzentriert, sich ein Leben ohne Jack aufzubauen, befand ihr Hirn sich die meiste Zeit in einer Art Schwebezustand.

Viv fragte: »Was hast du jetzt wieder vergessen?«

»Warum hast du darauf bestanden, dass ich diese Fahrt mache? Wir besuchen gar nicht das Kunstmuseum, oder? Wir fahren zu *Grauman's*. Du glaubst, ich sollte zu dem Handabdruck zurückkehren, weil ich nur so darüber hinwegkommen kann, was das letzte Mal dort passiert ist.«

Viv wandte sich ihr zu; ihre Augen waren hinter der Sonnenbrille verborgen. »Wenn dir das erst jetzt klar wird, bist du wirklich blöd.«

»Viv. Ich brauche das nicht! Es geht mir gut!«

»Tut mir leid.« Sie ließ den Kopf gegen die Lehne sinken. »Da sind wir anderer Ansicht. Wir finden, dass es Zeit wird.«

Jill blickte in den Rückspiegel. Einige der Damen mussten das Gespräch mit angehört haben. Sie lächelten.

Wie sehr sie Agnes vermisste! Ihr hätte sie diese verrückte Idee zugetraut. Aber …

Irgendetwas berührte ihre Schulter. Es war Cynthia, die direkt hinter ihr saß. »Gott weiß, wie sehr es wehtut. Aber wenn Sie zurückkehren und sich dem Schmerz stellen, öffnen Sie der Heilung den Weg. Und wir sind alle bei Ihnen.«

Jill beobachtete weiterhin den Verkehr. Dorthin zurückkehren, wo sie zum ersten Mal darum gebetet hatte, die Welt in großem Maßstab lieben zu dürfen? Wo sie zum ersten Mal Jack begegnet war, dem Mann, der ihr Mut gemacht hatte, ihre Träume zu leben?

Nein. Niemals. Sie brauchte nicht an ihren fehlgeschlagenen Versuch, ihre Ehe zu retten, erinnert zu werden. Jeden Morgen im Haus ihrer Schwester aufzuwachen, war Erinnerung genug.

Jill plante, die anderen beim *Grauman's Chinese Theatre* auszuladen, den Van zu parken und sich einen Coffeeshop zu suchen. Agnes' Freundinnen mochten sie noch so sehr mit Liebe überschütten, sie würde auf gar keinen Fall ihren Fuß an den Ort setzen, an dem ihre Träume geboren wurden und später in Stücke gegangen waren.

Doch Viv stieg nicht mit den übrigen Damen aus. Sie fuhr mit ihr mit, als sie den Van parkte, und zerrte sie dann am Arm den bevölkerten Gehweg hinunter, wobei sie ihr unablässig ins Ohr zischte.

Sie mussten wirklich lächerlich aussehen.

»Jill, wenn du es nicht für dich tust, dann tu es für mich. Ich halte es nicht mehr aus, wie du ständig Trübsal bläst. Ich kann nicht mehr. Ich kann einfach nicht mehr.«

»Entschuldige, dass ich bei dir einfach echt bin. Ich werde gleich morgen in ein Hotel ziehen. Heute Abend noch werde ich in ein Hotel ziehen!«

»Du kannst nicht in einem Hotel leben.«

»Ich kann nicht mit Mom und Pops leben. Und überhaupt, ich blase doch gar nicht Trübsal.«

»Natürlich bläst du Trübsal. Das Letzte, was du gehört hast, war, dass Jack aus eurer Ehe herausmöchte. Warum solltest du nicht wütend sein, warum sollte dein Herz nicht gebrochen sein und warum solltest du nicht Trübsal blasen?«

»Und warum musst du mir das alles so unter die Nase reiben?« Sie war ganz außer Atem von dem Versuch, mit Vivs langen Schritten mitzuhalten. »Ich benehme mich doch schon viel besser und es geht mir auch besser.«

Viv blieb stehen und sah sie an, die Hand noch immer an ihrem Ellbogen. »Ja, das stimmt, Jill. Und mir geht es auch besser. Aber es ist einfach immer noch so schwer. Es tut weh. Wir alle leiden, sogar Marty.« In ihren Augen schimmerten Tränen. »Also, wirst du es bitte, bitte versuchen? Geh da rein und leg deine Hände in Shirleys Abdrücke und denk daran, dass du ein Herz wie das ihre haben wolltest.«

»Vivvie, warum zwingst du mich dazu?«

»Weil du hier deine Träume gefunden hast und weil es Zeit für einen neuen Traum ist.«

Jill fuhr sich mit dem Ärmel über das Gesicht. »Du bist wirklich die mieseste aller kleinen Schwestern!«

»Und du bist die mieseste aller großen Schwestern.« Viv küsste sie auf die Wange. »Ich liebe dich.«

Einen Augenblick lang betrachtete Jill die Szene, die vor ihr lag. Im Vorhof liefen die Leute umher, beugten sich vor, lasen berühmte Namen, berührten die Hand- und Fußabdrücke und die Autogramme, redeten und lachten und riefen einander irgendetwas zu. Die rote Pagode mit den grimmigen Drachen ragte hoch in den Himmel auf.

Vielleicht hatte Viv ja recht. Vielleicht war es wirklich Zeit für einen neuen Traum.

Jill ging den vertrauten Weg, trat über die Namen von Schauspielern hinweg, die berühmt gewesen waren, als ihre Großeltern noch lebten. Als sie daran dachte, wie oft sie hier gewesen war und wie sehr sie das alles immer wieder begeistert hatte, musste sie lächeln. Andere Menschen wurden von Kathedralen oder Berggipfeln berührt. Sie hatte diese lächerliche Touristenattraktion.

Bei der Platte von Shirley Temple blieb sie stehen.

Gut. Warum nicht.

Sie kniete sich hin und legte ihre Hände in die Handabdrücke des kleinen Mädchens. Sie las die Inschrift. *Love to you all.*

Gott, was immer mich erwartet, ich will dich lieben.

»Sie passen beinahe.«

Plötzlich purzelten die Ereignisse der letzten Woche durcheinander und fügten sich zu einem Muster. Die Anrufe, die Viv immer so schnell beendet hatte, wenn sie ins Zimmer kam, Dustins völlig untypisches Rotwerden und Stammeln, Vivs und Martys heimliches Flüstern, Martys sonderbares Lächeln heute Morgen, die völlig unlogische Einteilung der Fahrer, die Überschwänglichkeit der alten Damen, die noch sehr viel größer gewesen war als sonst.

Jill hielt den Atem an.

Sie lehnte sich zurück und blickte auf – in die gütigsten Augen, die sie je gesehen hatte. Doch das Wunderbarste war das Lächeln des Mannes, der da vor ihr stand. Es war einfach vollkommen mit Lippen, die weder zu dünn noch zu voll waren, und Mundwinkeln, in denen sich beim Lächeln Grübchen bildeten.

Jack hielt ihr die Hand hin. »Aber eigentlich finde ich, sie passen besser zu einer Frau, die die Welt wirklich in großem Maßstab geliebt hat.«

Sie legte ihre Hand in die seine und er zog sie hoch. Jill kämpfte immer noch darum zu begreifen, was hier geschah; sie fühlte sich wie betäubt. Jack war hier. Was wollte er? Sie hatte zu tun. Sie musste sich eine Wohnung suchen. Sie musste einen Van fahren.

Er lächelte wieder. »Hi. Ich bin Jack Galloway.«

Es war ein Echo aus einer Zeit vor fünfundzwanzig Jahren.

»Hi. Jill Wagner.«

»Hallo Jill. Ich habe so etwas wirklich noch nie gemacht. Ich bin noch nie zu einer völlig Fremden gegangen und habe sie gefragt, ob sie mit mir essen geht.«

Jill lächelte. »Lädst du mich zum Essen ein?«

»Ja, das tue ich.«

»Warum?«

»Weil du aussiehst wie ein Engel.« Er fasste sich selbst an die Wange. »Wie ein Raphael-Engel.«

»Und das genügt?«

»Für mich ja.«

»Auf jeden Fall ist es originell.« Sie hörte ihre Stimme. Sie klang schüchtern.

Sein Lächeln verschwand.

»Sie leben in einer Beziehung?«

Sie wollte das Lächeln auf diesen wundervollen Lippen wiedersehen. »O nein, ganz und gar nicht. Ich muss es nur meiner Schwester sagen. Wir sind zusammen hergefahren.«

»Gut.«

Jill blickte sich um und sah Viv, an derselben Stelle, an der sie auch beim ersten Mal gestanden hatte. Sie winkte sie herbei. »Viv, dieser Mann möchte mich zum Essen einladen.«

Viv tat etwas völlig Untypisches: Sie brach in Tränen aus und lief weg.

Jill sagte: »Sie ist grad nicht gut drauf.«

»Das ist in Ordnung. Ich habe vergessen, wie es weiterging.«

»Viv hat gesagt: ›Zum Essen? Nur zum Essen? Sie können sie ganz haben.‹ Und dann hast du plötzlich ziemlich nachdenklich gewirkt.«

»Ich liebe dich, Jill.«

»Das hast du nicht gesagt.«

Er trat näher zu ihr hin. »Ich habe über uns nachgedacht. Ich möchte nicht von dir getrennt werden. Ich möchte mich nicht scheiden lassen.«

Jill blickte in seine haselnussbraunen Augen. Sie sah die deutlich ausgeprägten Krähenfüße, die Lachfältchen um seinen Mund. Er war gealtert in den letzten Monaten. Doch mit den Falten war noch etwas anderes gekommen. Er wirkte realer. Gefestigter. Weiser?

Sie musste ihn das fragen: »Warum auf einmal?«

»Nun ja ...« Er schwieg und schien mit einer Antwort zu kämpfen.

»Jack, ich mache mir keine Notizen. Es gibt keinen Grund mehr, mit etwas zurückzuhalten.«

Er lächelte. »Ich glaube, genau das ist es. Um es auf den Punkt zu bringen: Ich habe es endlich begriffen. Ich weiß, dass Gott und du mich liebt und dass ihr mir vergeben habt. Kannst du dir vorstellen, welche unglaubliche Freiheit in diesem Gedanken liegt? Ich brauche nicht mehr alles gut und perfekt zu machen, um angenommen zu sein.«

Sie lächelte bei diesem Echo ihrer eigenen Worte. »Hast du das denn zuvor nicht gewusst?«

»Nein. Ich meine, im Kopf schon, aber nicht in meinem Herzen, nicht dort, wo es mich verändert und neu macht. Jill, ich muss dir so viel erzählen.«

»Hm.« Wo kam dieser Mann her?

»Ich konnte dich nicht gleich anrufen. Ich musste erst noch ein paar Sachen erledigen. Du kannst es dir vielleicht nicht vorstellen, aber man muss eine ganze Menge erledigen, um ein Ritter zu sein. Lew hat mir geholfen.«

Ritter? Pastor Lew?

»Und die andere Seite ist, dass ich dich liebe und dir vergebe. Du kannst dabei einfach du selbst sein. Du kannst lehren und Vorträge halten …«

»Oder vielleicht auch nicht …«

»Darüber reden wir später.« Er nahm ihr Gesicht in seine Hände. »Weißt du noch, wie ich gesagt habe, dafür sei ich nicht angetreten?«

Trotz der tröstenden Berührung seiner Hand zuckte sie zusammen. »Du bist nicht angetreten für eine Frau, die auf alles eine Antwort hat.«

»Es tut mir leid. Das stimmte nicht ganz. Ich bin nicht dafür angetreten, meine beste Freundin zu verlieren. Jill, können wir ganz neu anfangen? Können wir wieder Freunde werden?«

»O ja.« Sie seufzte. »Sehr, sehr gern.«

Jack küsste sie, hier, vor Shirleys Handabdrücken, umgeben von Fremden, von denen einige zu klatschen begannen.

60

Hollywood

Jill sah zu, wie Jack seinen Orangensaft trank. Die Morgensonne fiel auf sein ungekämmtes Haar und ließ die grauen Strähnen aufblitzen. Er trug einen weißen Frotteebademantel mit dem Logo des Hotels.

»Was ist?«, fragte er, stellte seine Tasse auf den Tisch und stützte einen Ellbogen auf das Balkongeländer.

»Ich kann das alles noch gar nicht so recht glauben.« Sie zog den Gürtel ihres Bademantels fester.

»Verständlich. Das letzte Mal, als wir die Nacht zusammen verbracht haben, habe ich dich verlassen, ganz zu schweigen davon, dass ich ausgezogen bin und gesagt habe, dass ich mich scheiden lassen will. Jill, ich verspreche dir, dass das nie wieder vorkommt!«

Ihr Lächeln wollte nicht so recht gelingen. »Ich brauche noch ein bisschen, bis ich das wirklich glaube.«

»Ich weiß. Ich gebe dir alle Zeit, die du brauchst. Und ich werde es dir so oft sagen, wie du es hören musst.«

»Gut.«

Sie hatten den ganzen gestrigen Nachmittag geredet, bis spät in die Nacht. Meistens hatte Jack geredet. Jill fühlte sich noch immer wie benommen. Nicht nur, dass Viv und alle anderen von der Überraschung gewusst hatten, ihre Schwester hatte auch noch heimlich eine Reisetasche für sie gepackt und mitgenommen und ihr gestanden, dass ihr Arm völlig in Ordnung sei und sie den Van problemlos nach Hause fahren könne. Sie hatte sogar ihre Eltern von Jacks Plan in Kenntnis gesetzt – allerdings nicht so rechtzeitig, dass Daisy alles hätte ausplaudern können.

Zu dem Plan ihres Mannes gehörten ein Abendessen in dem Restaurant, in dem sie nach ihrem Kennenlernen vor fünfundzwanzig Jahren gegessen hatten, und ein Aufenthalt in einem noblen Hotel, das nichts mit ihrer Geschichte zu tun hatte.

Jack sagte: »Ich kann es ja selbst alles noch nicht so recht glauben.

Dauernd ertappe ich mich bei der Überlegung, ob ich gerade etwas Falsches sage oder tue.«

»Und ob ich dich gleich korrigieren und dann im Radio darüber reden werde.«

»Ja.« Er lächelte. »Das wird wohl noch eine ganze Weile so bleiben.«

»Ich glaube, das nennt man Leben.«

»Aber wir wollen dem gar nicht ausweichen.« Er griff über den Tisch, zwischen den leeren Tellern und der Vase mit der einzelnen Rose hindurch, und nahm ihre Hand. »Ich möchte nicht irgendetwas davon verpassen, Jill.«

Sie hatten noch nicht über morgen und übermorgen und überübermorgen gesprochen. Er hatte von anderen Dingen erzählt. Von Lews Ratschlägen. Von Baxters und Sophies Hilfe. Von seiner hässlichen Wohnung. Von seiner Entschlossenheit, aufrichtig mit ihr zu sein. Und von seinem Geburtstag, dem schönsten, den er je hatte.

Jack sagte: »Ich möchte auch der großen Frage nicht ausweichen: Wie verhindern wir es, dass wir uns wieder auseinanderentwickeln? Wenn wir wieder zu Hause sind und unser Leben wieder aufgenommen haben, kann alles schnell in die alten Muster fallen. Ich liebe meine Arbeit. Ich bin nicht bereit, sie aufzugeben, aber ich gebe zu, dass ich ein Workaholic war.« Er drückte ihre Hand. »Es gab mir die Möglichkeit, weniger Zeit zu Hause verbringen zu müssen.«

Jills Gefühle rasten die gesamte Skala rauf und runter. Zorn, Enttäuschung, Reue, Schmerz. Sie versuchte, die Flut einzudämmen. »Das tut weh.«

Er nickte. »Ich verspreche, dass ich weniger arbeiten werde. Wenn du es willst.«

Diese neue Seite an Jack gefiel ihr ausnehmend gut. Sie kniff die Augen zusammen. »Ich werde darüber nachdenken.«

Er grinste. »Okay. Nächster Punkt. Ich möchte nicht, dass wir unsere jeweiligen Begabungen vernachlässigen.«

»Ja, aber das muss erst noch neu definiert werden.«

»Vielleicht, aber eine Sache ist bereits in Gang, um die wir uns kümmern können.«

»Was?«

»Das Buch.«

»Das Buch.«

Er sagte: »Das, in dem von Kerzenlicht und Vivaldi die Rede ist.«

»Ich weiß, welches.«

Jack hob ihre Hand, küsste sie und zog sie unter sein Kinn. »Gretchen arbeitet gerade eine Route für eine Lesereise aus, an der auch der Ehemann teilnehmen wird. Ihrer Ansicht nach würden sich die Leser sogar freuen, wenn ich den Rezepteteil signiere.«

»Hm.«

»Hm.«

Ihre Fantasie war seit Monaten wie eine leere Batterie gewesen, doch jetzt wirkten Jacks Worte wie ein Startkabel. Seine Kraft sprang auf sie über. Der Motor erwachte zum Leben. Die Ideen überschlugen sich förmlich in ihrem Kopf.

Sie sagte: »Was ist mit den Vorträgen?«

»Ich sitze hinten im Saal und juble dir zu.« Er hatte noch nie, noch gar nie, bei einem ihrer Vorträge zugehört.

»Ich könnte dich ansprechen.«

»O...okay.«

»Keine Angst. Du wirst deine Sache gut machen. Ritter sind immer willkommen.« Sie grinste. »Vor allem, wenn sie gekleidet sind wie du jetzt. Ich bin sicher, das würde die Verkaufszahlen in ungeahnte Höhen treiben.«

Die Freude, die sie in Jacks Lachen hörte, erfüllte sie mit neuer Hoffnung. Ihre Ehe würde immer eine Herausforderung, immer ein Aufstieg auf einen Berg sein, mit gelegentlichen Stürzen und Abrutschen. Doch den Aufstieg gemeinsam als enge Freunde zu machen, bot die Hoffnung, dass er schön werden würde.

Epilog

Achtzehn Monate später, Chicago

Klick. Drei. *Klick*. Zwei. *Klick*. Eins.

Jill legte einen Schalter um und sprach ins Mikrofon. »Guten Tag und willkommen bei *Rezepte für die Lebensmitte*. Ich bin Jill Galloway und führe sie heute durchs Programm. Bei mir ist heute mein Mann, Jack. Willkommen Jack.« Sie lächelte Jack über den Tisch hinweg an und spürte das Prickeln, das sie immer empfand, wenn sie ihn im Studio sah.

»Danke, Jill. Ich freue mich, hier sein zu dürfen.«

Es hatte einiger Übung bedurft, um nach ihrer gegenseitigen Begrüßung keine Pause entstehen zu lassen. Die Hörer hörten nichts, während sie einander angrinsten wie die Idioten, verloren in einem wunderbaren Augenblick. *Ist das alles überhaupt wirklich?* Sie arbeiteten zusammen. Jill plauderte nach Herzenslust. Und es hatte sich herausgestellt, dass auch Jack, der gütige Arzt, der keinen Sinn dafür hatte, nach der Uhr zu leben, eine geborene Plaudertasche war.

Sie sagte: »Wie manche von Ihnen wahrscheinlich wissen, reden wir, wenn Jack hier bei mir ist, immer über unsere Reisen.«

»Entschuldige, Liebling, aber wir reden über Pasta.«

»Wir reden über Italien.«

»Wo ist der Unterschied?«

»Nun, finden wir es heraus. Bleiben Sie eingeschaltet, liebe Hörerinnen und Hörer. Ich bin sicher, der Chef hat ein oder zwei Rezepte für uns vorbereitet.«

Nun waren sie eine Minute nicht auf Sendung und verfielen sogleich wieder in ihr Idioten-Verhalten.

Vor achtzehn Monaten hatte Jill für ihre Ehe Hoch- und Tiefpunkte vorausgesagt, doch niemals hätte sie sich die Details des Abenteuers träumen lassen, das vor ihnen lag.

Sie hatten hart dafür gearbeitet, ihr Leben zu ändern, ohne ihre Hingabe an ihre getrennten, sich nicht überschneidenden Karrieren zu vernachlässigen. Jack arbeitete weniger, doch das genügte nicht. Sie gestaltete ihre Sendung um, sodass sie weniger anspruchsvoll war, doch das genügte ebenfalls nicht.

Im Juli nahmen sie Urlaub und besuchten Connor und Emma in Italien und die Trudeaus in Paris.

Und dabei entdeckten Jack und Jill, wie sie einander ungeteilte Aufmerksamkeit entgegenbringen konnten. Sie lernten ganz neu, was es heißt, Freunde zu sein. Weit weg von zu Hause waren sie gezwungen, ihre Arbeit hintanzustellen. Sie mussten sich nicht um Alltagsdinge kümmern. Sie hatten absolut nichts zu tun, als Zeit zusammen zu verbringen.

Als Connor und Emma im August nach New York zogen, begleiteten Jack und Jill sie.

Danach begannen sie, ihre eigene Stadt zu erkunden, dann ihren Bundesstaat, dann die Nachbarstaaten, und dabei kam ihnen irgendwann eine ganz neue Idee. Warum sollten sie in Jills neuer Sendung nicht Geschichten von ihren Reisen erzählen? Es würde gut in das umgestaltete Programm passen. Jill interviewte die verschiedensten Leute über die unterschiedlichsten Themen. Warum sollte sie nicht ihren Mann interviewen?

Die Jack-und-Jill-Sendungen wuchsen den Hörern rasch ans Herz. Jill hörte zu, wie er eine köstliche Alfredo-Soße beschrieb, die sie in Venedig entdeckt hatten. In wenigen Minuten würden die Hörer anrufen, Fragen stellen und eigene Rezepte beschreiben, manchmal Kochrezepte, manchmal Rezepte für das Leben an sich.

Sie lächelte.

Für sie ging es in der neuen Sendung nicht um Rezepte oder Hotels oder Orte, die sie auf ihren Reisen entdeckt hatten. Nein. Die Jack-und-Jill-Sendungen drehten sich um zwei verheiratete Menschen, die einen Berg hinuntergestürzt waren und dort, am Fuß des Berges, einander entdeckt hatten.

Nachwort der Autorin

Liebe Leserfreunde,

Sage nicht Lebwohl entstand aus dem Wunsch heraus, das Leben eines verheirateten Paares zu erforschen, das nach fünfundzwanzig Jahren plötzlich an Scheidung denkt. Wie kann so etwas nach fünfundzwanzig Jahren geschehen?

So wurden die Galloways geboren, ein Vorzeigepaar einer idealen Ehe. Es gibt in Jacks und Jills Ehe keinerlei Anzeichen für Uneinigkeit oder gar eine Trennung. Was ist also passiert? Kurz gesagt: Es hat sich eine gegenseitige Entfremdung in ihre Ehe eingeschlichen, wie es in unserer schnelllebigen Kultur häufig zu beobachten ist. Eine allgemeingültige Antwort gibt es jedoch nicht.

Ich lasse Jack und Jill in Chicago und Kalifornien leben, zwei meiner Lieblingsorte, an denen sie jeweils ihren eigenen, ganz persönlichen Weg finden. Jills Reise in die Wüste entspricht der Zeit ihrer Verzweiflung über ihre Ehe. Inmitten der riesigen Leere blühen Wildblumen auf und Heilung keimt in ihrem Herzen. Wie immer ist Gott auch hier inmitten unseres Schmerzes am Werk.

Ich danke Ihnen, dass Sie diese Seitenstraßen mit den Galloways gereist sind, und ich hoffe, diese Reise hat Ihnen Lachen, Tränen und die unumstößliche Gewissheit geschenkt, dass Gott Sie tatsächlich bedingungslos, leidenschaftlich und inbrünstig liebt.

Gottes Segen!

Sally John

E-Mail: sallyjohnbook@aol.com
Website: www.sally-john.com
Blog: http://lifeinthefictionlane.blogspot.com
Facebook: »Sally John Books«

Kathryn Cushman

Zeit der Vergebung

Paperback, 13,5 x 20,5 cm, 320 Seiten
Nr. 395.232, ISBN 978-3-7751-5232-7

Andie Phelps ist erfolgreich und wohlhabend. Die alleinerziehende Melanie Johnson hingegen beneidet niemand. Ihre Welten kollidieren, als beide ihre Söhne in einem tragischen Unfall verlieren. Schmerz, Intrigen und Unversöhnlichkeit drohen ihr Umfeld zu zerreißen.

Kathryn Cushman

Eine Frage der Wahrheit

Paperback, 13,5 x 20,5 cm, 256 Seiten
Nr. 395.350, ISBN 978-3-7751-5350-8

Völlig unerwartet kehrt Alisas Sohn dem Leben auf der Straße den Rücken und zu seiner Familie zurück. Doch dann findet sie Beweise, die Kurt mit einem Mord in Verbindung bringen. Soll sie schweigen oder alles für die Wahrheit opfern?

Bitte fragen Sie in Ihrer Buchhandlung nach diesen Büchern!
Oder schreiben Sie an: SCM Hänssler, D-71087 Holzgerlingen;
E-Mail: info@scm-haenssler.de; Internet: www.scm-haenssler.de

Melanie Dobson

Das Haus auf Crescent Hill

Paperback, 13,5 x 20,5 cm, 336 Seiten
Nr. 395.393, ISBN 978-3-7751-5393-5

Unverhofft erbt Sarah die alte, prunkvolle Villa ihrer Großmutter Rosalie – das Zuhause ihrer Kindheit. Als sie einzieht, merkt sie, dass dort merkwürdige Dinge vor sich gehen. Zusammen mit dem attraktiven Alex kommt sie alten Familiengeheimnissen auf die Spur.

Kim Vogel Sawyer

Frischer Wind für Walnut Hill

Paperback, 13,5 x 20,5 cm, 352 Seiten
Nr. 395.358, ISBN 978-3-7751-5358-4

Im beschaulichen Städtchen Walnut Hill sind die Bewohner glücklich, wenn alles so bleibt, wie es ist. Da sorgt die junge Lehrerin Hanna Robin mit ihren neuen Ideen für viel Aufregung. Der attraktive Farmer Joel, findet die neue Lehrerin allerdings unwiderstehlich …

Bitte fragen Sie in Ihrer Buchhandlung nach diesen Büchern!
Oder schreiben Sie an: SCM Hänssler, D-71087 Holzgerlingen;
E-Mail: info@scm-haenssler.de; Internet: www.scm-haenssler.de